编委会

主　编：

　　韩长江

副主编：

　　诸雄潮　万　梅　胡　翼　史　红

撰稿人名单（排名不分先后）：

王健儒	赵铁骑	王宴青	杜嗣琨	王晓晖	韩长江
肖玉林	诸雄潮	胡　翼	史　红	覃继红	乐艳艳
赵九骁	洪　波	姚东明	王嘉军	龚志伟	李　源
彭小毛	陈东明	杨春民	蒋蔓菁	邵丽丽	陈燕霞
孙洪涛	刘嘉维	赵婷婷	宋　雪	刘文燕	李俊楠
孟祥海	刘曼斯	杜　炜	崔钧洋	程穗儿	朱红娜
罗　武	班　闯	庄胜春	李梦云	王　磊	卢　君
孔巍巍	闫宜楠	张子亚	贾　雯	毛　强	张子亚
孙新军	门少华	单碧波	余玉婷	傅晓勤	陈健光
邓泽宇	李智峰	周伟琪	王冰月	王思元	王　旭
王文娟	陈　菲	邓文华	黄　倩	董　闯	刘　辉
段媛媛	何　懿	郑启明	周国丰	陈　曦	陈　笔
史　湄	安　楠	叶宁波	黄建伟	何　泓	梁皓明
黄蔓茹	蔡　璇	林　颖	徐　宏	张　涛	郭　瑛
崔　灿	黄　华	张　磊	莫少青	蓝立新	廖唯方
张锦山	赵晓文	林小军	叶常州	王　晞	李健玲
陈　姝	钟嘉潞	吴忆冰	朱晓航	李文君	黄旭曦
陈　婷	张　倩	汤　玲	徐　宏	朱树慧	吴沃麟
李立宪	王　炜	赵雪梅			

韩长江 主编

见证历史

中华书局

图书在版编目（CIP）数据

见证历史/韩长江主编. —北京：中华书局,2019.8
ISBN 978-7-101-13913-6

Ⅰ.见… Ⅱ.韩… Ⅲ.新闻报道-作品集-中国-当代
Ⅳ.I253

中国版本图书馆 CIP 数据核字（2019）第 105402 号

书　　名	见证历史
主　　编	韩长江
责任编辑	罗华彤　潘素雅
出版发行	中华书局
	（北京市丰台区太平桥西里 38 号　100073）
	http://www.zhbc.com.cn
	E-mail:zhbc@zhbc.com.cn
印　　刷	北京市白帆印务有限公司
版　　次	2019 年 8 月北京第 1 版
	2019 年 8 月北京第 1 次印刷
规　　格	开本/920×1250 毫米　1/32
	印张 14¼　插页 2　字数 350 千字
印　　数	1-2000 册
国际书号	ISBN 978-7-101-13913-6
定　　价	68.00 元

前　言

　　以史为鉴，可以知兴替。历史教我们认识过去，历史教我们思考现在，历史教我们铸就未来，出版《见证历史》一书也有这层意思。

　　本书收录了《香港百年》《历史的回响》《共赢之路》，这三部作品都是中央人民广播电台的精品力作。

　　《香港百年》是为了迎接香港回归祖国而创作的20集章回体广播作品，讲述了香港的历史变迁和中国政府为香港回归所做的努力，讲述了香港人民心向祖国的爱国情怀。

　　《历史的回响》以广播特写的形式，以香港、澳门和珠江三角洲为背景，以中华民族不屈不挠的民族精神为主线，以中国170年近现代史中的历史事件、历史节点为主要内容，再现了中华民族的百年强国梦，盛世中华情。

　　《共赢之路》重在展示港澳与内地合作共赢的成果，让人们知道从中华人民共和国成立到改革开放，直到回归后的今天，港澳在祖国经济发展中的重要作用，更明白祖国内地发展壮大以后对港澳两个特区的有力支持。

　　但愿这三部作品为读者了解近现代中国的香港和澳门有所裨益。

目　录

香港百年

第一集

女：百年风云起香江，华夏恨留长，百年离散，百年心伤，国耻永难忘。

男：永难忘，唤香江，洗雪国耻迎你回家乡。

男：中央人民广播电台大型系列广播特写《香港百年》第一集：英帝国强割香港岛，清王朝卖身石头城。

女：1793年8月的一天清晨，往日风平浪静的中国南海突然驶入了一支挂满"米"字旗的英国船队。一个卷发、身穿笔挺燕尾服的英国人站在甲板上，手持单筒望远镜向珠江口眺望，这个人就是英国特使马戛尔尼。

此时的英国由于蒸汽机的发明顺利地完成工业革命，而且，煤炭产量跃居世界首位，已经成为西方资本主义世界中最强大的帝国，英国开始渴求更广阔的海外市场。中国这块洒满黄金白银的神秘土地激发了英伦三岛殖民者的欲望，身为外交家的马戛尔尼深知此行出访中国的重要性。为讨清王朝的欢心，这支访华的英国使团特意把时间选在乾隆皇帝80寿辰之际。船上装满了天文地理仪器、钟表、车辆、乐器、毯毡等精心挑选的礼品。

男：盛夏的京城暑热难当，而此时关外承德却是凉风习习、气候宜人。沿东海北上抵京的马戛尔尼听说皇帝不在京城，立即马

3

不停蹄地赶到避暑山庄。乾隆皇帝80大寿的盛典有远方进贡，龙颜自然大悦。忙在万树园摆下宴席，款待英国使团。

马戛尔尼向乾隆祝寿不过是一个迷人的幌子，撬开中国大门侵占中国领土才是他的本意。席间，身穿漂亮礼服的马戛尔尼进奉了寿礼以后，便试探着向清政府提出为方便中英贸易，请皇帝允许开设宁波、广州、舟山、天津等地作为通商口岸，最好割让舟山附近的一个小岛供英商居住，存储货物。

这些无理要求大出清政府的意料，还不算昏庸的乾隆皇帝虽然受了礼，但他知道这样做无疑是引狼入室，于是拍案而起，断然回绝。他指着马戛尔尼说，你回去转告英王，天朝物产丰盈、无所不有，根本不需要与外国通商，大清的每一尺土地，各有所属。至于想借岛屿是根本不可能的事。说罢，拂袖而去。

女：马戛尔尼虽然碰了一鼻子灰，但英国政府渴求中国土地的欲望却越来越强，接二连三地派出使团造访，结果都是失望而归。当时自以为还算强大的清政府就是不买他们的账。

男：一次次外交失败，没有使英国人止步。他们绞尽脑汁想出一招毒计，用鸦片换银元，公开准许、鼓励英商对中国进行鸦片走私贸易。走私鸦片使英国获取了巨大利润，平均每年从中国掠走上千万银元。对此，上至英国议会，下至英国商人欣喜若狂，要求政府用武力强占中国东南沿海岛屿作为推销鸦片基地的呼声越来越高。

女：在中国东南沿海，一时间，鸦片四处泛滥，白银外流，民不聊生。面对鸦片走私造成的严重危害，清政府不得不下决心根绝烟毒。1838年末，道光皇帝派湖广总督林则徐为钦差大臣，赴广东查禁鸦片。

男：1839年6月3日，距广州城一百多里的虎门海滩人山人海，人们如同过节一样欢天喜地，禁烟钦差大臣林则徐威风凛凛地站在炮台上，手持指挥旗，一声令下，只见民夫把查扣的200多万斤鸦片全部倒入两个十五丈长的销烟池内，池子顿时像开了锅似的，黑色的鸦片在池子里翻滚，一团团白色烟雾升腾。销毁的鸦片被咆哮的海水席卷而去，围观的群众发出震耳欲聋的欢呼声。虎门销烟令国人扬眉吐气，英国鸦片商对此大为恼怒，一直在寻找进入中国的途径、发动侵略战争的英国殖民者终于找到了借口。

女：1840年4月17日，伦敦大街上一辆马车正缓缓驶向国会大厦。马车上端坐着一位雍容华贵的女子，她身穿洁白的套装衣裙，白色的礼帽上斜插着一支橄榄编制的花环，带着白色长筒手套的手提着一只白色的手袋，她就是英国的维多利亚女王。当她来到国会大厦时，一些大臣和贵族已经围坐在一个圆形会议桌前。

男：主战的外交大臣巴麦尊抢先发言："中国禁烟给我们一个决定发动战争的好机会，这对英国是很有利的，因为这可以使我们乘战胜之余威，提出我们的条件强迫中国接受，这种机会千万不要轻易放过。"陆军大臣更是唾沫飞溅："不出兵对大不列颠民族来说，是莫大耻辱。"在一片战争叫嚣中，英国的下院和上院分别通过了侵华议案，侵略者终于露出了对华扩张的锋芒。

女：1840年6月，英国为维护可耻的鸦片贸易而发动的侵略中国的战争正式爆发了。

男：禁烟派主将林则徐对英国侵略者武力进犯这招棋早有预料，他和两广总督邓廷桢、水师提督关天培率领部队和广东沿海民众，杀得英军丢魂丧胆，溃不成军。

女：英军在广州、厦门碰了个头破血流后，只好沿着中国东海北上。当时的中国除广东、福建两省，管辖浙江、江苏、山东、河北的清朝官吏都是些腐败无能之辈。只知搜刮民脂民膏，花天酒地，根本没有作战准备，英军攻陷浙江定海后一路打到天津白河口，直逼京城。

男：英国侵略军闯到皇家门口，清政府顿时一片恐慌，道光皇帝急得如同热锅上的蚂蚁，赶忙召集文武百官商量对策。直隶总督琦善察言观色，奉迎皇上之意，他见时机成熟便上前禀奏："臣以为英军入侵大清国实为伸冤而来，完全是因两广总督林则徐、闽浙总督邓廷桢查禁鸦片办理不善招来的战祸。"

六神无主的道光皇帝此时已倒向投降派一边，即令琦善为全权代表赶到天津白河口，央求英军退兵讲和。老奸巨滑的义律，便顺水推舟退兵广州。琦善退兵有功，道光便任命他为钦差大臣，即赴广州取代林则徐和英国谈判。琦善一到广州就替英国人"伸冤"，他撤回防守的水师，裁减兵船三分之二，解散所有的水勇和湘勇，拆除了设置在海口内的全部海防设施。

女：琦善撤防后，认为谈判时机成熟，便在珠江口摆上宴席和义律会谈。

男：当义律等人大摇大摆来赴宴时，早已站在门口迎接的琦善毕恭毕敬的向义律行了一个90度的大礼。诡计多端的义律早已看出琦善软弱可欺，威胁道："英中是否休战，要看总督大人是否有谈判的诚意。"接着，他站起来不容商量地说："这次战争我方造成的一切损失，贵国必须赔偿，仅鸦片损失费就有600万元。另外，还要把香港和尖沙咀两个地方割让给我们，以利英中贸易。"

琦善一听义律所提的条件，不由得倒吸一口冷气。他心里明白，道光皇帝最不能容忍的就是割地一事，其余事情都可以商量，便哀求说："赔偿烟价可以，在广州之后增开一处通商口岸也行，但割地一事非同小可，请容我奏请皇上。"狡猾的义律一看琦善拒绝最关键的条款，便板起面孔打断他的话说，"那好，既然大人无谈判诚意，就只好在战场上见"。

女：1841年1月25日，一艘飘扬着"米"字旗，名叫"硫磺号"的英国军舰悄悄地驶进香港岛海面。上午8时15分，舰长爱德华贝尔彻率领士兵强行在香港岛西北面的水坑口登陆，从此英军强占香港岛的历史开始了。

男：英军官兵狂妄地举行占领仪式，他们集聚在领地上三呼"万岁"，举起香槟向万里之外的女王陛下祝贺健康。各舰和陆战队同时鸣放礼炮，侵华司令官博迈傲慢地宣称："香港将变成英国人永远统治的自由港。"

为把武力强占香港变成事实，1月29日，义律让琦善乘坐"复仇女神号"战舰绕香港岛巡视一周，随后向香港岛居民发出告示，谎称清朝钦差大臣琦善已经准许把香港岛割让给英国。

消息一出世人震惊，道光皇帝大为震怒，将琦善革职问罪、锁拿回京，调集一万七千名清军开赴广州前线，中英两国再次交战。

女：琦善将香港私许英国丢了官，义律也因此臭名远扬。英国政府不得不把他召回国内改派璞鼎查替代义律为驻华全权代表兼商务监督。他对英伦三岛主子的意图心领神会，一定靠武力强迫清政府答应英国的全部要求。

男：骄横的璞鼎查依仗洋枪、洋炮、坚固的舰艇向驻守沿海的清军发起猛攻，厦门、定海和吴淞相继失守。清政府官员闻风丧胆，他们听说侵略军还要进攻天津，纷纷逃出京城。这一次彻底动摇了道光皇帝本来就不坚定的抵抗决心，不得不向红毛洋鬼低下高贵的头。

投降派首领耆英和伊里布南下求和，狡猾奸诈的璞鼎查为得到一个满意的议和条件，对清政府的求和根本不予理睬，继续沿长江而上，攻克镇江。8月初，他亲率英军兵舰80多艘驶入南京下关江面，一门门大炮的炮口对准南京城。

女：一个阴雨蒙蒙的上午，一支小船从南京城驶出，船上站着一个清朝政府官员，小船一直开到璞鼎查的船边，清朝官员忙拱手打千，钦差大臣耆英请将军进城会谈。

男：璞鼎查十分骄横地说："岂有此理，你们是战败国，你们的代表应该到我这里议和。"他随手扔给清朝官员一打文稿说："这就是议和条件，告诉你们钦差大人，如不接受条件，我们立即踏平南京城。"

女："是，是，请将军放心，我立即呈报钦差大人。"这名官员手持议和条件调转船头向南京方向飞驶而去。小船一靠岸，那个清朝官员马不停蹄地来到耆英的官邸，"禀大人，英军请您到他们那里去议和，这是他们的议和条件"。耆英手接议和条件瑟瑟发抖，打开一看上面写着："开广州、福州、厦门、宁波、上海五处为通商港口；割让香港给英国，赔偿烟价、军费2100万银元，如不在条约草案上盖印签字，将重新开战。"

男：早已被英军吓破胆的道光皇帝，别看嘴上力主求和，真的接到议和条件的奏折后，却一夜未眠。

仲秋的京城之夜，使人顿觉丝丝凉意，道光皇帝独自一人倒背双手在殿阶上踱来踱去。他忽而低声自语，忽而仰天叹息。回想登基20多年的所作所为，他自信兢兢业业，没有一天疏理朝政，想不到竟落到割地赔款的境地，怎么能不让人痛心。想当年大清天朝何等辉煌，眼下却被洋人逼迫订立城下之盟，叫人怎能咽下这口气。赔款是小，丢失祖宗土地可是大事，自己将有什么脸面去见地下列祖列宗、地上臣民百姓，但是不准奏又没有解救良策。

女：一夜苦涩，天渐渐放亮了，只见道光皇帝猛地一顿足，转身进入大殿用朱笔草草书写一纸："江南有数百万百姓，一旦开战安危难定，应以百姓生命为重，准奏与英军议和。"

男：《南京条约》是近代中国与外国之间第一个不平等条约，是英国用武力强迫清政府画押的卖身契，从此美丽的香港岛沦落他人之手，在中华民族的主权和尊严上戳上了一道长达150多年的深深的伤痕。

第二集

女：百年风云起香江，华夏恨留长，百年离散，百年心伤，国耻永难忘。

男：永难忘，唤香江，洗雪国耻迎你回家乡。

男：中央人民广播电台大型系列广播特写《香港百年》第二集：两强盗努力逼清宫，"鬼子六"丧权让九龙。

女：当英国的"米"字旗在香港升起的时候，伦敦白金汉宫灯火辉煌，英国统治者弹冠相庆，女王维多利亚和她的丈夫甚至想把女儿命名为"香港公主"。但是贪得无厌的侵略者远没有满足，1854年、1856年英国公使包令两次联合美法公使向清政府提出修改《南京条约》，企图借修约进一步打开中国市场，扩大侵略权益，都遭到了当时的两广总督叶名琛的拒绝。

男：叶名琛，湖北汉阳人，身材矮胖，肿眼泡、厚嘴唇。别看他长得一副呆傻昏庸样，可在处理外交事务上却有一套"自欺欺人"的哲学。叶名琛想："林则徐主战兵败身亡，主和琦善已经身败名裂，我身处两难之中，不如另创一格，以静制动，不阅读外国公文，不见外国来使，不理睬外国人的一切要求。"不管香港总督、英国公使如何讨好他，就是不理睬。

女：1856年初冬的一天傍晚，寒气笼罩着的伦敦城，路上行人已经很少，街市上的商店纷纷打烊关门，只有唐宁街10号首相官邸灯火通明。在第一次鸦片战争中因功登上首相宝座的巴麦尊此时正躺在安乐椅上，眯着眼睛似睡非睡。修约一次次遭到清政府拒绝，气得他暴跳如雷，在刚刚结束的议会上，他歇斯底里地叫嚣："只能在炮口上才有外交，要想修约，必须制造借口，用武力教训中国人。"

男：教堂里的钟声刚敲过不久，一个长着鹰钩鼻子的侍从"砰"的一声推门走了进来，"阁下，广州领事巴夏礼电报，广东水师为了搜捕海盗最近搜查了停泊在珠海码头上的'亚罗号'运输船，逮捕了两名中国海盗和10名涉嫌的中国水手，而这艘船曾是我们的船只。"

"什么？"躺在安乐椅上的巴麦尊一下子蹦了起来。十多年前，英国就是借虎门销烟向中国开战，而今机会又来了。他立即命令巴夏礼挑起事端，巴夏礼心领神会，气势汹汹地找到两广总督向清政府提出抗议。

巴夏礼一见叶名琛气不打一处来，大声斥责说："'亚罗号'是一艘英国船，中国官员搜查时扯下了英国国旗是对大英帝国的侮辱。"事实上"亚罗号"不是英国商船，船上也根本没有悬挂英国国旗。

巴夏礼蛮横地要求两个总督叶名琛释放被扣水手，并向英方赔礼道歉，否则就要进攻广州。叶名琛无奈放了人，但不赔偿、不道歉。

女：骄慢成性的巴夏礼借口叶名琛礼貌不周，命令英军上将西马縻各厘向广州发动进攻，第二次鸦片战争爆发。

男：12月28日凌晨，由额尔金和葛罗率领的英法联军攻克珠海炮台，以猛烈的炮火进攻广州城，商店、民居相继焚烧。总督衙门被炸毁，美丽的洋城烈火熊熊、血流成河。守城的清军虽奋力抵抗，但终因寡不敌众举起了白旗。

女：广州失陷，助长了侵略者气焰。在巴麦尊眼里这简直和十多年前第一次鸦片战争有惊人的相似。于是，他一面命令英法联军沿东海北上，重新打起"炮舰政策"这面大旗，向清政府施加压力。一面命令英国驻华公使寻找机会，占领九龙半岛。

九龙半岛与香港岛隔海相望，战略地位十分重要。英国政府对九龙早就虎视眈眈，割据岛屿以后，就以武力强迫清政府拆掉设在九龙半岛、尖沙咀的两座炮台，使这一军事要地无人设防。

男：1860年3月18日，在新任侵华陆军司令克林顿的指挥下，英军耀武扬威强行侵占了九龙半岛尖沙咀，此后到达的大部分英军都驻扎在九龙半岛，尖沙咀从此便成了英军的大本营。凶残狡诈的巴夏礼认为九龙岛没有一兵一卒，英军强行占领既没有根据，也有碍大英帝国的威严，与其这样，不如租借显得冠冕堂皇。

1860年3月19日，他急匆匆地赶到香港，就租借九龙半岛同克林顿和香港总督罗便臣密谋磋商，以英国政府的名义起草了一份租借九龙的照会。3月20日，巴夏礼兴冲冲地乘船从香港赶到英法联军控制下的广州，巴夏礼是联军首脑，广州的"太上皇"，他一到两广总督的衙门，新任总督劳崇光毕恭毕敬地迎了出来。蛮横的巴夏礼从怀里掏出照会，开门见山地说："本人这次来是向阁下建议租用九龙半岛，或者割让给我们，就像割让香港一样。"只见他脸不红心不跳，谈起强租中国土地，就像谈论天气一样轻松。

劳崇光张了张嘴刚要插话，巴夏礼已经明白了他想说什么。立即接着说："当然，我知道总督阁下在请示皇帝之前不能割让这个半岛，而且只能以租借的方式把它移交给英国政府，虽说这种方式不是很完备，但我仍然愿意代表英国政府接受这种移交。"

说到这个，巴夏礼觉得再没有什么可商量的，就拿出主子对奴才的口气对劳崇光说："这是我和香港总督的意见，阁下所需要做的就是在正式回信中表示这些安排应缴纳租金的数目。"劳崇光和大多数清朝官员一样，也是一个胆小怕事的昏庸之辈，他想九龙半岛南端已经被英军占了，反正也要不回来了，英国人要租就租给他们吧，这样不必割让，既可以对咸丰皇帝交代，又不会得罪英国人，当时劳崇光就答应了英国人的要求。

女：第二天，劳崇光就在巴夏礼拟定的协议上签字盖章，同意以每年五百两白银的低廉价格将九龙半岛南部和附近的昂船洲租给英国。可悲的是，此时的清政府还被蒙在鼓里。

男：租借九龙的消息传到伦敦，英国政府欣喜之余，又总觉得不那么舒服，租借总不如割让好，外交大臣罗素在议会上叫嚷："大清朝最惧怕对外战争，他们的大臣都是窝囊废，唯一的本事就是低三下四地向我们求和。大英帝国应乘机北上，用坚船利炮成为九龙半岛的主人。"

英军特使额尔金领受唐宁街的秘令后，立即率英法侵华联军两万五千多人和两百多艘舰艇北上。4月占据舟山，8月在天津北塘登陆包抄大沽炮台后路。8月21日北塘炮台陷落，24日英法联军占领天津后向北京进犯，沿途千百座村镇被夷为平地，很快兵进通州。

六神无主的咸丰皇帝急忙派怡亲王载垣、兵部尚书穆荫为钦差大臣，前往通州议和。此时的额尔金、格罗猖狂至极，毫无和谈之意，叫嚣占领京城，将皇帝逐出紫禁城。9月21日，联军进攻通州城西八里桥，清军拼死抵抗，死伤惨重。八里桥兵败的消息传到北京，咸丰皇帝大为震惊，以办理和局不善为由，摘掉载垣、穆荫的顶戴花翎，派他的六弟，绰号"鬼子六"恭亲王奕訢为钦差大臣，留守北京向联军求和，自己带着后妃、皇子和一群王公大臣仓皇逃往承德避暑山庄。

女：深秋的承德寒气袭人，避暑山庄的烟波致爽殿，自从嘉庆皇帝死在这里以后，40年间无人居住，殿内布满尘土、蜘蛛网，院内杂草丛生，显得十分零落和萧条。

男：由于出逃仓促，咸丰皇帝每天只好与后妃宫眷分吃几碗小米粥，往日如花似玉的后妃宫眷们如今蒙难荒郊，一个个惶恐忧愁，容颜憔悴。咸丰看着这支逃难队伍，回头南望京城，不禁失声痛哭。他深感愧对祖宗，更不知此生此世能不能回到金碧辉煌的紫禁城。

突然，探马送来一封加急奏报，这是奕䜣从六百里以外的京城发来的。只见上面写道"英法联军攻占北京安定门，他们在城墙上安置的大炮直指紫禁城。五天英法联军进入圆明园、畅春园、万春园，不但把三园的金银珠宝抢劫一空，还四处放火，滚滚烟尘覆盖了整个北京城，大火一连烧了三天三夜，美丽的景园都付之一炬"。

读完奏报，咸丰皇帝顿觉眼前一片漆黑，嘴里默念"完了，完了"，立即口吐鲜血，瘫坐在椅子上。

女：面对灭绝人性的强盗，与洋人议和的恭亲王奕䜣惊恐万状，别看"鬼子六"在清朝内部争权夺利是个行家，可见了洋人骨头都软了，他急不可耐地分别朝会英、法全权大使额尔金和格罗，殷勤地询问何时换约。英法两国迟迟不作答复，奕䜣如坐针毡，直到第三天才接到两国照会。英法分别索要赔偿恤银三十万两和二十万两，赔偿军费各八百万两，并承诺今日给钱、明日换约，期盼早日议和的"鬼子六"丝毫不敢怠慢，赶忙给付银两。

然而在换约谈判时，英军趁机废除了原来签订的租借九龙协议，加入了蓄谋已久的条款，把广东九龙并归英属香港界内。看到英方得寸进尺，奕䜣虽然很不高兴，但照旧是敢怒不敢言，他自我圆场地劝解咸丰皇帝："洋人说什么是什么，绝对不可辩驳，银子照给，割地也照割，否则一经辩驳，难保不生事端。"重病缠身的咸丰皇帝，此时已心力交瘁，勉强坐了起来，用手哆哆嗦嗦地写下了"委屈将就，以期保全大局"的指令。

男：1860年10月24日，紫禁城礼部大堂戒备森严，光禄寺卿盛宝担心英方有诈，派兵400保卫恭亲王。"鬼子六"这会倒出奇的大胆，让清兵驻扎在正阳门外，只带了十几名护卫前往礼部换约。英国公使额尔金却乘坐轿子在100骑兵和100步兵的簇拥下，沿安定门内大街前往清朝礼部大殿，在侵略者军事和外交的双重压力下，清政府被迫在不平等条约中英《北京条约》上签字。《条约》规定，将中国新安县、九龙司的部分领土及九龙半岛经界线以南部分，包括昂船洲，总面积7.93平方公里的地方割让给英国。

九龙终于在英国侵略军的刺刀之下，由强占到强租，由强租而割让，成为英国香港殖民地的一个组成部分。

女：1861年1月19日，驻港英军两千多人渡海前往九龙参加仪式。下午3时，英国全权特使额尔金、广州领事巴夏礼、香港总督罗便臣三人耀武扬威来到会场，只见新安县令等四名清朝官员灰溜溜地站在一旁。巴夏礼硬把一个装满泥土的纸袋儿塞给一名大清官员，强迫后者把纸袋儿交给额尔金以此象征领土的移交。英国侵略者就是用这种方式炫耀他们割占中国领土的胜利，可悲的是清朝官员竟言听计从，受尽了侮辱。

男：英国割占九龙，使中国丧失了反抗外国侵略的一个战略要地，如同在中国大陆插进一个楔子，完全控制了维多利亚湾，从此中国沿海地区面临着的侵略威胁更大了。

第三集

女：百年风云起香江，华夏恨留长，百年离散，百年心伤，国耻永难忘。

男：永难忘，唤香江，洗雪国耻迎你回家乡。

男：中央人民广播电台大型系列广播特写《香港百年》第三集：列强甲午瓜分中国，英寇强租新界。

女：1894年7月，明治维新后刚刚走进帝国行列的日本，侵略扩张的野心急剧膨胀，迫不及待地从陆上、海上向毫无戒备的中国发动突然袭击。清朝政府被迫于8月1日对日宣战，中日战争正式爆发，这就是人们所熟知的中日甲午战争。这一年恰巧是慈禧60岁生日，荒淫无耻的慈禧太后这阵子仿佛当真什么也不管了，只是自顾自地筹备她的大寿庆典。

光绪很想办出些漂亮的事儿来，让这位老看自己不顺眼的太后欢喜欢喜，谁知这接二连三的噩耗粉碎了他的梦想。半年前对日宣战时的那一股热情被他不争气的手下迎头浇上一盆冷水，看来战事是支持不住，与其这样硬撑着还不如由老佛爷做主，忍辱议和算了。想到此，走投无路的光绪皇帝立即传旨"全权委托总理大臣李鸿章前去投降议和"。

男：1895年4月17日，清政府全权代表李鸿章东渡日本，在马关春帆楼作为战败国代表同日本政府签订了丧权辱国《马关条约》。日本除割占辽东半岛及台湾和澎湖列岛外，索取赔款2.3亿两白银，相当于让每一个中国人都出半两银子。

　　"甲午战争"给中国人民带来深重的灾难，东瀛一叶孤舟般的日本对中国狠宰了一刀，足足捞了一把，志得意满、兴高采烈。英伦三岛的殖民者幸灾乐祸之余，忽然醒过味儿来，便宜不能让日本人都占了，立刻撕掉"中国保护者"的面具，又一次伸出贪婪的手。

　　5月13日晚，距《马关条约》签订还不到一个月，伦敦唐宁街10号首相官邸灯火通明，圆形会议桌上放着刚刚送来的海陆联合委员会向国防部提交的报告，要求英国政府立即对中国采取行动，扩张香港土地，专程赶到国会的港督威廉·罗便臣正大声宣讲："早在甲午战争刚一爆发，我就曾上书陛下，要求政府趁机扩张香港界址占领新界，但可惜的是只把我的建议记录在案，未加可否，中国的国力现在正处于最低点，50年之后或许中国可能成为一个军事强国。为了香港防务安全，现在若不抓紧拓土将悔之晚矣。"罗便臣越说越激动，他扭头看了一眼坐在旁边、眯着眼思考的首相莎士伯里："阁下，我们必须在中国失败还没有恢复过来之前，对他们强行提出这些要求。"

　　傲气十足的外交大臣张伯伦似乎已经听得不耐烦了，他站起来说："依臣之见，现在对中国采取新的行动，时机很不成熟，如果我们这时割占中国一大块土地，势必引起俄、德、法三国效仿，反而于我们不利。"老谋深算的莎士伯里挥了挥手，止住了大家的议论，"我劝各位大臣相信这样一个事实，香港周围的土地都不过是我们嘴边的肉，什么时候吃都可以。现在当务之急是扩大我们在中国其他地方的势力范围，日后再回过头来解决香港扩土问题也不迟。"莎士伯里一席话说得这些大臣们连连点头称是。

女：英国政府把香港扩土的问题暂时放到一边，可其他列强都已经等不及了，俄、德、法三国把自己打扮成清政府的恩人和朋友，甲午战争一结束立即向清政府勒索报酬，纷纷伸出魔爪掀起瓜分中国的狂潮。先是德国强迫清政府同意租借胶州湾，并且取得了在山东修筑胶济铁路和开采矿山的权利。俄国也赶紧插手逼清政府签订《旅大租地条约》，把中国的东三省和内蒙古作为势力范围。法国也不甘落后，强占云南的勐乌、乌得，迫使清政府开放云南的河口、思茅为通商口岸，还取得两广和云南的开矿优先权，迫使清政府开放。

腐败昏庸的清朝政府只有一个宗旨：见一个强盗磕一个头，一律顺从照办。

男：眼见俄、法、德三国都从中国抢了一块地盘去，远在伦敦的莎士伯里再也坐不住了。特别是得知法国要租广州为军港的消息后，不由得倒吸了一口冷气，寝食不安。他想："如果法国人占领了广州湾等于给香港门前砌了一道墙，拓展香港岂不落空？不能再等了。"便急急忙忙地改变政策加入到瓜分中国的行列中来。他指使英国负责外交工作的贝尔福立即密令驻华公使窦纳乐抢在法国之前，向清政府提出展拓香港界址要求。

女：1898年3月的一天，初春的北京乍暖还寒，宫阙林立辉煌的紫禁城虽然依旧像一头怪兽似的雄踞在城中央，但它经不住时光的折磨和列强的蹂躏，已经奄奄一息了。

男：甲午战败，被光绪皇帝拔掉三眼花翎、扒掉黄马褂的清政府总理大臣李鸿章此时似乎已经变成一具没有灵魂的躯壳，呆坐在太师椅上。刚刚接到英国驻华公使窦纳乐的约见通知，他深知窦纳乐必是因俄、法、德割地而来，"想来真是百思不得其解，这些年来尽管我李鸿章绞尽脑汁像一头温顺的羔羊似的讨洋人欢心，但是豺狼般的洋人始终不理会，依然给中国制造无穷的灾难。不

17

割地,大英帝国的坚船利炮让你一日不得安宁。转又一想,既然朝廷授予割让土地的全权,与其多一事不如少一事,尽量少割些吧"。

想到此,精神似乎稍微振作一些。李鸿章多年执掌外交大权自以为老谋深算,颇为刚愎自用。他虽然知道窦纳乐狡诈难缠,但还是低估英国人的野心。他想,与其让英国张开大口要,不如主动割过去一小口,于是当窦纳乐向他提出要求后,便马上同意租出九龙半岛的一个角落。李鸿章不无得意地说:"港英当局早前提出过香港需要打靶场、练兵场等拓展界址的理由,这次大清朝租与贵国的这块土地足够了。"

狡诈的窦纳乐听后未加可否,内心却自有主张,因为此时唐宁街的主子还没有通知他租借范围,于是摆出一副轻松的样子,笑里藏刀地说:"我们索要的不会超过防卫香港所需,阁下年高体弱不便事必躬亲,像广州湾那样就让地方官员做具体安排吧。"

女:李鸿章拒绝了窦纳乐的提议,坚持在作出决定前要先检查地图,与英国人打了几十年交道的李鸿章太了解英国人。条约划定的割让范围都可以突破,不在条约上写清楚,来日交割时就更没边儿没沿儿了。

正当北京城唇枪舌战时,英伦三岛的殖民者已经紧锣密鼓地抛掷出租界范围,九龙半岛界线以北,深圳河以南地区连同邻近235个岛屿和大鹏湾、后海湾两湾水域全部租借过来,这就是后来被人们称作的新界。

新界是香港地区面积最大的部分,连同附近的235个岛屿共有975.3平方公里,约占香港总面积的92%,广东新安县面积的三分之二。这里依山傍海、山明水秀、土地富饶辽阔,与内地紧密相连。罗湖、文锦渡、落马洲、沙头角四条主要过境通道都在这里。英国人已占领的香港岛和南九龙根本无法与之相比,陆地较两地之和大十一倍，水域扩大四五十倍，因此新界自然而然的成了英国人梦寐以求的发展基地。

男：当李鸿章看到窦纳乐提供的暂拓界址的地图时，大惊失色。万没有料到英国胃口如此之大，便讥讽说："只要保卫香港所需的一小块地方，怎么一下子扩大这么多，大清国无法满足。"而窦纳乐却摆出一副十足强盗嘴脸，理直气壮地说："阁下，我们要求暂拓的香港界址比起德国租界的胶州湾、俄租借的旅顺、大连要小多了。"

言下之意，英国还是比较客气的。当狡猾奸诈的窦纳乐觉察到清政府坚持保留新界内九龙城寨的管辖权时，不觉计上心来。他虽然已经得到英国主子在城寨问题上可以照顾中国的指示，却故意在谈判中坚持把九龙城划在拓界范围之内，以此作为外交筹码，压迫中方节节让步。

女：位于新界的九龙城是一座石城，始建于1847年。当时两广总督耆英奏请皇上修建以便防守，由广东人民捐资修建，城中设有中国衙门，由于城中炮台在抗英中功绩卓著，由百姓捐资修建。

1860年，英法联军攻陷北京后，清政府割让九龙半岛南端给英国，而独保留了地处九龙半岛东面的九龙城。在暂拓界址谈判中，清政府坚持要保留对九龙城的管辖权，一是为了缓和民众对租地的不满；二是为了表示租界与割让不同，留下一小块城池作为主权的象征。

男：为强迫李鸿章接受英方提出的扩界范围，窦纳乐又把担任中国海关总税务司的英国人赫德派了出来。身在曹营心在汉的赫德拿着中国薪俸穿着清朝官服，不仅从来没有为中国办一件好事，还屡屡在关键时刻出卖中国。别看他人长得不起眼，却握着清政府关税大权。老佛爷向外国借款，王公大臣搜刮贿赂都在走他的门路，他说话对清政府要比窦纳乐的话压力大得多。

此时的李鸿章本来就已经胆战心惊，再加上赫德的威逼利诱，剩下的只是低三下四苦苦哀求："多少让一点吧，算作友情，我会时常记起你们的。"一会儿又厚着脸皮嬉笑着说："给我留些脸面吧，不然我会挨国人唾骂的。"

骄横的窦纳乐认为大局已定，用不着再假惺惺地哄骗李鸿章了，便拍着桌子大声斥责说："我国租借这块地方就是因为中国把广州湾让给了法国，威胁到香港的安全。如果你废掉了法国人的条约，我立即撤回。"

1898年6月9日，风烛残年的清政府总理大臣李鸿章被逼无奈终于按照英国政府的要求，与窦纳乐在北京签订卖国条约《中英展拓香港界址专条》，将新界这块975.3平方公里的富饶土地拱手让给英国政府，租期99年。

女：《展拓香港界址专条》是英帝国主义继《南京条约》《北京条约》之后，强加在中国人民头上的又一副沉重的枷锁。条约签订后，英伦三岛的统治者和港英当局一片欢呼，竟恬不知耻地称"这是完成了又一项光荣使命"。

男：侵略者贪得无厌，九龙城风波迭起。世世代代劳动生息在新界这片土地上的中国居民得知土地租与英国管辖，无不义愤填膺。他们在爱国乡绅的带领下，纷纷组织起来高喊着："'番鬼'滚开，我们不要当女皇的臣民。"用火枪、大刀、长矛、石块儿为武器出其不意地狠狠打击入侵者，反抗英国接管新界。但终因寡不敌众，群众的反抗斗争被英军的洋枪洋炮镇压下去。

女：英国占领新界后蛮横地破坏了《展拓香港界址专条》中关于九龙城治权规定，以"新界乡邻反抗英接管"为借口用武力将九龙城内清朝官员和驻军全部赶走，"中国保留九龙城的治权"实际上成了一句空话，根本无法行使。

男：在"强权即是公理"的时代，英国政府用刺刀和枪炮通过

《南京条约》《中英北京条约》《中英展拓香港界址专条》三个不平等条约完成对整个香港地区的侵占和掠夺。东方明珠香港从此开始了沦落百年的历史，而且人们已经隐约听到，中华民族不屈不挠反抗侵略者的战鼓已经擂响。

第四集

女：百年风云起香江，华夏恨留长，百年离散，百年心伤，国耻永难忘。

男：永难忘，唤香江，洗雪国耻迎你回家乡。

男：中央人民广播电台大型系列广播特写《香港百年》第四集：抗击英军香江潮起，保卫家园铁门作证。

女：1899年3月27日的清晨，新界的山路上弥漫着一团一团的雾气，坐落在山坳里的村庄几乎被遮挡得看不见踪影，勤劳的村民们跟往日一样，早早起来生火、喂猪，一件一件忙碌开来。突然，山路上传来一阵紧似一阵的马蹄声，打破了乡村早晨的平静。

男：高头大马上坐的是港英政府警司梅含理，他此行是奉港督卜力之命，到位于新界中心的大埔搭设警棚，准备正式接管新界时举行仪式用。一名警察小心地问道："目前，新界租借地尚未交收，我们提前搭设警棚，大清政府会不会做出反应？"梅含理一听此言，禁不住哈哈大笑起来："新界已是我帝国囊中之物，至于中国，用得着顾虑那么多嘛？"

第二天，梅含理选定在大埔附近的一个小山丘上修建警棚。

女：腐败软弱的清政府自然不敢做出什么反应，而世代生活在这片土地上的新界民众却表现出了中国人的骨气。

男：差不多在梅含理强行搭建警棚的同时，下村的邓氏家族围坐在一起，正在倾听壮士邓菁士高声朗读来自元朗乡会的一封揭帖。"英已正欲入我领土，我等村户面临灭顶之灾，我全体乡民需热忱奋起，予以武力抗击，一致行动。"

白发苍苍的邓老太爷，听罢禁不住老泪纵横，哽咽地说："我邓氏家族自宋朝崇明年间由内地迁居本乡，已经几百年，不想今日竟要做亡国奴了。"血气方刚的邓菁士压不住心头的怒火，拍案而起，"我们宁死不做亡国奴，跟洋鬼子拼了"。

3月31日，洋洋自得的梅含理又来到大埔检查警棚搭建的情况，爬上小山丘，他不由得大吃一惊，"怎么回事？"警棚只搭了个架子，请来搭建警棚的工人踪影全无，环顾四周，他发现附近的树干上贴着一张纸，怒气冲冲的说："去，把那张纸揭下来，看看中国人在上面写了些什么？"梅含理看完吃了一惊，原来这是新界村民散发的揭帖，内容是号召各村村民参加演练，武装抗英。

4月3日，梅含理带着六名警察，前往大埔维持秩序。乡民们愤怒高呼不能侵占我们的土地，警察挥舞着大棒，大肆殴打示威的群众，于是村民纷纷用砖石、棍棒、扫帚还击。梅含理等人见事不妙，慌忙逃进警棚聚首。到了晚上，邻近各村的群众纷纷赶来，他们用照明的火把向警棚投去，不一会儿警棚就被付之一炬，冲天的大火照亮了漆黑的夜空。梅含理慌不择路只往树林和草堆里钻，总算保住了一条小命。

女：4月4日上午11点，驻港英军司令加士居带领一百名英国皇家威尔士枪手，分成两艘鱼雷艇赶到大埔增援，然而此时抗英勇士们早已不知去向，英军只找到几位看家的老头、老太太。老人们装聋作哑，对火烧警棚之事，推说一无所知。面对居民的沉默和警棚废墟上冒出的屡屡青烟，加士居无计可施，只得将能抓到的人集合在一起，宣布英国即将接管新界，如有任何骚动将立遭镇压。

男：加士居回到港岛不无吹嘘的说："大埔已经恢复平静。"

女：然而，在表面平静的背后，新界抗英斗争的准备工作却在紧锣密鼓地进行着。

男：4月15日，梅含理率领22名警察和英军一个连，分水、陆从港岛抵达大埔，新界乡民数千人闻讯立即赶到大埔的山坡上，开挖通道准备抵抗英军。一时间，小山坡上人头攒动。然而，骄横惯了的英国军警根本就没把这些乡民放在眼里，心想只要把帝国军警的威武阵势一亮，还不把他们吓坏？于是，梅含理带着这一百多名英国军警就像平时演习一样排成整齐的队列，踏着正步，端着明晃晃的刺刀向山坡上开来。

眼见英国军警越来越近，邓菁士一挥令旗，"点火"，12门土炮依次发出一声声惊天动地的怒吼。刹那间硝烟弥漫，铁柱横飞，英国军警大惊失色，丢下几具尸体狼狈的滚下山去。侥幸捡了一条命的军警，不是伤胳膊断腿，就是被硝烟熏得青面獠牙，一个个早已魂飘魄散。梅含理顾不上许多，趴在一个水坑里语无伦次地命令道："快，快，给港督大人发电报，请求增援。"

女：第二天，英国军队半个营的增援部队乘军舰赶到，这一次狡猾的英军首先用"荣誉号"上的大炮对小山坡上的阵地狂轰乱炸，压制摧毁乡民的火力。然后步兵分几路推进，还没有等乡民们醒过神儿，英军已经到了眼前，罪恶的子弹射向那些几天前还在从事农耕、经商或者腌晒咸鱼，如今为了保卫家园揭竿而起的新界乡民。尽管乡民们抄起大刀、长矛同鬼子死拼，但终究是难抵洋枪洋炮。阵地被英军突破，邓菁士率领各村村民分散向后方撤退。

男：港督卜力和梅含理登上小山丘，望着被硝烟笼罩的大埔，心情颇为复杂。没想到接管新界还动用了正规军，打了一场不大不小的战争，而对手却是毫无军事素质的老百姓。不过事到如今，这两位殖民主义者也不敢大意了。

港督命令梅含理立即组织军警重新搭设警棚,速度要快。接管新界的仪式提前一天举行。下达完命令,卜力觉得心里还是不踏实,又命令再调三个连的人马增援大埔以确保仪式顺利进行。

1899年4月16日下午20时50分,"米"字旗在英军刺刀的保护下,匆匆在大埔升起。港英当局还从港岛拉了一帮官僚商人以及歌女来捧场,狂呼乱叫,为他们的强盗行为涂脂抹粉。

女:首战失利,邓菁士等抗英义士并未气馁,他们在丛林中冷冷的注视着殖民主义者上演着这一场闹剧,压抑着心头的怒火,筹划着又一场战斗。

男:邓菁士在丛林中召集各村首领开会,他说:"林村是一条狭窄的山谷,宽不过一华里,长约三华里,谷底平地只有一条小路贯通,可以说这是一个很理想的口袋,洋鬼子不熟悉地形,只要诱敌深入,就可以聚而歼之。"他停顿了一下问道:"不过在诱敌深入时,一不能过分恋战,二不能给敌人识破。不知谁可担此重任?"

众人一听,谁甘落后?纷纷抢着说:"我去,让我去。""大家都别抢了,不然我黄胡子可要跟各位急。"黄胡子,原来是附近的海盗,听说新界乡民举起抗英义旗,就弃暗投明带了人马投奔过来。黄胡子恳切地对大家说:"兄弟我过去欠了新界父老乡亲一笔债,现在诸位不计前嫌容许兄弟和各位一块儿打鬼子,已经是高看一眼了,不过至今一功未立,兄弟内心不安。"

一番话说得众人十分感动,齐声称好,都说非黄胡子莫属。邓菁士当即一一分配任务,众人各自领命而去。

女:这天,黄胡子的手下向英军发起攻击,经验丰富的黄胡子不断组织人员向英军冲锋,然后装出无法支持的样子,且战且退,往邻村山谷方向撤退。

男:英军自然不肯放过,一路跟踪而来。一进入山谷只听得一声炮响,伏兵四起死,杀声震天,梅含理心里连连叫苦:不好,中计了。义军先用土枪土炮打击英军，然后挥舞着大刀长矛冲下山来，邓菁士一马当先，一连砍翻了好几个英军。正当义军猛冲猛杀之时，突然背后传来枪声，许多乡民没有来得及躲避就倒在了血泊中。

怎么回事儿，邓菁士正在纳闷，黄胡子冲过来报告说："洋鬼子趁我们冲下山来的机会，分出一部分悄悄占领了山顶。""啊！"邓菁士大吃一惊，"洋鬼子真贼"。他连忙对黄胡子说："现在洋鬼子占领了制高点，形势对我们不利，要赶紧转移，别吃眼前亏。""对，你带大伙儿撤，我来掩护。"

邓菁士率领民众刚退入吉庆围，一位乡民就匆匆跑来报告说："新界除本村外所有的村庄都已被洋鬼子占领，周围的群众纷纷表示我们绝不让洋鬼子踏进吉庆围一步。""杀一个洋鬼子够本，杀两个就赚。"邓菁士大声说："好，我们吉庆围是个古老的村落，高墙深壕易守难攻，只要把原有的工事再加固一些，洋鬼子要想打进来也不那么容易。"

在邓菁士的指挥下村民们纷纷行动起来，有的把准备盖房的木料、砖石拿出来修工事，有的把家里的门板都卸下来。邓老太爷则把村里的几个小伙子叫来，手一挥吩咐道"把我那副棺材抬去修工事吧"。

小伙子们听了一愣，你看看我，我看看你，谁都不敢动手，大家心里明白这副棺材是邓老太爷好多年前亲自看中后，花了大价钱买下来的。邓老太爷见大家迟疑不决，知道他们的心思，说道："都到这个时候了，还顾得上那么多吗？"他抚摸着油漆过不知道多少遍的棺材细细端详着木材的纹理，过一会儿，拍着棺材板说："这副棺材可是好料子啊！装上土，一定挡得住枪林弹雨，至于我老头子哪一天不行了，你们就把我用芦席一裹就可以了，只要是大清的鬼就行。"大家见邓老太爷说得斩钉截铁，只好从命。

女：在邓菁士的部署下，乡邻们利用坚固的堡垒向敌人射击，打得敌人不敢露头。英军无计可施，就让人一遍遍用喇叭高声喊叫："村民们，大英帝国已经和大清政府签订协议，新界由英国管辖，只要大家放下武器，保证既往不咎。"

男：邓菁士对黄胡子说："派一名枪法好的，把这个饶舌的东西干掉。""看我的"话音未落，只听得一声枪响，喇叭哑了。喊话的士兵也直挺挺地倒下去。面对不屈不挠的乡民，英军恼羞成怒，调来了大炮对准村庄乱轰，吉庆围坚固的大铁门在炮弹的轰击下重重地倒在地下，寨门洞开，英军蜂拥而入。

"你们几个是领头的，赶快走"，邓老太爷对邓菁士等抗英首领说。"人在村在，我们跟鬼子拼了，这里是我们的家，我们不走"，众人义愤填膺要同敌人决一死战。"胡话"，邓老太爷一激动从藤椅上站了起来，他颤抖着手说："俗话说，留得青山在，不怕没柴烧，你们可以暂时到广东去，等待时机，重振旗鼓。"

在邓老太爷的劝说下，有吉庆围的乡亲掩护，邓菁士等抗英义士恋恋不舍地告别故乡，经小路前赴广东。

女：吉庆围战斗结束以后，一名英国军官将吉庆围的一对连环大铁门强行抢去，作为战利品运到了英国，以炫耀自己的战果。这一对铁门是康熙年间邓氏家族的祖先为了防止海盗对村寨的袭击，特地铸造的。它是村民世代相传的珍宝之一，也是他们敢于抵御强敌的象征。

男：直到1925年，在邓氏家族的强烈要求下，大铁门才得以远涉重洋，重归吉庆围，这一对经历了刀光剑影、血与火的洗礼，蒙受了光荣和耻辱的大铁门至今依然护卫着吉庆围的村民，依然在向人们述说着在地域有限、人口只有几万的新界，有几千勇士曾经在没有后援的情况下三战强寇的悲壮历史。

第五集

女：百年风云起香江，华夏恨留长，百年离散，百年心伤，国耻永难忘。

男：永难忘，唤香江，洗雪国耻迎你回家乡。

男：中央人民广播电台大型系列广播特写《香港百年》第五集：同胞血汗艰辛创业，港岛经济初展航帆。

女：1841年，一个月朗星稀的秋晚，广东珠江口虎门炮台，清冷的海风吹得岸边的草木瑟瑟作响，海潮不停拍打着礁石。忽然间，海面上驶来几艘悬挂"米"字旗的帆船。船靠岸后，几个英国军官驱赶着一群衣衫褴褛的中国劳工走上炮台。不一会儿，一块块石料和砖瓦被凿卸下来，劳工们喊着号子装上，船又启航，目的地正是刚刚被英国人占领的香港岛。在那里，等待劳工们的还有更为繁重的工作，他们将在荒凉的香港岛上开山筑路，填海为堤，建工造房。

男：今天的香港拥有世界上最繁忙的维多利亚港，每天有12万吨远洋货轮来往穿梭，进行庞大的转口贸易。一百多年前，英国殖民者投入武力占领香港岛后，正是看重香港这一优越的地理条件，试图把香港建成掠夺中国财富的一个中转港，殖民主义的贸易扩张野心促使他们把香港早期经济发展的定位放在自由港政策的

"指针"上。

最初几年，建设香港的费用来自于清政府对鸦片战争的赔款和拍卖香港土地的收入。而最初的建设者都是英国从广东、福建沿海以低廉价格雇佣的中国劳工，英国人还从广东虎门、沙角等地的炮台拆卸建筑材料在夜间偷运到香港，殖民者就是这样在中国土地上用中国的资金和中国的劳力为自己打下了第一块基石。

女：1842年，1500多名中国劳工沿香港岛北面的海岸开山填壕，建成香港最早的城市道路皇后大道，便利西区及中部商业区的交通。

1845年，这条道路延伸到港岛南面的香港仔，道路两旁开始出现仓库和商店。1846年，环香港岛的39公里道路修建完工，维多利亚城建成三个轮渡码头。1847年，香港岛上耸立起一些建筑物。

岁月沧桑，这些早期的建筑物历经百年风雨已斑驳磨损，似乎已成为历史的陈迹。有谁知道这其中的每一块砖、每一块石无不饱含着中国劳工的血汗，饱含着香港同胞艰辛创业的印记。

男：随着城市建设的初具规模，香港经济航船开始竖起了桅帆，然而这个早期的自由港却是为罪恶的鸦片贸易大行方便之门的。英国殖民者以鸦片撬开了中国的大门，又依靠鸦片启动了香港的经济。

女：正当英国殖民者以香港为基地，大肆掠夺中国财富时，1843年底，英国又强迫中国签订了《虎门条约》，上海、宁波等五个口岸被迫通商，中国的大门打开了，香港作为自由港的获利价值打了一个大折扣。

1845年8月，香港31家英商联名上书英国殖民大臣表示香港已无商可营，不少商行开始迁出香港，香港似乎刹那间成为一只起飞不了的丑小鸭。

男：就在这时，出现了两个影响香港经济发展的历史事件，

1850年前后美国的旧金山和澳大利亚的墨尔本相继发现了金矿，由于当地缺乏劳动力，英国殖民商人趁机在中国各地煽动起一股"淘金热"和"出洋打工热"，以香港为中转站经营起贩卖中国劳工的苦力贸易。

女：一时间在中国东南沿海四处贴满了招募华工的布告，大批穷苦的华人怀着出洋发财的梦想，变卖了房屋、家产辞别父母妻儿来到远行的出发点香港。喧闹的维多利亚港，一群衣衫褴褛的华工在英国商人的叫喝下，脱下上衣，胸前用英文字母烙上印记标明贩卖的地区，然后挤进破烂的帆船开始了充满危险和死亡的苦力征程。

1850年2月，一艘运载着450名中国劳工的英国轮船由香港驶往秘鲁，由于路途遥远，卫生条件恶劣，苦力贩子非人折磨，到达目的地的时候只有150人得以生存。

1861年，一艘轮船从香港开往旧金山途中遇到海上风暴，船上1000多名华工无一生还，这场血腥的苦力贸易为英国的殖民商人带来了惊人的暴利。

1872年，一位美国记者报道说："送到香港的劳工，对于苦力进口商来说，运输成本是每人5元，而劳工所付出的船费高达55元。"

这场罪恶的人口交易给香港经济带来的更是一次畸形的发展，据香港船政厅的报告，1851年到1872年从香港运往美洲、大洋洲和东南亚的苦力华工总计32万人。而在这25年间仅仅是贩卖华工到美洲的香港私人商行就获得了8400万元的暴利。同时这种最原始的苦力贸易也激活了香港的船运业，香港从拓展航线，安装和修理船只，供给粮食和用水等多方面获得了直接利润，维多利亚港也因此变成了繁忙的国际中转港，航线从驶向中国内地各个港口，增加到北美洲、大洋洲和东南亚各地。

香港早期的经济发展中苦力贸易和鸦片贸易一起扮演了拉纤启航的角色，但是在这种繁荣的背后将永远铭刻着中国劳工付出的一笔笔血泪斑斑的沉重代价。

男：1851年，太平天国起义爆发，华南一带的商人都把香港看作"世外桃源"，纷纷携带财产和家人来香港躲避，他们的到来不仅给香港带来了大量的资金，也为香港早期经济的发展带来了生机。

女：当时从广东台山来的一批华商住在港岛的文咸西街，一天。两位商人在酒楼饮早茶，闲坐许久无言以对，其中一位姓黄的商人长叹一口气道："梁兄，我们在港滞留多日，长此以往岂不坐吃山空。"这位姓梁的商人沉思片刻，忽然灵机一动，"黄兄，我们何不重操旧业在香港这片天地大展才华。""说得对，我早发现此地药材甚缺，我们可否联络原来的旧客户，用两广的大米通过香港从海路运到直隶省再换回药材。""好，一言为定。"

这个思想的火花立刻点燃了华商们的经商热情，并且由此带动了贸易业在香港的发展。中国商人凭借着自己的聪明才智和勤劳勇敢，利用香港的转口港便利条件，从海上沟通南北商货，北方出产的大豆、花生、药材通过香港转运南方各地，南方出产的大米、丝绸、海鲜也通过香港转运到北方各地。他们的商行也由此命名为"南北行"，并且成立了自己的同业组织"南北行公所"。鼎盛时期辖下的商号有数百家，每年的贸易额占香港贸易总额的四分之一到三分之一。

男：笼罩着香港经济发展的阴云就这样慢慢散去了，1860年，英国通过不平等的《北京条约》占领了南九龙半岛，九龙和香港岛，一北一南间的水域宽广、风平浪静为香港建成一个转口港创造了重要的条件。

女：维多利亚港失去了往日的宁静，充满浪漫情调的帆船变成了冒着黑烟的货轮，一条条航线延伸出去，一艘艘轮船满载而归，港内樯桅相接，风帆彩旗飘曳，一片繁忙景象，此时的香港在远东转口贸易的舞台上大显身手。

男：随着贸易业的发展，香港本地的工业生产也渐渐起步，火柴厂、水泥厂、制糖厂等初级产品加工厂相继兴建，并由此带动金融业的兴起，英资的渣打、汇丰等银行相继开业，港英政府在1862年还进行了币制改革，完善了香港的金融体系。

女：这一时期，香港银行业一直由外国资本控制，尽管在香港90%以上都是华人，却没有一家银行向不讲英语的华人服务。而华人开办的传统的银号、钱庄也因为规模小，经营手段落后，不能向自己的同胞提供贷款等金融服务。

男：这时，三位年轻的中国人以非凡的勇气和果敢的智慧在外国银行的重围中营造了一片新的天地。1918年，31岁的简东浦、李冠春和27岁的冯平山，三位年轻人联络好友策划招股创办第一家中国人独资经营的银行——东亚银行。

1919年1月4日，位于港岛中区皇后大道的东亚银行大厦正式揭幕，欢欣鼓舞的香港华人涌进银行大厅存钱、借款，欢庆这一盛事。简东浦意气风发地向宾客们宣布，外国银行主宰中国市场致使中国资金外溢，我们创办由华人投资和经营的银行将遏制资金的外流，专门为华人工商业服务。东亚银行服务的第一批客户就是南北行公所的华商们，由东亚银行资助的南洋兄弟烟草公司业务也迅速发展并向内地拓展。

1924年，东亚银行成为当时远东地区最大的华资企业之一。一份推动华人工商业发展的信念也带动了东亚银行事业的兴盛。今天，东亚银行已成为香港最具实力的银行之一，两根属于银行原址的花岗石柱现在矗立在银行新楼的入口处，记载着香港华人自强不息的历程。

女：19世纪末20世纪初，内地开展了轰轰烈烈的民族民主革命运动，给人们的思想观念和生活方式带来猛烈的冲击。新一代香港人受时代潮流的洗涤，也展现出与以往不同的新风貌，他们的进取心、自信和聪慧带动了华人经济的进一步崛起。而其中一些从北美洲、大洋洲和东南亚归来，掌握了大量资金的华侨，更成为争取华人独立经济地位的先锋。

男：澳大利亚华侨马应彪是香港商业史上值得大书一笔的人物，1900年，他联合一批同乡华侨集资2.5万港币准备在香港开设一家百货公司。当时的香港零售业被英国商人一手把持，并以经销洋货为主。由于价格昂贵，一般的香港华人很难问津。同时，香港华人仍然经营传统的小店铺，品种单一，不能满足顾客的需要。马应彪看准百货业这个有潜力的市场，马不停蹄地开始了筹划工作，先找好了店铺，花费了2万元装修，可剩下的5千只能买少量百货，马应彪作出了决定：品种一定要多，数量可以少，等收回现金再进货。

这年1月，在香港中区的皇后大道，马应彪创立的第一家华资百货公司——先施公司正式开业了。

女：先施的开业在香港历史上还是一件开风气之先的美谈。这一天清晨，先施百货公司的大楼里挤满了香港市民，他们除了观看琳琅满目的商品外，更多的是一睹服饰一致、满脸微笑、服务周到的售货员小姐。因为在当时，香港女青年只能从事一些低等职业，能在大庭广众之下做服务员是一件前所未有的新鲜事。

男：不久，澳大利亚归侨郭氏兄弟创办的永安公司和蔡氏家族创办的大新公司相继开业，香港同胞自己的百货业因此逐渐形成气候。华人在推动香港经济车轮前进的同时，也奠定了自己在香港社会经济生活中的重要地位。

女：1911年，香港九龙到广州的九广铁路正式开通，这使得香港与内地的铁路网连成一体，方便了香港的交通，加速了香港与内地原材料和商品进出口流通。香港的航运业抓住这一契机,航运量直线上升。到1924年,香港的转口货物达3500万吨,香港作为远东最大转口贸易港的地位得到了进一步巩固和提高。

男:香港工业化进程不可避免地促使了香港工人阶级的诞生,他们为香港的繁荣付出了不可磨灭的贡献,并在为争取自身权利的斗争中显示出巨大力量。

第六集

女：百年风云起香江，华夏恨留长，百年离散，百年心伤，国耻永难忘。

男：永难忘，唤香江，洗雪国耻迎你回家乡。

男：中央人民广播电台大型系列广播特写《香港百年》第六集：沧海桑田村变巨港，不堪压榨海员罢工。

女：一艘巨轮正在缓缓驶入香港著名的维多利亚港，船头迎风招展的"米"字旗和船身上漆喷的大字告诉人们，这是英国怡和公司的大轮船。远航归来的年轻海员苏兆征和年长的叶老伯正扶着栏杆，眺望着久别的港口，船桅如林，汽笛声声，港湾边上高楼林立，又咸又腥的海风里，夹杂着轮船烟囱里喷出的煤烟味。

男："变了，我这个老香港都快认不得回家的路了。""你家在香港的什么地方啊？""南边，赤柱村。"叶老伯用手一指，"嗨，从前那可是香港最大的村镇了。在英国占领香港那会儿，就已经有两千多口人，几百间房子，光渔船就有三四百艘。英国人刚占领香港那会儿，就想在我们家乡建港口，可村里的老百姓不答应，不跟他们合作。洋鬼子没办法，只好从外地请人来施工。多少年了，一批批的苦力从这里飘洋过海，一箱箱的鸦片、杀人武器，从这里流入内地，这种局面再也不能继续下去了"。

　　"不好了，陈大哥被包工头打伤了。"一名叫林伟民的工友匆匆跑过来说。"为什么事？"俩人齐声问道。"包工头打人还找什么理由？"血气方刚的苏兆征一下子火了，他振臂一呼，"包工头平日里克扣我们的工资，吸我们的血不算，还动不动虐待欺负我们，今天豁出去，一定要同他算清这笔账"。听到苏兆征的招呼，海员们纷纷从四处聚拢过来，然后一起往茶室里跑去，船主听到船上有动静，连忙出来打圆场，"诸位，稍安勿躁，稍安勿躁，他的医药费由本人负责"。苏兆征说道："包工头今天骂这个，明天打那个，我们没法干了，大伙儿说是不是？"海员们齐声答道："对"。苏兆征从身上取出笔和字，请大家一起签名，要求船主开除那位打人的包工头。

　　开除包工头，这可是闻所未闻的事，船主心里嘀咕着。他抬头看看眼前的苏兆征，高高的个子，常年在海上锻炼出了一副强壮的身躯，一双岭南人特有的大眼睛透着坚毅的目光。他感到眼前这位平日里默默干活的年轻海员不可小视，况且今天众怒难犯，只得当场宣布将包工头开除，并保证今后船上不再发生类似的事件。那个刚才还骄横得不可一世的包工头只得灰溜溜地走了。

　　女：在一间低矮的阁楼上，一群海员热烈地交谈着，那位被包工头打伤的陈大哥抚摸着头上的伤疤感激地说："这次全亏了兆征带着大伙儿帮我说话，不然的话，我也只好打落牙齿往肚里咽，谁敢得罪包工头啊？饭碗在人家手里捏着呢。"陈大哥的一番话，引起了大家的许多感慨。

　　男："说起我们海员苦啊，干的是船上最脏最累最下贱的活，动不动还要挨骂、遭打、受罚，现在物价这么贵，工资呢？从来不涨，我们这些在船上当侍仔的，还没工资呢，就指望着客人给几个小费，还要从中拿出茶水费孝敬包工头。"

　　女：另一名海员插话说："外国海员和我们干一样的活，可我们的工资只有他们的四分之一，甚至十分之一，听说最近他们又涨了工资。"

男：见多识广的叶老伯感慨地说："听说苏俄的工友现如今当家做了主人：这才是天公地道的事情。"这时候一直静静地听大家交谈的苏兆征说话了："这次远航归来，回到维多利亚港，我在想香港从一个小小的渔村发展到今天的大港，每年大约五千万吨的吞吐量，按理说，我们海员是近水楼台先得利，可是现在，我们海员却成了香港最困苦的人，天下竟有这等事？""兆征说得好"，林伟民接着苏兆征的话说，"从这次事件大家可以看出，我们工友只有团结起来，才能改变困苦的命运，干脆，我们自己成立一个海员工会"。

女："对，众人拾柴火焰高，大伙儿团结起来才有力量。"

男："有自己的工会撑腰，就不怕老板和包工头欺负我们了。"苏兆征、林伟民的话引起了海员们的共鸣，大家都感到非常振奋。

女：1921年3月，中华海员工业联合总会在香港正式成立，这是中国海员工人第一个真正的工会组织，也是中国最早的现代化的工会之一。当海员工会的招牌挂出来的时候，只有少数有识之士清醒地看到，伴随着航运业的兴旺，香港诞生了一个与腌晒咸鱼的先民完全不同的新阶层。更出人意料的是，以吃苦耐劳著称的香港海员，日后在香港这个世人瞩目的大舞台上，演出了一幕幕波澜壮阔的剧目。同年9月，海员工会经过一系列的准备酝酿，正式向各轮船资本家提出三条要求，具体内容是：增加工资；工会有权介绍海员就业；签订雇工合同时，工会有权派代表参加。这年11月，各轮船公司的外国海员又增加工资15%，海员工会再次提出加薪要求，资本家还是一口拒绝。1922年1月12日上午，海员工会第三次提出要求，并限令在24小时内答复，否则香港海员就全体罢工。

男：在一个豪华大厅里，正在举行迎新年聚餐会，悠扬的音乐声里夹杂着资本家和姑娘们的欢声笑语，音乐暂停的间歇，查理站起来，从口袋里掏出一张纸，大声说："诸位，今天上午海员工会给我们发来了最后通牒，不答应他们的条件，就要举行罢工。""什么？"其余的资本家一边喝着鸡尾酒，一边大声地笑着说："这些鸭仔鬼居然忘了，离开了我们，他们可是一天也活不下去啊。""说得好。"查理说，"这一张东西的最好去处就是这里"，说罢他把海员工会的最后通牒揉作一团，扔进了熊熊燃烧的壁炉。

工会代表回到工会会所，把所见所闻一说，在那里静候消息的海员肺都快气炸了。一位海员抄起桌上的茶盅，用力砸到地上，忿忿地说："如不先行罢工，别说24小时，恐怕24个月也不会有答复。"苏兆征看了林伟民一眼，用目光征询他的意见，林伟民轻轻地点了点头，苏兆征就大声对在场的海员们宣布："资本家毫无诚意，罢工提前举行。"

女：从下午五点开始，所有香港开往广州等地的内河班轮以及从外部开到香港的外国轮船公司的远洋轮船，船上的中国海员相继开始罢工。往日一向喧闹的港口，突然之间变得清静起来，许多居民听不到熟悉的汽笛声，都觉得有些不太习惯。到1月底，罢工的船舶、海员，进一步增加，陆续有一万多罢工海员回到了广州。

男：一辆汽车飞驰而来，港英政府专门负责罢工居民事务的华民政务司夏理德来到了海员工会会所。一见面，他就用威胁的口吻对工会代表苏兆征、林伟民等人说："本港政府是不允许这种罢工行为的，你们有条件可以叫政府替你们斟酌办理嘛。"苏兆征理直气壮地质问夏理德："我们提出条件三次了，每次都通知了你们，你们为什么不早出来说话呢？"夏理德被问得一时语塞，好半天才缓过劲来，"你们搞罢工，不怕饿肚子吗？"苏兆征坚定地说："香港海员与各轮船公司聘请的外国海员相比，工资悬殊太大，海员工会要求加薪是合情合理的，现在我们已经罢工了，要复工，除非轮船公司完全承认我们的条件，我们饿肚子是我们自己的事情，你们不必担心。"

女：尽管海员代表态度坚决，但是香港当局和轮船资本家还是不以为然：让他们饿着，看他们能维持多久。

男：香港海员工会会所内，罢工领袖苏兆征正在向几百名工人通报情况，这时候一位工友匆匆跑上台去，在苏兆征的耳边悄悄说了几句，苏兆征愤怒地对全体工人说："告诉大家一个新的情况，轮船资本家眼看他们的高压手段不能奏效，在港英当局的支持下，又使出了阴险毒辣的一招，要悄悄到上海去招募新海员来代替我们罢工海员，我们要向社会各界揭露他们的阴谋。""对，上街游行去。"工人们纷纷涌出会所，苏兆征连忙找到林伟民商量对策，林伟民说："以新工人替代罢工工人，是资本家惯常使用的计策，并且屡屡得手，我们必须早谋良策。"苏兆征说："以往工潮之所以失败原因就在这里，而资本家不肯接受工会的条件，也在于他们觉得工会没有力量。当前的问题是，我们香港的海员工会管不到上海的海员。"沉思良久的林伟民突然发话了："听说有个中国劳动组合书记部，是共产党领导的，他们也许会有办法，只是不知他们会不会帮我们香港海员？"

"真的？"苏兆征兴奋地问道，他想了一会自信地说："我相信共产党的劳动组合书记部会帮我们这个忙的，天下劳工是一家嘛。"俩人当即商定以最快速度给中国劳动组合书记部发电，接到电报以后，中共党员、劳动组合书记部负责人李启汉当即赶到码头，做上海海员的工作，挫败了香港轮船资本家的阴谋。

面对这一情况，港英当局变本加厉地破坏罢工。2月1日，大队军警突然包围了海员工会会所，港英当局以海员工会运动工人罢工，危及香港之治安与秩序为名，悍然宣布海员工会为非法团体。军警头目把手一挥，"给我搜"。军警们推开了上前阻拦的海员，冲进工会会所，翻箱倒柜，大肆搜查，大批文件账册被装进麻袋带走，会所内的办公桌椅都被打得稀里哗啦。走出会所，一名警察回头一看，大门口挂着工会的招牌，"这个回头摘下来"。一名海员要冲上去抢，苏兆征大手一伸，把他拦住，这名海员挣扎着喊道："工会是我们海员的命根子，不能让他们把我们的牌子抢走。"苏兆征自信地说："兄弟，你放心吧，他们怎么抢走的，要叫他们怎么送回来。"

3月4日凌晨，天刚蒙蒙亮，九龙油麻地已经汇集了几千名罢工海员，他们准备在这里集合后步行回广州，叶老伯也在人群中，一名年轻的海员问他："老伯，从九龙到广州路可远着呢，你行吗？""你小子，看不起你老伯，要知道，我走过的码头比你走过的路还多。"正说着，刚刚到达沙田地区的队伍突然停了下来，原来前面有荷枪实弹的军警阻拦。"工友们不要怕，向前进"，叶老伯用力挤到队伍前面大声喊道。军警鸣枪警告，但工人们毫不畏惧，手挽着手继续勇敢地前进，这时候军警疯狂地开枪扫射，当场打死四人，事后又有两人重伤不治而死，打伤者几百人。海员工会代理会长苏兆征得知沙田惨案后愤怒了，"我们要向全香港的工友说明惨案的真相，开展全港同情大罢工，让帝国主义分子看看我们劳动大众的力量"。

女：很快，罢工的浪潮席卷了整个香港，罢工人数达到十万人以上，市内交通断绝，生产停顿，市面冷冷清清。

男：政治上的打击和经济上的损失，迫使轮船资本家和港英当局不得不向罢工海员低头。3月5日，港英当局在工会的协议上签了字，在签字仪式上，港英政府华民政务司夏理德心里打着小算盘，如果由当局自己将工会招牌送回，太有失当局的体面了，就装作漫不经心地对苏兆征说："什么时候方便请派人来取回海员工会的招牌。"苏兆征回答说："工人招牌是当局无理抢走的，理应由当局送回,这才能显示当局解决工潮的诚意。"夏理德无奈只得答应下来。3月6日,港英当局发表特别公告宣布,取消海员工会为不法会社的命令,取消香港居民离港的禁令。

女:下午,海员们早已将会所打扫得干干净净,布置一新,会所内外张灯结彩,一派节日气氛。海员工会会所周围,聚集了数以万计的群众,都在等待着激动人心的场面到来。"来了,来了",3点30分,几百名海员工人排着整齐的行列,手执各色彩旗,威风凛凛地走来。港英当局的代表,全港教会最高的牧师惠都亲自恭恭敬敬地将工会招牌挂回原处,这时"工人万岁,海员工会万岁"的口号声此起彼伏,震撼了整个香港城。

男:历时56天的香港海员大罢工,是中国共产党成立以后,中国工人阶级反对帝国主义取得的第一次伟大胜利,成为中国工人运动史上第一次罢工高潮的起点。从此以后,香港以至整个中国,反对帝国主义的斗争风起云涌,狂飙迭起。

第七集

女：百年风云起香江，华夏恨留长，百年离散，百年心伤，国耻永难忘。

男：永难忘，唤香江，洗雪国耻迎你回家乡。

男：中央人民广播电台大型系列广播特写《香港百年》第七集：香港声援五卅运动，省港再展罢工风云。

女：1925年6月上旬的一天，定期客轮准时起锚，缓缓驶离上海，直奔南海中宁静的小岛——香港。从此以后的一年多时间里，香港这个看起来安静繁荣的地方，像火山爆发似地喷发出了灼热的岩浆，而启动这座活火山的，正是这艘客轮上的两位看上去普普通通的年轻乘客，邓中夏和杨殷。他们受中国共产党的指派，到香港发动反帝大罢工，以声援呼应从上海席卷全国的五卅运动。

男：邓中夏、杨殷离开喧闹的客舱来到船尾甲板，假装欣赏海上风光，实际是讨论发动反帝大罢工的事宜。"香港虽有一百多个工会，但不是黄色工会便是行业性的工会。海员工会虽然在苏兆征、林伟民同志加入中共以后，共产党的影响大了，但该会会长还是一个极右倾的分子，全港党员不满十人，而且多数是最下层的码头工人。从我们的主观力量来估计，罢工能否发动起来，没有把握。"杨殷这样分析着形势。"是啊，形势的确严峻。"邓中夏坚定地说："我相信香港的工人阶级是反帝爱国的，关键是我们要做好宣传发动工作，对黄色工会和其他行业性工会的领袖则要注意策略，依赖他们不行，完全离了他们也不行。"

女：邓中夏、杨殷抵港以后，马上以中华全国总工会代表的身份到各工会和工人中间介绍五卅运动的经过，传达中华全国总工会的决定，香港工人的爱国情绪逐渐高涨起来。邓中夏见时机成熟，就召集全港工团联合会议通过罢工宣言。宣言说："中国自从鸦片战争之后，帝国主义除了经济的、政治的、文化的侵略以外，还要加以武力的屠杀，是可忍孰不可忍，故我全港工团代表联席会议一致决议，与上海、汉口各地一致行动，与帝国主义决一死战。宣言向港英政府提出政治自由，法律平等，普遍选举，劳动立法，减少房租，居住自由的要求。"

男：6月19日，约定的罢工时间到了，可海员工会会长谭华泽却临阵动摇起来，叶老伯带着工人们愤怒地前来质问："为什么不按照工团会议的决定下达罢工令？"谭华泽心虚地说："当局风闻罢工之事，已经做好准备了，我们不能吃眼前亏吧，是否罢工，我的意思还是看一看再说吧。"听着谭华泽油腔滑调的话，叶老伯火了，冲上去一把揪住他的衣领："好哇，平时你光知道抽会费，到为我们工人做主的时候就当缩头乌龟。我问你，下不下罢工令？不下，老拳奉送。"谭华泽见状吓得连忙答应。海员工会首先罢工以后，电车、印务、洋务、起落货、煤炭工人工会等相继而起，最后是机器船务工会，这个工会是港英当局的御用机关，因此，始终不肯下罢工命令，结果工人就实行自动罢工。

女：罢工的消息很快传开，市民奔走相告。到7月初，参加罢工的人数达到25万人，工人们纷纷坐火车、轮船返回广州。

男：6月23日，返回广州的罢工工人会同广州的工人、农民、学生、青年军人共5万人，举行反帝示威大游行，中国共产党广东区委

43

负责人周恩来、陈延年等亲自领导群众游行。这次游行吸引了很多人，连平时很少参加群众活动的岭南大学的学生都来了，游行队伍浩浩荡荡，井然有序地行进着，各种传单像雪片似的在空中飞扬，"打倒帝国主义，取消一切不平等条约"、"援助上海五卅惨案"的口号声此起彼伏。下午2点40分，游行队伍由东较场经惠爱东路、永汉路直出西壕口到达沙基，准备往菜篮街方向去。

早有预谋的英法帝国主义的士兵从租界突然向游行群众开枪射击，闯入内河的军舰同时发炮示威，血腥的25分钟后，52名群众当场倒在血泊中，117人负重伤，轻伤者不计其数。尤其令人发指的是，英法军队使用的枪弹是国际上禁止使用，只可用来猎杀凶兽的达姆弹，这种子弹杀伤力强，造成的伤口特别大，也难以治疗。

女：沙基惨案的消息传到香港，罢工的规模进一步扩大，连茶室、酒楼、理发、清洁等行业的工人也相继参加，由于从事市容佣工的华人也罢工了，街道上的垃圾无人清扫，堆积如山。这时正值酷暑季节，腐烂的垃圾臭气熏天，此时的香港成了名副其实的臭港。更使港英当局痛苦的，还是经济上遭受了空前未有的打击，罢工以后，航运业务停止，每月损失2.1亿元，平均每天700万元。

男：7月27日，在香港的帝国主义分子召开了所谓的"国民大会"，会上香港总督司徒拔气愤地说："此次工人罢工完全不同于以往的情况，除了经济方面的因素，还有政治的色彩，诸位看看广州的罢工委员会，完全是受苏俄的影响，这个罢工委员会简直就是广东第二政府。"英国商人查理发言说："对这些过激党人不要忘了过去的经验教训，历史证明，军舰大炮的发言最有效，而上次海员工人罢工，我们接受了工会加薪的要求，就是一个大大的失策，真是遗祸至今。我代表在港西商，要求政府采取强硬立场，迅速调集力量，早日向中国出兵。"在场的西商纷纷用手敲打着桌子表示赞成，司徒拔站起来大声说："诸位放心，我敢向各位保证，一定在我任期之内解决工潮，让那些过激党人给我滚蛋。"大会在一片鼓噪声中通过了所谓决议，要求英国立即出兵攻打广州，驱逐所谓的过激党。8月15日，再次召开公民大会，致电英国首相，请求立刻出兵。

女：然而，此时的英国政府空有帝国之名，本身面临国内工人罢工的难题，在港英政府的一再请求之下，只是答应借款三百万元应急。

男：在广州东原，罢工委员会委员长苏兆征正在和工人代表商量有关事宜，只听到一声"廖先生到"，国民党左派领袖、广东国民政府财政部长廖仲恺大步流星地走了进来。两双手紧紧地握在了一起，苏兆征感激地说："我代表十万香港工友感谢廖先生，感谢国民政府，不仅给我们提供了财政支持，还提供场所，使我们能够解决住宿和开办食堂的问题。"廖仲恺意味深长地说："我们的命运是连在一起的，十万罢工工友聚集在广州，这一支力量，帝国主义不敢忽视，军阀不敢轻视，右派也不敢乱动。再说，你们封锁香港，实行特许证制度，这个中心策略了不起啊，广州的商人都很拥护，国民政府的财政收入状况也大为好转，我这个部长的日子也好过得多了嘛。"廖仲恺接着告诉苏兆征："你听说了吗？英帝国主义的死硬分子，香港总督司徒拔任期未满就提前下台了，足见港英当局已经捉襟见肘。"过了一会，廖仲恺提醒说："不过，英帝国主义的本性，决定了他们是不会善罢甘休的，他们会想尽一切办法来破坏罢工的。"

女：廖仲恺先生遇刺了，8月20日一早，苏兆征赶到罢工委员会把这个不幸的消息告诉邓中夏，廖先生乘车刚到国民党中央党部门口，就被埋伏在那里的刺客击中。

男：邓中夏听到这个消息十分难过，廖先生是国民革命的健将，他的遇难不仅是国民党的损失，也是我们工人阶级的损失，请通知各工友，大家戴黑纱，以致哀悼。苏兆征说："另外我有一个想法，最近形势变化较大，省内军阀陈炯明攻陷潮州、惠州，邓本殷进攻江门、台山，他们和港英当局勾结，解散了汕头的罢工委员会，还运送粮食到香港去。北洋政府的四艘军舰和香港勾结已经南下，我们应该研究一下对策。我们马上到国民政府去，要求惩罚凶手，肃清内奸，把反革命的气焰打下去。"

女：在省港罢工委员会的支持下，国民政府惩治了刺杀廖仲恺先生的凶手，开始东征和南征，一队队罢工工人组成运输队、宣传队、卫生队、修理所，参加国民革命军东征南征，先后平定汕头、琼崖，统一了广东全省，许多罢工工人血洒战场。

男：省港罢工持续了很长时间，转眼间到了年底，这一年的冬天，北方的寒流一个接着一个地袭来，岭南特别的冷。苏兆征推开窗户，望着窗外凝神静思，一对浓眉紧紧地拧在一起。这时候邓中夏悄悄来到他的背后，他看出了苏兆征的心思，轻轻地说："工友们不好熬啊，虽说有宿舍，有食堂，可房间里是空无一物，大家都睡在水泥地上，吃的全是稀稀的米汤，哪里填得饱肚子。""走，我们看看去。"俩人一起来到了罢工工人的临时宿舍，看到两位罢工领袖来了，叶老伯和工人们纷纷围拢过来，苏兆征关切地问道："老伯，这么冷的天，穿着薄薄的单衣，能顶得住吗？"叶老伯大声地回答说："兆征你放心吧，老伯也是经过风浪的人，身子骨硬朗着呢，这点困难算不了什么。"周围的工人纷纷表示，现在虽然困难，但比起给帝国主义资本家当牛做马强得多。邓中夏称赞说："对，现在我们工人是自己作主，只要大家团结一心，就一定能够取得罢工的胜利，不过天气转冷，也得想些办法才是。"工人们你一言我一语地说："有办法，天冷，大家就互相挤坐在一起取暖，或者找些稻草铺在地上。"苏兆征高兴地说:"还是工友们有办法。"过了一会,苏兆征突然想起了什么似的,问道:"当年我们在一条船上干活的陈大哥好久不见了,到哪儿去了?"叶老伯回答说:"他在船上就会修理的活,这次东征他报名参加了,帮着修理军械,没想到被军阀的炮火击中,英勇牺牲了。""哦",苏兆征难过地对大家说,"我们省港罢工工人对国民革命做出了应有的贡献,历史会记住这一点的"。

在香港新任总督金文泰的办公室里,金文泰正靠在椅子上闭目养神,他刚刚恼怒地把下属训斥了一番,香港总督一职,历来是众人觊觎的好职位,可自从接任以来,金文泰就没过上舒心的日子,不是这里垃圾成山,就是政府开不出工资,每天都还得听那些商人诉苦,实在是太烦人了。他下令"今天不许任何人再来打扰"。突然,电话铃声响了,金文泰不情愿地拎起了听筒,不一会,金文泰就像大烟鬼吸了鸦片烟一样,一下子来了精神,大声问道:"你的消息可靠不可靠?"对方回答说绝对可靠。"好",金文泰吩咐说,"你马上通知在港西商,立即召开全体西商大会"。

在西商大会上,金文泰兴高采烈地说:"恭贺各位,报告你们一个好消息,就是广东政府已经上轨道了。"参加会议的洋商听到这个盼了多少日子的消息,愁容一扫而光,高兴地连呼万岁。4月9日,香港政府发表公告宣布,香港政府对于罢工期间损失赔偿均不给予,谈判终于破裂。

女:震惊中外的北伐战争开始了,几千名罢工工人随军出征,一直打到汉口,为了防止帝国主义对广东革命根据地的扰乱,减少北伐军的后顾之忧,罢工委员会决定实行新的策略。1926年10月10日宣布自动停止对香港的封锁,广东国民政府决定对各国运往广东的货物一律征收25%的附加税,用作结束罢工费用。

男:轰轰烈烈的省港大罢工,在坚持一年零四个月以后结束了,极大地打击了帝国主义势力,将国民革命推向了高潮。同时,大罢工提高了无产阶级和共产党的威信,广东地区的中国共产党员从四百多人一下子扩展到几万人。此后,在近二十年的时间里,香港工人团结一心,为港岛经济的繁荣做出了突出贡献,直到二战爆发,香港再次陷入灾难之中。

第八集

女：百年风云起香江，华夏恨留长，百年离散，百年心伤，国耻永难忘。

男：永难忘，唤香江，洗雪国耻迎你回家乡。

男：中央人民广播电台大型系列广播特写《香港百年》第八集：捐资捐物血浓于水，抗日救亡共赴国难。

女：7月的香港高温潮湿，酷热难当，只有在清晨的时候，从维多利亚湾的海面上吹来阵阵海风，才给人一丝清凉的感觉，人们抓住一天中这段最好的时光，匆忙地赶着去办自己的事情。

男："抗战啦，抗战啦。"突然，在中环区一条繁华的马路上，一个青年学生一边跑，一边高声呼喊。人们哗啦啦一下就围了上去，相互询问是怎么回事。这个学生慢慢停了下来，慷慨激昂地说道："同胞们，就在前几天，也就是1937年的7月7日晚上，日本军队在北平卢沟桥挑起战端，向中国军队发动进攻，遭到当地驻军的英勇抗击，南京国民政府也终于下达了允许抵抗的命令，全面抗战爆发啦。"听到这里，大家也一下子群情激愤，"打倒日本帝国主义，早就该好好教训教训小日本了"。

女：抗战的消息一传十、十传百，如疾风般传遍了香港的大街小巷，广播报纸也以大量的时间和篇幅报道前线的战况，每一条抵抗的消息，每一个胜利的捷报都使大家兴奋不已，是啊，香港虽然是在英国的统治之下，但绝大多数华人没有忘记自己的祖国，自己的家，自己的根。

男：然而，从前线传来的消息一天坏过一天，人们的心情变得沉重起来，7月底北平失守，11月上海沦陷，12月连首都南京也落入敌手。日寇虽然没有实现三个月灭亡中国的狂妄叫嚣，却在半年之内占领了半个中国，完全封锁了中国的沿海交通，掐断了中国主要的战略物资交通线，使本来就十分艰难的抗战形势变得更加严峻。在前线，一颗子弹能消灭一个鬼子，而一颗消炎药就能挽救一名受伤战士的生命。

女：抗战需要支持，祖国亟待援助。很快，香港保卫中国同盟、香港学生赈济会、华人赈灾会、中国妇女会等一大批抗日救国团体纷纷成立，总数不下几十个。"赶走日寇，保卫中华。"香港大众发出了异口同声的呐喊，从青年学生到工人农民，从小摊小贩到商会老板，为了一致抗战，他们有钱出钱，有力出力，奔走宣传，捐款捐物，将自己与祖国的命运紧紧地连在了一起。

男：1938年初，在香港各界人士的鼎力协助下，新建的香港至广州公路投入使用，8月，一条九英里长的铁路也在九龙与广州至武汉的铁路接轨，大批的飞机、大炮、机枪、子弹、炸药等战争物资，便从香港源源不断地运往内地。到1938年6月，经过香港运进的军用物资，每月达到了六万吨，在一定程度上缓解了中国抗战的燃眉之急。因此，日军大为激怒，不断派出飞机和炮舰轰击这条运输线。仅1937年最后的两个半月中，日军就出动飞机三百多架次，轰炸广九铁路。而香港的汽车师傅和火车司机们在爱国热情的鼓舞下，顶着日军的狂轰滥炸，照样奔忙在这条生死运输线上。在沙鱼涌码头，搬运工人们也常常冒着日寇飞机的猛烈扫射，抢运抗战物资，不少人献出了自己的生命。

50

女：1938年8月的一天，吃罢早饭，收拾停当，王太太便挎着菜篮子出了家门，王先生开了一家小商号做些日用杂货生意，在当时的香港也算是衣食无忧了。可是，抗战爆发以后，日军四处横行，就在前不久，王先生一船百货发运广州，刚开出香港不远，就遭到日寇飞机的疯狂扫射，毫无抵抗能力的木帆船，顿时被打得千疮百孔。一个船工、两个押货的伙计，当即死于非命，一船货物也损失殆尽。说起这些事，王先生恨得咬牙切齿，骂不离口，前天晚上，他一回家，便开口向王太太要五百块钱，说是要响应商会的现金运动，捐钱购买飞机去打日本仔。"你不过日子了？这可是咱们辛苦多年的积蓄啊，少捐点行吗？""不行，日本人很快就打到广州了，要是中国完了，我们也等于做了亡国奴，留那几个钱又有什么用？"

一向惧内、对妻子言听计从的王先生，这回态度却异常的坚决，在香港大学念书的女儿没有什么钱可捐，竟然和同学们一起不吃饭，采取节食的办法，用省下来的饭菜钱捐来抗战，"听说全港学生通过节食募集的经费有两万多元呢"。

男："太太，您买点什么，今天的菜可好呢。"

女：边走边想，不知不觉中，王太太已经来到了菜市场，一个菜贩热情地向她打着招呼。王太太说，"今天的菜特别新鲜水灵，你们也精神饱满，遇到了什么好事吗？"

男："太太，您还不知道，现在大家都在为抗战出力，我们这些做点瓜菜生意的小本买卖，也拿不出多少现钱来，大家一合计，就将卖菜所得的钱捐来抗战，今天刚好是我们进行义卖的第一天。"

女：王太太往前一看，只见在各个菜摊旁张贴了许多标语。在蔬菜的标签上，也写上了"抗战到底"，"救国多是劳工辈"等字样，见此情景，王太太心中一热，平日里她与菜贩们总是斤斤计较，毫厘必争，但这回她却干脆利落，按照标签上的价格给了钱，随便挑了几样瓜菜便往回走。回家的路上，王太太又绕道来到了西环的商业区，平时这里就车水马龙，热闹非凡，今天大街小巷更是彩旗飞扬，人流涌动。"先生们，女士们，来买爱国货啊"，原来这里也在举行义卖，好多的百货行、服装店、鲜花店纷纷加入了义卖的行列，各种商品的标签上也写满了抗战救国的字句，人们纷纷慷慨解囊。王太太很受感动，她用力挤到前面，将钱包递给一个笑脸相迎的服务生，"帮我看看，这些钱能买件什么东西？"服务生将钱包里的钱大概数了数，丢进了一个外面写着"现金救国"的小木箱，将一件质地很不错的男士毛衣递到了王太太手中。左手提着义卖的蔬菜，右手拿着义卖的衣服，想到自己也跟大家一起为抗战尽了一份力，王太太的脚步一下子显得十分轻快。

男：为了抗议日寇，挽救危亡，香港同胞义无反顾，不惜倾其所有，仅1938年10月，香港76个商会团体捐赠的衣物就达三十六万件，其他赈济团体、学生界也用募集的资金购买了大量衣物和防毒面具。而遍及全港的八一三救国现金运动，更是取得了现金百万的巨大成绩，1938年底，香港司机总会的工友们在36天当中走遍港九，筹集四千多元购买了救护车和一批药品，直接开车前往桂林捐献给了八路军办事处。

女：1939年，香港的抗日浪潮日渐高涨，香港民众除了满腔热情支援抗战外，还伸张民族大义，同汉奸、卖国贼进行了坚决斗争。1939年1月，汪精卫集团公开叛国投敌，香港各界一致声讨谴责，汪伪集团在香港的《华南日报》《天眼》《自由》三家报社工友八十多人愤而宣布辞职，脱离汉奸日报。虽然因此生计无着，穷困潦倒，也绝无悔意，这一义举深得国内各界和香港大众的支持与赞赏。毛泽东等七位中共人士还为此捐款，委托重庆《新华日报》转交香港工友，并致信说："你们为进行反汪派汉奸斗争，而宣布罢工辞职，很明显，你们是给全中国人民做了一个好榜样，这一运动的继续开展与扩大，正是给予日寇汉奸的最严重的一击。"

男：冬天的香港寒风袭人，而在九龙一所中学的操场上，一群身背行囊的男女青年却充满了豪气与热情，他们齐声高喊着"上阵杀敌，打倒日本"。这是1938年底又一支香港回乡服务团即将启程回国参战。七七事变以后，许多香港同胞，特别是热血青年已经不满足于资金和财务的捐助，而是积极要求到前线杀敌，直接献身抗战。在这以前，香港学生赈济会、中山大学、中共在港机构等，先后组织了几十个回乡服务团，有上千名香港青年已经奔赴抗战第一线。这天，又有几十名香港儿女要告别亲人，回到故乡，与侵略者决死拼杀，在他们当中，有学生、教师，还有青年工人和社会青年，还有几个从印尼、新加坡赶来的小伙子。

八路军驻港办事处代表廖承志握着他们的手真挚地说："祖国欢迎你们，人民感谢你们。"汽车徐徐启动了，送行的亲人们仍在千叮咛万嘱咐，"早点捎信回来，替我们狠狠打击日本仔，祝你们胜利归来"。

转眼便到了1941年，香港的抗日救亡运动仍然如火如荼，方兴未艾，这一年的7月1日晚上，华灯初上之时，湾仔庄士敦道179号的英京大酒家门前，喇叭声声，车马云集。这天，香港各界代表150多人将在这里举行一碗饭运动的开幕典礼，一碗饭运动就是发售每张面值为两元的餐券，认购者可以持券到指定餐馆吃炒饭一碗，全部收入用于发展工业、生产自救，而发起和主持这一仪式的是闻名世界的孙中山遗孀宋庆龄夫人。宋庆龄是在上海沦陷以后南下香港的，在香港，她组建了保卫中国同盟，以各种形式开展抗日救亡运动，为祖国抗战和八路军、新四军输送了大量资金和物资。

女：英京大酒家门前，许多市民闻讯而至，翘首盼望着宋庆龄的到来，不知是谁喊了一声，"来了来了"。人们循声望去，看到一辆汽车向这里开来。

当头梳中国妇女传统发髻，身穿黑绸镶边旗袍的宋庆龄迈着轻快的步子走进会场时，人群中响起了欢迎的口号和掌声。宋庆龄落座后，便以她富有情感的话语与声调开始了她的即席演讲。

"女士们，先生们，一碗饭运动的目的是用募集经费来帮助中国的难民进行生产自救，用工业合作巩固经济的办法来帮助中国的抗战斗争。今天，一碗饭运动在华侨最多、达150余万的香港举行，这是何等有意义？"宋庆龄的讲话不时为热烈的掌声打断，在主席台的另一边，还摆放着一些孙中山先生的墨宝与纪念品，这是宋庆龄忍痛割爱义卖捐赠给一碗饭运动的。

男：为了宣传推广一碗饭运动，香港的新闻文化界人士更是不遗余力，夏衍撰文写道："战争四年，我们的战士和人民死了多少，伤了多少，是他们使我们能安处后方，因此一碗饭运动是中国人全体的事，也是每一个中国人的一种无可推诿的责任。"作家丁玲说："我希望各餐室捐献的一碗饭总数卖完了再捐，我希望现有的一碗饭运动券卖完了再印。"

女：这天在港九地区饮食业商会的一间大厅里，传出一阵高昂的话语："各位业主，我们商会今天召开同仁会议，就是酝酿如何响应孙夫人的号召。"商会主席的话音刚落，丽山餐室业主温梓明便站起身来，"诸位抗战救国匹夫有责，我认捐炒饭五百碗。"说罢，他走到主席台前，挥毫致函一碗饭运动委员会，并将炒饭定名为爱国饭，成为认捐一碗饭的第一人。"我捐二百碗"，"我捐一千碗"，一时间各饭店酒家茶室，踊跃捐赠炒饭，只两三天时间，捐赠数就超过了五千碗，到7月底，总数已达一万五千碗，超过了预定数量的一倍。

男：8月1日，一碗饭运动正式举行，这天，各认捐炒饭的餐室布置一新，窗明几净，门口上悬挂着"爱国之门，欢迎来吃救国饭"

的横幅。时近中午，来自各个阶层的人们从四面八方涌向各个餐室，持券就餐。他们当中有的携老扶幼，举家共食，有的亲朋结伴同来就餐，家境贫寒的买一碗回去，一家老小围坐着，你一筷、我一匙的分享，一个小摊贩动情地说："平时各项开支，即使是一根火柴都要节省，唯独买一碗饭运动餐券不能小气，我买了五碗，妻子儿女都去吃了，虽然用去了好不容易赚来的十元钱，心里却十二万分的高兴，因为我们一家已尽了中国人应尽的责任，良心上感到安适。"

女：一碗饭运动原计划举行三天，但应各界要求，各餐室主又要延期，其中小祇园、乐仙两家，一直延长到8月底。

男：通过一碗饭运动，国内外人士都深刻感受到了香港同胞的爱国之心，看到了中华民族强大的凝聚力，海内外新闻纷纷写道："由此可见，日本法西斯必败，中华民族是不可战胜的。"在一片同仇敌忾声中，日本人悄悄地接近了香港。

第九集

女：百年风云起香江，华夏恨留长，百年离散，百年心伤，国耻永难忘。

男：永难忘，唤香江，洗雪国耻迎你回家乡。

男：中央人民广播电台大型系列广播特写《香港百年》第九集：大英帝国丢卒保车，东方明珠惨遭沦陷。

女：冬季的深圳河，蘼草凄凄，寒风阵阵，在死一样的寂静中，充满了一种不祥之兆。入夜，在河北岸的山包草丛之中，不知不觉已经布满了日本军队，在通往香港的公路上，一队队拉着重炮的卡车隆隆驶过，大地都发出了微微的颤抖，这天是1941年12月7日。

男：日军前线指挥部，第23军司令官酒井隆在挂着的一张香港地图前不停地踱来踱去。他中等个子，五十岁左右，虽然戴着眼镜，但仍是一脸的狡诈与凶残。酒井隆在日军将领中的辈分很高，已经在中国呆了十几年，亲自参与了好几起对中国军民的大屠杀事件。1937年，当他还只是一个师团长的时候，就亲手制造了震惊中外的南京大屠杀，是一个双手沾满了中国人民鲜血的大刽子手。

1941年10月，原任陆相的东条英机换下首相近卫文麿上台组阁，激进派军人占了上风，日本的外交政策日趋强硬。对外侵略扩张更加疯狂，11月1日，天皇裕仁签署了发动太平洋战争的绝密命令。为此，酒井隆近来抓紧调兵遣将，在广州、深圳一带，集结了三万多人的精锐部队，随时准备对香港发起致命一击。"嘿嘿，真是万事俱备，只欠东风了。"想到这些，酒井隆不由自主地发出了一阵得意的奸笑。

女：在同一时间，香港总督府戒备森严，显要云集，在一间会议室里，总督杨慕琦和英国驻港三军总司令马尔比少将又一次召集属僚们分析形势，研究香港防卫。

男："总督阁下"，一位幕僚站起身来，显得有些激动和气愤，"自从三年前日军攻陷广州以后，便陈兵于深圳河以北，对香港虎视眈眈，磨刀霍霍，日军士兵经常冲过罗湖边界射杀本港居民，日军飞机和炮舰也不断轰炸扫射我们的车站及舰船，从近来日本人的异常举动来看，我认为日军要进攻香港"。

女："是啊，日本人可能真要进攻香港。"对此，杨慕琦心里暗暗叫苦，对于日军的挑衅，已陷入欧战、全力应付希特勒的英国当局则忍气吞声，心存幻想，认为凭着大英帝国的余威，正忙于中国战场的日本不会也不敢与他们公然对抗。英国首相丘吉尔则更加软弱，"假如日本对我们宣战，我们根本没有机会守得住香港，也没有办法把它从苦难中解救出来，任何在香港发生的战祸，只可以在战后举行的和平会议上处理"。而英国总参谋长伊仕梅勋爵则建议，为了保存实力，减少不必要的损失，干脆撤走香港的所有驻军，使香港成为一个不设防的地区。在此情况下，香港的防卫力量就可想而知了。

男："如果日本人真的进攻，我们能守得住吗？"一个军官的发问，打断了杨慕琦的思绪，"据我所知，日军有好几万人，而我们呢，只有两个英军营和两个印军营，加上十多天前由劳森准将率队赶来的两千加拿大官兵，总兵力只有一万三千人，而其中有好几千人是由平民稍加训练组成的团队，根本就没有什么战斗力"。说到这里，香港海军司令也忍不住了，"香港四周临海，海军的作用十分重大，可我们香港海军的实力小的可怜，只有一艘驱逐舰，四艘炮艇和八艘鱼雷快艇。先生们，还是看看我们强大的香港空军吧"。前几天才到达香港的空军司令以调侃的语气说道："与海军相比，空军就更不成样子了，只有两架水陆两用飞机和三架鱼雷轰炸机，而且都是一次世界大战时的老古董，鱼雷轰炸机甚至连鱼雷都还没有呢。"

不过，杨慕琦和马尔比还是决心利用现有力量积极备战，并凭借从城门河谷至葵涌海岸的垃圾湾防线保卫香港。

女：12月8日上午8点半，一个日军通信官手握一份电报，匆匆走到酒井隆的面前，"报告司令官，东京来电，花开了。"这是日军大本营表示奇袭珍珠港成功的暗语，酒井隆的脸上立刻充满了抑制不住的兴奋，眼里射出了两道凶光，"我命令攻占香港"。

8点半左右，人们突然听到一阵飞机的轰鸣，接着便是一阵巨大的爆炸声，几缕黑烟从启德机场和金钟兵防等处升上了天空，几辆救火车、救护车，拉着凄厉的警报，从大街上风驰电掣般驶过。"好逼真的反恐演习啊"，人们纷纷驻足观看，并发出了由衷的赞叹，话音未落，一架飞机从头上呼啸掠过，两枚炸弹飘落下来，两声巨响，附近的一座六层大楼便土崩瓦解，笼罩在一片烟火之中。直到此刻，大家才如梦初醒，惊得像木鸡般呆立原地，"天哪，战争真的来了"。

男：此刻，十二架日军轰炸机在三十六架战斗机的护航下，正在香港上空上下翻飞，忙个不停，他们俯冲轰炸，低飞扫射，命中率很高，使一向看不起日军的英军官兵目瞪口呆，惊愕不已。在启德机场，仅仅用了五分钟，连警报都来不及拉响，英军的五架军机和停在机场的八架民航机就全被炸毁。在残骸满地，一片废墟的机场，空军司令苏里温竟然不敢相信自己的眼睛，香港空军在一瞬间便告终结。

女：日军第38师团长佐野忠义指挥着他属下的三个联队，共一万多日本步兵，在大炮的轰鸣声中端着三八大盖，像雨后的蛤蟆密密麻麻地越过深圳河，兵分两路，向新界和九龙进攻。

男：让日军颇感意外的是，在新界和九龙北部，他们几乎没有遇到什么抵抗，只是沿途被破坏的道路和桥梁稍微影响了日军的行军速度，以至于当天黄昏，日军就铺到了新界大埔墟一带的英军垃圾湾防线面前。

女：12号清晨，防守垃圾湾东段的两营印度士兵且战且退，来到了九龙东北部的魔鬼山，在他们之前，防守西段的英军已奉命撤回港岛，按照原定作战计划，这两营印军应在魔鬼山，但一抬头，一个眼尖的士兵便惊慌地喊叫起来："长官，快看，日本旗。"

男：果然，只见九龙半岛南端的最高建筑物，半岛酒店的楼顶上，赫然挂起了一面血红的日本太阳旗。一阵冷枪射来，打的周围枝断叶落，泥沙四溅。不好，我们遭到了日军的南北夹击，快撤。印军顿时草木皆兵，斗志全消，惶然渡海，退到了港岛。

女：其实这时日军只是前进到了荃湾一带，九龙地区还没有一个日本兵，这到底是怎么回事？原来这是日本长期潜伏在九龙的大批特务和拉拢收买的汉奸走狗所为，趁着英军撤退时的混乱，他们一下子撕去伪装，从各个角落里跳了出来，大肆造谣破坏，释放冷枪。12号，英军撤出九龙，发电厂被毁。入夜，整个九龙全城漆黑，变成了无法无天的鬼魅世界，满街都是流氓和匪徒。他们成群结队，狂呼乱叫，到处骚扰破坏，杀人放火。日本特务分发的太阳旗，一夜之间插遍了九龙的大街小巷。

男：日军占领九龙以后，从陆上、海洋到空中，对港岛形成了铁桶般的包围，港岛成了一座孤岛。更令港岛军民绝望的是，从新加坡赶来增援的巨型战舰"威尔士王子号"和"却敌号"在暹罗湾被

59

日机炸沉，这样，依靠援军解围的希望遂告破灭。12月13日，在一幢很不起眼的房子里，经港英当局的请求，中共驻香港代表廖承志、乔冠华、夏衍，同香港总督的代表港英辅政司詹逊相约见面。刚一落座，詹逊就急切地说："廖先生，当前香港的危急局势您也看到了，英美军队无法援助，国民党军队又袖手旁观，共产党军队能出面相助吗？"

廖承志当即代表中共表示："法西斯日寇是我们共同的敌人，共产党领导的广东东江游击队可以协同英军保卫港九，不过我们的武器却极为落后和稀少，希望英方提供必要的武器弹药。""可以"，詹逊也马上说：回去就立即向总督报告，尽可能满足中国游击队的要求。可是，詹逊一去就没了回音，原来视共产主义为洪水猛兽的丘吉尔一伙认为，"与其让共产党力量进入香港，还不如完全放弃给日本人，这样还对大英帝国的长远利益有利"。于是，保卫香港的最后一线希望也被断送了。

女：13日上午9点多钟，英日两军的炮战突然停止下来，多日不见的宁静反而显得十分奇怪。在维多利亚海湾，一艘悬挂白旗的小汽艇，正徐徐向港岛驶来。船上除有三个日本军官和一名翻译外，还有一位女士，她就是杨慕琦秘书的太太，是被日军用来做人质的，他们此行是来递交酒井隆给杨慕琦的招降书。汽艇驶到皇后码头，一名日军军官跳下船，将酒井隆的一封书信交给了负责这一地区防守的英军波柴少校。波柴少校飞车赶到总督府，将信件交给了杨慕琦，二十分钟后，传来了杨慕琦的回答，拒绝投降。

男：日军的炮火更为密集，更为猛烈。12月18日晚上，夜幕深沉，阴雨霏霏，头天晚上被日军击中起火的北角油库，仍在熊熊燃烧，致使港九上空烟雾弥漫，视野模糊。趁着这难得的机会，日军向港岛发起了总攻。随着一阵枪声，英军的一排排探照灯，"唰"地一下同时打开，强烈的灯光把维多利亚湾照的如同白昼，只见八千多日军乘坐一百多艘大小舰船向港岛逼来，渐渐的日军越逼越近，英军抵挡不住只好后撤。到了晚上十点，日军在鲤鱼门、太古船务、发电厂等地强占了滩头阵地。1941年12月25日，是西方人最为隆重的节日圣诞节，但整个香港却愁云惨雾，炮声隆隆，此刻，英军已被逼迫到跑马地一带的狭小圈子里，与日军展开了最后的巷战。偶有间歇的时候，日军设在九龙岸边的高音喇叭里就传来那个妖里妖气的女人声音，规劝英军投降。一架日机飞过，劝降的传单又像雪片般的飘落下来，一个英军士兵从战壕边捡起一张，看见上面画着一颗硕大无比的炸弹，而炸弹下面是一个小小的惊恐万状的英军士兵形象。除了劝告停止抵抗以外，上面还写着，只要放下武器，你们就可以在圣诞之夜吃上一顿热腾腾的丰盛晚餐。

对十几天没吃上一顿好饭的英军来说，这句话的诱惑力不可低估。尽管丘吉尔不断来电打气，要英军抵抗到底，但每一个香港人心里都明白，前有强敌，后无援兵，他们只是在做困兽之斗，失败的命运早已注定。当日军又一轮猛烈进攻袭来的时候，杨慕琦、马尔比等人无可奈何地做出了一个很不光彩的抉择。

女：25号圣诞节的傍晚，一条打着白旗的汽艇，从港岛驶向九龙，在半岛酒店的日本指挥部，酒井隆带着胜利者的狞笑傲慢地接见了前来投降的杨慕琦和马尔比。在刀光剑影、一片杀气之中，杨慕琦备感羞辱，颤抖着在投降书上签下了自己的名字。第二天，日军便迫不及待的举行了盛大的检阅仪式，日本陆海空三军的铁蹄踏进了香港。

男：黑色的圣诞节，使香港这颗东方明珠百年繁华一梦消。从此，傲慢的英国人走了，凶狠残暴的日本人来了，"米"字旗换成了太阳旗，160万香港民众和那些放下武器的英联邦士兵开始了长达44个月的暗无天日的苦难岁月。

第十集

女：百年风云起香江，华夏恨留长，百年离散，百年心伤，国耻永难忘。

男：永难忘，唤香江，洗雪国耻迎你回家乡。

男：中央人民广播电台大型系列广播特写《香港百年》第十集：日军铁蹄蹂躏港岛，繁华都市竟成地狱。

女：1941年12月，日本侵略军只用18天时间就攻占了东南亚最繁荣的转口贸易城市香港。圣诞节这天，港英当局向日军举起了白旗，曾经不可一世的大英帝国士兵做了日军的俘虏，尊贵的港督杨慕琦，成了日军的阶下囚。日本侵略者的凶残是举世闻名的，他们踏上香港这片土地，就像一只饿狼遇到了令之垂涎的羔羊，眼睛都红了，白天他们在大街上酒气熏天的横冲直撞，夜晚他们强入民宅，寻找妇女发泄兽欲。

男：有一天，深夜一点多钟，住在弥敦道一号的吴海生一家人一直没敢睡觉，这几天日军连续不断的骚扰和暴行，使他们整日提心吊胆，寝食不安。昨天住在这条街上的居民互相串了一下，大家在一起苦苦思考着对付日军骚扰的办法，他们共同商定，如果日军半夜敲门，就猛烈敲响家里的一切能发出声响的东西以吓退日军。这时，木村小队长带着这几个红了眼的日军又摇摇晃晃，乌里哇啦地喷着满口酒气，来到弥敦道一号吴海生的家门口，他们用皮靴猛踢大门，嘴里怪叫着，不时传来一阵狂笑。吴海生听到日军的狂叫和撞门声，顿时打起精神，让全家人都抄起脸盆、铁罐儿拼命敲打，紧接着隔壁人家的屋里也响起了敲铁罐儿、锅碗瓢盆的声音。

一时间，整条街的住户都行动起来，巨大的声响震撼了夜空，狂妄的日本士兵被这突如其来的声响吓得不知所措，落荒而逃。即便这样，也难以阻止日军的兽行。为了躲避日军，许多妇女都把自己的脸用炭灰抹黑，头发剪短，身着男装。医院里的女病人，干脆用绷带把自己的脸和手全部包扎起来，只露出两只眼睛。

女：日本侵略者总是不断强化自己的强盗形象，他们的铁蹄一踏上香港，一双双罪恶之手便伸向了善良的人们，他们端着枪闯入居民家中抢劫，对大街上的行人随便搜身，把他们的手表、照相机、金银首饰等一律没收，被搜查者不但不能有丝毫反抗，还要向日本兵鞠躬致谢，否则就会招来一阵拳打脚踢。

男：1942年1月5日，一队日军宪兵巡逻到九龙海岸边，眼前一座高大建筑物进入了他们的视线，他们立刻冲上去，围住了这座建筑物的大门，宪兵队长山本命令，"打开，快快的打开"。一名五大三粗的宪兵抢起重磅大锤，猛砸仓库门上的大锁，终于，巨大的铁门被撞开了。山本立刻瞪圆了那对三角眼，张开的蛤蟆嘴里简直要流出口水。原来这是一座巨大的战备物资仓库，里面堆满了各类重要的战略物资，光铝锭就有几千条，铝是制造飞机不可缺少的重要材料。山本狡黠地一笑，吩咐宪兵看好这座仓库，而后立即乘车赶到设在半岛酒店的日本占领军司令部，向占领军司令酒井隆报功。山本三步并作两步，气喘吁吁地直奔酒井隆的办公室，一进门，啪地一个立正："报告司令官，我们在九龙海岸边发现大量战略物资。"酒井隆"唰"地站起身，快步走近山本问道："发现什么？""发现一座战略物资仓库。""好。"酒井隆抽动着满脸的横肉狞笑道:"把仓库的东西给我统统装船运到日本,为我皇军服务。""嗨,山本领命,立即回去布置抢劫仓库的计划。"

女:第二天凌晨,宪兵队长山本亲自率领十几辆日本军车,满载着近三百个抓来的民工,驶向香港最大的九龙仓库。日军端着寒光闪闪的刺刀,指挥着民工往车上搬运物资,这些物资被装上一辆辆卡车,源源不断地运到停靠在码头的大轮上,等待运往日本国内。三百个民工干了几天几夜才装完,这次日军光是从九龙仓库就抢走价值十几亿日元的物资。

男:张祥生是一家银行的职员,妻子在南华纱厂上班,日军侵占香港以后,两人相继失去了工作。然而家里上有老人,下有嗷嗷待哺的孩子,为了活命,张祥生天不亮就出门排队买米去了,日落西山仍不见丈夫的影子,孩子饿的哇哇直哭。突然,一阵咚咚的敲门声惊醒了正在发呆的妻子,她害怕是日本兵找事,战战兢兢地问道:"是谁?""是我,祥生。"听清了声音,妻子才抱着孩子走到门边,门开了。一张血肉模糊的面孔吓了妻子一跳,只见张祥生衣衫不整,鼻子还在流血,溅的满身都是。"祥生,你怎么了?""可恶的日本强盗,原先说每户每天供应六两米,我整整排了一天也没买到,最后他们把门一关,说以后不卖米了,我刚要和他们理论,两个日本兵抢起枪头把我毒打了一顿。"说完,张祥生一屁股坐在床上,对两位老人说:"爸妈,家里的钱也快用完了,过两天日本人又要强行宣布港币作废,改用他们的军用手票,日本人就是要把我们搜刮干净,明天我只好去新界想办法挖些野菜来吃。"张祥生又从妻子怀里接过孩子,一边流泪,一边喃喃地说:"委屈你了,顺仔,爸爸实在没有办法啊。"

第二天,张祥生带着一脸的愁容早早离开了家门,突然,街上响起一片刺耳的警笛声,只见一辆辆日本军车呼啸而来。张祥生刚想往回跑,却被几个端枪的日本兵拦住,不由分说,连推带搡,把张祥生推上了军车,原来日本占领军为了减轻供给压力,巩固统治,决定将香港居民大批驱赶回中国内地,这天清晨,几十部日军军车和一队队日本兵扑向香港九龙的各处居民区,将各家各户的居民统统赶出来,命令他们迅速离开香港。一时间,香港各处码头渡口到处挤满了逃难的人群,日本兵还在大街上随意捕捉市民,许多外出办事或正在路上行走准备回家的市民遇上日本兵都被强行赶到一处,然后直接带到码头,用帆船强行把他们运往内地。

张祥生被带走以后,他的妻子、孩子和老人也被赶上另一部车,运到码头上船。张祥生被带上一艘破旧的货船,几百名香港市民被日军强行赶到这只拥挤不堪的船上,哭喊声、叫骂声响成一片。这时候,张祥生向外一望,猛然发现怀抱孩子的妻子和自己的父母也被日军连推带搡,压到这只船上来了。他拼命的想挤过去,可怎么也动不了,高声呼喊也听不见,他只好在心里暗暗地祈祷,愿上帝保佑我们平安离开香港,保佑全家人的性命。

笛声长鸣,轮船启航了,这时候张祥生发现,押送市民的日军纷纷离船上岸,在岸边站成一排,将带有刺刀的枪口对着船上的市民。突然,张祥生有一种不祥的预感,似乎有一种巨大的灾祸将要降临。船渐渐离开堤岸,向公海方向缓缓驶去,这时海上开始起风,巨大的浪头不停地涌向船头,想要吞没这只装满香港市民的破船。突然间,船头前方掀起一股冲天巨浪,伴随着一声巨响,紧接着一颗炮弹落在船上,顿时船上火光冲天,浓烟滚滚,人们乱作一团,拼命的哭喊,可这都无济于事,日军的炮火不断射向船只,市民死伤无数。很快,这艘满载香港市民的船只就被惨无人道的日军炸沉了,船上的人全部葬身大海。

女:为了强化控制,肃清抗日分子,1942年4月,日军在香港开始人口大清查。4月2日是所谓清查的第一天,上午9点,每家每户的男女老少都按照日军的规定,由家长率领在门口排队,不准携带任何物品，等候日军前来逐个检查。在一幢幢旧式堂楼门前，一条条小街巷里，居民的队伍排成了一条条长龙，大人孩子个个面带惊恐，战战兢兢，不知道会有什么灾祸来临。不一会，一辆辆日军军车载着小胡子日本兵向排队的居民开来，日军小队长木村带着几个荷枪实弹的日本兵气势汹汹地跳下车，用枪抵着人们大声问："谁是户主？"被问的人家马上就得出来回答。日军打开一本本户籍册，点齐了人数，便进屋搜查。他们撬开抽屉，翻箱倒柜，把稍微贵重一点的东西都劫掠一空。

男：木村和几个日军闯进工人王启帆的家，把他家仅有的两只木箱和一件柜子都翻了个底朝天，看看没有什么值钱的东西，又冲到楼上。突然发现楼上屋里床上躺着一个人，原来王启帆的母亲因病瘫痪在床，无法下楼在门口站队。日军不由分说，扑上前去，硬是把老人从床上架起来向外拖，结果老人从楼梯滚下，一直摔到街上，当场头破血流，气绝身亡。王启帆见状忍无可忍，抄起地上的一条木凳砸向日军。枪声响了，罪恶的子弹穿透王启帆的胸膛，凶残的日本兵还嫌不够，连他的妻子和孩子也不放过，残忍地将她们杀害了。

女：海南是我国一个美丽的岛屿，铁的蕴藏量很丰富，日本侵略者占领海南以后，加快了掠夺的步伐，他们开铁山、修机场，由于劳工短缺，他们便打起了香港的主意。当时的香港生存条件十分恶劣，居民不仅吃不饱饭，还要忍受日军的虐待，许多香港青年都想离开这里，另谋生路。日本人就利用人们的这种心理，开出优厚条件，诱骗香港青年到海南去做工。日本人在香港的大街小巷到处张贴告示，宣称为了开发海南，特招募香港劳工前往做工，除了管吃管住之外，每月发放工钱。报名应招的香港青年排成了长龙，没几天时间，被骗的人就达到了七千多名，他们尽管也不相信日本人的话，但总觉得海南地方大，到那里以后，活动余地也会大些，比在香港这里苦熬等死要强。日军把报了名的这些青年赶进临时收容所的集中营，不许任何人外出。

男：24岁的东亚钟表公司工人陈祥雨，十几年前随父亲漂泊到香港谋生，在香港刚过上几年，又遇到香港沦陷，他所在的公司也被迫倒闭，断了生路。昨天，他在街上看到日本人张贴的招工告示，不觉也动了心思，回家和父母商量。他的父亲说："祥仔，我看你还是去吧，我和你妈老了，就在香港呆着，活一天算一天了，你今后日子还长，就去闯闯吧，兴许能有条活路。"陈祥雨哽咽着说："爸妈，我去海南做工，等日本人撤离香港了，我再回来伺候您老人家。"说着，背起一个简单的行囊就走了，蹲在潮湿阴暗拥挤的集中营里，陈祥雨感到极度的悲观，不知以后的日子将怎样度过，也不知以后还能不能回到香港。几天以后的一个凌晨，陈祥雨他们被带出集中营，日军用大卡车把他们运到码头上船，日军挥舞着皮鞭，把劳工赶进船舱，漆黑的船舱内臭气熏天，一个只能承载一百多人的船舱，竟然塞进了几百人，陈祥雨和几个青年伸出头来想透口气，立即遭到雨点般的鞭打，没有吃的，没有水喝，连大小便也不许出去。经过四天四夜地狱般的煎熬，船终于到达了目的地，然而许多人却因饥渴难挨，经受不住非人的虐待和疾病，过早的离开了人间。

到了海南，日本强盗不允许他们有片刻的喘息，立即拉到工地，他们被迫下矿、修路，每天干十几个小时的苦役。毒打、劳累和饥饿，一直伴随着他们，没有多久，陈祥雨就得了重病，每天高烧呕吐不止，人瘦得只剩下一把骨头。他实在没有力气下矿干活了，躺在地上的破草席上，想到还有在香港苦苦挣扎的父母，泪水湿透了面颊，几天后，陈祥雨就这样痛苦地离开了人世。到日军投降时，这批赴海南的香港劳工生还的不足三分之一。

女：日本占领香港后期，侵略者已经不满足于经济上的掠夺，而且加紧了政治上的控制，港日当局在香港大肆推行日化运动，将公元年号改为日本年号，将有英国色彩的街道名称改为带有日本色彩的名称，在学校里，推行日语教学，并且将三万日本移民迁居香港，企图使香港永久成为日本的领地。

男：至此，闻名遐尔的远东明珠香港，在日军和港日当局的肆虐下，已是满目疮痍，破败不堪，一片萧条凄凉的景象。

第十一集

女：百年风云起香江，华夏恨留长，百年离散，百年心伤，国耻永难忘。

男：永难忘，唤香江，洗雪国耻迎你回家乡。

男：中央人民广播电台大型系列广播特写《香港百年》第十一集：秘密营救功垂千秋，港九大队威震香江。

女：1941年底，日本侵略者的铁蹄突然踏进香港，使这颗东方明珠惨遭蹂躏。而从内地前来避难，并热心抗日活动的民主人士和文化名人处境更加危险。

在攻占香港之前，日军就已经注意到了香港蓬勃发展的抗日救亡运动，曾经多次指派特务收集情报。他们对那些以各种形式动员和组织群众，抵抗日本侵略军的爱国志士恨之入骨，早就想把这些人抓起来，或为皇军服务，或统统杀掉。

九龙、香港相继陷落后，日军立即封锁香港与九龙之间的交通，实行宵禁，分区分段地搜查抗日分子，并限令文化界人士前往"大日本报道部"，否则格杀勿论。日本文化特务和久田幸助，还强迫香港各电影院打出幻灯片，假惺惺地请梅兰芳、蔡楚生、司徒慧敏等人到日军司令部半岛酒店会面。

男：面对这种形势，时任八路军驻港办事处负责人廖承志心急如焚。他已经几天几夜没合眼，和办事处的同志一起研究对策，苦苦思索着解救在党民主人士和进步文化名人的办法，并准备向中共中央汇报。夜已深了，廖承志仍趴在办公桌上奋笔疾书，他正在起草给中共中央的紧急电报。一阵急促的敲门声打断了他的思路，"请进"。说着，一名年轻的警卫大步跨进门，给廖承志送上两封电报，"报告，中共中央和南方局急电"。廖承志迅速打开一看，原来是中共中央和南方局领导周恩来发来的电报，两封电报虽然发自不同的地方，但内容完全一样，要求办事处和广东省委想尽一切办法，把困留在香港的民主人士和文化名人抢救出来。廖承志攥着电报，感到份量是那么的重。他立即召集广东、香港及东江游击队的负责人开会，研究具体的抢救方案和措施，决定趁日军立足未稳，对各方面的控制还不严密，把这些人护送到东江游击区，然后再想办法把他们转移到大后方。

谁来当此大任呢？廖承志自然而然的想到了港九独立大队。

女：港九大队是中共中央领导的八路军东江纵队派出的一支队伍。日军占领香港后，他们一方面渗透插进香港，开展游击战争，打击日军；同时集聚地下力量，搜集情报，通过秘密斗争坚持抗日。因此，营救工作的重任非港九大队莫属。廖承志拿定主意后，经过同游击队政委尹林平商量，决定护送任务由黄冠芳领导的武工队负责。

男：12月30日夜晚，寒冷的海风阵阵袭来，廖承志等人悄悄来到海湾码头，护航队长肖华奎和队友驾驶两艘小船，早已等候在那里，船上配备一挺机枪做掩护。他们机智地避开日军海上巡逻队的搜捕和海匪的抢劫，在夜幕的掩护下，两艘船悄悄地升帆出海。凌晨三点到达游击区后，他们连夜同中共南方工委副书记张文彬、尹林平等一道，又对营救任务做了具体部署。廖承志紧紧拉住负责营救工作的游击队长黄冠芳，坚定地说："这次秘密大营救，就是要想尽一切办法，不惜一切代价，将被困在香港的民主人士和文化名人从敌人眼皮底下解救出来，只能成功，不能失败。"

女：香港在阴森恐怖中送走了1941年。当新年的钟声刚刚敲响的第二天深夜，港道湾仔骆克道一座小楼里就闪烁起微弱的光亮，一批精干的武工队员正秘密在这里开会。他们是精心挑选出来的承担营救工作的骨干。

男：武工队长黄冠芳看了看大家，低声说："现在日本军队已经封锁了市内交通，并在各码头和主要街道设置了哨所，我们的营救工作，关键是要尽快和每个营救对象接上头。""我们找不到他们的住处怎么办？""是啊，这些文化名人和民主人士，为了躲避日军搜捕，许多人已经多次转移地点，要和他们联系很困难。"几位武工队员着急地说："你们大多是当地人，要利用各种关系，特别是依靠我们的地下交通员，多方查找，互通情况。困难再大也要克服，要保证完成任务，大家赶快分头行动。"黄冠芳队长的话刚完，游击队员们就行动了起来，有的戴上胡须，有的束上假发，不一会工夫，这些人几乎都变了样儿。他们陆续离开了指挥部，悄悄消失在夜幕中。

几天以后，由游击队员冒着生命危险建起的秘密交通线诞生了，他们每天晚上悄悄划着小船往来于港岛和九龙之间。

女：1月9日下午5点，护送第一批文化名人的行动开始了。游击队经过多方联系打探，终于找到了邹韬奋的住处。

男：夜幕降临，游击队员潘柱带着几个人轻轻敲响邹韬奋住处的小门。门开了一道缝，里面露出一个戴着眼镜的中年人。他问道，"你们是谁？"潘柱等人立刻答道，"你是韬奋先生吗？我们是港九独立大队的，专门来营救你们离开香港，赶快收拾一下，跟我们走"。邹韬奋紧紧地握住潘柱等几名队员的手惊喜地说："好，我听你们的安排。"队员们帮助邹韬奋换上渔民的服装，挎上只装了几件换洗衣服的小包袱，混在人群中间，绕大街、穿小巷，尽量避开日军岗哨和检查站的检查，然后来到铜锣湾的唐街渡口。这时候几支小艇早已等候在那里，他们穿过一个事先剪开的铁丝网。在与小艇对上暗号后，小艇很快把他送上停泊在避风塘中间的一条大船上。前期上船的几十位民主人士和文化名人看到邹韬奋先生时，都伸出双臂与他拥抱，大家百感交集，相互叙说着连日来各自的离奇经历，互道珍重。

夜深了，两名游击队员让大家先在船上休息一下，等待渡海时机，自己则分别在船头和船尾保持警戒，观察动向。

女：第二天凌晨三点，漆黑的海面被迷迷茫茫的大雾笼罩着，伸手不见五指，日军探照灯的灯光也像是被蒙了一层布，变得昏昏暗暗。由于天气原因，日军的快艇不得不暂时停止巡逻，岸上的哨兵也抱着枪开始打盹。游击队员见时机到了，赶紧把大家叫醒，由三个交通员分别带着他们爬进三只有竹棚的小船。三只小船像离弦的箭，直刺对岸。当天边露出鱼肚白时，小船已经到达了九龙。上岸后，邹韬奋一行二三十人，在负责接应的游击队交通员的引导下，分别住进几个秘密的联络点。

男：日军占领香港以后，烧杀抢掠，无恶不作，美丽的港湾千疮百孔。时间一天天过去，而香港的供应却一天不如一天。为了减轻压力，日军开始大规模向内地驱赶难民。游击队借题发挥，让知名人士和文化名人化装成难民，巧妙地混进疏散的人群中，他们穿九龙翻山岭，长途跋涉，渡过深圳河，终于到达东江游击队根据地，而后辗转奔赴大后方。

女：1月12日黄昏，游击队员来到著名国民党左派领袖廖仲恺先生的夫人何香凝家。在临行前，何老太太对游击队员说："别的我什么都不要了，唯有这几箱字画，是我几十年的珍藏，实在舍不得扔下。"当时即使两手空空穿过日军的封锁线都很不容易，要想把这几箱字画在敌人眼皮底下运出去就更困难，队员们被难住了，你看看我，我看看你，一时谁也想不出高招。游击队员李景是当地人，他琢磨能不能利用当地的风俗做掩护，把字画运出去，他把自己的想法一说，大家都点头称好。

第二天一早，由十多个男女组成的送葬队伍出现在大路上，他们身披重孝，哭哭啼啼，吹吹打打，向新界方向行进。经过鬼子的岗哨时，只见一名翻译对着日军哨兵咕咕了几句话，哨兵把手一挥，他们顺利过关。

男：从1942年1月起到1942年7月，经过这条秘密通道先后有八百多名民主人士和文化界人士安全撤出香港，他们转移到内地以后，继续着抗日救国的伟大事业。事后，驻香港的日本特务机关在报上登出启示，点名请茅盾、邹韬奋等人出来，参加建立大东亚共荣圈，然而此时早已是人去楼空。由于港九大队的奋力营救，中国政治和文化界的一大批精英得以免遭日军的残害，这其中有许多都是有世界影响的人物，如何香凝、柳亚子、茅盾、邹韬奋、张友渔、胡绳、廖沫沙等等。他们转移到内地后，继续为抗日民主事业战斗，为中华民族做出了杰出贡献。

女：1944年2月，盟军进入大规模反攻，美军第十四航空队指挥克尔率20架战斗机掩护12架轰炸机，轰炸启德机场，在香港上空与日本空军展开激战。

男：启德机场上空，一架架飞机上下翻飞，捉对厮杀，激炮声，轰鸣声，响成一片，一架又一架飞机中炮坠毁。机场上几架没有来得及起飞的日军飞机，被炸的缺胳膊断腿，七零八落。美军王牌飞行员克尔少校驾机，一鼓作气击落三架敌机，刚想喘口气，一架敌机从侧面突然向克尔的飞机开炮。克尔驾驶的飞机油箱被击中，燃起大火，克尔被迫跳伞。当他的降落伞飘至离地面不远的时候，清楚地看到敌人在拍掌欢呼，并开始围捕自己，他绝望地用手臂蒙住自己的眼睛，不敢再往下看，心想，这下完了，肯定要成为日军的俘房了。

这时，日军已经派出一千多名步兵向他降落的地方包围搜索过来，眼看日军的包围圈越来越小。不行，绝不能落入日军的手中。克尔想到这儿，拔出手枪，准备一旦被日军抓住，就开枪自尽。真是万幸，克尔的降落伞飘飘摇摇落在一处小山坳里，暂时避开了日军。可是日军正迅速绕道，向这边搜索靠拢。在这危急关头，武工队副队长刘黑仔率领几名游击队战士赶来，背起受伤的克尔，迅速钻进杂草丛中的山里。原来刘黑仔带着几名游击队员执行任务经过这里，发现一名美军飞行员跳伞，地面上有许多日军正在围捕，决定要尽力予以营救。他们凭借熟悉的地形，迅速迂回到有利位置。等克尔一落地，他们就迅速将他救下，他们找到一处很不引人注目的小山洞，将克尔藏进去，外面又用巨石杂草伪装起来，极难发现。

一连几天时间，日军将克尔所在的那片山头反反复复搜索了几遍，仍是一无所获。游击队员们每天夜晚将饭送进克尔躲藏的山洞里，并设法弄来药品为克尔治病。克尔非常感慨地说："没想到我还能活下来，多亏了你们中国的游击队员。"

十多天以后，日军的搜捕开始松懈下来，游击队带着克尔巧妙地冲出了敌军的包围。临别的时候，克尔紧紧地握住游击队长黄冠芳、副队长刘黑仔的手，眼含热泪激动地说："为了救我，你们一定动员了许多我所看不见的力量，我永志不忘，回美国以后，我一定要把你们的神奇本领介绍给美国人，让他们也记住，中国英雄的游击队员。"

女：香港地处东北亚和东南亚的中间点，是太平洋日军的转运枢纽和海军的中继站。港九独立大队在这个战略要地上开展游击战争，有效地打击和干扰了日本侵略军的战略部署。

男：日军占领香港期间，东江纵队、港九独立大队，始终站在国际反法西斯斗争的前哨，由于港九独立大队卓有成效的斗争，包括营救盟军和国际友人，促进中国共产党领导的东江人民抗日游击队直接与英美盟军的合作，为反法西斯战争的胜利做出了特殊的贡献。

第十二集

女：百年风云起香江，华夏恨留长，百年离散，百年心伤，国耻永难忘。

男：永难忘，唤香江，洗雪国耻迎你回家乡。

男：中央人民广播电台大型系列广播特写，《香港百年》第十二集：蒋介石无心收香港，英国人重升"米"字旗。

女：罗文锦被敲门声惊醒，点着灯一看表，已是8月21日凌晨一点了。1945年的8月可非同寻常，整个世界在血与火中盼来了和平的钟声。反法西斯战争胜利了，香港在沸腾，日本人像打蔫的茄子一样，再也抬不起头颅。这几天罗文锦也一直沉浸在不能自已的兴奋之中，战前曾是港英政府重要职员的他，欢乐之余，总有种预感，敏感的香港还得不太平几天。今天，他好不容易才进入梦乡，就被不速之客打断了。

男：罗文锦披上外衣，睡眼惺忪地开了屋门，一位年约三十，身穿白丝长衫的年轻人出现在眼前。"请问，您是罗文锦先生吗？""是的，您是？""哦，我姓梁，从澳门来，重庆的英国军队辅助小组让我给您带来一封信。""英国人，哦，快请进。"罗文锦把来人让进屋里，"一路上好走吗？""还好，日本天皇宣布投降后，各地日军都军心涣散，也顾不上再严加封锁了。"罗文锦接过来信，预感被证实了，英国政府已经授权在港的最高行政官员詹逊组织临时总部，等待接收香港。罗文锦要配合来人协助执行。罗文锦看罢信抬起头来，"那么詹逊的委任书呢？"这位信使答到："在我这儿，上峰命令我，必须亲手交给詹逊。"罗文锦把一杯茶水放在来人面前，"可他现在还在赤柱集中营，虽然日本人现在也不管这些英国战俘了，可光他们能维持住香港局势吗？"来人摆摆手，"咱们管不了那么多，明天你带我去集中营找到詹逊，剩下的事就让詹逊他们忙活吧，据说丘吉尔都发话了，没准儿明天英国军队就开过来了。"

罗文锦一下子显得忧心忡忡，看着窗外的月亮喃喃自语，好快啊，可中国的军队在哪儿呢？这可是千载难逢的机会，重庆真的想不起香港吗？

中华民国国民革命军事委员会委员长蒋介石此时在重庆正拍着桌椅扶手破口大骂："我这个胜利者跟战败者有什么两样，到处受人欺负，你们说，我是中国战区的盟军司令，香港我不受降，谁受降？""丘吉尔欺人太甚"，外交部长宋子文答腔道，"有什么办法，美国人都拿他们没办法，你在开罗会议上，罗斯福不是跟你说得好好的吗，战后的香港应该是中国管辖的国际自由港，今年临去世之前，他还跟斯大林说过同样的话，又怎么样？愿望而已，无论从哪方面说，丘吉尔比我们要近得多，罗斯福都不敢开罪那个狂妄之徒，何况现在的杜鲁门呢？"蒋介石站起身来，"卸磨杀驴，为了让我抗战，什么不平等条约都可以废除，放屁，香港为什么就不放？那个什么英国外交部远东事务主管格善理不是在英美到处演讲，应该把香港归还中国吗？怎么，对英政府一点作用都没有呢？"宋子文一撇嘴，"哼，你就别装傻了，格善理人微言轻。在丘吉尔眼里，他根本不是一个政治家和战略家，他说把一个个殖民地都扔掉，大英就会甩掉包袱，英国政府哪能那么做，他们恨不得多占一块是一块，做梦都想恢复日不落帝国呢"。军政部长何应钦在一旁插话道，"那就不要香港了？"蒋介石走到桌前仰头看着中山像，"怎么要？打了两年官司了，死活不给，现在这个杜鲁门又站在了丘吉尔一边，得罪了美国，谁给我们支援？别忘了，当务之急是那些与我们正抢地盘的共产党。"何应钦疑惑地望着蒋介石，"委座说得对，我们的对手是共产党，现在他们已在各地扩大根据地，东北、山东已经有大量共党出现。我们的部队正加速北方一带的接管受降，南方动作就不那么快了，照您的意思，香港我们就不管了？"

蒋介石转过身来，窗外的阳光和着斑驳树叶的阴影投在他的额头上，杂色的脸显得有些病态，"不管？国人会怎么看？"他转头对着何应钦说道："命令张发奎的新一军接收广州地区，第十三军从梧州向香港进发。英国人要是没到，就先接管，要是他们到了，不许和他们冲突，一起对日受降后再做计议。千万记住，不要冲突，我们还要借香港向北运兵呢，英国不是我们的敌人，我们的敌人只有一个，那就是共产党。"

女：就在广西柳州的张发奎接到命令，正在调集军队的时候，菲律宾苏比克湾的美国海军基地变得热闹异常，三三两两的美国水兵结伴正准备到附近酒吧逍遥一番。战争让他们的神经绷得太紧，一种厌倦和疲劳快到了极限：感谢上帝，东方疯狂的鬼子们投降了。美国大孩子们这些天通宵达旦，狂欢作乐，整个苏比克湾都泡在酒精中。可这一天，美国水兵看着突然出现的一艘艘挂着"米"字旗的军舰，诧异地互相询问：战争结束了，英国人还跟谁开战呢？我的上帝，航母！还有战列舰，这么大的编队，他们要去哪儿呢？

英国人又回来了！香港居民在为盟军到来欢呼时，仍大感失望，我们的军队哪去了？饱受日本侵略者三年零八个月的蹂躏之后，满以为从此重归祖国怀抱，没想到，还是被英国人抢夺而去，还是不能够堂堂正正地当中国人，还得被叫做香港人。百姓从日本投降的喜悦中，一下子冷却了下来，我们该怎么办呢？

8月30日的香港海面静谧苍凉，偶有几只海鸟俯冲急升，在浪尖不时掠过。五十多岁的龙阿祥领着孙子在岸边收拾渔具，做着过几天出海的准备。孙子在海滩上跑来跑去，用胖胖的小手抓起贝壳，一个一个的向海里扔去，突然他张着小嘴看着远方喊道："爷爷，你看这么多大船，比我们家的大多了。"龙阿祥抬起眼，惊呆了，远方海平线上黑蒙蒙的一片，影影绰绰如同钢铁巨龙般铺展开来。机器轰鸣声惊起一群群海鸟，几架战机已从航母起飞，盘旋在香港上空。龙阿祥抬起头来惊恐地看着低空急掠的战机：还好，上面涂的不是太阳旗，而是"米"字旗。

女：具有讽刺意味的是，当年保卫港岛时，英国人只有一艘破旧不堪的驱逐舰，如今，香港丝毫没有抵抗能力，英国却动用了如此庞大的作战舰队，不打仗，那是防备谁呢？醉翁之意不在酒，太平洋的香港让大西洋的英人为之朝思暮想。英国和加拿大海军陆战队迅速接管有关军事重地，并且把大量日军存下的日用品散发给市民。盟军的到来，再次掀起反日情绪，百姓见日本人就打。那奴隶般的地狱生活，使港人视日本人为魔鬼，到处都传来日本人被打死的消息。

夏悫感觉必须立即恢复秩序，他迅速与詹逊会晤。夏悫说："我奉命在港成立军政府整顿社情。有关专家人员已从伦敦启程，争取在中国军队到来之前，接受日军投降。"当晚，港岛北岸一部分地区获得英舰供给电流，关闭了多时的电灯重放光明。

男：此时国民党第十三军才奉命在九龙出现，蒋介石冲着张发奎打来的电话只好长叹一声："不许轻举妄动，命令所属部队九龙驻防，协助英军维护秩序，告诉夏悫，我们对香港没有野心，我们正在同英国政府协议，从香港运送十万部队北上。对，注意安抚官兵，一旦受降完毕，第十三军随时准备出广东。"

9月16日下午4点，香港总督府夏悫海军少将以香港军政府总督身份代表英国政府兼中国战区最高统帅，在香港总督府接受香港日本陆军司令和日本华南舰队指挥官正式投降。中国代表潘华国少将，美国代表威廉逊上校，加拿大代表凯世上校，应邀参加受降仪式。冈田陆军少将和藤田海军少将把指挥刀献给夏悫，签字退席。夏悫在仪式完成后发表声明，表示将致力于香港复兴工作，一面英国"米"字旗在总督府旗杆上缓缓升起。潘华国望着冉冉而升的英国国旗，非但没有喜悦，反而备感耻辱：中国的土地上，怎么总是升不起我们自己的国旗？我们对不起香港百姓，他们边缘人的尴尬身份何时才算完呢？

战后的香港已成一座千疮百孔的废墟。战争前香港人口163万，到日军投降时仅剩下60万人。在减少的100万人中，很多是被日军强迫遣散或者是自己逃离香港返回中国内地的；不少人在战争中被炸死、饿死、病死或者被日军残酷杀害，幸存者也在死亡线上挣扎着。被完全毁坏和部分毁坏的各种楼房，总计有20636所之多，大约有17万人无家可归。

女：市场百物奇缺，是影响香港人民生活最大且迫切需要解决的问题，其中首推粮食、燃料和副食品供应问题。香港光复后，人口迅速增加，从1945年9月起，每月差不多有10万人进入香港，各方面压力越来越大，军政府面临严峻形势，首当其冲是恢复治安秩序。但是单凭英军无力维持，夏悫百般无奈。他很不情愿地把目光投向了前几天自己极力排斥，即将返回大陆的东江纵队港九大队，这是一支唯一在港坚持抗战的队伍。

男：沙头角，港九大队总部忙碌异常，大队这几日正奉中央命令撤出香港，这时一名英国中校军官求见大队长黄冠芳。来人被迎进大队总部以后，直言不讳："我们皇家海军陆战队奉军政府之命，请求与阁下谈判，希望贵部能暂留一段，共同维护香港治安。"黄冠芳和政委黄云鹏交换了一下眼色，"我们也非常关注近来香港地区日趋恶化的治安，不过此事关系重大。由于贵军登陆，我们本已接到命令全部撤出，要谈判的话，我们要请示上级"。

女："上级的意见马上下来了，同意谈判，暂留一段时期，协助英军维持治安。"

男：港九是矗立在港人心中的支柱。在三年的时间里，港九大队出生入死，不惜重大牺牲，救护盟帮人士，肃清土匪活动，破坏敌伪统治，保卫人民利益。有了他们，香港才没有变得沉沦，没有在侵略者的铁蹄下变得只会呻吟，只会委曲求全。他们显示出中国人的顽强个性，独立人格，抗争精神。港九大队要走了，他们在离开港九新界时发表了撤退宣言，油印成传单在各区散发："别了，亲爱的港九新界同胞们!今天我们离开港九了，但我们仍和以前一样，关心你们的自由和幸福。经过了长期困苦的斗争之后，我们希望你们能重建家业，改善生活，我们希望你们光荣的斗争能引起国际人士应有的尊敬，获得应有的自由平等与幸福的生活。今天，我们撤退了，但我们的心却是永远不会离开你们的。"

第十三集

女：百年风云起香江，华夏恨留长，百年离散，百年心伤，国耻永难忘。

男：永难忘，唤香江，洗雪国耻迎你回家乡。

男：中央人民广播电台大型系列广播特写《香港百年》第十三集：念风物长宜放眼量，看新中国高瞻远瞩。

1949年10月，新中国成立，人民解放军浩浩荡荡进军南粤，第四野战军44军南下先头部队驻马深圳河。

秋天的罗湖桥小风缓缓吹过，抚去夏日的燥热，为南下的解放军战士洗尘。军政委吴富善来到罗湖桥头，他举起望远镜面对香港久久地眺望。那块美丽而充满苦难的土地，让他心头有一种难以遏制的冲动。他反复地回味着毛主席的那句话，中国人民从此站立起来了！一种使命感让他躁动不安，让对岸那块美丽的国土回归祖国，是他此刻最想做的事情。"报告政委，军委命令。"通讯员的声音打断了他的思路，他放下望远镜，从通讯员手中接过军委的机要文件，只见文件上写着：部队停止前进，往香港方向，不要超越补给站。军令如山。吴富善，这位年富力强的44军政委，此刻只好放一放心中的千头万绪，离开了罗湖桥头。

但他万万没有想到，就是他久久眺望这一举动，就被香港传媒炒得热热闹闹，港英当局大为恐慌，驻港英军骤然增加了三万人，香港人的心都提到了嗓子眼。然而，解放军迟迟没有动作。

女：北京中南海，这个彻夜不眠的地方。共和国的缔造者们日夜为共和国的未来规划蓝图，香港这块与祖国分离已久的土地也时刻牵动着他们的心。有一天，《文汇报》的社论有一段话意味深长，聪明人一看就知道。社论说香港正遇着最有利的形势，新中国建国以后，贸易将空前高涨，香港如果在空前的好运之前惶惑起来，不积极对新中国采取友好措施，这将是历史的不智。

男：当时毛泽东主席的看法是要把香港放在整个世界战略这个大局里去，目前香港对我们有利，最好暂不收回，我们不要仓促行动。毛主席认为，对英国人还应该约法三章：第一，香港不能用作反对中华人民共和国的军事基地；第二，不许进行破坏中华人民共和国威信的活动；第三，中华人民共和国在港人员必须得到保护。只有港英政府很好地遵守这三项条件，香港才可以维持现状。

很快，中国政府通过秘密途径向港英政府传达了这三项条件，港英政府欣然接受，并约定，将此决定秘而不宣。

面对一个已经站立起来的新中国，英国政府开始调整它的外交政策。1950年1月6日，英国外交大臣贝文致电周恩来，表示承认中华人民共和国，并愿意在平等互利，互相尊重领土主权的基础上，建立外交关系。同时宣布，撤销其对国民党集团的外交承认。3月2日，中英开始了建交谈判。

女：1951年，年轻的共和国经历着它创建以来的第一场严寒。北京的街头春寒料峭，但迎春花却开得灿烂无比。在上班的人流中，人们吸进去的是干冷的寒气，吐出来的却是腾腾上升的热雾。新华社香港分社社长黄作梅从香港刚回来，他走在北京的街头，也深深地被这腾腾上升的热雾所感染。中国人民站起来了，香港的明天有站立起来的全中国人民做后盾，我们还惧怕什么呢？

　　一辆小轿车停在黄作梅身边，黄作梅拉开车门坐进车里，轿车飞快地向中南海驶去。今天黄作梅要向总理请示中央对香港的政策。黄作梅走进周恩来总理的办公室，周总理请他坐下，并详细听取了黄作梅的汇报。周总理沉吟了片刻，对黄作梅说："我们对香港的政策是东西方斗争全局战略的一部分，暂不收回香港，维持其资本主义英国的占领不变，这是不能用狭隘的领土主权原则来衡量、来做决定的。我们在全国解放之前，已决定不去解放香港，从全球的战略上讲不是软弱，不是妥协，而是一种积极主动的进攻和斗争。1949年建国后，英国很快承认我们，那是一种半承认，我们也收下了。香港是英国在远东政治经济势力范围的象征，在这个范围内，英国和美国存在着矛盾和斗争。因此在对华政策上，美英也有极大的分歧和矛盾，美国要蚕食英国在远东政治经济势力范围，英国要力保大英帝国的余晖。那么保住香港，维持对中国的外交关系，就成了英国在远东的战略要点。"

　　听了总理的分析，黄作梅十分兴奋，他往前直了直身子说："明白了，总理，也就是说，抓住了英国人的辫子，就拉住了英国。使它不能也不敢与美国的对华政策和远东战略部署跟得太近，靠得太拢，这样我们就可以扩大和利用这个矛盾。"

　　总理爽朗地笑了，他点点头继续说："你们一定要认识这个问题的重大战略意义，一定要相信中央的这个重大决策，你们要好好保护香港，维护香港的现状和地位。当然，我们也要反对英国过分支持美国，孤立中国。"黄作梅认真地记下了总理的指示，他又一次感到，党中央对香港问题所做出的决策是无比正确的，用远见卓识、高瞻远瞩来形容是完全不过分的。

　　离开中南海的时候，黄作梅心中充满了信心。

　　男：就在黄作梅返回香港不久，未经核实的周恩来总理关于香港问题谈话的主要内容也传到香港，并被一些报纸披露出来，就连西方的一些政治观察家也不得不承认，把香港留在英国手里，确实不失为中共领导人的英明之举。

当年港督葛量洪的办公桌上那一系列数据，正是一个实实在在的证明。1948年，香港与中国内地的贸易总值七亿一千万港元，输出两亿八千万港元，输入四亿三千万港元，入超一亿五千万港元。1950年，香港对中国内地的贸易一下子从入超转为出超，出超数额达到五亿多港元。香港商人笑了，内地的老百姓也笑了，内地所需的各种宝贵物资正通过香港这个窗口源源不断输送进来，帝国主义孤立封锁扼杀新中国的阴谋终于破产。

女：如果说当年港督葛量洪已经看准了香港对于中国经济举足轻重的作用，那么八十年代上任的港督尤德则从中领悟得更为深刻。1981年圣诞夜，是尤德久久不能忘怀的一个夜晚。那天他坐在汇丰银行大厦顶楼宴会厅的一个房间里，同他的助手，兼香港社会情况顾问戴洪志一起探讨香港问题。戴洪志是个英国人，英文名字是路易斯·戴维斯，在香港任职多年，负责保卫和情报工作，对香港的地理环境、风俗人情，各界人士，乃至三教九流，都相当的熟悉，可以说是一个名副其实的香港通。那天戴洪志递给尤德一个高倍双筒望远镜，维多利亚港便尽收尤德眼底。尤德感叹道，这是一个多么繁忙的港口，无数大小不等，形状各异，新旧不同，快慢不一的船只进进出出，相错而过的船只之间只有英寸的距离。这时，戴洪志介绍说："维多利亚港背靠中国大陆，占据太平洋和印度洋航运要冲，无论航向哪里，这里都是中途站。每年有八千多艘远洋轮船在这里进出，装卸量达两千三百多万吨，中国南方的集装箱货物和散装货物主要是通过这里吞吐。不仅如此，尤德爵士，我这还有一份小资料，你不妨研究一下。"

男："香港是亚洲的首席金融中心，在世界上仅次于伦敦和纽约；香港是亚洲最大的黄金贸易中心，在世界上仅次于伦敦和苏黎士；香港是世界最大的高级成衣进出口地区和最大的手表出口地区，在世界市场上平均每三只石英手表中，就有两只是香港制造的；香港是世界上最大的玩具出口地区，香港的空运载货量占世界第二位，香港是世界上排位第三的钻石贸易中心，仅次于美国和日本；香港是世界上第三大珠宝贸易市场，香港人的生活水准居亚洲第二位。还有，目前中国每年可以从香港得到近百亿美元的外贸收入，香港还可以协助中国引进外资、科技、管理技术，一旦战争爆发，香港又可以成为中国的后勤生命线，朝鲜战争已经证明过了。"戴洪志如数家珍，尤德听得入神。同时一种难以名状的情感从心头升起，他不得不感慨当年毛泽东、周恩来过人的谋略。1961年周恩来与蒙哥马利元帅在北京相见，周恩来说，如果双方尊重他们相互的利益，香港的利益可以维持。周恩来不愧是一流的政治家和外交家，令人折服啊。

"可是英国外交部的那些元老们仍然认为，香港能留在我们手里是他们当年务实精神的回报，实在是不懂得中国，不懂得香港"，戴洪志继续侃侃而谈，"在原则问题上，中共领导人可是从未妥协过。尤德爵士，你一定还记得，1972年3月8日，中国政府致信联合国非殖民化特别委员会主席，信中再次声明，香港、澳门属于历史遗留下的帝国主义强加于中国的一系列不平等条约的结果，解决香港、澳门问题，完全是属于中国主权范围内的问题，根本不属于通常的所谓殖民地范畴，中国政府主张在条件成熟时用适当的方式和平解决港澳问题，在未解决以前，维护现状。即使在中国最困难的时候，中共领导人也没有忘记维系香港人的生命线"。

1960年，国内经济发生严重困难，苏联撤走资金和技术人员等一切援助。周恩来总理专门下达指示，香港这个地方日益重要，要做好对港澳地区的水、食物、原料的供应，要把它当作政治任务来完成。同年4月15日，粤港双方达成协议，深圳水库全年供应香港五十亿家庭用水，香港人欣喜若狂。尤德看完这份材料闭上眼睛，他需要静静地思忖。由此，他看到了中国之所以不急于收回香港，还因为他们太胸有成竹了，他们掐着香港的生命线。

女：1962年的一天，湖北江岸站，上海新龙华站，河南郑州北站，三辆快车正整装待发。车里满载着鲜鱼活虾和牛羊畜禽，三位年轻英俊的司机精神抖擞，目光炯炯，他们要去执行一项重要的政治任务，运送这些鲜活商品前往港澳地区。对于生在河南，长在河南的小陈司机来说，港澳地区是个极其遥远、极其陌生的地方。他知道，那块中国的土地仍被外国占领着。那里需要新鲜的食品，为什么还要我们供给呢？这是他想不通的地方。可是团支书对他说："同志，别心胸狭隘了，那里可生活着我们的同胞兄弟。"对于生活在大上海的小张司机来说，他知道的香港当然比小陈要多一些，他的里弄里也有一家大资本家，解放前夕就去了香港。可是他仍然百思不得其解的是，难道我现在还要送鲜鱼活虾给那些资本家吃吗？可是团支书告诉他："总理说，那里的同胞绝大部分都是爱国思家的，是我们的亲骨肉，我们不能忘记他们。"只有生活在广州的小梁司机最能体会这骨肉亲情了，他的亲人中有许多就生活在港澳地区，他深深地为总理的指示所打动，他是主动报名做这趟快车的司机的。

满载亲情的三趟快车启动了，三名年轻的司机披星戴月，昼夜兼程。他们甚至都来不及对美丽的香港多看几眼，就又踏上了归程，从此他们的心中又多了几分牵挂，多了几分思念。

男：35年过去了，香港人的餐桌上每天都是美味佳肴，数不胜数。吃在香港的美誉也不胫而走，三趟快车成了名副其实的保证港澳供应的生命线。香港人也许还没有记住这三趟快车的车次编号，但是香港人不会忘记，周恩来总理和港澳同胞的骨肉情意，就在祖国人民这种绵绵不尽的深情里，香港变得愈加繁荣。

第十四集

女：百年风云起香江，华夏恨留长，百年离散，百年心伤，国耻永难忘。

男：永难忘，唤香江，洗雪国耻迎你回家乡。

男：中央人民广播电台大型系列广播特写，《香港百年》第十四集：三道险滩三跃龙门，香江小龙崛起东方。（第一部分）

女：1945年，当香港同胞欢庆抗日战争的胜利时，他们也为自己千疮百孔，伤痕累累的家园流下了伤心的泪水。在战争中，香港有两万多间房屋被炸毁，17万人流落街头，香港总人口也从战争前1942年的160万锐减到60万；香港的经济更受到毁灭性的打击，工厂几乎全部停工，市场物资奇缺，物价上涨，金融混乱，原有的港口设施遭到日军的严重破坏，航运业和对外贸易业陷入停顿，昔日繁盛的东方大港一片萧条。香港遇到了经济发展中的第一道险滩。

面对现状，重新占领香港的港英当局不得不采取一些过渡性措施，以稳定香港的社会和经济秩序。1946年，汇丰银行宣布，日军占领期间，被迫发行的1亿多元港币继续有效，并拿出100万元英镑作为保证金。这样，汇丰银行虽然有所损失，却恢复了香港居民对港币可靠性的信任，稳定了货币。同时英国又宣布，香港可以享受英联邦各国的特惠税待遇,为香港商品进入东南亚和欧洲、北美市场打开了大门。

男:在香港经济的康复期,中国内地大量的资金、技术、人才的流入,是推动香港经济新发展的主要因素。据估算,从1946年到1950年间,以黄金、有价证券等形式流入香港的内地资金不少于5亿美元。而内地的企业家,特别是上海、宁波一带的大纺织商,更带来了先进的技术和稳定的外销市场,带动了香港轻纺工业的起步。当时出任香港总督的葛量洪,在他的回忆录中曾写道:这时香港复苏较快的原因在于中国回流香港的大量劳工,得力于上海人带来的资本和工业技术。

女:1949年中华人民共和国成立了,年轻的共和国百废待兴,急需加强同世界的经济联系,而英国也做出了明智的选择。在西方国家中,英国率先承认了中国,香港商界立刻把握这一机会,在中外经济联系中扮演起中介人的角色,香港与中国内地的贸易迅速恢复和发展。1949年和1950年分别上升了66%和74%。维多利亚港又开始了帆船相接的喧闹,以转口贸易为中心的香港经济不仅彻底摆脱了战争带来的阴影,还有了阔步向前的跳跃。1949年香港的进出口贸易总值超过50亿元,是战前最高年份1931年的四倍多。

男:正当香港经济的航船享受着一帆风顺的喜悦时,刚刚扫走的阴霾又重新笼罩了香港的天空。1950年朝鲜战争爆发,联合国在美国的操纵下,对中国实行货物禁运,妄图把刚刚获得解放和新生的中国扼杀在摇篮中。英国也尾随其后,中断了香港与中国内地的贸易往来。由于对内地贸易是香港最大的贸易渠道,这无异于斩断了香港的生命线。香港的对外贸易刹那间一落千丈,这突来的变故使得香港的转口港地位黯然失色,金融航运业下滑,工商企业倒闭,失业人数增加,香港经济遭遇到第二道险滩,已到山穷水尽之境。香港何去何从?

女：香港人开始重新描绘自己的发展蓝图，20世纪五六十年代，世界经济格局正在发生着转变，西方主要工业国着力发展技术密集型和资本密集型产业，把劳动密集型产业转移到劳力相对较低的发展中国家和地区，这就为香港发展工业创造了千载难逢的机遇。而此时，香港的本地工业已有长足的进步，同时在中国大陆解放后，大量资金汇聚到香港，内地几十万新移民的迁入，更为香港提供了充足和廉价的劳动力。

男：不过，香港的工业化还需解决一个难题，香港地域狭小，资源贫乏，资金和技术的外来依赖性强。于是，香港人避重就轻，利用已有的外贸基础，发展以轻工产品为主的出口导向型工业，推动香港工业产品进入广阔的世界市场。由此，以传统转口贸易为主的香港又开始了一次向工业化的跳跃。

女：纺织业是香港五十年代经济发展的先行者。周文轩、安子介等一批上海实业家集聚香港，是这一时期纺织业的明星。初到香港时，由于语言不通，周文轩等人凭着相同的吴语乡音而结识，并且经常在一起策划未来之路。大家很自然地想到了纺织业，这是上海的传统优势产业，但香港本地的纺织企业还很少。不过，在他们中间只有周文轩曾经在上海的染织厂做过化验员，其他人都是外行。于是，众人一起筹资，在青山道成立了华南染厂，作为事业的开端。

华南染厂最初只是染纱，周文轩等人知道，产品越接近消费，附加值越高，因此在积累了一定资金后，他们通过贷款从国外引进了最先进的印花机，开设了新的织布厂。随后他们又陆续开设了纺纱、织布、印染、制衣一条龙生产系列，壮大了企业的实力。这一时期，国际市场对成衣的需求量增长很快，香港纺织界于是大量进口棉花，织成棉布，做成成衣，返销到世界各国。到1960年，香港已拥有纺织厂800个，制衣厂600个，成为香港经济的主导行业。

男：在纺织业的带动下，其他轻工产品制造业，如塑料制品，制鞋，电池，搪瓷业，也得到了迅猛发展。

到1959年，香港已拥有大小工厂4689家，工人二十多万。围绕工业的发展，公路、电力、金融、商业规模都不断扩大，树立了以加工工业为主的新的经济体系。加工工业的发展，也为香港的对外贸易注入了崭新的内容，来往穿梭的商船不再单纯转运他国货物，而是装上了贴有香港制造标签的各种产品。这一时期，在香港的出口产品中，本地产品的比重上升到72%，香港的对外贸易也由此焕发了新的风采。到1960年，香港的外贸总额达到90亿港元，超过了1951年的历史最高水平。

女：在香港工业化的进程中，作为创业者的香港同胞以非凡的勇气，百折不挠的精神和富于创新的头脑，营造出一个又一个经济奇迹。英国前首相撒切尔夫人曾说过，到香港去看一看就会明白，中国人是天生的企业家。1955年一个闷热的夏日，在九龙新蒲岗一间低矮的阁楼上，27岁的长江塑胶厂经理李嘉诚正和同仁们商讨企业发展的问题。有人说现在生产塑胶玩具的工厂已经有上百家，市场饱和，竞争激烈，我们订单越来越少，是不是该选做一种新产品了？话是这么说，可是重起炉灶，资金和设备又从哪里来呢？有人提出了反对意见。

男：大家把目光投向了李嘉诚，他不紧不慢地说："昨晚临睡前，我看了一本英文版的塑胶杂志，发现有一家意大利公司，利用塑胶原料设计生产塑胶花的消息。我觉得这种塑胶花不需要人照料，美观又大方，一定迎合都市人的口味，我们应当立刻转产这种新产品。"这是一个富有创意的转轨。不久，李嘉诚亲自到意大利取经。李嘉诚知道，凡是一种新产品，厂家会十分保密。因此他先以香港进口商的名义到一家工厂购买塑胶花样品，借机参观了生产流程，然后又泡在图书馆收集点滴资料。为了更细致地掌握生产工艺，李嘉诚干脆去了一家工厂，当上了外籍工人，偷师学艺。几个月后，李嘉诚才带着几箱子样品资料和报废的模型回到香港。这次，李嘉诚可谓胸有成竹了，他根据大众的需求，重新设计了接近天然花的喷色塑胶花、水果和草木，很快使长江公司的塑胶花铺满了香港和国际市场。接下来的日子，李嘉诚引导着自己的企业和香港的塑胶业迎来了灿烂的阳光，欧美各国对塑胶花的需求蔚然成风，香港占据世界塑胶花贸易80%以上的份额，李嘉诚也声名鹊起，成为有口皆碑的塑胶花大王。

女：这正是香港工业的特色，随时观察市场，挑战最新潮流，始终立于不败之地。

伴随香港制造业的兴盛，原材料的需求和出口产品逐步增加，香港的航运业也焕发了青春。这一时期，香港的航运业也得到了急速发展，赫赫有名的世界船王包玉刚崭露头角。

男：包玉刚是北宋丞相包拯的后人。1955年，他集资70万美元在英国买下了一艘旧货轮，船维修一新后，包玉刚为新船的命名颇费了一番心思，最后船定名为金安号，"金"表现生意兴隆，"安"代表行船时人货平安。就这样，香港船运界增加了一个新户。

包玉刚不会游泳，是一个旱鸭子，也从来没有航行经验，不过他在船务经营方面却有过人之处。这一时期，日本经济发展迅速，大量向国外租船运输工业原材料，包玉刚立刻出手，将这艘船长期包租给了一家日本公司，香港的同行对这一举动很不理解，把船租给别人，吃这么大的亏，未免太愚蠢了。不过没过几年，同行们对包玉刚借鸡生蛋的经营策略慢慢信服了。包玉刚做事沉稳，而且讲求信誉，他的船租借费用都很低，租出去以后，还要配上最好的服务，这样他的客户越来越多。几年后，包玉刚靠租船的利润又购进了7艘新船,并将自己的公司取名为环球航运公司,事业得到了迅速的发展。20世纪六十年代中期,包玉刚又敏锐地发现,中东地区的大油田全面开发,石油运输将在全球航运业中占据重要地位。于是,他立刻投资建造大型油轮。1969年,他的第一艘20万吨的油轮"世首"号下水。此后,又陆续建造了50艘这样的巨型油轮,包玉刚开始领导世界航运的新方向。

1977年,包玉刚的愿望实现了,在吉尼斯世界纪录的排名中,他的船队运载量在世界十大船王中遥遥领先,达1300多万吨,比大名鼎鼎的希腊船王多出1000吨,成为执世界航运业牛耳的世界船王。

这就是香港经济和香港实业家的非凡气质,在小天地营造大世界,创造最大的成就和辉煌。

女:1962年,位于九龙的启德机场客运大厦正式落成,拉开了现代航空业在香港的发展帷幕。启德机场只有一条深入九龙湾,长达3390米的跑道,完全建筑在人工筑成的海堤上。然而却平均每五分钟就有一架飞机起飞或降落,成为世界上最繁忙的机场。

男:在香港这一时期的发展过程中,祖国一直给予极大的支持和辅助。早在新中国刚刚成立之初,毛泽东、周恩来等老一辈领导人就高瞻远瞩,决定对香港实行长期打算,充分利用的方针。此后,无论中国内地出现多么大的困难和波折,都始终从政治上稳定香港,从经济上支持香港,为香港的经济腾飞提供了一个坚实的臂膀。

女:中国内地在几十年间向香港提供了近一半的生活副食品和几乎全部的燃料和建筑原材料,以及70%的城市用水。由于这些生活资料和生产资料一般都低于国际市场价格,使香港居民的生活费用降低了不少,并带动香港工业的生产成本下降,增强了出口产品的竞争力。

男：就这样，到七十年代初，香港已从过去的转口贸易港成为一个国际工业化城市。香港出产的玩具、塑胶花、珠宝、蜡烛、手电筒等轻工业产品，捧回一个又一个世界第一。由此跨入了世界新兴工业化国家和地区的行列。香港小龙开始在东方腾飞。

第十五集

女：百年风云起香江，华夏恨留长，百年离散，百年心伤，国耻永难忘。

男：永难忘，唤香江，洗雪国耻迎你回家乡。

男：中央人民广播电台大型系列广播特写，《香港百年》第十五集：三道险滩三跃龙门，香江小龙崛起东方。（第二部分）

女：有人曾把香港比喻为世界贸易的知风鸟，而对于香港来说，随时把握国际经济形势，调整发展策略，正是一条困难与美景同在，机遇与挑战并存的前进轨迹。进入20世纪七十年代，取得骄人业绩的香港经济航船，在风云变幻的世界潮流中又驶入了第三个不可回避的险滩。此时，国际工业品市场正演变成一个竞争激烈的战场：一方面，经济滑坡的西方发达国家重新掀起贸易保护主义政策，对进出口商品提出了很多的限制；另一方面，采取出口导向型工业的新兴工业地区逐渐增多，韩国、新加坡、台湾，三条亚洲小龙借鉴香港的发展模式，在工业水平和出口额上先后超过香港，成为香港的强劲竞争对手。东南亚的泰国、马来西亚、印度尼西亚等国，更凭借廉价劳动力的优势，在国际工业品市场频频出击。

男：1973年，世界爆发石油危机，这使得实施出口导向策略的香港雪上加霜。当年,香港股市一路下泄,跌去市值的70%,出口市场萎缩,小厂纷纷倒闭。香港又面临一次经济策略的修订与再发展的关口。

聪明的香港人交出了一份漂亮的应答卷,这就是推动经济的多元和国际化。

女:按照这一思路,香港首先推行了工业多元化,以产品的多样化来应付国际市场上的竞争对手,以高附加值产品来应对欧美各国的贸易保护措施。

男:到七十年代中期,香港工业结构不断更新发展,不再是五十年代初期的纺织业一花独放,而是电子、玩具、塑料、钟表、化工、机械各个门类百花争艳。1972年,香港成为世界第一大玩具出口中心。1973年,香港的服装超过意大利,跃居世界第一。不久,香港的塑胶花、蜡烛、手电筒等产品,也居世界第一位,香港工业重现兴旺景象。

女:钟表业是香港工业这一时期的骄子。六十年代,香港厂商还只是钟表大国瑞士和日本的学生,从事进口零部件的组装工作;到七十年代中期,电子表问世后,香港厂商以灵敏的触觉计算出这一新产品的潜在市场,于是倾力研制电子表技术,将香港钟表业带入世界前沿。1978年,香港手表的出口量超过了日本和瑞士,跃居世界首位。香港以短短的十年之功,竟与世界历史悠久的钟表王国瑞士和日本三分天下。

男:这一时期香港的技术密集型高档产品,也有了长足的发展,增强了国际市场竞争能力。香港电子业开发的高速计算机储存系统,大型集成电路等高科技产品畅销国际市场。1976年,美国发射的火星探测太空船,"维京"一号和二号的电脑系统装置就有香港制造的电子记忆配件。

女:在香港经济的发展进程中,最不可忽视的是人的能动因素。这一点在香港人的一个最常用的词语"搏"中体现得耐人寻味。香港人说的"搏"字和"拼"字的含义不一样，是争取的意思。也就是说，做一件事不一定有必胜的把握，却一定有必胜的信心。香港人爱说搏，他们更爱在别人看来不容易成功的事情上搏一下。于是在香港这个弹丸之地，有了一个个以搏的精神白手起家，开创事业的风云人物，领带大王曾宪梓就是其中之一。

男：六十年代，在香港工业化进程如火如荼之时，毕业于广东中山大学生物系的曾宪梓，来到这个正在飞速发展的自由港。要生存，要发展，怎么办？他选择了搏。1968年春节，亲友给初到香港的曾宪梓资助了一万港币，靠这笔钱，他先在九龙油麻地租下了一套既可以安家，又可以作工厂的住宅。然后他和夫人黄丽群一起在鞭炮齐鸣、万家喜庆的节日里，用剩下的六千港币开始了创业历程。

女：他们开的是一间真正的夫妻档，在狭小的房间里，曾宪梓剪裁布料，黄丽群缝制领带，一台缝纫机，一个熨斗，重复而单调的机器声，伴着他们到深夜。

每天清晨，无论风吹雨淋，曾宪梓都会拿着赶制出的第一批领带来到繁华的尖沙咀，向服装店和小商贩推销自己的产品。而且曾宪梓每天必须卖出五打领带，获得五十港元的纯利润，才能够养家糊口和维持工厂日后的发展。这种艰辛的生活，并没有压垮这个来自广东梅县的客家青年，反而坚定了他不达目的不罢休的拼搏精神，曾宪梓向命运挑战，向未来挑战。

男：1971年，金利来公司正式成立。不久，中国乒乓球代表队赴香港表演，这给曾宪梓带来了展示自己的绝好良机。曾宪梓出资买断这次表演的电视转播权，一个星期里，乒乓球比赛的盛况轰动全港。不断播出的"金利来领带，男人的世界"，这句朗朗上口的广告词更令金利来成为家喻户晓的名牌。当中国乒乓球队离开以后，他们为香港留下了一个灿烂的微笑，那是香港领带业的崛起。

女：在香港工业实现多元化和蓬勃发展的同时，香港的整体经济结构也开始实现多元化，扩大了香港的经济基础。以往在香港经济生活中扮演服务角色的金融业、房地产业、旅游业地位日益上升，逐渐成为与工业外贸并行的三架马车。在这些新兴行业中，香港的金融业可谓"老树枝头万花开"，不仅带动了香港经济结构的转型，更促使香港形成举世瞩目的国际金融中心。

男：七十年代以前，香港金融业一直向转口贸易提供资金融通服务，经营传统业务。伴随香港工业贸易多元化经济的高速发展，对资金的需求日益迫切，港英政府及时调整了金融政策。1973年，香港取消了外汇管制；1974年，开放黄金市场；1978年，取消了对外资银行的限制。在这些措施的刺激下，各类金融机构如雨后春笋般在香港成立。

女：1969年，香港持牌银行有73家，到1980年已增至115家。在香港这个弹丸之地，设立了数以千计的分行。平均起来，全香港每三千人就有一间银行，于是有了银行多过米铺这句流传甚广的俗语。

男：在数量增长的同时，香港金融业在素质上也有了长足的进步。一把算盘、一把账簿的落后方式，被全新的电脑柜员机，微型缩印机和各种新式的通讯器材所取代，提高了工作效率。

女：香港金融业在这一时期的发展还切合了金融国际化的潮流。拥有良好投资环境的香港，成为这一时期国际性大银行扩展海外业务的最佳场所。在香港金融国际化的进程中，它得天独厚的地理条件，提供了发展机遇。处于美洲和欧洲两大洲中间的香港，为每天24小时流动的国际金融交易提供了一个连续运转的接力点。当美国市场闭市后，香港市场接着开市，香港闭市后又传给欧洲市场，香港的各种金融业务得以跨入国际金融流通网络。

男：更为重要的是，香港背靠中国内地经济金融的大环境，这个世界上最广大，最有潜力的市场，吸引着有远见的国际投资者。他们大多通过香港这个最好的桥梁和跳板进入中国市场，这个巨大的中国因素，无疑加强了香港的国际金融中心地位。就这样，在短短的十年间，香港一跃成为仅次于纽约、伦敦的世界第三大金融中心，与纽约、伦敦、巴黎并列为世界四大黄金市场，是世界第四大国际银行贷款场所，世界第六大外汇市场，并成为亚太地区的保险中心。

女：在香港一百多年的发展历史上，这是一个新的里程碑，香港从国际转口贸易港、国际工业化城市，又进入了国际金融中心的新阶段。

男：香港的房地产业一直被称为经济寒暑表。随着七十年代香港经济的突飞猛进，城市大兴土木，社会对各类楼宇的需求急速上升，香港地价一再跃升，促使房地产业进入兴盛的黄金时期。1969年，香港的建筑业开支仅有8亿港元，1979年这一数字增加到123亿之多。

女：土地的商品化，带动了香港房地产业的商品化。地产商在批租来的土地上，兴建商业楼宇，再借助银行与消费者达成买卖楼宇的按揭贷款协议，得到出售利益。不过由于建筑业的生产周期长，不少楼宇还在建设阶段就直接参与市场交易，频繁交换业主，好像正在开花的果实，就迎来了采摘者，形成具有香港特色的房地产投机现象，炒楼花。

在香港繁华的中环尖沙咀一带，高楼林立。七十年代以前，怡和、太古等老牌英资财团一直牢牢控制着这里的房地产市场。这时，一些新兴的华资地产集团蓬勃兴起，以强大的经济实力向英资财团发起了挑战。

男：1978年9月，在香港中环文华酒店一间幽静的客厅里，两位华资巨人李嘉诚和包玉刚进行了一次香港地产业历史上赫赫有名的阁仔会议。这一次，精明沉着的李嘉诚一反常态，首先开诚布公地说："玉刚兄，我打算把手中的1000万股九龙仓股票出售给你，助你一臂之力。"豪爽热诚的包玉刚稍稍顿了一下，随即抚掌一笑，"嘉诚兄，你当真胸襟开阔，我也礼尚往来，将和黄股票转给你"。"一言为定，我们携手同游。"经过这次会晤，李嘉诚和包玉刚不仅结成深厚的友谊，更壮大了彼此的实力。一年之后，李嘉诚首先拉开了和黄收购战。和黄是英资五大洋行之一，拥有的股票市值超过李嘉诚的长江实业公司50多亿港元。1979年9月，李嘉诚与汇丰银行达成协议，首先以6亿多港元购得和黄22%的股票，变为最大股东；随即紧追不舍，一年后取得40%的控股权，导演了一场蛇吞大象的成功收购，这是香港历史上第一次华资财团吞并英资财团。一百多年艰辛的创业，凭借中华民族特有的智慧和勇气，香港华人终于气宇轩昂地站在自己的土地上。

女：至此，英资在香港经济的领导地位已告丧失，华资在香港大放光彩。

男：在香港七十年代的发展过程中，还有一个不可忽略的新兴产业，旅游业。应当说没有名山大川和名胜古迹的香港，旅游资源并不丰富。不过，融东西文化为一炉的香港风情倒是为各国游客提供了一个既可以品味古老东方文明，又可以体验繁荣现代文明的窗口，再加上现代化的交通设施和高质量的旅游服务系统，香港从七十年代起成为名闻遐迩的世界旅游中心。

女：旅游业的兴起，促进了香港各行各业的发展。香港的金融业、房地产业、交通运输业、商业、饮食业、电讯业，都从中受益匪浅，香港由此成为世界公认的购物天堂和美食天堂。每年有多家酒店入选世界十佳酒店，更为重要的是，旅游业为香港带来了大量的外汇收入，从1961年到1979年，香港旅游业的总收入折合港元415亿，成为香港经济的又一个支柱。

男：香港的崛起，是本世纪伟大的成功故事。以中国人为主体的香港同胞，发扬中华民族勤劳、智慧、勇敢的美德，把握国际机遇，促使香港三次成功飞跃发展进程中的险滩，成为举世瞩目的亚洲四小龙之首。到八十年代初，香港已经从单一的转口贸易港演变成国际金融中心、国际贸易中心、国际制造业中心、国际旅游中心、国际航运中心，在世界经济舞台上闪烁着东方之珠迷人的光彩。

第十六集

女：百年风云起香江，华夏恨留长，百年离散，百年心伤，国耻永难忘。

男：永难忘，唤香江，洗雪国耻迎你回家乡。

男：中央人民广播电台大型系列广播特写《香港百年》第十六集：改革开放祖国强大，东方明珠流光溢彩。

女：七十年代末八十年代初，当香港以卓然不群的姿态在世界经济舞台大放光彩时，它迎来了一场历史性的风云际会。1978年12月，中共第十一届三中全会做出了战略性决策，将工作重心转移到社会主义现代化建设。1980年5月，中共中央国务院决定设立深圳、珠海、汕头、厦门四个经济特区，古老的中华民族扬起改革开放的大旗，开始向现代化的征程迈进。

男：这时，随着英国租界新界的租期日益临近，香港的前途问题被提上了中英外交的议程，引起香港社会的广泛关注。1980年，邓小平创造性地提出了一国两制的科学构想，为解决香港问题打开了思路。1984年12月19日，经过22轮谈判，中英联合声明在北京正式签署。中国政府将于1997年7月1日对香港恢复行使主权，漂泊百年的香港将重新回到祖国的怀抱，这是香港历史上一个翻天覆地的转折点。

女：1979年春天，应新华社香港分社的邀请，一批香港实业家踏上了离别多年的故土，在广东、四川等地考察。多年未亲近的壮丽河山令他们兴奋，祖国构建现代化蓝图的热潮更使他们受到鼓舞。这时，一位年轻的香港实业家伍淑清女士萌发了回内地投资建厂，以报效祖国的心愿。

伍淑清回到香港以后，立即与父亲商议，决定到北京和中国民航局洽谈兴办航空食品合资企业。

男：合资，对于已封闭了多年的中国来说真是一个奇闻，也是一个陌生的字眼。民航总局的工作人员跑到中国银行去解释合资的含义，几乎不会说普通话的伍淑清用纸和笔作为谈判的工具。隔离百年的炎黄子孙凭着振兴中华民族的共同信念，将合作的手握在了一起。

1980年5月3日下午，在首都机场西端广场上，锣鼓齐鸣，彩旗招展，北京航空食品有限公司正式开业。时任国务院进出口管理委员会副主任的江泽民同志到场祝贺，因为这家公司是中国投资管理委员会批准的第一家合资企业。

女：这是一次壮丽的行程，以伍淑清为首的一批香港实业家，以拳拳的爱国情，积极投身到祖国的现代化进程中，成为带动香港经贸界投资中国内地的先行军。

男：1979年的夏天，在港岛沙宣道家中的霍英东正望着盛开的紫荆花踱步沉思。几天前，彭国珍先生提出和他联手在广州投资兴建一家五星级宾馆，立刻在香港商界激起了一场轩然大波。不少知情的朋友劝他，现在内地的开放形势还不明朗，这样的大手笔会有风险。"父亲，还在想宾馆的事吗？"长子霍震霆的一声问话，打断了霍英东的思绪。他转过头来微微一笑，"不，我已做出了决定，为自己的祖国做一点事情"。"你不怕内地的形势会有变化？""震霆，你的这种看法在香港很有代表性。不过在我看来，中国的这次改革开放绝不会是一阵只吹几年的风。还有,我去广州看过,在珠江边有一处叫白鹅潭的地方,传说这里以前栖息着成群的天鹅,我想这家宾馆就建在这里,取白天鹅之名,希望它能展翅高飞。"

1983年2月,港商在内地的第一个大型投资项目白天鹅宾馆伴着霍英东的爱国心,在广州建成,业绩蒸蒸日上。那些原来持观望态度的港商们也放了心,纷纷来内地投资建厂,形成港商投资内地的热潮。

女:祖国大发展,香港也受益。伴随着内地的开放大潮,香港经济结构逐步实现了由工业型经济向服务型经济的大转变。

男:在香港有一家自行车公司,原先从制造到出售全都在香港完成。精明的总经理后来发现,车间设在林立的高楼里,房价昂贵,运输不便,同时劳工不仅费用高,而且明显不足,企业的发展前景十分有限。于是,他把目光投向了罗湖桥北岸,那里是刚刚成立不久的深圳经济特区。合作办企业的洽谈进行得很顺利,新的自行车厂,1983年破土兴建,1985年正式投产。原来在香港面临的人力、物力短缺问题,全都迎刃而解,新厂第一年就生产了四万辆自行车,第三年总产量就增加了十倍,而且远销海内外。1987年,又有一家美国公司参股,这个中港美三方合作的企业蒸蒸日上,成为中国出口最大的自行车企业,名列全国十佳合资企业之列,这家公司就是深圳中华自行车厂。

女:有一项统计说,目前香港最重要的玩具、服装、电子、塑胶、皮革各大行业,已有80%的生产线迁入了内地,香港厂商仅在广东珠江三角洲地区就设有25000家合资企业和8万家来料加工厂,雇佣的内地工人超过了300万,相当于香港制造业从业人员的5倍。由于在内地设厂,香港厂商每年节省的工资达2000亿港元,这大大降低了香港产品的生产成本,提高了国际市场的竞争力。

男:这是一个历史性的转机,当香港工业在祖国内地的广阔天空中寻觅到大发展的机遇时，香港本地的服务业更从祖国内地日趋紧密的经济往来中获取了良好的空间和持续的动力，香港本地的贸易、金融、运输、地产、信息业等诸多服务业大放光彩。

女：伴随中国与越来越多的国家建立经贸联系，香港这个转口贸易港焕发青春，再次成为祖国面向世界无可替代的窗口和桥梁。香港的对外贸易业自然受益匪浅。香港与内地贸易往来的日益频繁，也直接带动了香港的金融、保险、运输、仓库等相关服务行业的兴旺。

男：80年代以后，香港成为了祖国内地吸引外资的主要门户，并由此促进了香港的银团贷款、股票市场、基金市场的大发展。目前有61家中资企业在香港股票市场上市，总市值超过900亿港元，不少基金也都以中国为投资对象。

女：东方风来满眼春，1992年1月，以邓小平同志南巡讲话为标志，中国改革开放和现代化建设进入了新的阶段。这股强劲的东风令香港商界吃了一颗定心丸，他们对祖国内地的经济前景信心倍增，投资内地的形势发生重大变化。香港商界展开大手笔，在祖国内地的基础设施、房地产以及金融第三产业等各个经济领域全线出击，投资规模以十亿百亿计数，投资区域也由主要集中在华南地区扩大到长江中下游和内陆广大的腹地。

男：1994年金秋，层林尽染、景色迷人的长江三峡迎来了一群特殊的游客。由香港新世界集团总经理郑家纯带领的五十名香港青年企业家考察团在武汉市市长赵宝江的陪同下，乘坐豪华邮轮，从重庆沿长江顺流而下，一边游览三峡风光，一边洽谈经贸合作事宜。这种别出心裁的洽谈方式产生了意想不到的效果，每当洽谈陷入僵局时，双方走出船舱，看看两岸风景，再谈时就有柳暗花明又一村的转机和突破。三天后，邮轮抵达武汉。果断过人的郑家纯立即宣布了与武汉市的庞大投资合作计划，新世界集团将在五年内投资200亿人民币，具体将投放在武汉，投资机场、公路、大桥等一系列基础设施项目上。郑家纯直言不讳地说，武汉有九省通衢的地利，是中国中西部开发的先锋，前景看好，机不可失。

女：1993年9月，在一阵鞭炮声中，李嘉诚属下的和黄集团、上海港合资组建集装箱码头公司，双方协议出资56亿人民币，时间仅过了一个月，有商界超人美誉的李嘉诚又在深圳最大的合资项目共建盐田港的协议书上签字，金额也超过了50亿人民币。香港的房地产业在北上投资热中更是全面出击，积极参与北京、上海、天津、广州、福州等内地各大城市的旧城改造工程和物业发展工程。长江实业、九龙仓、恒基兆业、新鸿基这些在香港赫赫有名的大集团，在中国内地房地产业的投资，仅1993年就超过了400亿元。

男：在港商投资内地进入兴盛期的同时，中国内地对香港的投资也逐年增加。据香港中国企业协会的统计数字表明，驻港中资企业在香港的投资额已超过250亿美元，在香港外来投资中，仅次于英国，位于第二位。现在香港的中资企业已有1756家，业务范围涉及贸易、金融、运输、制造等众多行业，在香港经济生活中，发挥着不容忽视的作用。1994年5月1日，中国银行集团开始在香港发行港币钞票，当年发行30亿港元，占香港现行流通量的4%，成为最具实力和影响的银行机构之一。不仅如此，以驻港中资企业和部分内地国有企业为代表的中国概念股从九十年代初在香港股市频频上市，目前已占香港股票总市值的十分之一，其中中信泰富集团表现超群，市值已在400亿港元，成为香港恒生指数的成分股。而来自内地的国有企业股以工业股的身份改变了香港股市以服务性股票为主的结构，增强了股市的稳定性和吸引力。

女：香港与内地经济合作的发展，还吸引了众多的海外机构在香港设点经营。想进入占全世界五分之一人口的中国内地市场的国际资本，通过香港这个最佳的跳板大展身手。

男：这是一个不可逆转的历史潮流，当一个日益强大的祖国与香港结成了荣衰共存的经济实体时，中国因素为香港这颗东方之珠注入了最强劲的发展动力。

女：如今，已有365家国际银行和金融机构在香港设有据点，全球名列前一百名的银行有85家在香港开展了经营活动，香港成为外资银行最集中的世界第三大金融中心，第四大黄金市场，第六大外汇市场和第七大股票市场。

男：香港的贸易中心地位也日渐突出。目前香港的进出口总额在全球180多个国家和地区中居第十位，香港以占世界千分之一的人口创造了世界贸易十分之一的份额。

女：香港的航运业表现超群，1987年取代荷兰的鹿特丹港，成为世界第一大集装箱港；1992年，香港又创下全年吞吐标准箱八百万个的世界纪录，平均每隔13分钟就有一艘远洋货轮驶入或离开香港的码头。

男：香港还是全球的信息中心和展览中心。香港拥有世界第一流的电讯设施，国际直播电话，连通207个国家和地区，每时每刻都有各种信息在这里汇集，又传向世界各地。香港每年还举办上百个商品展览，吸引外商超过13万人次，成交金额达100亿港元。

女：香港的旅游业也成就非凡。1978年，访港旅客为205万人次，到1995年已达1000万人次，成为世界闻名的旅游中心。

男：百年沧桑，今朝辉煌，香港的前途寄托于强大的祖国，也寄托于六百万香港同胞的自强不息。

第十七集

女：百年风云起香江，华夏恨留长，百年离散，百年心伤，国耻永难忘。

男：永难忘，唤香江，洗雪国耻迎你回家乡。

男：中央人民广播电台大型系列广播特写《香港百年》第十七集：东江水连手足血脉，大赈灾有赤子情怀。

女：这是一艘叫明华轮的白色邮船。1984年1月26日，一位老人在甲板上的望远镜前，久久眺望着与深圳一水之隔的中华游子。这位老人立下宏愿，香港回归之日，我一定要踏上那块远离祖国多时的土地。他叫邓小平，中国改革开放的总设计师。

男：来了，潮水般的来了，大包小包、手提肩扛、扶老携幼的香港同胞，出现在每年的同一时刻，全球华人的共有节日——过大年。从农历腊月二十三，恭迎灶王爷大驾开始，成百万的人奔向罗湖桥头，奔向九广铁路火车站，为了年夜的团圆饭，哪怕是踏着新年钟声赶到也好，中华大地没有一处能赶上香港这么大的人流。来回一算，足有半个月，九广路这些日子照例要加班加车，天蒙蒙亮就开出首班车。

五十年代，香港的一位英国大人看到内地有一些人跑到香港做居民，说这是奔向香港这个民主橱窗，对西方民主的用"脚"投票。而今天，看看这每年回乡的庞大人流，是不是也在向自己的故土，向自己的中国心，用脚投下了一张张感情票呢？

在美国《时代》周刊的封面上，邓小平以平和而坚定的微笑，给世界吃下一颗定心丸，给全球疲弱的经济注入了一针强心剂。改革开放一百年不动摇，中国的繁荣必将带来全球性的繁荣。手足情深，香港率先为祖国贡献自己的卓越才智和雄厚资金。世界船王包玉刚几年前对记者说："这次回内地来，我办了三件事，一是北京兆龙饭店落成，二是上海交通大学兆龙图书馆落成，三是宁波大学奠基，为了国家的富强，今后我还要办第四件、第五件、第六件。"

包玉刚先生虽然过早离去，但他道出了千千万万港人的心声。汕头大学、白天鹅宾馆、英东体育馆、逸夫图书馆等等，李嘉诚、霍英东、邵逸夫等一件件接着办了下去，香港成为祖国内地最大的投资者。随之而来的还有先进技术，设备和经营管理经验。从某种意义上说，没有香港的支持，深圳、珠海、厦门、汕头四个经济特区就没有今天的强劲势头。他们说，祖国不强大，香港就是无源之水，无本之木，他们为此将竭尽全力，并且一直没有间断。1970年一场要求中文成为法定语言的运动，在香港轰然而起，迫使立法局通过决议，以后所有会议必须中英文并用。

女：方寸土地的香港，人口众多，资源缺乏，不仅工业原材料需由内地供应，市民的日常生活需要也不能自给。没有祖国几十年来的有力支撑，就没有香港今日的稳定繁荣。在香港的转口贸易、进口和出口额中，内地都排名首位，在农副产品、燃料等方面，内地一直以优惠稳定的价格向香港提供大量的主副食品、日用品、原材料、燃料、用水等。1973年发生世界性能源危机，在中国内地自己也急需大量石油的情况下，港英当局向中国提出要求供应石油，中国立即紧急调运。香港副食品一半以上要靠中国内地供应，可以说中国内地是香港名副其实的生命线。而每当打开水龙头，眼前清水哗哗流淌的时候，总有人提出那个著名的故事，东江之水越山来。

男："进来"，广东省省长陈郁从办公桌上正批阅的一堆文件中抬起头来。1963年的中国，由于严重的灾害，国民经济遇到极大困难，广东正遭受六十年来的罕见大旱，陈郁几天来在为如何协调好生产和抗灾之间的关系大伤脑筋。他看见秘书小黄快步走了进来，"省长，香港中华总商会和港九工会联合会的代表刚刚到达，还带来了商会会长高卓雄的一封急信，说香港断水情况十万火急，请求援助"。小黄把信递给了陈郁，陈郁皱着眉头迅速浏览了一遍，不由得倒吸一口凉气，香港现在每四天供水才四小时，必须到街头公用水管中排队领取，秩序已经严重混乱，不断有流血冲突发生，已有多人因此丧命，呼吁省府紧急援救。陈郁猛地从恍惚中醒来，激动而坚定的目光重新出现在眼中，"通知省府各部门的领导马上到会议室去，对了，还有那位代表一起去，立刻通知"。

"同志们"，陈郁扫视了一下四周，"情况刚才大家都听到了，这位代表说的话，看得出来，在座的哪一位听了都不会好受，他掉了泪，许多同志也在流泪。是啊，这些天来我们全省的情形也不大好，大家没有一天不为此痛心难过。但是今天有些不同，我们的同胞，我们的兄弟来求援了！省港一家，今天就要体现这个家庭的温暖和互助精神，这不单单是任务，是意义重大的政治任务，更重要的是手足情、骨肉情。困难再大，也要尽全心、尽全力"。"我看"，陈郁看了一下表，"我们一小时之内就拿出方案，让这位代表立即回去告诉那里的人民，让他们放心"。大家迅速讨论起来，不一会儿意见形成了：第一，从广州每天免费供应香港两万吨自来水；第二，允许香港当局派巨轮从珠江无代价运取淡水。港九代表再次向省府官员连连鞠躬，"谢谢，谢谢"。

陈郁上去握住他的手，"不用客气，都是一家人，再说，中央也一直很关注香港那里的生活。你回去转告高会长，有什么困难，我们随时都会提供帮助。小黄，你代我们送一下客人，顺便以省政府的名义给高会长回一封信，表示一下慰问。"

送走了港九代表，陈郁仍然没有散会，"同志们，这只能解一下燃眉之急，不是个长久之计。给香港供水的深圳水库，看来蓄水量还是太小，今天我们就来研究一下，看看有没有更好的办法来解决香港的吃水问题。对了，老苏，上次你们提到的东江饮水工程方案准备得怎么样？"水利厅负责人老苏举起了厚厚的一摞文稿，"哈哈，我就知道你肯定沉不住气，刚才就让人给取来了"。老苏笑着把眼镜摘了下来，"这样吧，我先把香港的供水情况简单地给大家介绍一下，在香港还没有被英国人占领的时候，香港不缺水，为什么呢？它有好多的瀑布和大的水坑，山泉完全够用。但是英国人来了以后，工业起来了，人口增多了，水就成了大问题。只要老天爷有一段时间不下雨，香港肯定闹水荒。大家知道的1929年最严重的那一次，六个水塘就有五个干涸见底，全港入户的水管全部停止供水，每天只供水两小时。九广铁路局的火车厢全部改成了水箱开到深圳河去取水，还组成船队到珠江运淡水。这样的水荒，1950年发生过四次，1951年三次，1952年三次，1953年达十次，几乎降雨一少就闹水荒。"

有人插话说，"老苏，说了那么多，快把你的看家本领拿出来吧。"老苏有点不好意思了，"这不是我的本事，是大家的主意，就是引东江水入深圳水库，提高它的蓄水量。""好家伙，这么大的一个工程"，会议室里议论纷纷。老苏看了看大家，"这是从根本上缓解香港用水的办法，通过八级提水站，让东江水倒流83公里，从石马河注入深圳水库。但它也只能是根本缓解，而非根本解决"。听完老苏的讲解，陈郁清了清嗓子，"同胞情深，我们广东责无旁贷。上次省委已经决定了，并报请中央。下面我们让老苏详细谈一下具体计划，大家来完善它，并领走自己的任务。老苏，请吧"。

当年年底，国务院总理周恩来出访后返抵广州。这位本世纪的世界级伟人，对香港倾注了极大的关心。"陈郁同志，你们的东江饮水计划我看了，很有魄力，这不仅是个工程，更重要的是告诉香港，告诉海外华人，告诉全世界，中国政府和中国人民永远是自己同胞的坚强后盾，永远不会抛弃他们，东江流的是水，但带过去的是全中国人民的情意。"总理一直听完了广东省有关同志长达几个小时的详细阐述，然后说道："谢谢同志们付出的巨大努力，我提几点意见：第一，向港供水问题，与政治谈判要分开，供水谈判可以单独进行；第二，供水方案采取石马河分级提水法，时间较快，工程费用较少，并且可以结合农田灌溉，群众有积极性；第三，供水工程由我们国家举办，应当列入国家计划；第四，工程建好后，采取收水费的办法，逐步收回工程建设投资费用，水费应该实行经济核算。"

女：1964年2月，东江饮水工程全线开工，第二年春天竣工，当年就向香港输水六千万立方米，占香港储水量的70%。滚滚东江水，穿山越岭，托载着无数颗中国心，携带着化不开的亲情，像一股奔动的血脉把香港和内地紧紧相连，血浓于水，水融进了血。

水能载舟，也能覆舟，水能救人，也能毁人。东江水救了香港人，成为福水，而27年后的内地肆虐的洪水，却成了祸水。1991年夏，中国华东各地暴雨狂泻，顿成泽国，18省市受灾，全国受灾面积三亿一千五百万亩，受灾人数两亿二千万，死亡两千二百九十五人，经济损失六百八十五亿元。安徽、江苏遭受百年不遇的洪灾，情况最为严重。告急电雪片般飞向北京，中南海彻夜不眠。7月11日，世界各地通讯社同时报道，中国四十年来第二次呼吁国际社会给予皖苏两省人道主义援助。

男："家园被淹没，是谁在承受？是手与足，是血与泪，是相同的脸孔，是血比水浓。记得我，永远在你左右，与你分忧。"6月28日，香港《文汇报》《大公报》率先发起募捐，号召炎黄子孙共救祖国，香港同胞记得五十年代九龙大火，六十年代港岛水荒，七十年代香江飓风，哪一次不是祖国伸出温暖的手，送上关切的情，这一次轮到赤子们为祖国分忧解愁了。

街头上随处可见演讲人、募捐箱，匆忙的生意人、热恋的情人、上学的孩子、虔诚的老者纷纷驻足，没有商量，没有犹豫，没有吝啬，有钱出钱，没钱出力，全港大动员。商界义卖，演艺界义演，人力车、青铁、地铁、巴士、的士、电车、轮渡等公共交通义载，连救灾物资运送也义务不收费。

女：7月27日，港台大陆几百名演员在香港跑马地马场举办忘我大汇演。五万多观众到此助威，38个国家和地区现场直播，台上忘我地唱，忘我地演，台下传递着忘我的泪，忘我的情。被洪水围困的同胞莫要慌，不要怕，我们就在你身旁，你听到吗？看到吗？我们来了，马上就到。七个多小时，共募得一亿零七十二万三千一百八十二元，破香港义演筹款活动最高纪录。

江泽民总书记看完这段录像，情不自禁地说，"感人肺腑，港澳和大陆同胞情同手足"。从6月到8月底，香港募到的七亿三千万港币，带着港人的体温热量向内地传送。

男：香港方寸土地万千情，我们快相逢了。不用多久，不再分开。闭上眼，听得到手足心房里越来越近的咚咚搏动，掐上表，一起来听那越走越快的嘀嗒声。

第十八集

女：百年风云起香江，华夏恨留长，百年离散，百年心伤，国耻永难忘。

男：永难忘，唤香江，洗雪国耻迎你回家乡。

男：中央人民广播电台大型系列广播特写《香港百年》第十八集：邓小平舌战英首相，历史会谈一波三折。

女：时间像风一般飞逝。1982年4月4日，早春的北京，首都机场一架银灰色的客机安全降落，舱门打开，一位西装革履的英国绅士"钻"出来。在风中，他眯起了双眼，他就是英国前首相西斯。八年前，他曾在北京会见了毛泽东主席和周恩来总理。毛泽东和周恩来都明确表示，香港作为英国管理下的亚洲贸易和金融中心，其地位是安全的，至少在目前是如此。当时西斯觉得，最少在目前是如此这句话包藏深意，便在宴会上以请教的口吻向当时的邓小平副总理提了出来。邓小平没有直接回答他提出的问题，但他告诉西斯，香港问题在将来适当的时候加以解决。于是，西斯作为音乐家，客串指挥了中国最大的交响乐团——中央乐团的演出，然后轻松愉快地飞回英国。

现在八年的时间转瞬已逝，今天的西斯已不再是英国首相，他此行也无心重捡指挥棒，他是作为撒切尔夫人的特使而来，肩负英国首相的重托。

男：4月6日，在中南海一间宽敞的会客室里，西斯见到了邓小平。会见的安排洋溢着私人友好会面的气氛，人情味十足，邓小平满面笑容，大老远就把手伸出来说："欢迎你，老朋友。"这让西斯颇有几分动情，他也紧握着邓小平的手说："真高兴，我们又见面了。"宾主坐定，话题由马尔维纳斯群岛，也就是英国人称的福克兰群岛引发的英阿冲突开始，英国已派出特混舰队横渡大西洋，去对付共有15艘舰只的阿根廷舰队。西斯唯恐引起中国的误解和反感，用词谨慎地进行了解释，同时他还含蓄地表示，福克兰群岛与香港有着本质的不同，英国对前者拥有主权，因而要竭尽全力保卫它，而对后者不拥有主权，因而只能是尽心尽力地治理它。邓小平似乎听出了西斯的弦外之音，他说主权和治权是分不开的，香港的主权属于中国，迟早要收回来的，到时候我们可不希望看到什么特混舰队。西斯尴尬地笑了笑，就在西斯与邓小平会见的同一天，在伦敦发行的《每日邮报》上发表了署名专栏文章，其中有这样一段话："现在英国政府所向往的是某种安排，使中国延长租界期限，比如说五十年，作为交换条件，英国承认中国对整个香港，不仅是新界一地，都拥有主权。"

这段话说出了撒切尔夫人的心思，她希望西斯这次访华能向中国领导人试探一下有没有上述可能性。而今天西斯听完邓小平的话之后，觉得此事还是暂且不提为好，所以他斟酌词句，及时把话题引开。他说："主席先生，我们还是来谈一谈香港的前途问题。随着1997年的迫近，香港的几百万居民对香港的未来深感焦虑不安，投资者也有恐慌情绪，为了香港的繁荣和稳定，我们两国政府必须公开声明，立即为签订新的协议进行谈判。"

邓小平听完西斯的话，几乎是不假思索地说："无论将来香港的政治地位如何，香港的经济现状都会保持不变，投资者大可放心。"西斯却有些按捺不住，急切地向邓小平说："邓先生，我本人很相信你的话，但是，香港人期望的是一些更具体的东西，比如中英双方的协议。"同是资深政治家，邓小平却不像西斯那样吞吞吐吐，欲言又止。他说话很干脆，"如果可能，我们愿意同英国政府正式接触，通过谈判来解决香港问题"。西斯听罢，心中大喜，他希望听到的就是这句话，但他心中仍然有些不大放心，故意反问道："您是否觉得现在谈判有些仓促呢？""西斯先生，还记得1974年我们见面的时候，我对你说过的话吗？"邓小平说，"那时候我说香港问题将在适当的时机解决，现在这个时机来到了，一个是我们有办经济特区的经验，一个是我们有逐渐好转的国际关系。我完全同意您的看法，西斯先生，现在是考虑处理香港问题的时候了。"

女：1982年9月22日下午四点，灿烂的阳光照射在天安门广场，在这个世界上最大的广场，中国总理为第一位访华的在任英国首相举行盛大的欢迎仪式。天真烂漫的少年儿童挥动着花束和领鼓向远道而来的英国客人欢迎致意，中国人以最高的礼仪欢迎这位号称"铁娘子"的英国女士。

9月23日，撒切尔夫人前往人民大会堂。今天她要与中国改革开放政策的总设计师邓小平会谈，因此，今天这个日子对于这位英国女士来说，非同寻常。撒切尔夫人打扮得十分考究，她身穿蓝底红点丝质西装套裙，脚蹬黑色高跟鞋，手挽黑色手袋，脖子上挂着一条珍珠项链，雍容华贵，气度不俗。她首先来到人民大会堂新疆厅。

男：从新疆厅到福建厅这段路并不长，然而撒切尔夫人却走得并不轻松。福建厅大门紧闭，无从看到邓小平的身影，英国女士感到有些疑惑，就在这时，福建厅的门轰然洞开，邓小平满面笑容地走出来，只见他走上前五六步，与撒切尔夫人握手，在闪光灯照耀下的一连串快门的按动声中,撒切尔夫人的双手与邓小平的双手握在一起。"我作为现任首相访华,见到您很高兴。""是啊,英国的首相,我认识好几个,但我认识的现在都下台了,欢迎你来啊。"邓小平很随和,他说的是实情。但此时此刻撒切尔夫人却不知如何应答,有些记者暗自偷笑,好在尴尬局面很快过去了,宾主谦让着步入福建厅就坐。

邓小平和撒切尔夫人作为这次会谈的主角,分别坐在中间两张同样的沙发上,邓小平半靠在沙发上,双手相叠放在胸前,轻松舒宜。撒切尔夫人正襟危坐,双手平放在膝上,标准的英国淑女坐姿,恭敬庄重。会谈开始,撒切尔夫人依然老调重弹,什么必须遵守有关香港问题的三个条约,条约虽然写在纸上,但是任何时候都不能消除它存在的事实等等。面对以强硬著称的铁娘子,邓小平不急不躁,成竹在胸,他有力地挥了一下手臂说:"坦率地讲,主权问题不是一个可以讨论的问题,在这个问题上,中国政府没有回旋的余地,我可以明确地告诉你们,中国在1997年要收回的不仅是新界,而且包括香港岛、九龙。"撒切尔夫人没有想到邓小平的态度如此鲜明和强硬,一时竟无言以对,只听邓小平又说:"夫人,如果中国在1997年,也就是中华人民共和国成立48年后,不能把香港收回来,任何一个中国领导人和政府都不能向中国人民交代,甚至也不能向世界人民交代。那就意味着我们中国政府是晚清政府,我们这些中国领导们就成为李鸿章。我们的人民是充分相信我们政府的,让我们等待了33年,如果15年后还不能收回,人民就没有理由信任我们了,我们政府应该自动下野,别无其他选择。"

女:撒切尔夫人没有估计到邓小平的反应如此激烈,她只好调整自己的情绪,反问道,"哦,既然如此,那我们又有什么可以讨论的呢?"

男:"当然有,我们双方可以讨论解决香港问题的方式和方法，但是这必须有个前提，那就是必须承认中国对香港的主权，否则就不能坐下来谈判。""香港问题的解决，不可能像邓先生想象的那么简单啊。"撒切尔夫人又恢复了她咄咄逼人的谈话风格，她的话显然带有几分讥讽。"我看这个问题很简单。"邓小平一派大将风度，他继续平静以对，说："最迟一两年就能解决，中国方面马上宣布收回香港的决策，也可以等上一两年。为什么要等呢？就是要留出足够时间给中英两国政府进行友好磋商，我们也非常希望听到英国政府给我们提建议，这些都需要时间，但肯定不能拖延更长的时间了。"邓小平目光犀利，直视撒切尔夫人。

"我还要告诉夫人，中国政府在做出收回香港决策的时候，各种可能都估计到了。我们还考虑到了我们不愿意考虑的一个问题，就是如果在15年的过渡期内，香港发生严重的波动，怎么办？那时中国政府将被迫不得不对收回香港的时间和方式另做考虑。"英国女士的脊背升起一股寒意，眼前这位资深政治家，亲身经历过第二次世界大战，为中华人民共和国的建立立下过赫赫战功，他亲自指挥的战役比马岛之战的规模要大得多，气势也豪迈得多，他谈话的分量是万万不可轻视的。

邓小平继续说："如果过渡时期没过渡好，就会出现很大的混乱，而且这些混乱是人为的，这当中不光有外国人，也有中国人，而主要的是你们英国人。制造混乱是容易的，我希望我们两国政府要各自加以约束，不要做妨碍香港繁荣的事。"

女："说到香港的繁荣，邓先生，您也承认香港今天是繁荣的，这繁荣就足以证明我们英国的管理是极为成功的。如果贵国政府允许的话，我们愿意继续提供在管理方面的聪明才智，也可以在贸易方面采取优惠政策。"英国女士很高兴找到了谈话的突破口，她委婉地端出早已烹制好的这道主菜，然后准备仔细听听对方的反应，唯恐忽略了东方人的含蓄。

男：没想到邓小平丝毫没有绕圈子的意思，他直截了当地说："保持香港的繁荣，我们希望取得英国的合作。但这绝不是说香港继续保持繁荣必须在英国的管辖之下才能实现，中国既然要收回香港，就要把它置于中国的管辖之下，但香港现行的许多制度还是可以保留的。"听罢邓小平的话，撒切尔夫人心中不禁又涌上一丝悲凉，原打算携马岛之战的胜利余威，借香港问题再振大英帝国雄风，没想到今天大势已去，两手空空。她不得不承认，中国不是阿根廷，香港也不是福克兰群岛。

邓小平似乎看出了撒切尔夫人心中的失望，又说："夫人，我向你提个建议，咱们可以先达成一个协议，双方同意通过外交途径开始进行香港问题的磋商。"

女："那好啊，但谈判不成功怎么办呢？"英国女士的执拗劲又上来了。

男："中国希望和平收回香港，谈判收回，"邓小平说到这里稍作停顿，又加重语气道，"如果谈不成，中国也要收回。"

女：9月26日，撒切尔夫人结束对中国的访问，乘专机到达香港。她是第一位访问香港的英国现任首相，为了迎接首相来访，港府成立了专门的接待委员会，还为此拨出了一大笔款项，香港的大富翁们自然不甘落后，纷纷慷慨解囊，用以组织安排官方的接待行动。他们要让现任英国首相亲身体验一下，香港的繁荣和富裕。然而，撒切尔夫人一到香港就钻进了港督府，与此同时，香港政府的高官们全都应召进入总督府。撒切尔夫人在这里向他们介绍中英会谈的详细情况。

9月27日下午，撒切尔夫人在香港举行记者招待会，终于正式露面了，她换了一身纯黑的套裙，表情严肃冷峻。与在北京时笑容可掬的表情恰好形成鲜明的对照，此时此刻，才尽显铁娘子的本色。没等记者提问，铁娘子就开始讲了，她的讲话始终抱着历史上那三个臭名昭著的条约不放。

男：就在这时，大厅后面出现一阵骚乱，两名学生模样的人被警察拦住，原来是来自香港中文大学和理工大学的代表。他们向英国首相递交了一份抗议书，抗议书上说，《南京条约》《北京条约》都是不平等条约，应予废除。不能接受英国首相修改条约的建议，这样就等同于承认这些条约，无疑令我们的民族尊严再次受损。就在招待会外边的广场上，来自香港中文大学和理工大学的百名学生正在举行游行示威，横幅标语上写着，反对不平等条约，侵华条约不容肯定等字样。游行队伍里还不时传来整齐响亮的口号声。这一年，中英关于香港问题的谈判拉开了序幕。

第十九集

女：百年风云起香江，华夏恨留长，百年离散，百年心伤，国耻永难忘。

男：永难忘，唤香江，洗雪国耻迎你回家乡。

男：中央人民广播电台大型系列广播特写《香港百年》第十九集：中英谈判智慧较量，联合声明旭日东升。

女：1982年很快就过去了，1983年的春天来到了。善良的人们都期盼着这是一个解决香港问题的春天。在与中国政府第一个回合的较量结束后，撒切尔夫人也用了整整一个冬天来思考，她态度虽然强硬，但从来不否认现实，也看到大势所趋。于是在3月的一天，一封密信送到了中国总理的手中，信中所表现的立场体现出较大的灵活性，只要双方能搁置主权之争，便可以打破僵局，进入实质性会谈。4月，中国总理回信，表示中国政府同意尽快举行正式会谈。

男：事实上，第二阶段的会谈准备工作早已开始。邓小平同意亲自挂帅，会同中央其他领导人会见了几十位香港各方面人士，广泛听取意见。由廖承志主持起草了关于恢复行使香港主权问题的12条基本方针，这12条基本方针成为中方对英方第二阶段谈判的原则，也是制定香港回归后一系列政策的基础。除此之外，邓小平已经制定好了这次谈判的基本策略，并且传达给直接参加谈判的人员，策略主要有两点：第一，谈判开始后，先不谈主权问题，而先谈1997年以后如何管制香港的问题，1997年以后的管制解决了，主权问题自然迎刃而解；第二，谈判日期要设限，以1984年9月为最后期限，不能任由英国人无限期拖下去，要让英方知道，届时如仍未谈成，中国将单方面宣布收回香港的方案。

至于中国不得不单方面收回香港的具体期限，邓小平并没有明言，但他却指出了两种可能性：一种是谈判没有结果，但中国还是要忍耐到1997年7月1日强制收回；另一种是英国人不肯合作，又在香港捣乱，或者香港发生意外的动乱或暴乱，那么中国就得提前收回，不至于搞到不可收拾的地步。这就是后来被人称作让英国人带着镣铐跳舞的策略。

英国人感到时间紧迫，再也拖不下去了，需要立即做出反应。6月22日，英国女王在英国国会年会上发表谈话，公开说，政府将会继续就香港前途与中国进行会谈，以期达到一项为本议会、中国以及香港居民都能接受的解决办法。

女：7月1日，中英两国政府同时发表新闻公报，宣布香港前途问题的第二阶段会谈将于7月12日在北京举行。就在我方准备第二阶段会谈的同时，一份由驻华大使馆汇总的材料送到撒切尔夫人手中，材料说，邓小平治港方针有16个字：收回主权，港人治港，制度不变，保持繁荣。就是这16个字，把香港的民心抓住了，要知道，撒切尔夫人是个喜欢挑战的人。她一方面佩服邓小平的策略，另一方面她很想应战，她的目光停留在港人治港这四个字上，只听她对秘书一字一句地说，通知尤德立即回国。7月4日，撒切尔夫人在唐宁街10号会见了尤德。当晚，首相府发表声明，首相和外交大臣重申他们对香港承担的义务和他们设法达成协议的目的，这些协议应该是议会、中国和香港居民都能接受的。与此同时，首相向国会递交了一份书面答复，在中英谈判的每个阶段都要充分考虑香港居民的意见。英国人打起了民意牌，表演开始了，港督尤德声称自己将以港督的身份代表香港市民参加谈判。对此，舆论大哗，英国人封的港督怎么能够代表香港人，这真是一个天大的笑话。

男：山雨欲来风满楼，正式会谈尚未开始，中英双方已经斗了两个回合，看来更激烈的交锋还在后边。7月12日，1983年北京的夏天，中英关于香港问题的第二阶段第一轮会谈如期举行，中英两国都派出了精兵强将参加谈判。六名中国官员人人能讲英语，五名英国官员个个会讲普通话，谈判桌上的较量更加紧张激烈了。由于双方商定，会谈内容及进展严格保密，不对外公布，因而中外记者对这次会谈进行了各种各样的猜测，谈判官员的面部表情也成为谈判是否顺利的晴雨表。然而会谈双方都不愧为外交精英，从他们脸上最终也没有看出什么破绽。由于根本的分歧没有解决，实际上前三轮谈判都在打擦边球，第四轮谈判终于陷入僵局。第四轮谈判结束不到24小时，港元汇率急剧下跌，超市也刮起抢购风，9月风暴肆虐香港。香港报刊描述说，整个市场颠了，结存日是黑色星期五，彩色日是黑色星期六。港英政府再也顾不上自由市场货币不容政府控制的论调，只好硬着头皮出来干预。原来想要经济牌的英国人差一点砸了自己的脚。

女：台风过后，英国人开始反省，伦敦大学中国问题研究专家施拉姆教授指出，英国政府干了一件大蠢事，它想把撒切尔夫人的恐吓，香港灾难性的未来，变成一次彩排。可是看了这幕惊心动魄的独角戏后，北京政府无动于衷，结果我们用一场真正的灾难换来一个真知，不管发生了什么事，中国人非收回香港不可。10月7日，撒切尔夫人在唐宁街十号，接见了尤德率领的由香港行政局非官首议员组成的代表团，这回她权衡了一下，如果再刮一场9月风暴，中国和英国各自会受到多大损失。这位号称铁娘子的英国女士毕竟是明智之人,她知道这张经济牌不可以再打了。那么拿什么去做第五轮谈判的筹码呢?这时候,尤德及时向她提供了一个信息,尤德说中国高级领导人表示过,除非英国承认中国对香港的主权,否则将采取更强硬的手段。中国愿意接受一个繁荣的城市,但是他宁肯接受一块不毛之地,也不愿意屈服。撒切尔夫人沉默了,但是很快她抬起头来,拿出笔和纸,亲手起草了一封致中国领导人的信,撒切尔夫人的信由英国驻华大使馆科利达转交给中国外交部副部长姚广,请姚广转交给邓小平先生。

男:10月19日、20日,中英谈判代表在北京举行了第五轮会谈,接着第六轮、第七轮会谈也如期举行,第七轮会谈结束,中英双方第一次公开宣布,在香港问题上的谈判有了进展。4月11日,英国外交大臣杰弗里·豪抵达北京,邓小平与杰弗里·豪进行了一百多分钟的交谈。邓小平告诉杰弗里·豪,我们中国要达到小康水平接近发达国家水平,需要五十年时间,因此我们承诺五十年不变是完全可靠的,杰弗里·豪以开玩笑的口吻问,"邓先生,那么五十年以后呢"?邓小平回答,"中国现在实行的政策一旦变了,80%的人生活就要下降,那就会丧失人心,你说谁愿意改变?我们的路走对了,人民的赞成就变不了"。邓小平用朴素的语言阐述着朴素的道理,杰弗里·豪觉得自己几乎被完全征服了,心头的疑虑一扫而空。邓小平开出的是一张世界上最有信誉的保险单。

女:结束了与邓小平的会谈后,杰弗里·豪于当天下午飞抵香港。4月20日,杰弗里·豪在离港前发表声明说,要达成一项使香港在1997年以后仍由英国管制的协议是不切实际的设想;英国的方针是与中国政府研究怎样可以达成确保香港在1997年以后在中国主权下得到高度自治权;同时会使香港的生活方式和现行制度在本质上不变。这是英国官方第一次在公开场合放弃对香港主权和治权的要求,中英主权、治权之争终于划上了句号。

男：最根本的问题解决了，中英之间的谈判也日趋顺利。到第十九轮会谈，人们都相信，会谈已到了最后冲刺阶段。然而，正当善良的人们准备庆祝美酒的时候，阴云又布满在谈判桌上空，中英分歧的焦点在设立常设性中英联络小组一事。谈判桌上，英方坚决反对中方的建议，中方不断地向英方解释，联络小组既不是权力机构更不是权力执行机构，只是在双方遇到可能发生的重大问题时，由它来组织商讨解决办法，它既不参与香港政府行政管理，也不对其起监督作用。尽管如此，英方仍不能接受，他们说英国不愿意当跛脚鸭，跛脚鸭是美国俚语，新总统当选，而旧总统尚未卸任时，旧总统实际上很难有所作为，因被称作跛脚鸭。英国人为自己找到一个形象比喻而得意，并下决心不让步，他们还把消息泄露给新闻界，于是香港舆论大哗，谈判陷入僵局。7月28日，中国外交部长吴学谦和英国外交大臣杰弗里·豪在人民大会堂举行会谈。会谈一连进行了两天，与此同时，邓小平从北戴河赶回北京，坐镇指挥。邓小平说，原则问题上没有妥协和让步，但中英会谈也不能触礁，要想办法绕过去，可以把联络小组的工作时间延续到1997年以后不久，这样就可以让英国人和香港人明白，中国人根本不想让联络小组长期存在下去，同时也给英国人一个台阶下。

吴学谦根据邓小平的指示，同意与杰弗里·豪商谈，双方很快达成协议。联合联络小组自1988年7月1日起，以香港为主要驻地，将一直工作到2000年1月1日止。关于这个小组的职权，双方做出了规定，7月31日上午9点，邓小平会见杰弗里·豪，双方进行了友好交谈，至此，笼罩在中英谈判上空的最后一片乌云彻底消散，天空晴朗，前途光明。

女：9月天是北京最美的季节，大街小巷披上了节日的盛装，到处摆放着鲜花，天安门广场更是花团锦簇，郊外的田野，硕果满枝头，红叶遍山坡，一派丰收景象。1984年9月26日，这是中国历史上一个重要的日子，中英两国政府关于香港问题的磋商经过二十二轮会谈已经圆满结束。今天将草签联合声明，上午9点，北京人民大会堂西大厅，中央放着一张铺着墨绿色台布的长桌，桌中插着中英两国国旗，用红色绒套裹着的中英关于香港问题的联合声明文本放在长桌上，格外引人注目。正对着长桌的墙上，挂着一幅松柏常青的巨型壁画，画面上苍松翠柏，郁郁葱葱，18只和平鸽或雀跃枝头，或凌空飞翔，在中国，鸽子象征和平，松柏象征坚定和长久。9点55分，中英两国出席签字仪式的官员进行草签现场，并各就各位，时钟指向10点整，万众瞩目的历史性一刻终于来到了：周南和伊文思分别拿起签字笔，先后在三份协议文本上签字并盖印，就在这一刹那，整个西大厅闪光灯和射灯频频闪烁，签字完毕，周南和伊文思站立起来交换文本，大厅里响起了一阵热烈的掌声。

男：在北京，这喜悦一直持续到国庆之后。10月3日，邓小平在人民大会堂会见了港澳同胞，国庆观礼团的全体成员。他再次表示，希望自己能活到1997年，亲眼看到中国对香港恢复行使主权；他还向香港五百万各行各业人士提出希望，站在民族的立场上，维护民族大局，团结一致，共同努力，维护香港的繁荣和稳定，为1997年政权顺利移交做出贡献。12月19日晚上5点30分，中英关于香港问题联合声明正式签字仪式在人民大会堂隆重举行，签字地点仍然是西大厅，所不同的是，绿色长桌斜对面是香港各界人士观礼团，中国总理和撒切尔夫人用中国生产的台式英雄金笔，分别代表本国政府在声明上签字，互换文本。大厅里随着文本的互换，掌声雷动，好似春潮拍岸，一浪高过一浪，香港同胞激动的心情更是难以描述。这是一个标志着香港旧时代结束，新时代开始的时刻，每一个中国人都不会忘记。

第二十集

女：百年风云起香江，华夏恨留长，百年离散，百年心伤，国耻永难忘。

男：永难忘，唤香江，洗雪国耻迎你回家乡。

男：中央人民广播电台大型系列广播特写《香港百年》第二十集：伟大构想付诸现实，历史时刻指日可待。

女：中英两国关于香港问题的联合声明发表以后，香港正式进入了过渡时期，制定香港特别行政区基本法，也被列入议事日程。1985年6月的北京，又是阳光明媚的日子。人民大会堂里，六届人大常委会第十二次会议正在进行，会议的主要议程就是列出香港特别行政区基本法起草委员会名单。这个名单汇集各方人士，有内地各部门负责人15名，各界知名人士10名，法律界人士10名；香港各方面人士23名，其中有内地老百姓熟悉的作家查良镛，也就是金庸，香港著名企业家包玉刚、李嘉诚、霍英东等，还有在港英政府身兼四职、有四料议员之称的谭慧珠。这份名单公布以后，基本上得到香港和内地大多数人的认可。

男：1985年7月1日，距离香港回归还有12年时间，基本法起草委员会第一次会议在北京隆重召开。庄严的人民大会堂内，香港23位委员，内地36位委员全部到会。彭冲身着中山装，向各位委员颁发大红烫金的中华人民共和国香港特别行政区基本法起草委员会聘书，每位委员都非常激动地接受了聘书并道谢。基本法起草委员会成立以后，各项工作全面展开。首先为了广泛地听取香港各阶层人士的意见，成立了基本法咨询委员会，并通过无记名投票选出安子介等19名咨询委员会执行委员。从此，港人各阶层的意见便源源不断地通过咨询委员会反映到起草委员会，供基本法起草时做参考。

经过反复调查研究，反复论证，1990年2月16日，香港特别行政区基本法起草委员会对草案逐条表决，表决的结果均是多数票通过。基本法起草委员会辛勤忙碌五年之后，终于有了不俗的成果。1990年4月4日，中华人民共和国第七届全国人民代表大会第三次会议顺利通过了这部中华人民共和国的第一部特区法。一部万言大法，情系东方明珠，以基本法作为指南，平稳过渡的步伐更加脚踏实地向前迈进。

女：1993年7月16日，全国人大常委会下设的香港特别行政区筹委会预备工作委员会成立，预委会由69名委员组成，内地委员32人，香港委员37人，主任委员由国务委员兼外交部长钱其琛担任。江泽民、乔石、李瑞环、朱镕基等领导同志，接见了预委会全体委员。江泽民同志说，预委会的成立，标志着我国在香港行使主权的准备工作进入了一个新阶段。两年零五个月过去了，预委会这个全国人大常委会的工作机构高效运作，辛勤耕耘，终于不负人民的重托，向即将成立的筹委会交出了一份高质量的答卷。五个专题小组依据基本法提出了四十多项建议，这些建议汇编成册，沉甸甸的，而每一项建议又是无数调研报告的高度浓缩，有些内容还历经争论，经受了风雨的考验。

男：就在预委会委员为筹委会正式成立而忙碌的时候，在深圳，一座现代化的营房引起了香港媒体的高度关注。远距离拍摄的照片相继在香港各报上刊登,人们纷纷猜测。人们对1984年邓小平先生的话语仍然记忆犹新。中国既然收回香港主权,就有权在香港驻军,连这一点权利都没有,还叫什么中国领土?香港的媒体琢磨着这句话,似乎从中悟出了端倪。

女:1996年1月26日,香港特别行政区筹备委员会在北京成立,筹委会委员共150人,主要是负责香港事务。其中内地委员56人,与香港联系密切的人士与专家学者94人,涵盖香港各界,占筹委会人数的63%,充分体现了面向港人,依靠港人的方针。筹委会成立的消息令港人一片欢呼,26日清晨,花车巡游活动把喜庆的气氛传遍全市。连日来,香港各界举行的联欢会更是盛况空前。

男:1月29日,筹委会委员们在主任委员钱其琛的带领下,飞抵深圳同乐军营,参观中国人民解放军驻港部队,并观看军事表演,神秘的军营终于撩开了面纱。

这支由陆海空三军组成的驻港部队,汇聚了来自我军陆海空三军具有光荣传统的优秀连队。全部人员经过严格挑选,绝大多数具有大专以上文化水平,大多数能用英语、粤语和普通话三种语言与记者及来宾交谈。

看到这支文明之师,威武之师,筹委会委员们心情无比激动。他们情不自禁地与战士们一起合唱起那首《我的祖国》,表达他们对祖国强大,人民安居乐业的美好祝愿。

女:回归之路历经坎坷,回归的步伐越来越紧凑。筹委会的成立,标志着回归已进入倒计时。依据基本法,港人治港的一个重要体现就是1997年香港回归后,香港将由港人自己选出的行政长官来管理香港,谁是香港历史上第一位由港人行使自己的权利选出的第一任行政长官,这一事件备受世人瞩目。历史将记住这些不平常的日子,一百多年来,一直在殖民统治下的香港人将第一次投出神圣的一票,选出自己心目中的行政长官。1996年11月15日,香港会议展览中心会议大厅，400名推选委员会委员肩负港人重托，投票选出吴光正、董建华、杨铁良三位行政长官候选人；1996年11月27日，推委会委员举行会议，听取行政长官候选人报告个人情况和施政主张；1996年11月27日到29日，香港特区推委会按照工商、金融、专业界、劳工、基层、宗教界等以及原政界人士，香港地区全国人大代表，香港地区全国政协委员代表，四大界别分组，先后举行四场答问会议。三位候选人按抽签顺序，分别接受委员们的提问，回答一系列有关香港政治、社会、民生等方面的问题。与此同时，三位行政长官候选人采用各种方式与香港各界人士、社会团体座谈交流，深入社会，了解民情，听取意见和建议。

男：1996年12月11日，对于六百万香港人来说这是一个百年未遇的日子，也是一个令全世界瞩目的时刻。人们或坐在电视机前，或把收音机贴在耳边，或在商店的电视机屏幕前驻足观看，电视信号，电台电波，把选举现场的情况真实地传送到港岛、九龙、新界的每一个角落。上午11点15分，来自香港各界各阶层的400位推选委员会委员，投下了自己庄严的一票，选举出香港特别行政区第一任行政长官人选。12点25分，筹委会主任委员钱其琛郑重宣布，根据推委会第三次全体会议选举结果，董建华以320票当选为香港特别行政区第一任行政长官。12月2日在深圳，筹委会第七次全体会议，通过了全国人民代表大会香港特别行政区筹备委员会关于报请国务院任命香港特别行政区第一任行政长官的报告。

女：与此同时，香港各大传媒都对这一选举情况做了详细报道。港人选出了自己的当家人，是香港实行港人治港的第一步，标志着香港将进入一个崭新的阶段，港人开始实践真正的民主参政。中国人自己管理自己的香港，将随着董建华宣誓就职的那一天开始。

男：一百年的耻辱，将画上句号，一百年的梦想，将随着1997

年7月1日的到来而变成现实。

女：这是历史的必然，也是历史留给12亿中国人一个迟到的礼物。

男：经过一百年来的沧海桑田，香港这颗东方明珠，终于要回到自己的家，回到祖国的怀抱。

男：百年风云起香江，华夏恨留长，大好国土遭割让，咫尺天涯各一方，各一方，遥相望，同胞何日携手话衷肠。

女：百年离散，百年心伤，国耻永难忘，东方之珠中华地，同胞情谊万年长。万年长，唤香江，洗雪国耻迎你回家乡。

历史的回响

第一集　叩关

【男主持】公元2001年7月13日，在莫斯科举行的国际奥委会第112次全会的现场，响起了急促的京剧锣鼓点，大屏幕上朱红色的大门缓缓开启……

【女主持】公元2002年12月3日，在蒙特卡洛举行的国际展览局第132次大会的现场，响起了中国民歌《茉莉花》的旋律，那熟悉的画面再次出现，朱红色大门再一次向世界开启了一个全新的中国。

【现场音响　国际奥委会主席萨马兰奇宣布北京获得了2008年奥运会的主办权】

【现场音响　国际展览局主席诺盖斯宣布上海获得了2010年世界博览会的主办权】

【男主持】为什么这轻轻的一声"北京"就唤起了神州大地漫天春雷般的欢呼？为什么这轻轻的一声"上海"就激起了亿万中华儿女内心的狂喜？因为它让我们每一个中国人想到了民族、想到了世界，想到了我们一直怀抱着的百年强国梦！

【历史音响】在今天上午9点20分，奥运村在升旗广场举行了盛大的开村仪式与欢迎仪式，朱红色大门缓缓打开，从7月20日开村以来，已经有46个代表团的先遣组150多人入驻奥运村……

【现场音响】国家主席胡锦涛："我宣布2010年上海世界博览会开幕！"

【现场音响 开幕式的焰火燃放、群众欢呼声】

【女主持】焰火在浦江两岸腾空而起、绚丽绽放，中国，再一次打开了朱红色的大门，张开双臂，热情地欢迎来自世界各地的宾朋。

【男主持】开放，是历史的潮流，开放，是一个国家强大的姿态，是一个民族崛起的必然！

【模拟音响 海上进攻的大炮、士兵的喊杀声、哀号声】

【女主持】你现在听到的不是礼花，而是枪炮！

【女主持】还是那朱红色的大门，但时间变了，从公元2010年回到了170年前的公元1840年。

大英帝国用坚船利炮打开了古老中国的大门，鸦片战争爆发，西方列强接连发动侵华战争，中国逐渐沦为半殖民地半封建社会。

【男主持】170年，从"天朝上国"到"劣等民族"的迷茫与愤慨，从"东亚病夫"向"少年中国"的奋进与努力，从"站起来了"向"猛虎在加速"的飞跃与巨变，中华民族用不屈不挠、自强不息的精神谱写着复兴的传奇，实现着强国的梦想。中山大学历史系吴义雄教授：

鸦片战争是英国为了打开中国的大门而发动的一个战争，鸦片战争其实是中国和西方之间关系长期发展的一个结果。

中国社会科学院近代史研究所马勇教授：

其实在1840年之前整整半个世纪，英国人就要打开中国国门。西方早期资本主义在工业革命的推动下已经有非常大的发展，那就一定要寻求一个新的市场。资本主义最重要的一个要点就是资本，资本就是逐利，它要的是利润。

十八世纪之前，西方人对中国很崇拜，作为一个文明的楷模，作为一种追求的理想。马可波罗到中国来一看："哇，中国太伟大了！"

【女主持】公元1296年，马可波罗从遥远的东方回到了家乡威尼斯，写下了那本名垂千古的巨著《马可波罗游记》。这本书受到了大家的热烈追捧，并在整个欧洲产生了巨大的反响。每天都有许多人来听马可波罗讲述来自中国的故事。我们的节目模拟再现马可波罗讲完故事后接受记者采访的场景：

马可波罗：大家好，我是马可波罗！

记者：听说您从大汗国回来以后，每天都有很多的人来听您讲故事！

马可波罗：是的，他们都觉得我在编故事，而且是神话故事！

记者：为什么呢？

马可波罗：哦，因为太美了！大汗国的辽阔与富裕实在把我惊呆了！我自己现在回忆起来都觉得不真实！

记者：在大汗国，您最喜欢的是哪一座城市？

马可波罗：我最喜欢的是杭州，那是世界上最优美和最高贵的城市，共有一百六十万栋房屋，城里的主要大街上有十个大市场，而沿街小巷则有无数个小市场。我最喜欢春天的时候去杭州的西湖游船，上帝啊，那就是天堂。

【男主持】马可·波罗的这些话，打开了欧洲的地理和心灵视野，同时也激发了欧洲资本主义贪婪的欲望。在欧洲刚刚萌芽的资本主义迫切需要对外扩张、掠夺财富，加速原始的积累。他们渴望探索新的航路，到东方去，到中国去，实现自己的黄金梦。

【现场报道】听众朋友们，大家好！我是嘉睿，我现在是在澳门最具代表性的旅游景点"大三巴牌坊"为您现场报道，每天这里都人头攒动、热闹非凡。

大三巴牌坊其实是圣保禄大教堂的前壁，这个教堂是1635年建成的,后来因为先后两次的火灾,教堂的主体都被烧毁了,就剩下了教堂最前面的这一面墙壁残留了下来,乍一看,就像中国的牌坊一样,所以就被当地人亲切地称为"大三巴牌坊"了!

圣保禄大教堂是当时远东地区最大的天主教教堂,有意思的是,紧挨着它的右手边,居然有一座小巧的哪吒庙,这个就应该属于中国本土的道教建筑了,现在依然是香火旺盛。

【音响 基督教团体现场弹唱】

大家听到现场的弹唱了吗?今天是周末,这是一个基督教的团体在做即兴的表演。

【音响 现场锣鼓齐鸣】

哇,那边又开始敲锣打鼓了,大三巴那一边的广场上面我们可以看到一个更加庞大的有好几百人的表演队伍,不知道这又是哪一个表演团体在举行活动。

就是这样,东西文化在澳门这座小城里碰撞、交汇、融合,只要你站在这里,你就可以听得到,感受得到。

【女主持】在澳门半岛西南端有一个妈阁庙,里面供奉着传说中庇佑渔民的海神娘娘妈祖。附近的澳门老街坊,早已习惯在庙前空地上闲聚聊天,他们之中可能很少有人知道四百多年前,也就在这个海神娘娘面前,一些撒网的渔民迎来了一群不速之客。

澳门历史文物关注协会理事长郑国强:

妈祖阁有六百年的历史了,葡萄牙当时是四百六十多年前来到澳门的。妈祖阁对面的码头就是当时葡萄牙人登陆的地方。相传是当时葡萄牙人登陆以后,问澳门人:"这是什么地方?"当地的人不晓得(他们)在说什么,就说:"这是妈阁,妈阁庙!"广东话——妈阁。所以他们就把澳门叫做Macau,M-A-C-A-U,这是澳门外文名字的来源。

【男主持】欧洲的航海家们在利益的驱动下,通过船帆征服了海洋,逐渐联结起了整个世界。新航路是人类文明交流之路,是世界市场联系之路,同时也是野蛮的殖民掠夺之路,它的起点充满了铜臭和血腥。

【广州说古】

下面跟大家说一说关于"红毛毡"的故事,在很久很久以前,有一个红毛国的国家想跟中国进行贸易……

【女主持】在广州的茶馆里,说古的艺人正在讲述《聊斋志异》里"红毛毡"的故事:中国驻守海关的士兵禁止红色毛发的红毛人上岸,红毛人一再要求说:"只要给我们一块毡毯大的地方就够了。"驻兵想,一块毡毯大的地方容不下几个人,便答应了。红毛人把毡毯放在口岸上,上面站下了两个人,他们拉了拉毡毯,又站下了四五个人,一边拉一边就不断有人登上岸来,一会儿时间,毡毯就变得约有一亩地那么大了,上面已站下了几百号人。这些上了岸的红毛人忽然一起把短刀抽了出来,出其不意地发动进攻,抢掠了方圆好几里地。

澳门大学社会科学及人文学院院长郝雨凡:

在大航海时代,欧洲的殖民者进行航海活动,其实是被经济利益驱动的一种扩张型侵略性质的活动,多数是以血与火的形式进行的,有战争。澳门的这种特殊的地理位置使它成为一个重要的承接点,后来很多的欧洲人都是通过葡萄牙人一开始占领的这块地方开始对中国内地进行渗透。

【男主持】从葡萄牙到西班牙,一个接一个的欧洲国家开始在全球范围之内寻求自己的兴盛发展之路。在这数百年的全球化贸易大潮里,却依然看不到中国人的身影,此时的中国传递的却是这样的声音:

来使:大小船只不得下海,违者处死,货物全部没收。如有打造双桅五百石以上违式船只出海者,不论官兵民人,俱发边卫充军。

【女主持】当时明朝的皇帝们，认为水师下西洋不过是为了宣扬天朝上国威严的巡游，从商业角度来看，这是一个有投入无产出的行为。为了不让后人再做航海梦，给国家增加财政负担，珍贵的航海资料被付之一炬，"片板不许下海"的政策执行了数百年。

【男主持】此时的澳门，成为了连接东西方世界的唯一窗口。大批来自西方的传教士随着船队从澳门进入了中国，他们在传播教义的同时也把西方的科学技术、新奇的西洋方物带到了中国。但是，这些先进的科学技术在中国并没有转化为生产力，只是成为了皇室贵族手里新鲜的小玩意而已。

【广播剧】

万历皇帝：唉呀，这个也很好玩啊！这个叫什么来着？

太监：皇上，这个叫三棱镜！

万历皇帝：不错，对了，那座自鸣钟调好了没有？

太监：回皇上，钟楼是盖好了，可那钟还没调好呢！这洋人的玩意儿，奴才们都不会使。

万历皇帝：罢了罢了，这洋人的东西的确是挺神奇的，这个东西自己走动、到点就报时，确实比咱的铜壶滴漏要好玩得多。那就立即把那个什么神父召进宫来吧！朕正好也想看看这些大鼻子穿大褂长袍会是个什么样子！

太监：遵旨！

【历史音响】电视新闻：2001年11月10日，在卡塔尔首都多哈召开的世界贸易组织第四届部长级会议上，会议开始仅仅9分钟后，卡麦勒主席就敲响了手中的木槌。大会以协商一致的方式通过了《中国加入世界贸易组织议定书草案》，和《关于中国加入世界贸易组织的决定草案》。

【男主持】坐落在瑞士日内瓦的世界贸易组织总部的正门，是两扇虽不大，但很沉重的门。为了推开这两扇门，中国人用了整整十五年的时间，十五年的谈判让中国人学到了很多，中国的发展离不开世界，中国需要参与到国际体系内去发挥作用。

当时任对外经济贸易部部长的石广生说：

关贸总协定是一个多边贸易组织，没有中国的参加它是不完整的；第二个，中国当然要以发展中国家的身份参与，因为在世贸组织里发展中成员和发达成员待遇是不一样的，权利和义务是不一样的，我们必须要以发展中国家的身份来参与，必须要实现权利和义务的平等。

【女主持】12月11日，中国正式成为世界贸易组织成员。中国加入世界贸易组织，是中国改革开放的一个里程碑，是中国彻底融入世界的一个里程碑，也为中国开启了一个全新的21世纪。在新的世纪，中国将在更大的范围、更广的领域、更高的层次上参与国际经济合作与竞争。

【男主持】而时间倒退两百年，回到18世纪的中国，延续了两千多年的封建制度，尽管已经老态龙钟、暮气沉沉，但是依旧那样的妄自尊大、墨守成规。

【女主持】18世纪中叶，在蒸汽机的轰鸣声中，英国成为了世界上第一个工业化国家。随着机器大生产取代手工劳动，扩大世界市场成为了英国最迫切的愿望。幅员辽阔、人口众多的中国能否像印度一样成为英国掠夺原材料、倾销工业品的殖民地呢？

【男主持】资本主义对外扩张的浪潮正在不可抵挡地逼近中国，而沉浸在康乾盛世中的人们全然不知厄运伴随着这股浪潮即将来临。中国的皇帝们始终认为国家的命脉在农业，而不是商业和贸易。对于世界的状况和其他国家、民族，"中央之国"的"天之骄子"们根本没有兴趣了解。

【女主持】1757年，乾隆皇帝下令正式封关，唯一留下的一个关口广州也只不过是从事皇家贸易的关口而已，中国的大门彻底关闭了。

【男主持】以瑞典最大港口"哥德堡"港命名的帆船是当时瑞典最大的商船。在乾隆皇帝下令封关前，从1739年初至1742年夏，"哥德堡号"曾先后三次到过中国。在中国海关博物馆广州分馆里，我们看到了当年的船牌：

【出录音 讲解员】这个是粤海关颁发给"哥德堡号"的船牌。当时就算了一下，运载的中国的货物价值有1.2亿的银币，就可想而知它当时从中国运回去的物品，丝绸啊、茶叶、瓷器啊，贸易很发达。

【男主持】季风吹到了印度洋，满载着茶叶的快船飘向海岸，18世纪的印度半岛已经成了英国人的殖民地。1773年的夏天，第一任印度总督哈斯丁斯在品茶的时候，心里正在盘算着，整个全球贸易的平衡。也就是在那一年，东印度公司在印度取得了鸦片贸易的独占权。于是，那个夏天，困扰在这个英国绅士心头的一个大问题是，该不该和中国进行鸦片贸易。

中山大学历史系吴义雄教授：

英国社会当时已经普遍地形成一种要消费茶叶的习惯，他们自己又没有，但是如果要让他们几十年如一日，甚至上百年如一日不变的，通过向中国输送贵金属白银，来换取茶叶，对他们来讲也是一个很大的问题。

中国社会科学院近代史研究所马勇教授：

茶叶、瓷器，这些东西都是西方最需要的，但是中国很多东西它是完全可以自给自足的状态，不需要你西方的工业品，就形成了巨大的贸易逆差。市场很庞大，但是市场没开发，那么在这种状况下，（英国用）罪恶的鸦片来解决贸易逆差。

【女主持】为了打开中国紧闭的大门，英国利用罪恶的鸦片走私来毒害中国人民，牟取暴利。从1813年至1833年，中国的茶叶出口只翻了一番，但进口的鸦片却是原来的4倍，英国人从中国掠走三四亿两白银。

【男主持】贸易顺差变成了逆差，而且从中国流出去的白银是为了购买腐蚀自己的毒品。马克思曾愤怒地谴责："非法的鸦片贸易年年靠摧残人命和败坏道德来填满英国的国库。"

【女主持】随着吸食者日众，鸦片走私猖獗，甚至清朝皇室中都出现了鸦片吸食者，在得知庄亲王和镇国公吸食鸦片的消息之后，道光帝为之震惊。

【广播剧】

道光皇帝：哼，在宫里头居然有人敢抽大烟，太监抽大烟，连王爷也抽大烟，真是胆大包天！

大臣：是，这实在不像话！

道光皇帝：林则徐的禁烟办法不是叫你们去议吗？

大臣：奴才们商议过了，六部和军机的意思是恐怕操之过急，请皇上圣裁！

道光皇帝：操之过急？混账话！林则徐在奏章中写道："倘若任鸦片泛滥，则数十年之后，中原几无可御敌之兵，且无可充饷之银！"真要是到了这么一天，当兵的扛不了枪，老百姓完不了粮，咱们大清江山还能保得住？你们简直是发疯！拿回去照办！

大臣：喳！

太监：宣湖广总督林则徐林大人上殿！

【男主持】大清帝国国力凋敝，在鸦片烟云中摇摇欲坠。而此时，西方资本主义的狂澜，却汹涌澎湃地扑来。

【女主持】1840年，中国和英国出现了这样的对峙：

【广播剧】

道光皇帝："林则徐，朕派你为钦差大臣，到广州查禁鸦片。"

英国人："向中国出口鸦片，是我们经商自由的神圣权利。"

道光皇帝:"事关我大清江山社稷之安危,你一定要把'禁烟'这件事情给朕办好!"

英国人:"中国如果禁烟,我们就用枪炮去打开中国的市场。"

【男主持】1840年4月7日,英国议会以9票的优势否决了反对党提出的反战议案,决定以鸦片和武器敲开中国的大门,鸦片战争即将爆发!

第二集　远去的硝烟

【男主持】这里是珠江口。珠江，流经两千一百多公里后，从这里流进南中国海。香港、澳门、深圳、中山、珠海、东莞、广州，城市沿珠江口隔江排列。

【女主持】辽阔绵长的海岸线，从南向东向北延伸，经福建，浙江，上海，再向北到达北京门户——天津。

1840年6月到1842年8月间，中国近代史上的最重大事件——第一次鸦片战争，就发生在这片辽阔的地域内。

暨南大学历史系教授曾光光：

中国和英国贸易，中国是丝绸、瓷器、茶叶，英国人喜欢，当时英国有一部戏剧，叫《茶迷贵妇人》。中国那时候每年输出到英国的茶总额是九千六百万，而英国输出到中国的商品总额才一千多万，仅这一项就高出他全部的出口总额多少倍？

【男主持】英国是当时最强大的资本主义国家，但在与中国的贸易中，却长期处于贸易不平衡状态。中国一直是出超国，一直享有巨大的贸易顺差，而英国一直是入超国。

暨南大学历史系教授曾光光：

这个资本主义国家的贸易原则就是我要赚钱，赚不来钱怎么办？他不愿意把状态持续地维持下去。他要想个办法，要找到一种东西，能够把中国的白银拿走，改变这种贸易逆差的状态。

所以像中国今天和美国的贸易问题一样，中国长期的顺差，美国肯定有意见了，一有意见怎么样？人民币升值，人民币升值的目的是什么？意义同样的，所以贸易是战争。

【女主持】这种情况，到了20世纪和21世纪，依然如此。接触同时遏制，一直是美国对中国的政策。所以，美国对华贸易的逆差，也来自它自己的出口限制：拥有核心技术的高科技产品和军工产品，美国是绝不对华出口的。目前，这一状况似乎出现了松动的迹象。美国总统奥巴马极力推动扩大出口的贸易政策，力求五年内达到出口翻倍的目标，以平衡逆差，并冲抵经年累积的财政赤字。

【女主持】所以，经济利益，在有了跨国贸易和进出口之后，乃至在全球经济一体化进程中的今天，就一直和人类发展纠结在一起。

中山大学历史系主任吴义雄教授：

在1834年之后来到中国贸易的英国商人，被称为自由商人，英文里面叫做"free trader"。那么这批自由商人，在对华关系方面，比过去的东印度公司的那批人更加激进，而且所提的要求更加尖锐，对中国原来制度的批评更激烈，要求改变的欲望也很高。他们制造的很多舆论，都是希望英国政府采用武力的方式来解决中国的问题。

【男主持】工业革命后，英国资产阶级竭力向中国推销工业产品，企图用商品贸易打开中国的大门。直到19世纪二三十年代，中国对英贸易每年仍保持出超二三百万两白银的地位。为了改变这种不利的贸易局面，英国资产阶级采取外交途径强力交涉，但并没有达到目的。当时的中国，因为物产丰富，因为文化的自成一体，自认为不需要来自大英帝国的任何近代化工业产品，没有进口商品的必要和需求。

暨南大学教授曾光光：

后来英国人就想怎么办呢？我得找个东西，找什么？找毒品。

这个鸦片在孟加拉的生产成本是多少钱？生产成本是200卢比，我们就说200元吧。英国政府实行垄断制，200元的鸦片一斤收上来，它拍卖给鸦片分子，这个拍卖价格是多少钱？十倍。他收上来是200元，拍卖价是2000元，甚至还高。到中国更贵。鸦片贩子把这个鸦片2000块钱买过来之后，到中国卖多少，2600元、3000元。他还有50%的赚头。这就是为什么要走私了。

【女主持】鸦片贸易给英国资产阶级、英印政府、东印度公司和鸦片贩子带来了惊人的暴利。打破了中国对外贸易的长期优势，使中国由二百多年来的出超国变成入超国。

鸦片大量输入，使中国每年白银外流达600万两，中国国内发生严重银荒，造成银贵钱贱，财政枯竭，国库空虚。

【男主持】鸦片输入严重败坏了社会风尚，摧残了人民的身心健康。甚至官场高层，都不乏吸食鸦片的瘾君子。烟毒泛滥不仅给中国人在精神上、肉体上带来损害，同时也破坏了社会生产力，造成东南沿海地区的工商业萧条和衰落。

【女主持】鸦片贸易给中国社会带来的严重危害，引起了清政府和广大人民的重视。清政府从自身利益出发，1821—1834年颁布禁令八次；统治阶级中一部分人目睹社会危机，要求改革弊政，在中国严禁鸦片。1838年12月，道光皇帝命林则徐为钦差大臣，前往广东禁烟。

【记者口播】听众朋友，我现在是在广东省东莞市虎门镇。虎门是名闻中外的历史重镇，地处虎门大桥东端，广深珠高速公路枢纽中心，南临伶仃洋。虎门，经济繁荣，财税收入连年位居全国乡镇榜首，工商业发达，是珠江三角洲最重要的商品集散地，虎门还有中国时装名城、历史名城、旅游名城的美誉。所有这些荣誉和头衔，都是中国改革开放以来虎门给人留下的印象。一百七十年前，1839年6月3

日，林则徐领导的"虎门销烟"就发生在这里。而虎门销烟，被普遍认为是第一次鸦片战争的起点。

【男主持】2010年5月，广东东莞市虎门镇，鸦片战争博物馆销烟池。每个销烟池差不多有半个足球场那么大，衬砌过的池中积满了水，池边绿树环绕。销烟池，历经岁月的更替，几乎已成了优美的自然景观的一部分。谁会想到，这水中倒映着树影的池塘，当年竟是用来销毁毒品的。

虎门鸦片战争博物馆解说员：

销烟的时间是在1839年的6月3日，当时林则徐一声令下，首先就命人将海水从这个沟渠引进来，然后撒盐酿卤，再把一箱箱鸦片全部开箱过秤，每一个鸦片球切成四份就抛入这个盐水中进行浸泡，浸泡半日之后，再把烧透的石灰倒下去。应该说当时销烟的场景是很壮观的，因为石灰一倒下去，池水就沸腾了，烟雾滚滚。民工就站在这个跳板上拿着木棍和铁锄反复地搅拌，让这些鸦片均匀地消化，最后再打开池子前面的涵洞，利用海水退潮之际将残渣水排入大海。两个池子轮番使用，从1839年的6月3日销到6月25日，销了20多天才把200多万斤的鸦片全部销毁。

那么，销毁之后英国方面就很不甘心，因为本来这些鸦片全部是可以进行贸易来往，是可以赚钱的。所以，就向我们国家发动了鸦片战争。

【女主持】1840年6月，英军舰船47艘、陆军4000人在海军少将懿律、驻华商务监督义律率领下，陆续抵达广东珠江口外，封锁海口。鸦片战争就此爆发。

1840年6月到1842年8月，第一次鸦片战争发生的两年多时间里，英军曾沿着海岸线两次北上，直逼北京，并最终逼迫清政府签定了《南京条约》，骄傲的大清帝国首开割让领土的先河。

我们在东莞虎门的鸦片战争博物馆。看到了《南京条约》的副本。讲解员李婷介绍说：

我们看到的这个是《南京条约》的副本。中间有一款最核心的内容则是：大清皇帝准将香港一岛给予大英。

【男主持】"给予"两个字，远远不能掩盖清政府的割让土地、丧权辱国的行径。在战争爆发初期，抱着天朝大国思想的清政府一厢情愿地以为英军不过是蛮夷，认为不具威胁。1840年6月，英军统帅兼全权代表懿律领兵到达广州海面，并根据英国外相巴麦尊的指示，在封锁珠江口之后，并没有进攻广州谋求在广州登陆，而是北上进攻浙江舟山，并攻陷战略要地定海县城作为前进的据点。定海，就是今天的浙江省舟山市。

中山大学历史系吴义雄教授：

在他们所有的谋划里面，广州都不是一个重要的地方。他们所有认为重要的地方有两个，一个是靠近中国产茶地区的岛屿。第二是靠近中国大运河的，能够截断中国大运河威胁中国南北经济命脉的那个地方。第三个当然是渤海湾，就是靠近中国最高统治者所在的那个地方，就是中国首都的那个地方。

【女主持】1840年8月，英国军舰抵达天津大沽口外，本来主张战争的道光皇帝，眼见英国军舰不断逼近，开始动摇。8月20日，道光帝批答英国书，任命直隶总督琦善为钦差大臣，罢免了林则徐、邓廷桢，命令琦善转告英国人，允许通商，以此求得英国军舰撤回广州，并派琦善南下广州谈判。

【男主持】1840年12月4日，钦差大臣琦善正式接任两广总督，开始与英国人在广州谈判。英方开出了三个条件，一是烟价赔款二千万元，二是割地，三是开港贸易、给予兵饷等。

作为钦差大臣的琦善，事事需要奏明皇帝，不可以擅作主张。而远在京城的道光皇帝，一开始既不知道英方的胃口有多大，也不知道双方军事实力的对比悬殊，在战和之间反复摇摆，对前方发出的指令也让琦善左右为难。英军见拖了一个月的谈判没有进展，而通过谈判达到利益要求的可能性似乎不大，于是在1841年1月7日，兵分三路，直扑虎门第一道防线——沙角、大角炮台，发起虎门之战。

【女主持】珠江口的海防设计，共有三道防线，最南端靠海的是隔江对峙的两个炮台，东岸有沙角炮台，西岸有大角炮台，相隔3600多米。当时的火炮射程无法封锁全部水面，中间仍有一部分水道可以通过舰船。

威远炮台解说员龚艳丽：

所以，关天培只把它们当成一个信号台，起到发号施令的作用，那真正发挥作用的就是第二道防线。我们距离第一道防线现在大概是3.5公里左右，您看到我们右手边，现在这个虎门大桥横跨过的这段江面，基本上和当时第二道防线是相吻合的。我们东岸这边刚才提到威远、靖远、镇远三座炮台，江对面番禺那边有一座巩固炮台，然后这段我们可以看到江面比较窄，地形很险要，江中心两个小岛是一分为二，靠近我们这一侧的是主航道，靠那边是次航道，正对我们前方的这个岛叫做下横档岛。

【男主持】江中间的上下横档岛把整个珠江入海口的水道一分为二，但当时只在上横档岛上设了炮台，和东岸的三座炮台形成第二道防线，封锁了主航道。被疏忽的西水道虽然一般情况下水比较浅，大型航船无法通过，但在涨潮时是可以的。英军利用了这一点，在涨潮时闯入西水道，避实击虚，先占领没有设防的下横档岛，然后打垮了江心炮台。

战法得当的英军，仅用了一天的时间，就攻破了有金锁铜关之称的虎门三道防线。精心构筑了这三道防线的广东水师提督关天培在这一战中以身殉国。琦善被迫让步，1月25日与义律签订了一纸不具法律效力的《穿鼻草约》，条约第一条就是将香港岛割与英国。第二天，英国军队就占领了香港岛。

【女主持】在第二道防线身后不远，就是雄伟的虎门大桥。这一古一今两大建筑，一个是为了阻截，一个是为了沟通，默默地述说着历史的变迁。

【女主持】虎门的知名度，不仅仅因为它是鸦片战争的重要发生地，更因为它是中国改革开放后，最早对外开放的城市之一。如今的虎门，作为东莞的一个镇，经贸繁荣，工商业发达。

虎门镇党委委员、党政办主任李鼎如：

闭关锁国可以说是清末政府积弱亡国的根本原因，我们虎门人民对此有着深刻的体验和认识，所以，当改革开放第一缕阳光出现在我们中国大地上，敢为天下先的虎门人民就在1978年9月份，引进了全国第一家三来一补的企业，就是太平手袋厂。这是我们虎门外源经济发展的一个重要的里程碑，并以此为发端，虎门的经济走上了内外源同步发展，工商业比翼双飞的快车道。虎门镇最高峰的时候有外资企业1400多家，目前还保留了近千家。

【男主持】虎门，曾是侵略者闯入中国的大门，也是改革开放后最早对外敞开大门的城市。虎门之门，也是中国之门。

当时的英国，劳师袭远，以少犯众，但却为什么可以势如破竹，甚至一直威胁到大清帝国的都城呢？

中山大学教授吴义雄：

这个问题其实比较复杂，首先它在每一个地方几千人，但实际上先后投入鸦片战争的不止几千人。

至于它的战斗力，我相信是一个近代化的军队和一个传统的军队之间的对比。它的军队无论从训练的方式，从武备，从战略，从军事技术等等方面，它都是按照这种现代战争，或者近代史战争的方式在不断地训练的。但是，清朝政府从来都没有准备过要和来自外缘的武装力量，来开展这么一个战争。

【男主持】当时的中国和欧美各国的差距，是不同时代的差距。一个是以冷兵器为主的军队，一个是装备了铁甲舰的以热兵器为主的近代军队。在军事实力和国家实力上的落后，注定了战争的惨败。

可悲的是，一直到第二次鸦片战争之后，清政府才开始总结出了一个并不彻底的结论：战场上的失败，是因为武器的落后。这样的结论，成为后来的洋务运动造船造炮、发展民族工业和军工业的重要原因。

中山大学教授吴义雄：

结果跟日本人打了还是输。我们的船、我们的炮、我们的士兵武备并不比日本人差，结果打输了，问题在哪里？才会想到原来是整个一套军事制度，整个体系都不行。

当然，我们也会了解在军事制度、军事体系的背后，是整个国家的政治制度有问题。所以，它是联系在一起的。鸦片战争时期我们回过头来讲，就是因为它从军事思想到军事制度，还有军事技术，应该跟英国比有很显著的差别，完全不适合和这样一个世界强国来打一场近代的战争。

【女主持】英国的野心并没有就此止步。战争再次升级。英国政府对义律在广州所获得的侵略权益还嫌太少，改派璞鼎查为全权代表来到中国，扩大侵略。1841年8月21日，璞鼎查率舰船37艘、陆军2500人离香港北上，攻破福建厦门，占据鼓浪屿。英军继续北进浙江，10月1日再次攻陷定海，10日攻陷镇海，13日占领宁波。

【女主持】南京，静海寺。

静海寺建于明朝，公元1420年前后。七下西洋的郑和曾在此居住。这位多次到过外国的航海家怎么也不会想到，在时隔四百多年后，大清帝国的官员们和远道而来的外国侵略者，在这里商定了中国近代史上第一个不平等条约——《南京条约》。据记载，议约共进行了四次。

　　1842年8月29日，耆英与璞鼎查签订不平等的中英《南京条约》。

　　【记者口播】各位听众，我是记者孙洪涛，我现在广州大佛寺。这个地处广州闹市中的寺庙，至今仍香火旺盛。林则徐初到广东禁烟时，曾在这里设立禁烟局，收缴鸦片、器具等。如今，除了来来往往的善信与僧众，历史的遗迹已难以寻觅。一场战争，两座寺庙，一个起点，一个终点。本应是佛门净地的寺庙，就这样卷入了波澜壮阔的历史画卷。

　　【女主持】第一次鸦片战争以后，西方列强纷纷效法英国，以武力相威胁，与中国签订了更多不平等条约：1844年7月3日，中美签订《中美望厦条约》；1844年10月24日，法国与中国签订《黄埔条约》，享有领事裁判权和传教权等；1843年10月8日，中英签署了《虎门条约》，重新规定了英国所享有的最惠国待遇和领事裁判权。从1845年起，比利时、瑞典等国家也都胁迫清政府签订了类似条约，中国的主权遭到进一步破坏。鸦片战争的失败和《南京条约》等一系列不平等条约的签订，使中国社会发生了根本性的变化。政治上独立自主的中国，战后由于领土主权遭到破坏，自给自足的自然经济解体，逐渐成为世界资本主义的商品市场和原料供给地，中国开始沦为半殖民地半封建社会。然而，这个风雨飘摇中的老大帝国，怎么也没有想到，在时隔十余年后，它将再次遭受战火的蹂躏。

　　中山大学教授吴义雄：

　　长远的影响，我觉得我们可能要从几个方面来认识。第一个方面它其实结束了中国和西方世界之间那种旧的关系体制。就是从鸦片战争开始，中国再也不可能像以往那样能够对于西方世界所发生的一切，可以采取视而不见的态度，或者干脆基本上看不到这样一个态度。

第二个就是说中国的社会本身，在这种外来的冲击之下，也在发生改变，这种改变导致了我们今天为止还在进行的一个现代化事业，从鸦片战争之后，那些仁人志士开始认识到这个国家不能够这样长期下去，要有所改变，要搞革新，要变法，甚至要革命。我想目的都是要改变这个国家，使得这个国家能够跟上世界的步伐。我们今天其实还在做同样的一个事情。其实，鸦片战争从这个意义上，和我们今天的生活是联系在一起的。

【男主持】中国从这个时期开始，在和外部世界的接触当中，逐渐地认识世界，认识自身，吸取新知，改变自己。在进入到现代化建设的今天，我们是更加主动地走在这条路上。

第三集　硝烟再起

【男主持】公元1850年2月25日，农历正月十四，年仅二十岁的爱新觉罗·奕詝登上了大清皇帝的宝座，他就是清朝入关后的第七位皇帝——咸丰皇帝。咸丰皇帝在位十一年，只活了三十一岁。这位年轻的皇帝怎么也没有想到，在他短暂的人生历程中的最后几年，竟然经历了一场长达四年的战争——第二次鸦片战争。

【女主持】翻开《中国近代战争史》，有这样的一段文字：

1856年，正当太平军与清军在长江中游及天京外围激烈搏斗，各地各族人民武装起义风起云涌，严重威胁着清王朝封建统治的时候，英国侵略者向中国发动了新的武装进攻，第二年扩大为英法联军的侵华战争。侵略者发动这次战争的目的，在于攫取比《南京条约》等不平等条约更大的殖民特权。它实质上是第一次鸦片战争（1840—1842）的继续和扩大，因此称为第二次鸦片战争。这次侵华战争的直接出面者是英国和法国，卖力支持和趁火打劫的则有沙俄及美国。它们狼狈为奸，相互配合，以战争手段迫使既自大又软弱的清王朝作出让步，满足其侵略要求，进而彼此勾结，共同镇压以太平天国为主的人民起义。

【女主持】长期从事中国近代史研究的暨南大学曾光光教授认为，应该把第一次鸦片战争和第二次鸦片战争看作一个整体的过程，第二次鸦片战争是第一次鸦片战争的延续。

第二次鸦片战争是要处理第一次鸦片战争没有处理完的问题。这里面有几个因素：第一个，作为英国，当时一个最大的资本主义国家和一个最大的贸易国，他一定要继续来，得到一次要得到第二次。

《南京条约》签订的时候，已经把道光皇帝打得是六神无主了，所以道光皇帝当时跟耆英，就是《南京条约》签订的主要负责人下的命令是什么？赶快签了吧。这个意思是什么？不惜一切代价，只要给我把这个条约签订了就行。所以当时英国人尽他们最大的想象来想这个条约可以怎么签，结果英国人后来想，他们的想象力太不够充分了，他们的想象力太不够丰富了。既然是无条件投降，那可以无条件地提出一切条件，他们提出条件在当时他们已经觉得匪夷所思了，结果后来再过五年来看这个条件还不够。

【男主持】在当时签定的不平等条约中，有一个关于若干年后修订条约的规定。就是这个修约的规定，也为第二次战争埋下了伏笔。

【出录音　曾光光】修订前夕，中国人不干，中国人是不修订的，那么英国人找借口，什么借口？就是"亚罗号事件"还有"马神甫事件"。一个国家要向一个国家发动战争，很多都要借口的，所以我们看，世界上的许许多多战争，都是打着正义的口号，找着冠冕堂皇的借口所进行的。

【男主持】大清帝国的无条件投降，让英国人觉得，对这个国家，还可以提要求。

【出录音　曾光光】所以当时英国签订条约的义律回到英国去之后是背着骂名的，你看你签什么条约，你以为签的东西就多啊，其实这点东西离我们要求差得远，我们要的不是那一点东西，我们要的是整个中华帝国的利益。

【女主持】从事中国近代史研究的中山大学吴义雄教授说，当时的英国人认为条约没有得到很好的执行：

比如说当时引起很大关注的一个问题，所谓入城的问题。按照条约，在通商的五个口岸，他们按照条约的字面理解，认为是有权在城里边居住的。为什么会提出这个问题？在鸦片战争之前，我们今天讲十三行那一带的地方，其实是在广州的城外、广州的西郊。当时地方政府从来都不允许他们进入广州城的，他们认为这是一个歧视。他认为你没有履行条约规定的他的权利。除了广州以外，同样有问题的还有福建、福州，当然入城的问题是其中一个问题。

【女主持】当时的清政府，把所有通商口岸发生的外交问题都放到广州来解决，希望通过这个远离北京的地方，把外交事务地方化。这也引起了英国的不满。

【出录音　吴义雄】所以他们觉得这个国家还是不对头，还要再打一下。

【男主持】1851年太平天国事件爆发后，列强认为这是加强从中国攫取利益的大好时机。第一次鸦片战争之后，广东民间排外活动时有发生。当时两广总督兼五口通商大臣叶名琛采取默许态度，对一切外国的投诉均置之不理。

同样是在1851年，这一年的5月1日，第一届世博会在英国召开。完成了工业革命的英国当时是世界上一流的强国，这届世博会，向人类预示了工业化生产时代的到来。在两次鸦片战争之间，英国人成功地举办了第一届世博会。

暨南大学教授曾光光：

当时是一个近代化的背景，是一个发现海洋的背景，是一个蓝色文化的背景，这是对西方而言的。整个西方进入资本主义，进入工业化之后，整个世界走向一体化，一方面是西方要走向东方，但作为东方最大的中国，它排斥这个世界，实行一种闭关锁国的政策。我们来想象一个情景，一方面是日益成长起来、日益膨胀的西方，一个方面是在西方的印象中具有巨大财富的东方文明古国在这个地方闭关锁国。那么我们可以想像，一方面就要进入，一方面要抵抗。如果抵抗的这一方中国，它强大，可以排斥，可以抵抗；如果它不够强大的话，它的这个抵抗就要被击败了。

中国当时和欧美各国的差距，那是不同时代的差距。一个是传统的，冷兵器时代的；一个是近代化的，热兵器时代。拿着长矛，拿着盾牌怎么和他打。

【女主持】1856年10月，英殖民主义者利用"亚罗号事件"制造战争借口。"亚罗号"是一艘中国船，曾为走私方便在香港英国当局注册，但已过期。10月8日，广东水师在"亚罗号"上逮捕几名海盗和涉嫌水手。这纯系中国内政，与英国毫不相干。英国驻广州代理领事巴夏礼在英国驻华公使、香港总督包令的指使下，致函清两广总督叶名琛，称"亚罗号"是英国船，捏造中国兵勇曾侮辱悬挂在船上的英国国旗，要求送还被捕者，赔礼道歉。叶名琛据理力争，态度强硬，而且不赔偿、不道歉，只答应放人。10月23日，英军开始行动，三天之内，连占虎门口内各炮台。

【男主持】与第一次鸦片战争惊人的相似，27日，英国军舰炮轰广州城。29日，英军攻入城内，抢掠广州督署后退出。

在整个战争的过程中，都有一些民众自发的反抗行动，即使是在官方已经放弃抵抗甚至明令禁止抵抗的时候，这种来自民间的力量都在独立地表达着自己对侵略者的反抗。

【女主持】为了扩大侵略战争，英国政府于1857年3月任命前加拿大总督额尔金为全权代表，率领一支海陆军来中国；同时向法国政府提出联合出兵的要求。此前，法国正以"马神甫事件"向中国交涉。

【男主持】所谓"马神甫事件"，是指法国天主教神甫马赖违法进入中国内地活动，胡作非为，于1856年2月在未依据条约义务，把拘捕的法国人解送到法国领事馆的情况下，就被广西西林县知县处死。

1857年，法国政府以马神甫事件为借口，任命葛罗为全权代表，与英国联兵侵略中国。

【女主持】1857年12月，英法侵略军五千六百余人（其中法军一千人）在珠江口集结，准备大举进攻。美国公使列卫廉和俄国公使普提雅廷也到达香港，与英、法合谋侵华。12月12日，额尔金、葛罗分别对叶名琛发出以10日为限的通牒。此时，清政府正全力镇压太平天国和捻军起义，加上"饷糈艰难"，对外国侵略者采取"息兵为要"的方针。叶名琛忠实执行清政府的政策，不事战守。

【男主持】1857年12月28日，西方的圣诞节刚刚过去第四天，英法联军炮击广州，并开始登陆攻城。第二天，广州失守，叶名琛被俘，后来被押解到印度加尔各答。侵略军占领广州期间，当地人民进行了不屈不挠的反帝国主义斗争。广州附近民众在佛山镇成立团练局，集合数万人，御侮杀敌。香港、澳门爱国同胞也纷纷罢工，以示抗议。

【女主持】侵略者没有在广东多作停留。和第一次鸦片战争时一样，他们马不停蹄地北上。

【男主持】天津大沽口，第二次鸦片战争中有三次重要的战役发生在这里。1858年5月26日，英法联军就是在这里溯白河而上，侵入天津城郊并威逼北京的。

6月13日，清政府派大学士桂良、吏部尚书花沙纳为钦差大臣，赶往天津议和。桂良等在英法侵略者威逼恫吓下，分别与俄、英、法、美签订《天津条约》。

英、法政府远不满足从《天津条约》攫取的种种特权，蓄意利用换约的机会再次挑起战争。1859年6月25日，英法联军进攻大沽炮台。清军英勇抵抗，由于火力充分，战术得当，英法联军惨遭失败，舰队司令贺布也受重伤。这是鸦片战争以来，清军唯一的一次胜利。

暨南大学教授曾光光：

两次大沽口战役之后，外国军队潮水一般涌入打到北京。沽口战役我们相对还胜利了一下，为什么胜利，因为对方准备不足，我们准备相对充分。但第二次英国人再来的时候，充分准备，塘沽拿下，从塘沽到北京几天的功夫就过来了。

【男主持】英法联军进攻大沽口惨败的消息传到欧洲，英、法统治阶级内部一片战争喧嚣，叫嚷要对中国"实行大规模的报复"，"占领京城"。历史总是惊人的相似。这一次，与第一次鸦片战争一样，战争继续扩大。

1860年2月，英、法帝国主义当局分别再度任命额尔金和葛罗为全权代表，率领英军一万五千余人，法军约七千人，扩大侵华战争。当时的这位不列颠驻华全权大臣额尔金伯爵，就是火烧圆明园的主谋。

4月，英法联军占领舟山。5、6月，英军占领大连湾，法军占领烟台，封锁渤海湾，并以此作为进攻大沽口的前进基地。

【女主持】1860年8月21日，大沽口失陷。侵略军长驱直入，24日占领天津。

9月18日，英法侵略军攻陷通州。21日，清军与英法联军在八里桥展开激战，清军全军覆没。9月22日，咸丰皇帝以北狩为名逃奔热河避暑山庄。

【男主持】八里桥，地处北京东部，现在已是高楼林立、交通繁忙的现代都市胜景。1860年9月，第二次鸦片战争中的英法联军就是从这里攻进北京的。当时，法国侵略者的军事统帅葛罗曾选择这个地名作为自己的贵族封号：八里桥伯爵。

【女主持】1860年10月18日，应是北京的仲秋时节，但据说这一天晴朗而寒冷。英国将军约翰米歇尔带领第一分队从圆明园的东门闯入这座堪称艺术宝库的皇家园林。

在额尔金命令下，侵略者开始有组织地焚烧圆明园，并且大肆抢掠金银珠宝和艺术品。世界建筑艺术的奇葩，就这样毁于一旦。19世纪英国史方面的国际知名专家特拉维斯·黑尼斯三世在他的书中写到：火烧圆明园正是两次鸦片战争的最高潮。

【男主持】1860年10月24日、25日，恭亲王奕䜣分别与额尔金、葛罗交换了《天津条约》批准书，并订立不平等的中英、中法《北京条约》，作为《天津条约》的补充。在这份条约中，天津对外开埠，九龙被割让。赔偿英、法两国所谓的军费各增加到八百万两。

帮凶们也从中捞足了好处。1860年11月14日，清政府与俄国签订了《中俄北京条约》，将乌苏里江以东40万平方公里的土地划归俄国，增开喀什噶尔为商埠，并在喀什噶尔、库伦设领事馆。同时，俄国还将由他们提出的中俄西部边界走向强加给中国。1864年，俄国强迫清政府订立《勘分西北界约记》，割占巴尔喀什湖以东以南44万平方公里土地。

【女主持】从第一次鸦片战争到第二次鸦片战争，中间有十四年的时间。这场发生在19世纪的中国的战争，给我们留下了太多的思考空间。

暨南大学教授曾光光说，我们要把两次鸦片战争，看成一个延续了二十年的大过程：

历史给了我们机会，为什么历史给了我们机会呢？从第一次鸦片战争爆发到第二次鸦片战争，中间有十六年的间隔，我们中国人浪费了这个时间，很可惜。像日本，日本当时在看到中国被英国打败之后，日本人做了一个事情，日本人派了大量的汉学家，不过不到中国了。原来学汉学的被派到西方去，到西方学什么？学欧美资讯。五年之后回来了，干什么？明治维新。我们要改革，我们要怎么怎么样。他们用不到20年的时间强大起来了。相对强大，还没真正强大，但是这一转型，他就走上了近代化道路。我们中国深受战争之害，但是我们没有做这个事情，我们没有走向西方，我们没有问这个敌人是谁？这个敌人是干什么的？我们怎么办？或者说我们也问，但是做的工作不够。

【男主持】当历史的车轮进入17、18世纪，当整个世界开始进入近代化的时候，当时的中国，没有选择跟上世界的步伐，更不用说保持曾经的领先。

【出录音 曾光光】所以最近温家宝总理老是在强调一个问题，我们也要寻找新起点，我们也要寻找新的产业。这就是一种危机感，当新的时代开始变化的时候，整个世界的发展开始发生逆转的时候，一定要迅速地找到这个切入点，使国家进入到一个新的平台。如果我们不进入那个平台，我们就会被抛弃了。

所以正是后来中国人认识到这一点之后，我们可以看到，我们中国人把近代化当成最大的目标。我们中国人从1840年开始了近代化的步伐，一直到今天。我们要学西方，我们要学世界，这对于中国人不容易，为什么呢？我们中国是个老大帝国，我们中国有璀璨的五千年的文明。我们要俯下身来去学西方不容易。

【新闻音响】今天上午，中国社科院社科文献出版社在京发布2010年中国省域竞争力蓝皮书。

蓝皮书首次将我国省域经济综合竞争力排在前十名的省份与G20国家（除欧盟和中国外）进行了综合排名比较。比较发现，省域经济综合竞争力排在前十名、GDP位居国内前四的广东、山东、江苏、浙江可谓"富可敌国"，即便与G20国家相比也不落下风，广东已经超越沙特、阿根廷和南非。

【女主持】广东，在中国的近代史中，一直扮演着耐人寻味的角色。因为历史和地理的原因，中国传统文化和西方文明最早在这里相遇，而相遇之后的缓冲以及审视和吸收，也大多在这里完成，这是广东独特的历史担当。在后来的发展中，我们总是能或多或少地看到这一文化基因的线索。在新中国的现代化建设时期，广东，又成为了改革开放的前沿。1979年6月6日，时任国务院副总理的谷牧率领的中央工作组会同广东省委组织的文件起草小组正式拟定了《关于发挥广东优势条件，扩大对外贸易、加快经济发展的报告》。1979年7月19日，中央下发了"50号文件"，明确规定："出口特区"先在深圳、珠海两市试办。

当时担任广东省委副秘书长的张汉青说：

50号文件是广东的生命线，是分水岭，50号文件之前广东怎样，50号文件之后广东怎样，你从省委问到生产队队长，回答都是很清楚的。这是中央给广东的一个很好的政策，可以说是不谋而合：首先广东在十一届三中全会精神鼓舞下提出这个要求，中央又需要这么一个地方，这个政策救了广东，对中国的改革开放也是一个很好的试验。

【男主持】再回过头来看看历史。两次鸦片战争的教训，终于让古老的中国开始警醒。后来的洋务运动、变法维新，都可以在这段历史中找到根源。

暨南大学教授曾光光：

我觉得最重要的影响就是给中国带来了两个任务。一个就是近代化的任务，另外一个就是自强的任务，救亡图存的任务。

一个大的国家，它要从古代中国走向近代中国，这个转向太慢了，可能需要一百年，老大帝国就是这个问题。但是我个人觉得我们要感谢这一百年，鸦片战争第一次、第二次把中国打败了，从1840年到1949年给了我们109年的时间，让我们中国人慢慢的调整方向，慢慢的把眼前的叶子拿开，老天爷太眷顾中国人了，给了你一百年的时间调整。

我们自己慢慢去探索，去探索洋务运动，去探索戊戌维新，去探

163

索新文化运动。去面对日本的侵略，去面对自己的内战，去面对自己的自然灾害，面对自己的痛苦，没有让中华民族沉沦。所以我们中华民族兴盛，真的是幸运。

【女主持】个人命运在宏大历史背景下的沉浮转折往往更让人感慨唏嘘或若有所思。《北京条约》的签定，让咸丰皇帝深感羞辱，他再也没有回到京城，一直幽居在热河，沉缅于鸦片和酒，在《北京条约》签定的第二年去世。鸦片战争结束以后，大不列颠全权大臣额尔金伯爵，在1861年1月中旬，在他永久离开中国前两天，在得到英政府的授意后，又霸占了九龙。他英雄般地回国，后来还谋到了印度总督的肥差。1864年11月，因患动脉瘤在加尔各答魂归异乡。巧合的是，在战争一开始被俘的两广总督叶名琛，也是在那里去世的。但中华民族的屈辱，还在延续。

第四集　天国风云

【男主持】第一次鸦片战争之后，社会矛盾空前激化，农民起义风起云涌。1851年至1864年，在中国大地上爆发了一场以洪秀全为领袖的太平天国农民革命运动。

【记者口播】我是记者嘉维，我现在在位于广西桂平县的金田村为您报道。这里峰峦叠嶂，地形隐蔽，当年金田起义前的太平军的部队就曾经驻扎在这里，他们昼夜操练，准备起事。

【男主持】1851年1月11日，广西桂平县金田村犀牛岭古营盘上人山人海，旌旗飘扬，高高的台阶上一位头裹红巾、身材魁梧的男子举起右手，在黄缎大旗下庄严宣布：拜上帝会正式起义了！这位男子就是拜上帝会的创始人，太平天国农民起义领袖洪秀全。起义这天，正好是他38岁生日。

【女主持】洪秀全生于1814年。他家境贫寒，7岁时，父母节衣缩食供他入村塾读书。16岁失学后曾经干过农活，18岁为本村塾师，此后在家乡教书多年。读书及教学期间曾几次赴广州应考秀才，均未考中。他于"失意悲苦之中"，大病了40天，病中精神异常，时有幻觉，常自称是"太平天子"，说"天下的粮食归我食，天下的百姓归我管"。显然，他是在借生病发泄对当时社会的不满，表达推翻旧世界的意愿。

【男主持】洪秀全第二次应试时，曾经在广州街头得到一本华人牧师梁发编写的基督教布道的小册子《劝世良言》，里面讲的是拜上帝、敬耶稣，反对崇拜偶像等内容。1843年，屡试不中的他决心不再求取功名，而是要用一种新的宗教信仰，消除种种社会弊端，拯救民众脱离苦海。洪秀全的主张得到族弟洪仁玕和好友冯云山的支持，他们共同组建了"拜上帝会"，决心缔造人世间的公平社会。

南京大学教授茅家琦：

青年洪秀全看到的和感受到的是那些最为悲惨的，生活在社会最底层的农民和劳苦大众。加上他的数次科举失意，外来宗教的启蒙，在这一背景下，使洪秀全萌生出愤怒与造反的心理是很自然的事情。

【女主持】1844年，洪秀全与冯云山等人离家到广东、广西等地传拜上帝会。1845年，洪秀全回到家乡，用了两年的时间，写出《原道救世歌》《原道醒世训》《原道觉世训》。后来，他与洪仁玕一起去广州拜见了美国传教士罗孝全，进一步研读了《圣经》，丰富了基督教宗教知识，发展了他的宗教政治思想。

【男主持】在此期间，冯云山到了地处偏僻、生活贫困的桂平县紫荆山一带活动。经过两年多的艰苦工作，在那里建立起了有会众3000多人的拜上帝会组织，培养了杨秀清、萧朝贵等骨干力量。洪秀全听后极为振奋，他把《原道救世歌》等交给冯云山。他们用贴近百姓生活的实例，通俗的语言，宣讲自己的主张，深得群众的拥护，参加拜上帝会的人越来越多，连富家出身的韦昌辉和石达开也参加了进来。洪秀全又和冯云山等人一起制定了拜上帝会的各种宗教仪式和"十款天条"，进一步发动组织群众。

【女主持】拜上帝会的规模一天天扩大，影响也越来越大。

1850年年底，拜上帝会已经发展到了2万多人，声势浩大。

1851年1月11日，洪秀全在广西金田村宣布起义。国号"太平天国"，拜上帝会的成员被称为"太平军"。从此，历史上一场规模最大的农民反帝反封建的太平天国运动开始了……

太平天国历史博物馆研究部主任张铁宝：

洪秀全创立拜上帝会的初衷，是接受了西方基督教平等、博爱的思想。他希望借助他创建的拜上帝会，能够广播平等、博爱，能够挽救劳苦大众。从他内心来讲，他希望能够从宗教的角度改变当时的一些不公平、不平等的社会大众的境况。

【男主持】洪秀全创建的"拜上帝会"是西学东渐与珠江流域文化杂交的结果，是西方宗教神学与中国传统文化结合产生变异的结果，是太平天国时期独特的中国农民文化。

"拜上帝会"从一开始出现就亦中亦西、非中非西，西方人后来称之为"半基督教"。洪秀全就是以这样亦真亦幻的"拜上帝会"为号召，在南中国掀起了一场风暴。

南京大学历史系教授茅家琦：

洪秀全吸收基督教义，以中国传统儒家经典来验证拜上帝的重要意义，创造出一种不中不西、亦中亦西的文化。并且用"拜上帝会"教义作为中国农民起义军的思想信仰、行为准则和价值判断体系。虽然洪秀全的"中西合璧"、"耶儒合璧"的创造在文化上并不成熟，在学术价值上也不太高，说不上是成功的例子，但对于开始向西方寻找真理，冲击中国保守、陈旧、封闭和自大的文化风气有着积极作用，是中国人民向西方寻找真理的一个大胆尝试。

【男主持】1851年，洪秀全领导的太平天国运动轰轰烈烈地展开了。太平军一路浩浩荡荡，他们挥师北上，势如破竹；又沿江东下，节节胜利。

1853年3月19日，太平军占领并定都南京，改名天京。洪秀全在此兴建了规模宏大的太平天国天朝宫殿——天王府。

南京总统府讲解员：

　　洪秀全原来真正的金龙殿所在的位置就是总统府大堂的位置。我们首先看一下顶部。顶部做得很特别，做成了一个八角型的藻井，正中间倒盘一条龙。龙的口中底下有一个银色的圆球，叫轩辕镜。洪秀全是农民出身，所以他也希望自己的身份得到认可。就用这个轩辕镜来暗示自己是轩辕黄帝的后代，正统的继承人。正中间我们看到红底金字的匾额写了四个字"太平一统"。太平天国时期的政治纲领就是"天下一家，共享太平"。

　　【男主持】1853年冬，太平天国制定并颁布了《天朝田亩制度》，提出了"凡天下田，天下人同耕"的原则，试图建立一个"有田同耕，有饭同食，有衣同穿，有钱同使，无处不均匀，无人不饱暖"的理想社会。

　　作为太平天国农民革命的纲领，平分土地是《天朝田亩制度》的核心，激励了一批又一批的劳苦大众义无反顾地投身于革命运动的洪流当中去。

　　随后太平军愈战愈勇，相继北伐西征，攻占了清军江南大营和江北大营，军事上、士气上、人马上都达到了鼎盛时期。

　　【男主持】洪秀全看到太平军声势浩大，可以和清王朝抗衡了，一种骄傲心理也潜滋暗长，不再像以前那样，认真分析天下形势，准备和清王朝决战。天王的生活开始腐化，农民阶级的劣根性充分表现了出来。

　　1856年，天京事变。太平天国领导集团发生内讧，北王韦昌辉杀东王杨秀清，两万多将士死于非命。洪秀全召石达开入京辅政，韦昌辉被杀。后石达开受排挤出走，全军覆没。太平天国由盛转衰，从战略进攻转为战略防御。

　　【女主持】1856年天京事变后，为了克服危机，洪秀全提拔了陈玉成、李秀成、洪仁玕等，重新组建了太平天国领导核心。

　　在此期间，干王洪仁玕制定的治国方略《资政新篇》提出了兴办工业、矿业、银行、邮政等一系列发展资本主义的主张，成为最早提出在中国发展资本主义的纲领。

南京大学历史系教授茅家琦：

洪仁玕思想在当时落后地区、在欧美以外地区，现在讲在第三世界，是最先进的思想。他最早提出要革故鼎新，比日本明治维新提出还要早十几年。洪仁玕的思想是正确的，按照他的这个方案来办，是可以取得成果的。

【女主持】南京瞻园太平天国历史博物馆研究部馆员魏星：

《资政新篇》是先进的中国人最早提出的在中国发展资本主义的方案。也可以说是中国第一个近代化的纲领，具有鲜明的资本主义性质。在中国近代史上起了思想启蒙作用。

【男主持】洪仁玕是洪秀全同高祖的族弟。早年的经历基本与洪秀全一样，五六岁时就读书，到近三十岁仍旧屡考不中，只能到处去当塾师糊口。洪教主早年创教时，也常常与这位族弟密议，当时他们所能见到的只是中国籍传教士梁发所编写的一种很简陋的宣传小册子《劝世良言》，后来在美国传教士罗孝全在广州的教堂才得以接触《圣经》。洪秀全到广西去后，小他九岁的洪仁玕因家人的劝阻，未能成行，去了清远一带教书谋生。

【女主持】此后数年，洪仁玕在香港苦学英文，研习西方的文化和制度，并在1859年在洋教士出钱资助下再次向南京进发。千辛万苦之后，他终于进入"天京"，与洪秀全相会。

当时，太平天国杨秀清被杀，石达开出走，万事忧心。洪秀全见这么个洪姓弟弟远道而来，喜出望外，立刻封他为"干天福"。一个月不到，又加封为"天国开朝精忠军师顶天扶朝纲干王"，总理政事。

洪仁玕上任不久就提出了他的执政方略《资政新篇》。从当时来看，洪仁玕的提议和想法不可谓不新。他开篇就洋洋洒洒说

"时"论"势",举俄罗斯和日本为例,认为"太平天国"要成大事,就应该顺应世界潮流。这个想法,与日后的广东人孙中山想法完全一样:"世界潮流,浩浩荡荡,顺之则昌,逆之则亡。"

【男主持】洪仁玕的《资政新篇》,是一部明显带有民主与法制色彩的政治改革方案,其中不仅有发展资本主义的经济政策,还有平等独立的外交方针,也有有关教育文化与社会事业方面的真知灼见,可以说是近代中国人睁开半只眼看世界的一篇好文章。

南京瞻园太平天国历史博物馆研究部馆员魏星:

《资政新篇》是洪仁玕作了干王以后提出的一篇施政纲领,倡导向西方学习,进行各方面的改革,主要分为用人和设法两大方面。在设法方面,分为三点。一是风风类,二是法法类,三是刑刑类。其中法法类有很多,具体提出了许多关于政治和经济方面的改革措施,体现出了洪仁玕主张学习西方资本主义的一种改良思想,是《资政新篇》的核心内容。

具体来说,在政治方面他主张统一政令,禁止朋党之争。当时太平天国刚刚经历过天京事变,洪仁玕有感而发,针对这一点主张加强中央集权。在经济方面,他主张发展资本主义那种工商业和交通运输业,主张发展近代金融事业、保险事业。这种思想在当时来说是非常先进的。

洪仁玕在《资政新篇》中提出了审视和立法的思想,详细地阐述了西方国家的历史和现状。他认为中国必须认清世界的形势,建设一个新的国家,而不是像清王朝那样,以天朝大国自居,不应该走传统的老路,必须学习资本主义先进的政治和科学技术。

【女主持】囿于当时的具体历史条件,《资政新篇》的方案未能实施。但它作为中国历史上要求学习资本主义的第一个比较系统的纲领性文件,是有其重要的历史地位的。

从积极方面看,洪仁玕这些远大"理想",其实与日后的满清

"洋务派"不谋而合，而且他的某些见识也高出一筹。从时间上讲，《资政新篇》的颁布比日本的"明治维新"早十年，比"戊戌变法"早四十年。在中国资本主义萌芽的清朝末期，如果其中的建议得以真正施行，肯定会对中国社会产生振聋发聩之效。

【男主持】历史不会忘记，太平天国洪仁玕提出的《资政新篇》，在中国近代史上所留下的辙迹：

他提出的兴车马之利、兴舟楫之利、兴新闻馆、兴保险业等，在此后的二、三十年间一一得以实现。

【男主持】1860年5月，太平军攻破清军的江南大营，并乘胜东进占领苏杭，开辟了苏浙根据地，一度出现了重新振兴的局面。

1861年9月，安庆失守，天京告急。

1864年6月，洪秀全病逝。

1864年7月，天京陷落。

1868年8月16日，太平天国运动最后失败。

南京大学历史系教授方之光：

鸦片战争后十年爆发的太平天国运动是近代史上第一次农民运动。这场运动的领导人洪秀全吸取西方基督教、儒家大同思想和农民平均主义思想基础上创立的上帝教，是中西结合、亦中亦西、以中为主的新宗教，作为太平天国"奉天诛妖""打倒偶像及清朝"的理论武器。在这个意义上说，洪秀全一干人是受了西学东渐的影响，以有神的西学传统来向东学传统挑战。太平天国之所以要"同心同力以灭清"，目的是为了"开创新朝"，建立一个没有压迫剥削的"公平正直之世"——天下为公的大同世界。这是千百年来受尽地主压迫剥削的农民梦寐以求的理想王国。

【女主持】太平天国的全过程实际上是一个不可能实现的梦想加上迷信过程。洪秀全在一本宣传基督教的小册子《劝世良言》中受到启发，把西方基督教义与中国儒家的大同思想、农民的平均主义揉在一起，写出了《原道救世歌》《原道醒世训》《原道觉世训》等适合中国下层民众的宗教小册子，并创立了一个完全不同于以往农民运动形式、口号的"拜上帝会"组织与教义，对广大劳动人民产生了很大的号召力，得以将他们迅速发展组织起来。在某种意义上，可以说太平天国运动是近代早期中国人民向西方寻找真理的一次重要尝试。

【男主持】太平天国运动作为中国历史上规模最大的农民革命，势力扩展至17个省，坚持斗争达18年之久，沉重打击了清王朝的腐朽统治，有力抗击了外国侵略者，加速了封建社会的崩溃，延缓了中国殖民化的进程，在中国历史上留下了可歌可泣的一页。

正如一位历史学家所说的：太平天国的特色是中西文化合流主宰世界，以西方的上帝和中国的皇权为经，以基督教义的平等、平均观念和中国传统的平等、平均思想相结合为纬，政教结合来指导运动。这对太平天国的成败起了重要的影响。在某种程度上，太平天国运动所发挥的作用已经远远超出了宗教的范围，对近代中国的政治、经济、文化产生了深刻的影响。

太平天国历史博物馆研究部主任张铁宝：

在我们研究历史的人看来，太平天国在中国近代史上所起到的作用是不能低估的。在天平天国之前，鸦片战争之后，大学者龚自珍写了一首诗"九州生气恃风雷，万马齐喑究可哀。我劝天公重抖擞，不拘一格降人才。"他是寄希望于天公抖擞降人才来挽救没落的、无可救药的封建王朝。太平天国之后中国发生了翻天覆地的变化。但凡仁人志士都可以议论朝政，都可以抒发自己挽救国家的慨叹。太平天国尽管是农民起义建立的一个政权，时间也就十几年，在中国的历史上就是短短的一瞬，但是它在中国历史上所产生的作用是无与伦比的，直接造成的后果，就是改变了中国政治和军事的格局，把过去固有的结构给打乱了。它对中国的近代思想的解放所起到的作用，也是前所未有的。

【女主持】拜上帝会亦中亦西,揭竿起义,太平军北伐西征,败亦英雄。

历史不应忘记,太平天国农民革命运动是怎样地触发了中国近代思想界的思考,是怎样激励仁人志士前赴后继向西方寻找真理、复兴中华的梦想……

【模拟音响】

郑观应:非变法不能富强,非富强不能合纵连横。

梁启超:变者,天下之公理也……变之权操诸己,可以保国,可以保种,可以保教。

谭嗣同:变法则民智,变法则民富,变法则民强,变法则民生。

严复:天下理之最明而势所必至者,如今日中国,不变法则必亡矣。

【女主持】1847年开创国人漂洋过海赴美留学先河的容闳,更是一语道破真谛:

【模拟音响】

容闳:太平军一役……以破中国顽固之积习,使全国人民皆由梦中警觉,而有新国家之思想。

第五集　飘洋过海强国梦

【出录音　黄晓东】容闳是中国留学之父，他是中国第一位在西方受过完整教育的人。容闳回国以后对中国的近代化事业做出了巨大的贡献，取得了很多方面的成就，最重要的就是推动了留学教育。

【男主持】讲这话的人是中共珠海市委常委、宣传部长黄晓东，作为珠海人，他为在一百六十多年前从珠海走出国门，到美国著名大学留学并开创中国选派留学生先河的老乡感到骄傲。当时的容闳，想飘洋过海，交通工具只能是帆船。

【女主持】容闳当年赴美留学，以及他所开创的选派中国学生赴国外学习的先河影响深远。如今，国家实施"人才强国"战略，并为留学生归国创业提供了很多项优惠政策。就拿珠海一个城市来讲，珠海市政府于2001年兴建了"留学生创业园"，创办了35家高新科技企业，这些与珠海重视并积极帮助留学生的创业工作有着很大关系。

中共珠海市委常委、宣传部长黄晓东说：

珠海是中国留学的发源地，珠海是中国留学生创业的乐园。因为中国历史上第一个留美的容闳，第一个留英的黄宽，第一批留日的学生就是我们珠海人。吸引更多留学生到珠海来创业，这几年珠海也出台了很多政策。我们有留学生公寓，另外我们有留学生创业基金，有一系列的优惠政策。现在到珠海来工作的留学生大概有一千六百多人，其中博士有一百五十多人，硕士有一千多人，创办的企业有一百五十多家，产值有十五个亿左右，可以说留学生在珠海的经济发展中的作用越来越大。

【女主持】容闳1854年毕业于耶鲁大学，当毕业之后的去向这个人生问题摆在他面前的时候，他已把自己将要付诸行动的事在心中规划出了一幅图画。在他1909年完成的英文自传性回忆录《My Life in China and America》，中文译名叫做《西学东渐记》里写道：

【模拟音响 旁白】我决心要做的事就是：中国的年轻一代应当享受与我同样的教育利益；这样通过西方教育，中国将得以复兴，变成文明富强的国家。我的志向就是去实现这一目标，而此目标犹如一颗明星，时刻指明我前进的方向。我竭尽我的全部智慧和精力朝着这一目标奋斗着。在1854年到1872年这长长的岁月里，不管有多少艰难坎坷，也不管人生的浮沉盛衰，我都对自己的奋斗目标忠贞不渝，为圆满完成这一目标，我一直在苦苦地努力着，默默地期待着。

【男主持】我们从容闳这段回忆性的文字里可以感受到，他是一个目标明确、充满执着精神的人，他之所以想要中国的年轻一代去美国学习，是因为他从西方教育中获得了使贫穷赢弱的大清帝国变成文明富强国家的钥匙，那就是近代西方的科技和文明。他就是从中受益的第一个中国人。

【女主持】我们的记者王骅跟随珠海容闳与留美幼童研究会副秘书长杨毅来到了容闳的故居，珠海市南屏镇西大街三巷1号。

【采访录音】

杨毅：这就是那堵残墙了。

记者甲：其实整体故居的遗址就在居民区里。

杨毅：应该说他的故居留下的只有这么一堵墙了。里面的房子已经不是容闳当年出生的房子了。

记者乙：这是一个很小的小院。这也印证了容闳是出自一个很贫寒的家庭。

杨毅：对。容闳1828年11月17日出生在这所老房子里面。当时来说，他们家是比较贫穷的，他的哥哥进了比较传统的儒家文化的学校，去学四书五经，而容闳自己1835年7岁的时候被他父亲送到了郭士礼夫人所创办的墨礼逊英文学校，墨礼逊英文学校是在澳门。

【男主持】历史的变迁，使得容闳故居已经物是人非，只剩下了一堵两米多长、两米多高的残墙。然而，这堵残墙，却成为今年广东省级文物保护单位。

【男主持】从容闳1854年美国耶鲁大学毕业回国，到1870年的十五年时间里，他怀揣着让中国学童接受西方教育的梦想，积极奔走，并与当时中国同样有着改变近代中国面貌、做着强国梦的人们合作共事，努力寻找着自己的位置。他在香港高等审判厅做过翻译，在上海的中国海关翻译处谋过一个职位。容闳在上海中国海关翻译处的工作中发现了译员和装运商之间所形成的一种已经固定了的贿赂体系，容闳在悉知这种情况下不愿与那些人缠绕在一起，决意辞职。这段经历，能够充分说明容闳爱国、为人正直、追求理想的精神品质。

珠海市香洲区委宣传部从事宣传及文史工作的叶少苏介绍说：

容闳他发现海关面临的积弊也很多，尤其是洋人贪污腐化，他就在三个月还没到的时候，跟李泰国税务司提出来不愿意在这里任职了。那么李泰国就说，你是不是嫌钱少了，你如果嫌钱少的话，我们可以提高，像你这样优秀出色的人在中国国内也不多，我们把你的薪金提高到两百两白银，这已经很多了。容闳就问他一句，容闳说，你不是说我表现很出色吗，那像我这样出色的人能不能坐到总税务司的职务上？实际上这是容闳的一个借口，实际上在当时半封建半殖民地的背景下，他怎么可能让中国人坐到第一把交椅上呢？李泰国说做不到，这就成了容闳辞职的一个借口。

【女主持】容闳不愿与贪污受贿的海关译员和检查员为伍，他有自己的抱负。容闳的朋友们不理解他竟然能放弃月薪高达200两白银的职位，把他看成一个怪人，觉得他很愚蠢。这段经历，容闳在自传里写到：

【模拟音响 旁白】在艰辛的人生中，一个人必须是一个梦想家，这样才能完成可能成功的事。我们来到人世间，不能只是为了动物般的生存而单调乏味地劳碌着。与其我个人受益，不如成为我的民族所共有的福祉。我不断更换和改变职业，只是为了弄清楚我怎样才能使自己成为一个造福于中国的人。

【男主持】容闳的梦想终于实现了，1863年秋天容闳拜见了洋务派官员曾国藩，1870年冬天，容闳拟就的"留学教育计划"由曾国藩奏请清政府。期间，曾国藩、李鸿章为此事共上奏四次。1871年初春，奏折被朱批四个字："着照所请"。饱受西方列强欺凌的清政府作出了一个堪称"中华创始之举，古今未有之事"的决定，中国教育工程至此开创了一个新纪元。

【女主持】1872年至1875年，清政府分别派出四批12至15岁之间一共120名官费留学生，远涉重洋，踏上美国的土地，这些人被称为"留美幼童"，他们后来凭着坚忍不拔的意志和艰苦卓绝的工作，跻身于中国主要的治国之才的前列，为近代中国的自强开创了道路，成为影响中国近代化进程的关键人物，他们同时也是中国现代教育的先锋队。

【男主持】"留美幼童"回国后，为近代中国在航海造船、电报电信、铁路、矿务、外交、教育等方面贡献良多。他们中有中国电报业、矿业的开山鼻祖，还有中国铁路之父——詹天佑，中华民国第一任总理——唐绍仪，清华大学前身清华学校校长——唐国安，等等。从此后，中国的留学生再飘洋过海，不再像容闳当年那样，交通工具只有帆船了，而升级成了轮船。

【女主持】20世纪的中国，经历了翻天覆地的变化，首先是1911年的辛亥革命推翻了清朝帝制，结束了中国两千年的封建统治时代；第二是中国共产党的诞生，带领全国人民推翻压在人民头上的三座大山，解放全中国，建立中华人民共和国；第三就是中国在经济建设上取得举世瞩目的成就：这些都离不开留美幼童及此后一代又一代留学生们的贡献。

南开大学历史学教授李习所总结说：

总的来讲，留学生把国外的先进生产力、先进文化、先进的思想引进到中国来，甚至包括革命的理论，他们都引进到中国来。二十世纪有三次最值得关注的事件，一个是推翻清朝的辛亥革命，第二个就是共产党领导的新中国的建立，第三个就是改革开放的伟大创举。辛亥革命时期，孙中山本身就是留学生，孙中山讲他们领导革命的成功留学生起了很大作用，没有留学生就没有辛亥革命这是毫无疑问的。后来到五四运动，到共产党领导革命时期，那个时期留学生的作用就更明显了。现在我们知道邓小平是留法勤工俭学的一个重要人物，周恩来也是到欧洲留学的，中央的这些老一代革命家十个有八九个都是留学回来的。至于说到（上个世纪）三十年代前后学科的建立，比方说物理、化学、生物、医学、现代的文学、历史、哲学、社会学、法学、经济学这些学科的建立，大部分都是留学生所创立的。当然改革开放以后就更不用说了，这我们都很清楚的。留学生和中国现代化进程是紧密联系在一起的。

【男主持】现在，国家重视人才工作，重视海外留学人员回国创业工作，在各方面尽量为人才提供更好的服务，以便人才大施拳脚。2010年6月6日，《国家中长期人才发展规划纲要（2010—2020年）》全文发布，这个纲要是我国第一个中长期人才发展规划。

【女主持】我们现代人正享受着当年容闳和留美幼童学成归国之后为国家所做的贡献成果，然而万事开头难，当年留美幼童的艰苦旅行，最终成就了一个个在中国历史彪炳史册的人物。他们对中国近现代发展的贡献正恩泽着我们后人。他们也是历史的幸运儿，因为是容闳选择了他们，历史选择了他们。现在，如果谁能够被告知，你被选派出国留学，无疑是莫大的光荣，然而在一百四十多年前，这样的机会似乎并不被人看好。

南开大学历史学教授李习所说：

当时的状况不像现在，很多人都不愿意派自己的小孩出国的。一留学要十五年，而且要和清政府签订一个合同，意思是说十五年当中，如果这些小孩在国外出现生病或者意外的状况的话，清政府是不负责任的，所以这个东西很多家长都是不愿意签的。

【女主持】而如今，国家公布了《建设高水平大学公派研究生项目学费资助办法》，对少数前往国外一流大学、专业，师从一流导师的优秀学生，可由国家留学基金委提供学费资助。国家公派出国留学的竞争也是异常激烈。

【男主持】留美幼童们在留学期间没有辜负容闳及清政府组织的殷切期望。当时正是电报通讯业在国外迅速发展的时期，幼童们有的认真学习了电报技术，并且在回国后投入到中国电报业发展建设，以及培养电报业人才的工作中来。

从1879年，中国人在内地修建的第一条短途电报线路的诞生，到1889年，很多省都有了通往京城的电报线，在当时前所未有的四通八达的电报线网络建设的背后，有"留美幼童"和电报学生的巨大贡献。

【旁白】1880年秋天，清政府驻俄公使曾纪泽正在与俄方谈判收回被占的伊犁，李鸿章和曾纪泽两个人通过电报进行通讯交流。当年9月30日李鸿章给曾纪泽发第一份电报，曾纪泽在10月4日才收到电报，并于10月5日回电，李鸿章于10月11日收到电报。我们现在很难想象李鸿章的电报是这样发的：他的电报，需要从天津通过轮船寄到上海，再经上海的外国电报局发到俄国。如果遇到海上风暴，就要用"六百里飞驰"的驿站快马，也就是当年的"特快专递"来传递电稿。一份电报的往来，虽然用了将近两周的时间，但这在当时清政府的信息传递速度上已经算很快的了。这为谈判取得成果争取了时间上的保证。

【女主持】有了电报，清政府传递信息，可以不用再沿用驿站，可以不再经轮船。1886年，李鸿章在给朝廷的奏折中对电报学生大加赞赏。他说：电报学生们不怕艰难险阻，勘测地形，运送设备；不怕烦劳地架接电线、巡护维修；不厌繁琐地检核密码，翻译电文。在军情紧张的时候，他们通宵达旦地在电报局值班。他们经年累月地这样工作，没有技术的人完全不能替代他们。"留美幼童"当之无愧是中国电报业的开山鼻祖和创业英雄。

【男主持】铁路也是那个时代开始兴盛并起到积极作用的工业文明成果。詹天佑是清政府于1872年派出的第一批"留美幼童"之一，他在美国读了高中，最后毕业于耶鲁大学土木工程专业。他主持修建了我国第一条自建铁路京张铁路，他还创造性地发明了家喻户晓的"人"字型铁轨。如今的中国铁路网遍布全国大大小小乡村城市，成为了人们出行的最佳选择。

【女主持】中国铁路迄今已有100多年的历史：从其第一条营业铁路——上海吴淞铁路——1876年通车之时算起，是123年；从其自办的第一条铁路——唐胥铁路——1881年通车之时算起，也有近120年了。

如今，我们进入了高铁时代。铁道部总工程师、中国工程院院士何华武介绍说，2010年国家将投入7000亿元加快高速铁路建设，计划新线投产4613公里。目前我国在建的高速铁路有10000公里，包括京哈、哈大、合福、京武、沪宁等多条线路。何华武还表示，目前我国投入运营的高速铁路已经达到6552营业公里。

【男主持】今天中国发展，就像一列高速行进当中的列车，驰骋在世界经济发展的大道上，它需要更多的人才加入到建设的洪潮中。

【女主持】中共中央、国务院2010年发布了《国家中长期人才发展规划纲要（2010—2020年）》。《人才规划纲要》是我国第一个中长期人才发展规划，对于吸引海外高层次人才回国（来华）创新创业，制定完善出入境和长期居留、税收、保险、住房、子女入学、配偶安置、担任领导职务、承担重大科技项目、参与国家标准制定、参加院士评选和政府奖励等方面的特殊政策措施，建立海外高层次人才特聘专家制度都有明确意见。

【男主持】同样，有很多人怀揣着梦想，正准备踏出国门，开阔眼界，通过出国留学，与西方文化实现碰撞。在我国基础教育领域，同样为学生们提供着中西文化学习的内容。在珠海有一座容闳学校，我们的记者走进了这所学校：

【出录音】one、two、three，go，我们一定要做这样一本书，或《三字经》，或《唐诗三百首》，或《弟子规》，或《宋词》……

【女主持】这是学生们在朗诵他们学到的有关中国传统文化的诗篇。在这些学生们的心中，他们已经成为传统文化的后来人，他们是文化香火的传递者。这些诗句将从他们的少年时期开始，陪伴他们人生的全过程。在这里就读的学生来自祖国的四面八方。

【采访录音】

记者：小朋友们，你们来自哪所学校？

众学生：容闳学校。

记者：这个学校为什么叫容闳学校呢？

181

学生一：因为是容闳举办的。

学生二：错。

学生三：因为这个学校想让我们学得像容闳一样。

学生四：容闳呢，学习很好，所以想把我们培养得很好，个个都是尖子生。

学生五：因为学校门前的那位老爷爷就叫容闳。所以这所学校才叫容闳学校。

学生六：因为学校想把我们培养成像容闳一样优秀的人。

学生七：因为想让我们继承容闳的光彩，然后像容闳一样创造一番伟大的事业。

【男主持】这于这些可爱的学生们来说，出国留学也成为了他们未来的理想，并且要继承容闳的光荣事业。

【采访录音】

学生一：我想我长大了以后做一个有用的人，出国去留学，不管在哪里，我只想做一个有用的人。

学生二：我长大以后想去美国耶鲁大学留学。然后回来以后多为中国人民做点事儿。

学生三：我来容闳学校就是为了学习多一点容闳的优良品质，到了美国也能考取更高的成绩。

【男主持】自强不息，厚德载物，自强的中国人，为实现强国的梦想跨越了百年，中国的传统文化，正在现代学生们的心里生根发芽。

【女主持】如今娃娃们也开始学习起外语及西方文化的优秀成果，为了中国的未来，为中国参与世界的竞争，为将中西文化进行更好地交流，他们准备好了！

【采访录音】

记者：小朋友们，你们准备好了吗？

众学生：准备好了！We are ready!

第六集　佛山百年制造

【新闻录音】

佛山陶交会一直作为中国国内业界最新产品、最新技术的发布平台，以"高端、个性、新型、环保"作为甄选参展企业的指标……

【新闻录音】

2010年6月9日上午，一汽—大众与佛山市政府正式签约，将投资5亿欧元在南海兴建第四工厂，首期产能为15万辆，将于2013年6月前后正式运营投产，随后产能将扩大至30万辆。广东省省长黄华华表示，依托一汽—大众以及新能源汽车，广东省将努力打造两个产值超千亿元的汽车制造基地。

【男主持】2010年，广东省佛山市依旧繁忙。2010年，广东省佛山市有些与众不同。

【女主持】佛山，一座古老的小城，有着陶都的美称，如今已是千家制造业的福地。她自古繁华，却也曾因为经济衰落迷茫徘徊。2010年，这座城市在新的方向指引下以更快的速度迈向辉煌的未来。

【男主持】佛山，古称禅城。这是一座历史悠久的文化名城，是中华人民共和国广东省下辖的一个地级市。这里不仅是黄飞鸿、李小龙的故乡，更是珠三角的经济重地。这个荣耀千年的商贸名城，是用生生不息的经济圣火锻造出"敢为人先，崇文务实"的城市。

【女主持】这里是中国民族资本主义的发源地之一，很多中国第一都是在这里诞生的：中国近代第一家民族资本企业——继昌隆缫丝厂，就是佛山南海人陈启沅1872年在家乡西樵简村创办的。我国第一家民族资本火柴厂，是1879年在佛山文昌沙（后迁缸瓦栏）创办的，创办人是卫省轩。它比1887年厦门自来火厂早9年。

【男主持】早在明清时代，佛山的手工业、商业和农业都十分繁荣，已成为陶瓷、丝织产品出口的重要基地。清道光年间，佛山有220多行手工业、70多行商业和服务业，丝织工人17000人，棉织工人约50000人。全国18行省均在佛山设有商务会馆，外国人也设有23家洋馆。

【女主持】那时的佛山已经是商贾云集，百货充盈，其商业繁盛超过广州。与湖北汉口镇、江西景德镇、河南朱仙镇并称为我国"四大名镇"。与北京、汉口、苏州并称为"天下四大聚"。

【男主持】公元1872年即同治11年，一个中年人从安南也就是今天的越南辗转回到了中国。他就是陈启沅，带着经商多年赚下的7000多两白银，他把目光投向了他的家乡古老的缫丝业。

陈启沅纪念馆黄桂贞：

他是中国民族近代工业的倡启人，1873年的时候，他在家乡创办了中国第一座民族资本经营的机器缫丝厂——继昌隆缫丝厂。陈启沅出生在1834年，青少年时期，曾参加两次科举考试，但是没能如愿，后来放弃了科举考试。1854年的时候，正是鸦片战争。国内生活非常艰苦，陈启沅被迫去了安南——现在的越南打工谋生。起初，陈启沅两兄弟一起创办了一个杂货店，当时两兄弟同心合力的颇受欢迎。1872年的时候，他回到了祖国的家乡，看到了家乡的一代一代手工缫丝业非常落后，他就运用自己学习回来的缫丝技术，设计了一台蒸汽式的蒸汽大机。

【广播剧】

旁白：佛山南海西樵简村。

陈启沅：襄理，这么多天了，机器怎么还不能转动啊？

襄　理：老板，您别着急，我们一定能想到办法的。

陈启沅：怎么能不着急呢，这个图纸是我仿照安南最先进的缫丝机设计的，这台蒸汽机也是我花了大价钱从一艘旧轮船上买来的，但是我不精通机械，很多细节不知道该怎么办，怎么才能把图纸真正做成机器呢？

襄　理：老板，您不是已经写信给广州联泰号的老板陈淡浦先生了吗，他可是个懂机器的行家啊。

陈启沅：是。按道理，淡浦兄也应该到了。

襄　理：老板，广州联泰号的陈淡浦先生来了！

陈启沅：淡浦兄！

陈淡浦：启沅吾弟，别来无恙啊。

陈启沅：万分感谢，你这么及时就赶到了！

陈淡浦：启沅老弟，这是哪里话，你太客气了！我们还是先看看你购进的机器吧！

陈启沅：淡浦兄，你看，这就是我买来的轮船用的蒸汽机，这是我画的缫丝机的设计图，一些具体的细节还是要靠淡浦兄帮忙啊。毕竟你是机械专家啊。

陈淡浦：承蒙启沅老弟看得起啊，不过我是真的为启沅兄的雄才伟略所折服啊。如果这一台蒸汽缫丝机能够试制成功，启沅兄可算是为我们佛山做了件了不起的大事啊！

襄　理：我看啊，我们老板是为我们大清做了件大事呢。

陈启沅：不许胡说，机器还没见影子，你倒吹上牛了，快去为陈老板沏茶！淡浦兄舟车劳顿，还没来得及歇息，就被我直接带到汽机间了，怠慢了，怠慢了。

　　陈淡浦：启沅老弟哪里话。我现在可是浑身的热血沸腾啊，不如，我们就一鼓作气，赶紧开始吧！

　　陈启沅：好！那我们就开始吧！

　　【男主持】在陈启沅的不懈努力下，蒸汽缫丝机终于制作成功了。从这样的蒸汽缫丝机里出来的丝，粗细均匀，色泽鲜亮，出产量大增，价格也并没有增加太多，一时之间成为了人们的最佳选择。继昌隆缫丝厂一时名声大振。

　　陈启沅纪念馆讲解员小陈：

　　这台机器的运作，就是按照那个轮船的原理来设计的，但是后面那座，是他自己重新设计的。当时来说，可以说非常先进，因为当时全部都是手工的嘛，没有机器的，他是运用机器了。一个工人可以去做七八十个工作位，手快的还可以更多。

　　【女主持】然而新生事物总不是特别容易被人接受的。蒸汽缫丝所带来的巨大利润以及强大的竞争力也给很多手工作坊带来了生存压力。于是开始有人说这样的机器鬼声鬼气，晚上吓到了小孩子。又有人说继昌隆缫丝厂的大烟囱破坏了村里的风水，会给全村人带来灾祸，于是开始有人到陈启沅这里搞破坏。

　　【男主持】尽管做了很多努力，陈启沅的继昌隆缫丝厂最终还是被迫倒闭了。1803年，陈启沅因病在家乡去世了，享年69岁。但正是他，引进了西方的先进技术，谱写了中国纺织产业的新篇章。到公元1881年，江浦司一带地方就有机器缫丝厂十家。继昌隆缫丝厂的创办和发展，促进了珠江三角洲，乃至全国缫丝工业的发展，增强了我国丝的出口在国际市场上的竞争能力。目前，在佛山市的范围内，分布着"中国面料名镇——西樵"、"中国内衣名镇——盐步"、"中国针织名镇——张槎"、"中国童装名镇——环市"、"中国牛仔服装名镇——均安"等多个全国著名的纺织产业集群。佛山纺织行业协会秘书长、丝绸学会副理事长兼秘书长吴浩亮认为：
"配额时代的结束对佛山纺织业而言是历史性机遇，同时也是一个新的挑战。"

佛山文化专家关祥：

佛山为什么能成为一个制造业繁荣的城市，它跟陈启沅的纺织有关。跃进了一大步，这是一个革命，我们中国纺织工业的一个革命。在此基础上，佛山的纺织业就蓬勃发展起来了。

【女主持】无论如何，佛山织造为佛山制造奠定了坚实的经济基础，聪慧的佛山人也并没有将目光一味地集中在纺织业上。改革开放之后，佛山制造业如百花齐放，创造了不止一个奇迹。

【男主持】改革开放后，借由佛山纺织业打下良好经济家底，顺德黎子流、南海梁广大，敢为天下先，大胆发展民营经济的种种做法激发佛山民间的活力，促成了民营企业如雨后春笋般成长，成就了很多传奇故事。

【女主持】有很多名字在国人心目当中有着无可比拟的地位，比如曾经象征着我们美好生活转变的科隆电冰箱。

佛山市企业联合会杨智维：

那个时候就顺德容奇镇一个镇办的小企业，做塑料瓶的瓶盖，那瓶盖才两分钱一个。他就想发展，就从镇政府那里拿到了九万块。想搞什么产品好呢？就想搞电冰箱。那个时候叫电冰箱。九万块，但是他没有设备，做冰箱要冲床，他没有。就用工人，用锤子敲那个铁皮，敲出一个冰箱的外壳，里面的有些零配件也是敲的。当时省的轻工厅，还邀请了中央的轻工部来看，看了很高兴，因为中国没有多少个企业能够仿制出来。里面核心的零配件得进口，反正能装配出来，总的造价还是不高。所以很高兴，就鼓励他发展。大概是从第一台手工敲做的冰箱开始，四年后，已经发展到全国。国家批准的定点产业里面它是四十二个之一。然后又过了几年，一直攀升，到1991年就成为全国国家定点产业里面产量第一的厂。

【男主持】邓小平南巡的时候，广东省领导和顺德领导，请他从珠海经过佛山回广州时一定要腾点时间看一看这个乡镇企业，这个叫做科隆电器的能做出电冰箱的企业。等到小平同志进去以后一看感觉非常震惊。

佛山市企业联合会杨智维：

刚好那个容奇镇在珠海到广州的公路旁，进去以后一看，哇，厉害。大货车在门口，还没有运走的冰箱摆了几百台，不简单啊。所以邓小平一去就说：很辉煌啊，这是乡镇企业吗？很感动。就在那里坐下来，跟省领导，跟很多人在谈话，就发表意见。南巡谈话中提到的"发展就是硬道理"就是在这里有感而发。

【女主持】1996年的时候，科隆电器就研发了无氟电冰箱，获得行业内屈指可数的国家进步奖。2000年的时候又以碳氢物质代替CFC制造系统，获得行业内同类唯一的国家科技进步奖。2002年科隆公司使用科林科尔的制冷剂高效能空调的双效王正式面世，其制冷制热的效能比达到了世界先进水平。

从2002年开始，科隆陆续收购了吉林吉诺尔电器，上海上林电器，远东阿里斯顿和杭州西冷冰箱生产线，规模扩大为当时的亚洲第一，世界第二。

【男主持】佛山位于亚太经济发展活跃的东亚和东南亚的交汇处，与广州同处在中国最具经济实力和发展活力之一的珠江三角洲经济区中部，共同构建"广佛经济圈"。得天独厚的地缘优势，使佛山能充分接受广州的辐射和带动，与广州共享交通网络、金融资本、人才和信息等资源，实现产业联动和功能互补，加快区域经济一体化和城市化进程。

【女主持】佛山市中心区距广州三大交通枢纽——广州新白云机场、广州南沙港、广州火车站的车程均在1小时之内。而广佛地铁也于2007年6月开始动工，2010年，广佛地铁第一阶段完工并投入使用。佛山毗邻港澳，至香港231公里，至澳门143公里，使佛山能够充分地利用港澳的市场优势和国际性大都市的地位，推动佛山广泛地参与世界经济，走向国际化。

【男主持】佛山如今的商业集群已经形成规模，旧模式在向新模式转变，新产业在这里生根发芽。世界各地的商家纷纷到这里寻找商机。

【乐从家具长街宣传】

十里家具长街，千万客商云集，世界最大家具集散地，中国家具商贸之都佛山乐从迎来了现代化、信息化、休闲型的商场革命。地理位置优越，规模宏大，现代化的仓储区，专业化的物流配送，给商家提供最大的方便。

【女主持】佛山市的乐从镇，现在已是千万客商云集的集散地了。佛山市企业联合会杨智维：

佛山大概从90年代起，就自然地走上集群化工业之路。我就先从家具说起，乐从接受那个时候市场经济观点，搞有形市场。乐从镇政府鼓励人把附近生产沙发、家具那些产品摆到乐从镇的公路两旁。大家用小店摆，越摆越多，然后赚了钱以后把那个小店改成大楼。很快就发展成这条家具长街，也就是十里看去都是卖家具的。因为它有了这个有形的家具市场，销售快，附近的工厂都发展起来了。

【男主持】到20世纪90年代初，佛山南海区8600家乡镇企业，与26000家个体私营企业共同创造了35亿元营业收入，解决20万本地人口的就业出路。在城乡二元结构构筑的森严壁垒面前，南海还成功吸引了15万外来劳动力，依托廉价劳动力资源参与全球的垂直分工。这个时期，南海民营经济的发展，作为草根经济、中小民企发展的样本，被称作区域发展的"南海模式"。

【女主持】佛山人与市场经济打上交道后，顺德市实行"全县一盘棋,一心抓经济",并一举确立了"以集体企业为主、以工业企业为主、以骨干企业为主"的"三为主"的先进模式,很快完成了工业化。在三届的中国十大乡镇企业评选活动中,顺德都占据了一半以上的席位,当仁不让地坐上了"广东四小虎"的头把交椅。

【记者口播】各位听众,我是记者李梦云,我现在广东佛山顺德区美的企业集团。它的前身是一家生产塑料瓶盖的小厂,当年美的创始人何享建带领23位北郊人集资了5000块钱创业,在1980年的时候,这家小厂由生产塑料瓶盖转为了生产电风扇,这正式地进入了家电业。在1981年的时候,开始使用美的品牌,定名为美的家用电器公司。

【男主持】所有的辉煌并不是一开始就轰轰烈烈。美的公司最开始生产的是微型电风扇,这样的电风扇只能放在床角,但是它最大的好处是如果使用者不小心把它碰倒了,它马上就停转了,非常安全。产品一上市就得到了整个市场的认同,美的的资产迅速地增长起来了。

【女主持】如今的佛山从当年的中国织造前沿已经变为今天的制造中心。这里各种制造产业不仅创造了中国第一,还在一直创造辉煌。蔬菜专业镇、铝材第一镇、建陶第一镇,以及牛仔服装名镇、玩具专业镇、家电制造业名镇等等都集中在佛山这一片热土上。

【男主持】经济发展带来了效益,同时也带来了困扰。陶都佛山也曾因为让很多人都过上了好日子的陶瓷烦恼。佛山最初的陶瓷制造业生产的多数是低端产品,污染很大。以至于那时到佛山的人最深刻的印象就是佛山的树是白色的而不是绿色,因为上面覆盖了厚厚的制陶业所产生的粉尘。这并不是佛山人想要的发展。热爱家乡的佛山人再次运用自己的智慧开始新的征程。

【记者口播】传统陶瓷行业一直处于产业链的最低端,价格只相当于意大利陶瓷的五分之一，同时前店后厂的格局，众多陶瓷厂产生的粉尘让绿树变成了白树。据气象部门统计佛山地区全年灰霾天气天数为151天，珠三角地区佛山的灰霾天数最多。2007年佛山开始对陶瓷行业进行淘汰一批，转移一批，升级一批，引进一批的产业升级战略。一批产能落后的陶瓷企业被依法关闭，一批实力雄厚的企业开始输出产能。2009年，佛山龙头企业的产销均呈现大幅度提升。规模以上企业总产值达到700亿元人民币。

【女主持】如今的佛山正处于"工业化转型、城市化加速、国际化提升"的关键时期，这就要求佛山不仅要适应经济转轨、社会转型的趋势，更要驾驭这种趋势，推动佛山经济发展方式转变取得率先突破。当前，佛山产业发展已经进入从低端向高端转型的重要阶段，走"四化融合"道路，打造"智慧佛山"，成为佛山应对国内外激烈竞争的必然选择。

【男主持】想象一下，数以万亿计的事物紧密相连——汽车、器具、照相机、道路、管道……甚至医药品和家畜，物体之间可以相互"对话"，世界将变成什么样？

佛山市委书记、市长陈云贤：

四化融合，智慧佛山，是因为我们觉得，佛山在整个现代产业体系构建过程当中，不能只着眼于产业，而且还要和各个行业进行有效的结合，这种结合就是信息化和工业化、城镇化、国际化的融合。现在我们提出了信息化、城镇化、国际化，最终的一个结果是什么，是智慧佛山。

【女主持】今天佛山人均GDP已超过1.1万美元，已进入工业化后期或后工业化初期阶段，这个阶段转变经济发展方式显得更加迫切，佛山市委领导提出了"四化融合，智慧佛山"的发展思路。

【男主持】经济全球化，佛山越来越多的企业生产与销售网络遍布全球，这就需要通过信息技术的应用，在佛山建立起一个全球化运作的智能化支撑体系。作为经济领域的一场深刻变革，佛山将用世界的眼光、战略的思维来谋划未来。

第七集　商战传奇

【男主持】2010年的上海流光溢彩，成为世界瞩目的焦点。

【女主持】2010年的上海世博会，把上海和中山两座城市连接在了一起。上海和中山，一个是东方明珠，一个是岭南小城，这两座城市虽然相隔千里，但是如果我们寻着历史的旧迹和人文的印记却不难发现，这两座城市之间却存在着千丝万缕的关系。从上海这个大舞台走出了许多祖籍香山的洋务先驱、商业买办，他们所倡导的开明、开放、敢为人先的精神，为今日的中山人和上海人所共同传承并发扬光大。时至今日，我们依然能够看到在上海最为繁华的南京路，依然能够看到由中山人开办的永安百货公司。在上海这座国际的大都市，依然能够找寻到大批中山人忙碌的身影。

【男主持】不知是巧合，还是有特别的灵感，100多年前，郑观应在他的著作《盛世危言》中，鲜明地提出了在上海举办世博会的主张。他写道："故欲富华民，必兴商务，欲兴商务，必开会场，欲筹赛会之区，必自上海始。"这是迄今为止发现的最早主张中国举办世博会的实例，而且时间、地点竟是那么准确。

中山文联主席胡波：

郑观应他就提出来说，中国要想振兴商业，兵战不如商战，商战要搞商会，商会就是万国博览会。就是说我们要展示自己的商业，通过商会来推荐自己的产品，然后走向世界和世界接轨。那么郑观应提出，欲筹赛会，必自上海始。上海是中西交汇之地，是江海的要冲，轮船的往来是声闻不隔。他认为上海这个地方是非常好的一个经济发展的地方，一个中西文化交汇的地方。如果中国要办世博会，中国必须从上海开始。

【女主持】1851年万国工业博览会在英国举行，成为了全世界第一届世界博览会，从此，举办世界博览会便成了一个国家展示自己昌盛国力的骄傲行动。而那时的中国，积弱积贫，举办世博会只能是萦绕在郑观应等仁人志士心头的一个梦想，但他们为这个梦想一直努力不懈。

中山文联主席胡波：

1851年的第一次世博会召开的时候，我们中山人，就是徐润的伯父徐钰亭先生，带着湖州的丝和茶，参加了英国的博览会，得到英国伊丽莎白女王的接见。他的这个湖州丝得了金奖和银奖，女王亲自颁奖。还有英国画报里面有一个专门画了徐氏家族的夫人小琴和孩子们跟皇家见面的这样一个场景。

【男主持】中华民族自有不甘人后的奋进精神，经过100多年的不懈奋斗，中国终于以崭新的面貌挺立于世界民族之林，日益强大的国力令世界刮目相看。2002年12月3日，国际展览局第132次代表大会做出了一个具有历史意义的决定，中国上海成为2010年世界博览会的举办地。

郑观应后人郑振宝：

对世博会感到激动，也很自豪。我们中山真是出了不少人。

【女主持】中山日报社社长方炳焯：

对话人类文明的世博会，将首次在中国上海举办。当世界的目光开始聚焦中国、聚焦上海的时候，中山人感到特别的骄傲和自豪。翻开上海160多年的开埠历史，我们看到了中山人在上海这座城市发展进程当中，一个又一个辉煌的印记。1851年首届世博会在英国伦敦举办的时候，第一位参展并获得大奖的中国商人，就是已故的中山籍商人徐荣村。第一位提出如果中国要举办世博会必首选上海，就是《盛世危言》的作者，中山籍著名的维新思想家和实业家郑观应先生。

【女主持】"中国如何全方位融入世界"是今天国人探讨的热门话题，而早在100多年前广东香山人郑观应就已经开始深入思考并切身实践。

【男主持】郑观应是典型的"买办"，但时时思考着如何富国强民，最终成为国有企业民营化的先行者。他的"官吏公选"、"国家公产"、"商战重于兵战"等强国方略，仍是目前中国进一步改革开放的"切要之言"。

【女主持】他没有通过科举考试，却成了名副其实的"学者型企业家"，一部《盛世危言》启蒙了康有为和梁启超、孙中山、毛泽东三代时代引领者。斯诺在《西行漫记》中记述了毛泽东的少年读书生活，毛泽东说他读的书很杂，但最爱看的有两本，一本是《盛世危言》，一本是《新民丛报》。20世纪80年代，在中国改革开放走向世界的新征程中，《盛世危言》又被国内十家出版社排印再版，版本多样，再现了这部历史巨著长久的生命力。

郑观应文化学会理事郑天伦：

毛泽东13岁的时候，就离开了小学的学堂。当时他整天的就在地里帮助长工干活，做一些体力的劳动，他晚上还要替他的父亲记账。尽管是这样，当时毛泽东还是继续坚持读书。他如饥似渴地阅读他能够找到的一些书籍，这样子使他的父亲特别的生气。毛泽东就常常说，他在深夜的时候，还会把屋子的窗户给遮起来，这样会让他的父亲看不到这个房子里头的光亮。他就这样读了一本书，叫《盛世危言》。

【男主持】郑观应到底是一个什么样的人，什么样的经历让他有了这样的思考和成就，就让我们走近美丽的中山，走近郑观应。

【女主持】走进广东中山市三乡镇郑观应故居，第一感觉是这里被遗忘得太久了。2007年中山市文化部门才正式接管此地，斥资修缮、布展，今年才向公众预约开放。这个故居建于光绪二十九年（1903），坐北朝南，为硬山式砖木结构，是郑观应和兄弟为纪念他父亲郑文瑞去世10周年修建的。在青少年时代，郑观应曾在这里跟随父亲学习四书五经。一百年过去了，如今，当年的房屋早已不见踪影。

中山市委常委丘树宏：

中山古称香山，建于公元1152年，当时的香山是包括了现在的中山、珠海、澳门这三个地区的，所以在香山这块土地上，衍生出了两个特区，一个珠海经济特区，一个澳门特别行政区。1925年为了纪念孙中山先生，改名为中山市。中山的文化特点是，咸淡水文化。咸水指的是我们面临海洋，珠江有4个出海口从我们这里出去，江、河和海连成了一种特殊的文化，所以中山产生伟人是有道理的，中山是一代伟人孙中山的家乡，是中国近代史的摇篮，也是咸淡水文化的典范。

【男主持】在儒家文化和西方文化自然融合的香山县，不难想象郑观应的父亲给儿子的忠告是："讲究实际，亦绅亦商，读书经商两不误。"

【广播剧】

旁　　白：我们来到一百多年前的郑家老屋。

郑　　父：应儿啊，这次你参加童子试未中哪！看来你为官无望了。

郑观应：父亲，孩儿不孝。

郑　　父：你是家中第一个读私塾的，在16个兄弟姐妹当中是个聪明的孩子，然而，老天并没有为你打开这扇门哪，不如你还是做点儿其他的事吧。

　郑观应：一切听父亲安排。

郑　　父：为父知道你并不是十分愿意，但是家中境况你也看到了，父亲还是希望你能够跟随你的叔父去做事，他在上海新德洋行做买办。

　郑观应：是，父亲。

郑　　父：做买办是供奔走之劳，但是离不开心明眼亮，书还是要读的，而且要读好用好。

　郑观应：是，孩儿谨记。

【女主持】1858年，当郑观应17岁的时候，父亲见他在科举考试中未能展露才华，便把他送往上海，进入宝顺洋行，郑观应就此踏上经商谋生之路。郑观应把两年打工的收入全花费在学习英语上，两年后基本掌握，成为正式的买办。从1860年起，他干买办一干就是十年，是他观察社会、洞悉西方文化、积累人生经验的重要时期。

【男主持】宝顺洋行在上海迅速发达，并同其他洋行展开西方规则下的商战，充满惊涛骇浪。郑观应在宝顺洋行学到不少东西，尤其是西方的经商之道和隐藏其中的文化理念。当葡萄牙洋行在澳门开始诱骗华工到海外做苦力而谋取肮脏利益时，郑观应开出的整治药方，便显得体面、有力，让西方人"无词以对"。

【女主持】他提出的解决办法中，最具有远见的是要遵循国际法与洋人"据法力争"。郑观应站在人道和法制立场上，明确指出澳门乃中国疆土，葡萄牙人占据澳门，是"鹊巢鸠居"，外国人不得为所欲为。他向清政府献策："盖万国律法，未有不衷乎义、循乎理者，以义理折之，亦当无词以对，则其禁止亦不难也。"

【男主持】清朝官员采纳此建议，援引国际公法迫使葡澳当局在苦力贸易上作出人道让步，闯出了弱国亦可争取公道的新路径。很多学者认为，对国际法给予足够的尊重，并且利用国际法维护自身权益，是中国主动融入世界的主要策略之一。郑观应在此方面体现了先知先觉者的睿智，至今对国人有启蒙作用。

【女主持】郑观应的冒险性格，既让宝顺洋行迅速发迹，也同样令其快速倒闭。激烈的商战中，尤其是在和美商旗昌的价格战中，宝顺终于不敌，于1867年宣告破产。郑观应离开宝顺洋行时，年仅26岁，他开始用洋场中学到的商业经验，自己创业。先是办茶栈，转而经营利润丰厚的轮船航运业，又转身投资于盐业，最后返回老本行，当上太古轮船洋行的总买办。郑观应此时已经成了富商，还用捐纳助学换得郎中一类的官衔。

中山社科联主席、郑观应研究学会会长尹绪忠：

当时中山市四大买办，在上海创办了四大百货公司。一个是郑氏家族；一个徐氏家族，就是徐润；还有一个唐氏家族，唐廷枢；还有一个席正甫。四大家族基本垄断了上海滩，用毛主席的话来说，他们叫民族资产阶级。当时他们可以说富可敌国，是非常厉害的。并且他们创办了我们的民族企业，也是掌握了命脉。因此，郑观应经历中国民族工业以及中国社会近现代化的最早的风风雨雨，用他自己的话说，叫做"风雨如晦，鸡鸣不已"。

【男主持】企业该"官办"还是"商办"，不要说在晚清时候，就是在20世纪80年代，都是中国激烈争论的敏感话题。郑观应发表《论中国轮船进止大略》一文，首先明确轮船和一切先进科学技术是关系国家"雄跨四海"的必备条件，非自造不可。但轮船制造等工商业，是"官办"还是"商办"问题上，郑观应第一次提出"改官造为商造"，强国富民之道在于寓兵于商，"官之所需，商皆立应"。

【女主持】1878年，李鸿章酝酿已久的在上海开办机器织布局的计划提上日程，郑观应转而投身于民族工商业的创建中，以与外商抗衡。总办是揽权贪利的官僚彭汝琮，作为会办的郑观应在开局后便与他产生激烈冲突。

【男主持】李鸿章最终撤换了彭汝琮，让郑观应担任总办。在官方拨款迟迟不到位的情况下，他在上海《申报》上刊登广告，向社会集资，甚至在海外报纸登广告集资。这种登报向民间招股的方法，在中国没有先例，郑观应为解决中国企业资本缺乏问题开创了新路。1893年上海织布局全面投产，营业兴盛，利润很高。在《中国棉纺织史稿》中，郑观应被称为"中国第一家机器织布局的奠基人"。

中山文联主席胡波：

作为一个实业家来讲，他三进三出，几起几落，我觉得是非常了不起。他是一个很优秀的企业家，有人说没有企业家精神，我觉得他就有企业家精神。企业家一个是要有扩拓精神，第二个是要有新的管理理念，第三个是要有一种献身的精神。他这种精神在当时也是非常难得的。在19世纪，中国早期工业化非常艰难的时候，我觉得他三进三出，轮船招商局、上海机器织布局、电报局、铁厂等等，他都参与了这些现代化的建设，他都非常了解，我觉得他是一个洋务的实业家。

【男主持】郑观应在经商生涯中最重要的选择是1882年做出的。上海轮船招商局邀请他担任帮办，而太古轮船洋行则以特别优厚的待遇不放他走，两者是竞争对手。郑观应十分反感官僚们善听谗言、不问是非的衙门作风，但加盟招商局有实现振兴民族工商业理想的机会；他对洋行言而有信、按合同办事感到放心踏实，但又不能眼看着中国企业输给外商。最终，他选择了加盟招商局，倾力协助总办唐廷枢，让中国的民族工商企业与外商一争高下。

【女主持】加入上海轮船招商局，是郑观应从买办转化为民族企业家的关键一步，为民族工商业的发展作出了重大贡献。

【男主持】随着招商局、开平煤矿的业绩日渐好转，引发了民间对民族工商业的投资热情，催生了中国的股票业，第一家证券交易所平准股票公司应运而生。郑观应首创的通过报纸广告来招商集资的方式，在19世纪80年代的上海成为时髦。1883年，上海滩掀起一场狂热的"股疯"，"每一新公司出，千百人争购之，以得票为幸，不暇计其事之兴衰隆替也"。到了年底，一场世界性的金融危机波及上海，商号、钱庄像多米诺骨牌一个接一个倒闭，胡雪岩、眉廷枢、徐润均宣告破产。1884年，郑观应背负巨额债务，黯然离开了招商局。

【女主持】郑观应到澳门隐居，一面偿还债务，一面思考中国的未来。1894年，一部洋洋30万言的巨著《盛世危言》出版，立刻震撼朝野，吹响改革变法的号角。

中山文联主席胡波：

那时候中国是要发展、要走向世界的，中国是要发展工业的。中国的工业化、中国社会的转型，都是在这个时期，中国政治的改革、改良，都在这个时期的。而郑观应在《盛世危言》里面提出了很多思考。1860年代的时候郑观应写《救世揭要》，在1870年代后期郑观应写《易言》，在1880年代后期他改写《盛世危言》，他不断地在进步，所以他是一个与时俱进的思想家，是一个企业家。我觉得他是一个很了不起的一个思想家。

【女主持】此时郑观应对世界历史的深刻变化和世界格局的最新演进已有深刻的认识，认为只有在思想上抛弃"天朝上国"、"夷夏大防"等与世隔绝的陈旧观念，识时务地把自己摆在"万国中之一国"的地位，才不至于在建构世界新秩序的过程中"孤立无援，独受其害"。

【男主持】《盛世危言》是一部富民强国的改革变法大典，在《易言》的基础上更全面而系统地论述改革主张，终极目标是让中国融入世界，并且成为受人尊重的文明国家。《盛世危言》第一次理直气壮地提出全面向西方学习，中国才能成为世界文化中的一员，进而把中国的优良文化远播欧美；第一次批评"中体西用"的偏颇，指出西方文化精神中也有比中国先进的地方……郑观应以开阔的世界眼光"洞见本原"，诊断中国的"病根所在"，石破天惊地提出改革君主专制制度，唤醒了千百万沉睡的灵魂。

【女主持】今天阅读《盛世危言》，很多主张依然让人心潮澎湃。郑观应的《盛世危言》显示了对时代变化的敏锐洞察。这部著作直接影响了戊戌变法运动，光绪帝阅后认为"颇有可采"，命总理衙门印刷2000册给大臣们阅看。康有为、梁启超等维新派所提的改革建议，显然受到此书的启发。历史学家说："毋庸置疑，郑观应是维新运动的思想先导。"

中山社科联主席、郑观应研究学会会长尹绪忠：

他提出很多新的观点、新的思想。但是我想，他的新的观点，新的思想，是当时睁眼看世界的这一批人士，特别是走出去的即赚了钱又受了苦的，这一批先进的人们的一种思想结晶，而不是他一个人的。它是时代的结晶，是社会的产物。

【女主持】郑观应在晚年面对剧烈的社会变革，寡言时政，修道谈玄，前无古人地"把振兴实业的题材入诗"，与黄遵宪等诗人并称为"岭南近世诗界中的新巨子"。72岁时，他仍被选举为招商局董事，担任招商局公学的住校董事，培养经济和商务人才。80岁高龄时，他再次被股东们选为招商局董事，主动提出辞呈。不久，他便逝世于招商局公学的宿舍内，为实业和教育工作到生命的最后一息。

中山社科联主席、郑观应研究学会会长尹绪忠：

客观地评价，他是一个真正的我们地方的文化名片。他的思想，他的经历，对现在我们很多人都是有影响的。我们讲，其实郑观应是居安思危，天下兴亡匹夫有责，年轻人都应该学习的。他这种顺应潮流，顺应形势，抢占先机的锐气和斗志我们同样要学习。

【男主持】中山，这座唯一以伟人名字命名的城市以其独有的创新睿智与博大包容吸引着世人的眼光。所有参观过上海世博会中山馆的国内外友人都会感到耳目一新：中山馆展示的不仅仅是中山的适宜创业、适宜创新、适宜居住的城市风貌，更注重展示的是中山的精神。

郑观应作为近代强国之路的探索者为我们留下了不朽篇章，在今天，中国先辈富民强国梦想实现的时候，再次回顾历史，应为郑观应击节喝彩。

第八集　天下大同

【出录音　毛泽东】康有为写了《大同书》，他没有也不可能找到一条到大同的路。

【男主持】这是毛泽东在1949年讲述人民民主专政政权时对康有为以及他所代表的资产阶级自由派和改良主义作出的结论。

【女主持】康有为是学生时代毛泽东的偶像。毛泽东认为"自从1840年鸦片战争失败那时起，先进的中国人，经过千辛万苦，向西方国家寻找真理"的时候，康有为是在中国共产党出世以前向西方寻找真理的一派人物中的代表者。后来他在对斯诺谈到这一段往事时说："康梁的著作我读了又读，直到可以背出来。我崇拜康有为和梁启超。"

华南师范大学社会学系张涛光教授说：

康有为、梁启超这几个人，对于中国在20世纪前半叶，影响相当大，对毛泽东影响也相当大，毛泽东曾经讲过要康有为回来做总理。很多老一辈革命家，他们文章没有写出来，但讲话的时候都承认，在他们年轻的时候，康有为、梁启超对他们影响都相当大。比如肖克，有几次会，他聊天说过，我们当时不知道马克思、恩格斯，就知道康有为、梁启超救中国。而且他提出来的一些思想好像和共产主义有些相似哦！他提出的有些像大同世界，有些像共产主义的理想。

【男主持】华南师范大学社会学系张涛光教授认为：康有为救国图强的主张，他爱国强国的情怀，启蒙了一代人，是近代史上中华民族觉醒的一块里程碑：

　　我觉得康有为比较突出的就是他强烈的爱国主义情怀。从清王朝覆灭，到1927年他逝世这段时间，我所了解的情况，在当时真的没有多少个人像他那样呼天抢地的呐喊。这是很突出的，对于帝国主义的侵略，尤其是经济文化的侵略进行了揭露。在政治上，爱国主义这方面他有些行动也是该赞扬的！五四运动第二天，他就通电全国，支持学生运动，反对政府镇压学生运动，这个在当时是不简单的。

　　【女主持】康有为是清末维新运动的领袖，也是中国近代思想史上一位重要的思想家。他所领导的戊戌变法是中国近代第一次思想解放运动，而他的毕生力作《大同书》更是他政治思想发展的高峰，被誉为中国的"乌托邦"思想。

　　【男主持】《大同书》是康有为晚年写成的著作，是代表他救国强国思想的主要作品，也是研究中国近代思想史的一部重要文献。书中构建了一个所谓"无邦国、无帝王、人人平等、天下为公"的大同社会。在政治上，康有为认为大同社会已经消灭了阶级，是一个绝对独立自立、没有人为束缚的共同体。平等是社会的最主要的特征，其中特别要实行的是解放妇女、男女平等的原则。从生产制度方面去除私有制影响，也是康有为对大同社会想象中的重要内容。总的看来，康有为在《大同书》中，结合古今中西的特点，确立了以平等独立、天赋人权为核心的社会改造的方案，是康有为强盛中国的梦想之书。

　　【女主持】人人平等，天下归公，康有为的大同思想在当时来说可谓离经叛道，他的改革精神掀起了那个时代的狂潮。

　　【男主持】怀揣大同思想的康有为曾经以布衣的身份接受了光绪皇帝的召见，从而推动了中国近代史上第一次的思想解放的潮流——戊戌变法。

【影视剧音响】

太监：皇上有旨，宣康有为上殿。

皇上：今日朝会，特旨召见康有为，与众臣共商变法维新之事。今日朝堂之上，没有官职大小之分，没有品秩高低之别，你们要知无不言，言无不尽。康有为。

康有为：臣在。

皇上：朕的想法你都知道了。这变法维新，变什么，不变什么，怎么变，你有什么想法，也跟朕的大臣们聊聊吧。

康有为：臣遵旨。皇上问这变法变什么？不变什么？怎么变？微臣研究多年，概括起来说，举凡四变。一变风气，二变教育，三变实业，四变制度。变风气者亦有四变，变服饰，变礼仪，变婚姻，变语言。

皇上：康有为，你就先从变服饰开始讲吧。

康有为：皇上，我大清服饰有朝服，祭服，工服，常服，不同爵位的王爷，不同等级的大小臣工又各有其服，且有不同的刺绣图案以示区别。这显得过于繁杂。臣以为，西洋服饰简洁明快，干净利索，可仿效之。这看起来是小事，可事关维新大局啊。变法之先，服饰先变，国人看上去仪表一新，意气风发，所谓苟日新日日新，一国新人跟着皇上变法，这才像个发奋图强的样子。

皇上：康有为的话说得好！

【男主持】康有为当年所书写的大同却是空想多过现实。改革开放30年的实践充分证明，只有社会主义才能救中国，只有社会主义才能发展中国、富强中国。但康有为当年发出的声音，半个世纪后还在中国的大地上回响。

【历史音响 邓小平】中国只要不搞社会主义，不搞改革开放，走任何一条路都是死路。要开啊！开了才能发展，动摇不得，你看，继续发展，人民生活富裕了，才会相信你！才会拥护你！

【女主持】改革开放后，我国人民的生活逐步富裕，党的十六大也使得社会主义和谐社会一步步稳固地走向深入。和谐社会是以人为本的社会，能够协调好社会整体利益与个人利益的关系，能够整合好社会各阶层之间的关系，因而能够激发整个社会的活力。

【男主持】康有为的变法，主张把封建腐朽的帝制变为依宪治国的法制，而这也是他大同思想的基础。在我国历史上，康有为首次倡导了政治体制上的中西结合，最早在中国提出了立宪政体，并提出了具体的宪政方案：兴民权、设议会、进行选举和地方自治，在坚持儒家传统和帝制的前提下，逐步学习西方的立宪经验。

【女主持】尽管康有为的立宪思想有很多保守的成份，现今看来他的君主立宪的可能性甚至微乎其微，其中有个人的也有时代的局限性，但作为我们民族思想文化成果的组成部分，它仍然应该受到尊重。

华南师范大学社会学系张涛光教授说：

五四运动之后，我们要建立的新中国就不是康有为所理想的政治模式的国家。而且我想，在那个时代，在列强虎视眈眈瓜分中国的背景下，要建立像是欧洲的，比如比利时、西班牙、丹麦那些君主立宪这样的国家可能性很小，甚至是不可能。真的是只有建立人民的政权，才能从根本上改变整个中华民族的命运。所以他的君主立宪思想的进步意义就远远赶不上他后来在经济在科技上提出的思想。

【记者口播】听众朋友，今天是1990年12月19日，我现在是在上海浦江饭店的孔雀厅，这里正在举行的是上海证券交易所的开业典礼。

【男主持】1990年至今，中国的股市发展已经从无到有地走过了20年，它对中国经济以及全球的影响也正在日益加深。2005年，国务院总理温家宝在十届全国人大三次会议的一次记者招待会上说，他每天都在关心股市行情。

【女主持】其实早在百年之前，康有为就曾经提出了建立中国的股票市场，这样的前瞻性不得不令人惊叹。

华南师范大学社会学系张涛光教授对康有为的股票理论就深表佩服：

他在经济方面提出了很多卓越的思想，他提出来中国要发展股票市场，他谈得很具体，要设股票交易所，他说发展股票对一个国家经济的发展有重要的作用。他亲自考察了纽约的股票市场，认为如果我们国家要仿造这一套的话对我们国家的发展有重大的意义。我们国家虽然人民比较穷，可用这个方法可以弥补这个方面。在资金的筹集，发展经济方面有很大的作用。

康有为的眼光还不止于此。如果在清朝也有房地产开发的话，相信康有为将会是中国的第一批房地产商，而他所建造的小区也必将成为人与环境相得益彰的范本。

华南师范大学社会学系张涛光教授同我们的记者说起了康有为的房地产主张：

他特别提倡能够发展房地产。他提出来，土地是随着经济的发展而增值的，特别是随着交通的发展而增值。而我们国家的人民不重视房子的增值，不注意营造自己的居住环境。营造好住房，搞好城市建设这个价值是不断提升的。他举了加拿大温哥华的例子。他说："数年前，数元之价者今值万元。乃至南洋日本地价日增，国富日增，我国不可不思变者也。"我们应该在国民中提倡改善生活环境，这样对国民来说提高自身的价值，对整个国家来说也提高了财富。这样的思想我觉得对我们今天都有启迪。

【女主持】房子作为人们生活的必需品正日益受到关注，从影视作品到政策法规，乃至上海世博会的主题——城市让生活更美好，这都让更多的人对城镇化进程中人与环境的相互协调更加关注，这也恰恰与百余年前康有为的振臂倡导不谋而合。

【男主持】发股票，搞房产，如此种种，也许有人会觉得康有为不务正业，而这一切恰恰是他理财救国思想的集中体现。

【女主持】不止经济革新，对于教育，康有为也有着自己的独特想法。他经常与学生们谈论国家大事，而形式却标新立异。譬如他会让自己的学生扮演成国家大臣，从更高的角度去抛出一个问题，并与学生们共同探讨解决之道。

【男主持】在电视剧《走向共和》中就有这么一段，康有为让学生们扮演成国家大臣荣禄、徐桐和刚毅，来演练一下这些守旧大臣们到底会在朝堂上对他提出怎样的刁钻问题。

【影视音响】

康有为：你们都拿出些科举猜题的本事来，猜一猜他们会出哪些难题！有备无患。

徐桐：我是掌院大学士徐桐，听康先生宏论大开眼界，康先生的意思是此番我大清变法要大变特变，无一不变。可是董仲舒有云：天不变，道亦不变，康先生要全变，难道要变天不成么？

康有为：哈哈哈哈，问得习！少变而不全变，变一而不变二，所变者亦成未变。这就好比一座宫殿，年久朽坏，小小的弥缝补漏无济于事，终要坍塌，必须拆梁换柱，方可经得风云！

【男主持】这段电影片段就是康有为与学生们在万寿山游玩时扮演大臣即兴答问猜题破题的片段。康有为说："太平世以开人智为主，最重学校。人人皆自幼而学，人人皆学至二十岁，人人皆无家累，道德一而教化同，其学人之进化过今不止千万倍矣。"

【女主持】为着明天的发展，未来中国的希望，康有为特别重视教育。在他看来，大力发展学校教育是大同世界进步的巨大推动力。

【男主持】身为人师的张涛光教授透过康有为的教育思想对

现今的教育也有一定的反思，他说：

他的教育是引进了当时西方的思想，他很早到香港了解到了西方的科技教育，对当时的教育有自己的看法。而且我觉得他在长兴里办的那个教育就很像我们现在的研究生的教育，他很重视不读死书。比如说他经常带学生去观音山，一边游览，一边讲课，特别重视对人的培养，对人的思维的培养，所以他培养出来的学生以梁启超为代表的都很有名，而且都有重要的建树。他的教育思想值得现在的教育从中吸取营养。

【女主持】前不久，以"增强自主创新能力，加快发展方式转变"为主题的第十三届中国北京国际科技产业博览会在北京拉开了帷幕，有60余个境外代表团参展参会，参加展览的中国高科技骨干企业和世界著名跨国公司超过2100家。这正展现了强盛的中国正在与世界走向融合，科技大同的思想在今天正在逐步走向现实。

【男主持】康有为深信世界必将趋于大同，而西方列强科技先进，中国应该先与西方保持科技的大同，走科技强国的路线。

华南师范大学社会学系张涛光教授说：

康有为是第一个提出科技救国思想的思想家，而且他的科技救国的思想是很完整很系统的。中文"科学"这个词是他第一个从外文翻译成中文的，并且是第一个使用的。1897年他在《科学起源》这本书中就把科学这个词翻译出来并且使用了这个词。另外在对科学技术的宣传学习推广这方面他是身体力行的。在科学救国这方面他的思想也是很具体很完整的。他明确提出来：科学是救国第一事，临百事不办，此事不可缺者也。他认为只有发展科技才能够发展国家的经济，人民才能够富足，发展科技才能够发展军备，捍卫国家。他说我们发展科技很重要一个方面就是派留学生，这些人回来对我们发展科技有重要的贡献。而且他明确地提出来要花重金聘名师巧匠来华讲学，这些都是很具体的，在当时他能提出这样的思想很不简单，而且对于今天有很多的借鉴作用。

【男主持】康有为以强国梦想为依托，大同思想为基础，提出了改革中国政治的主张，富强中国经济的方法，振兴中国教育的良策，虽然政治上的改革是用改良的方式，经济上的主张也充满了绮丽的幻想，但是在当时的中国这仍然是一个大胆的尝试。他的目标处处充满了先进的中国人救国强国的热切心情，但他却没能给当时的中国指出一条光明的发展之路。对于他，当时与后世褒贬不一，称颂他的人说他是改革家，贬损他的人称他为保皇党，但不能抹煞的是无论先进或是保守，他在追寻救国途径，强盛中华民族的道路上的探索是值得国人尊敬的。

【女主持】有人说康有为是幸运的，幸运于有了一个轰轰烈烈的开头，他是一个失败的英雄，因为失败，倒给人留下了一个壮志未酬的好印象。当时的有识之士，深感大清朝的溃败，为了国富民强，在是否要改革这一点上，都站在他一边。

【男主持】戊戌变法的草草收场，使得隐藏在改革派内部的种种矛盾尚未展开，就烟消云散。不仅如此，康有为自身的严重矛盾，也被有效地藏匿起来。

【女主持】民国以后，经历了一系列的内乱，袁世凯称帝，军阀混战，康有为因此更坚信自己的立宪思想，最符合中国国情。在他看来，有个傀儡皇帝放在那里，大家将因此断了独裁的梦想，再也用不着为最高权力争来夺去。这当然又是他的一厢情愿，因为只要有独裁的土壤，当皇帝可以搞独裁，不当皇帝也一样可以独裁。

【男主持】康有为变法的最终目的，还是推翻封建社会，他不过是想给封建帝王一个体面的退位。封建帝王将退出历史舞台，这是个必然的大趋势，顺者昌逆者亡。康有为比同时代的知识分子更敏锐地看到这一点，并且不计后果身体力行。

【女主持】在康有为的变法方案里，曾有一个迁都计划，在他看来，北京实在是太保守，因此光绪皇帝只要带一些人，逃到上海去，很多问题就可以迎刃而解。激烈的主张使得保守势力觉得他是在挟天子以令诸侯，是在毁大清朝的根基。而光绪皇帝在他的指挥下，也越来越手足无措。

【男主持】历时103天的维新运动失败后，康有为被迫流亡海外16年，继续寻找救治中国的良方。晚年成就的《大同书》中，描绘出一个东方式的乌托邦："无邦国，无帝王，人人相亲，人人平等，天下为公，是谓大同。"今天的新中国已经开始朝着人民富裕、生活幸福的目标阔步前进，而这也许就是康有为所寄望的和谐社会的梦想吧。

【女主持】康有为上世纪初写的《大同书》曾经影响了许多革命者，引着他们向往走通一条道路。他的声音还在今天的天空回响。而今天，我们已经朝着十六大确立的全面建设小康社会的目标迈出了坚实的步伐。

第九集　爱国如家

【朗诵】

今日之责任，不在他人，而全在我少年。

少年智则国智，少年富则国富，少年强则国强，少年独立则国独立，少年自由则国自由，少年进步则国进步，少年胜于欧洲则国胜于欧洲，少年雄于地球则国雄于地球。

【音乐《少年中国》】

少年强那中国一定也很棒

吸收五千年的磁场

【男主持】2008年，李宇春唱响了这首《少年中国》，作为对08年奥运的支持与祝福，更是唱出了对广大国人青年自强不息品格的鼓励。

【女主持】时间回溯百年，列强侵占国土，民众苦不堪言，梁启超在当时写出了《少年中国》，极力歌颂少年的朝气蓬勃，热切希望出现"少年中国"，喊出"少年强则中国强，少年进步则中国进步"，把摆脱帝国主义的奴役，逐渐走向独立自主和自强的新生国家的希望寄托在了少年国人身上，声声呼号呐喊，至今振聋发聩。

【男主持】梁启超是一位很难用一句话概括其生平的伟人。他是著名的政治家、思想家、宣传家，但在众多光环中最为闪耀的是，他是一位伟大的爱国者，也是近代挥舞起爱国主义旗帜和系统阐发爱国论的第一人。

【女主持】近代中国，内忧外患，国难当头。也正因为如此，志士继起，爱国主义空前高涨。1899年梁启超发表长文《爱国论》。他说："夫爱国者，欲其国之强也，然国非能自强也，必民智开，然后能强焉，必民力萃，然后能强焉。一人之爱国心，其力甚微，合众人之爱国心，则其力甚大。"这是近代中国论爱国的第一篇文章。更是"爱国"这个词汇，在中国近代史上首次出现。

【男主持】说起爱国，会有很多听众朋友说，康有为、梁启超这些维新派当年所倡导的君主立宪的体制公然反对孙中山所提出的革命，违背历史潮流而动，怎么还称得上爱国二字？对此，暨南大学中文系教授、梁启超研究会顾问洪柏昭给出了我们这样的答案：

一直以来，到20世纪80年代为止，大家在谈到以康梁为首的维新派和以孙中山为首的革命派的时候都在说立宪是保守的，革命是进步的。而80年代以后，逐渐有一种声音认为，君主立宪和民主共和这两种声音从爱国强国的目标来讲没有什么区别，只不过是做法不同而已。不管是君主立宪还是民主共和，他们的目的都是把当时的中国从封建统治中解放出来。

【女主持】从今天反观历史我们自然会得出革命才是救国的唯一出路的结论，但康梁所提倡的政治民主化，主张自由、民权、科学地来改造中国，在当时仍不失积极意义。

【男主持】梁启超是中国近现代民主思想与实践的先行者、启蒙者、著名的政治活动家。有人说：中国的民主宪政之路无论走多远，在它的起点上，总是镌刻着"梁启超"三个字。梁启超说"言爱国必自兴民权始"。作为先进的中国人，他认识到了要想强国必须要从政治强国开始，而政治民主化才是振兴中华、实现近代化的关键一环。离开政治民主化，中国就无从近代化。

【女主持】梁启超坚信，一旦中国能兴民权，数十年内一定能赶上西方先进国家。作为当时中国有影响的政治人物，梁启超旗帜鲜明地提出"兴民权"的口号，并为之呐喊鼓动，就使这一主张为更多人接受，并为之而奋斗。

暨南大学中文系教授、梁启超研究会顾问洪柏昭：

陈独秀、毛泽东、郭沫若、鲁迅都很推崇他的。他能够振奋人心，对死气沉沉的社会仿佛投下一颗炸弹。提出了很多改变这个国家的观点，要学习西方，要富国强兵，改革教育等等，在中国受列强欺凌的时候，在官僚都比较腐败的时候，听到这个声音都很振奋。

【女主持】尽管梁启超参照西方的宪政制度在当时的中国倡民权，开民智，但他却在学习的同时保持了清醒，他认为，对西方的制度不能照抄照搬，还要保持本民族的文化特色。他说："凡一国能立于世界，必有其国民独具之特质。上自道德法律，下至风俗习惯、文学美术，皆有一种独立之精神。吾人所当保存之而勿失坠也。"

【男主持】梁启超认为中国传统制度文化具有独特性、丰富性，因此，向西方学习，不是一味求同，应当尊重本国的制度文化传统，"采西人之意，行中国之法"，或"采西人之法，行中国之意"，实现中西制度文化的汇通，并使宪政找到适合中国的土壤。

【女主持】今天我们站在更高的历史平台上来反观历史，惊奇地发现梁启超所提出的政治理念的前瞻性。作为一个先进的中国人，他从政治上改观中国面貌的设想十分大胆，可在当时的现实情况下，他的一切设想只能是空中楼阁。几十年后，同样有着改革家气魄的邓小平提出了建设有中国特色的社会主义。这不仅是个理念，更是指引着千万国人奔向幸福的明灯，它指引国人沿着社会主义的大道直奔小康生活。

【历史音响　邓小平】把马克思主义的普遍真理同我国的具体实际结合起来，走自己的道路，建设有中国特色的社会主义。

【男主持】政治体制先进需要有强大的经济基础作后盾，梁启超的爱国强国梦的全面，就体现在他不仅仅为明日之中国设计了一个自己理想中的政治模式，更为保障中国的富强规划了一条经济路线。强国必要强财政，富国必要富经济，怀揣爱国理想的梁启超自然要把中国的经济问题提到重要的地位。

【女主持】梁启超认为：凡是在经济上被奴役的国家，不久就会在政治上被奴役。由于他曾经在袁世凯府里担任过币制局总裁，又在段祺瑞政府里担任过财政总长。这些实际工作的需要，也使他不得不对当时中国的经济问题，进行一番研究。作为梁启超研究会的顾问，暨南大学中文系教授洪柏昭对梁启超的经济主张有着自己的见解：

他要改革币政，有一整套的计划。可很多人都说梁启超是敏于思想，可实践恐怕不太行，因为他是一个启蒙的思想家，一个民主的政治家，都是思想方面的。他做起来可能有些空想，不太切实际，所以做的时间都很短，客观也有阻力。你想当时的军阀哪有时间给你好好地搞建设啊，他们都在谋私利。

【男主持】梁启超本人也曾想在经济方面有所建树，但由于客观条件限制，特别是北洋军阀政府的腐败，使他不能有所作为，抱负无法实现。但他在经济方面的某些观点和设想，时至今日是有相当价值的。

【记者口播】各位听众，我是记者班闯，我现在是在加拿大的多伦多二十国集团第四次领导人峰会，也就是俗称的G20峰会的现场为您做的报道。在过去19个多月里，中国一直是稳定世界经济的中坚力量。在国际金融危机当中，美国、欧元区和日本等发达经济体经济下滑、需求萎靡，中国及时、果断地实施了保持经济稳定增长、扩大内需的一揽子措施，使经济率先回暖，为推动亚洲和世界经济走出国际金融危机的泥潭做出了积极贡献。

【女主持】G20峰会中的话语权，金融风暴中经济的强劲增长，世界银行里投票权的增长，今日的中国早已实现了梁启超梦中所设想的经济崛起，在世界舞台上扮演了越来越重要的角色。

【广播剧】

旁白：1926年3月，梁启超因尿血症久治不愈，住进协和医院，经医生检查确定为右肾肿瘤，建议割除。他不顾朋友的反对，毅然决定接受手术治疗。

周善培：任公，你的身体怎么样了啊？

梁启超：多谢孝怀挂念。你看，我这不是已经开过刀，就将好了么。

周善培：可我怎么听管家说任公的病根并没有清除啊？

梁启超：病断如抽丝嘛。现在病虽然没有彻底清除，但开了刀，吃着药，总是比未受手术之前的确好了许多。想我若是真能抛弃百事，绝对休息，两三个月后，应该完全复原。至于其他的病态，一点都没有。虽然经过很大的手术，因为医生的技术精良，我的体质本来强壮，看我这术后10天，不是已经精神如常，越发健实了么。

周善培：任公，你可不要硬撑，大家都很关心你，也有人怕你成了西医的试验品啊！您看看这报纸上都怎么写的啊！

梁启超：我深知这件事的影响很大，我今日还专门发表了文章陈述事实，就是怕社会上或者因为这件事对于医学或其他科学生出不良的反动观念啊。孝怀啊，西医刚刚进入中国，百姓对西医还缺乏认识，协和医院是时下中国最先进的西医医院，如果这时对协和大加鞭挞，最终吃亏的恐怕是老百姓啊。

周善培：可您的身体？

梁启超：看，我现在不是还在恢复当中！我之所以为协和辩护，是因为不希望别人以我的病为借口，阻碍西医在中国的发展。我们不能因为现代人科学智识还幼稚，便根本怀疑到科学这样东西。

周善培：任公所言极是。只要任公您的身体能够康复相信谣言也就不攻自破了。

【女主持】3月16日梁启超接受了肾切除手术。但术后检查，切下的肾脏并无病变，梁启超仍然时轻时重地尿血，稍一劳累病情就会加重。此后，梁启超多次入协和医院治疗，1929年1月19日，终因救治无效而溘然长逝，享年56岁。

【男主持】梁启超是中国近代史上的风云人物，其政治或学术著作一经发表，即刻风行当代。所以，当有消息说梁启超先生竟被"割错腰子"，社会舆论立刻大哗，而西医立刻成为众矢之的。对此，洪柏昭教授讲述了他所知道的事件的经过：

后来有人说他割的右肾割错了，第一次发现的是他的一个朋友。他割完以后回到天津，结果病情一点都不好，他那个朋友去他看，到协和看到那个肾，发现那个肾什么问题都没有啊。那就应该是搞错了。这个作为法律的根据是不是充足也很难说。有人劝他告，梁启超说不要。这个事情他最小的儿子梁思礼也说过的，他也有这样说过，说是误诊了。

【男主持】无论真相如何，梁启超的确担心这件事会影响西医乃至科学在中国的传播。于是他发文为协和医院开脱，这种将国家前途置于个人安危之上的做法，将自己信奉的"主义"置于健康与生命之上的情怀，着实可敬。相信在这个世界上，也很少有人能像梁启超这样，因自己的"病"与"死"，留给后人许多感慨，许多敬仰。

【女主持】除却政治改革，经济强国，梁启超毕生坚信科学救国，对待西医如此，对待西学更是批判的吸收。梁启超早年的爱国论，强调开民智，培育人才。晚年的他投身新文化运动，倡导科学，又进而提出了"科学的国民"的概念,提倡科学强国。他指出,历史已证明了"科学的战胜非科学的"乃是一种必然趋势,固守非科学的态度,只能被淘汰。所以,要救国要强国,"除了提倡科学精神外,没有第二剂良药了"。

【男主持】为强国,为救国,梁启超毕生倾情于现代科学,为中国人建立现代科学意识和理念作出了巨大贡献。随着中国社会变革和近代化进程的渐次展开,梁启超也渐渐懂得,社会变革和近代化是一项巨大复杂的系统工程,它需要政治、经济、文化思想等各个方面的相互配合,同步进行。

【女主持】强国救国教育为先,实现教育强国,梁启超身体力行,他依据子女性情,将九个孩子分别培养成才,其中长子梁思成是现代中国著名的建筑学家、中国科学院院士;次子梁思永是现代中国著名的考古学家、中国科学院院士;幼子梁思礼是当代中国著名的火箭系统控制专家、中国科学院院士,先后领导和参加了多种导弹和运载火箭的控制系统研制试验。一门三院士,不仅在中国历史上罕有即便在人类历史上似乎也不多见。

【男主持】对于梁启超先生科学教育的思想与方法,梁启超的子女与亲属甚至包括毫无血缘关系的学者都给予了一致的高度评价。

【女主持】火箭系统控制专家、中国科学院院士,梁启超幼子梁思礼:

我们家里出了三个院士是比较少见的,我个人觉得这和我父亲的教育,和我们整个家庭的教育,也就是和我们家庭成员的素质培养有关系。

【女主持】梁启超长子、中国著名建筑学家梁思成的第二任妻子林洙:

我觉得梁启超真的是充满了爱,所以他花了很长的时间根据他们每个人的特点因材施教。

【女主持】暨南大学中文系教授、梁启超研究会顾问洪柏昭教授：

这方面是啊，我们非常佩服他。他生的儿女很多，存活下来的也有九个。个个都成才，你看他一门三院士，这是少见的，大概到目前为止都没有的！他一方面是从精神上指导他们，应该努力，但孩子们选择什么专业，该怎么干他们有相当的自由。还有一点，他的儿女出去留学，他们全部都回来，回国服务，没有一个留在国外，这一点了不起。有一个在解放的时候，一听见解放，就马上回来了，这个很不简单。

【女主持】在梁启超看来，国势日危，讲爱国首先必须考虑如何救国；真正的爱国者，应当认真思考救国良策并将之付诸实践，他认为：如同医生看病，药方当随病情的变化而变化，不能一成不变一样。爱国固然是无条件和绝对的，但具体的政策与主张，因时因人而异，也不应当是凝固的。

【女主持】事实上，也正是经过了梁启超宪政思想的陶冶，一大批青年知识分子才得以挣脱传统的王朝观念和忠君意识的束缚，牢固树立起近代民族观念、国家观念和国民意识，实现了国家理念的近代转型，并投身于为建立新型理想国家而斗争的洪流。一定意义上说，梁启超是埋葬中国两千年封建专制墓葬的规划师。

【男主持】当袁世凯称帝时，梁启超又拿起了那支犀利的笔，写出了《异哉所谓国体问题者》坚决反对专制。袁世凯得知消息后，派人给梁启超送来一张20万元银票，给梁启超的父亲祝寿，交换条件是这篇文章不发表。梁启超将银票退回。后来他回忆说："袁世凯太看人不起了，以为什么人都是拿臭铜钱买得来的。"

暨南大学中文系教授、梁启超研究会顾问洪柏昭教授：

袁世凯想收买他，拉拢他。他曾经短时进入袁世凯的第一人才内阁，做过短时间的官。后来袁世凯要称帝，他就反对，而且他是最有力的，实际上他是幕后的指挥者。讨袁是以蔡锷为主，蔡锷是梁启超的学生，像云南、广西很多人参加反对袁世凯称帝，那些人很多都是梁启超的学生。那段时间他也秘密的从上海经过香港，回到广东，到广西秘密地指挥的。所以在爱国者方面，在反对帝制这方面来讲他是很坚决的。

【男主持】在近代史上，强国梦与亡国论，常常交织并起。梁启超难能可贵，虽然经历了千辛万苦，对中华民族的复兴，前后奔走，高声呼号，终其一生，坚信不疑。

【女主持】梁启超认为，国家与个人一样，"生于希望"。所以，爱国者必当是对国家的复兴抱无限的希望。可以说，他是不屈不挠，将自己的一生都献给了振兴祖国的事业。

【男主持】为了实现中国的现代化，中国人曾经进行了艰难的探索。19世纪60年代开始的洋务运动，90年代的戊戌维新运动和20世纪初的辛亥革命，人们开始在思想文化层面，特别是在国民素质的建构方面，进一步探讨中国的现代化，由此开启了五四新文化运动。

【女主持】而较早在思想文化层面进行探讨并产生重大影响的人正是梁启超。从此以后，人们开始自觉探讨国民素质现代化的建构，从梁启超的新民说，到鲁迅改造国民性的思想，一直到社会主义建设新时期邓小平提出的社会主义精神文明建设，再到今天的和谐社会，构成了中国现代化的一个重要思想脉络。

【男主持】政治体制先进、经济政策发达、科技发展先进、人才教育科学，这是梁启超构筑的强国图谱。他曾经论证了只有提高全体国民的素质，实现人的现代化，造就具有新的价值观念、新的理想追求、新的精神风貌、新的生活方式和社会能力的一代新人，才是中国强盛的根本。

【女主持】时至今日，梁启超超越时代的前瞻观点还在我们的天空回响。梁启超站在关心国家富强、民族振兴的立场，提出的一套套旨在鼓民力、启民智、新民德的思想，把中国现代化由物质层面和制度层面推进到思想文化层面。他以资产阶级民主思想为武器，揭露和批判了封建思想和中国国民性的种种弱点，启发了中国人的民主主义觉悟，成为五四新文化运动改造国民性思想的先声。

第十集　中山梦圆

【男主持】1894年甲午战争爆发，一位广东人打算北上天津，拜见李鸿章，表达自己"以和平之手段，渐进之方法请愿于朝廷，俾倡行新政"的主张，这位广东人就是孙文。

【女主持】下面我们用一段广播剧，情景再现孙中山先生在当时积贫积弱的国势下的拳拳爱国之心。

【广播剧】

孙中山：少白！

陈少白：孙文兄！

孙中山：少白！你怎么在这里？

药店伙计：孙先生，您可回来了，是我把陈先生请来的，您不在这段时间，陈先生一直在咱们的药店帮忙。

陈少白：孙文兄，你去哪里了？

孙中山：翠亨村的家里，多谢少白这段时间帮我照看小店！

陈少白：自家兄弟何必客气。

孙中山：少白，看看我写的这个。

陈少白：哦，这是什么？

孙中山：当今风气日开，四方毕集，正值国家励精图治之时，朝廷勤求政理之日，每欲以管见所知，指陈时事，上诸当道，以备刍荛之采。嗣以人微言轻，未敢遽达。比见国家奋筹富强之术，月异日新，不遗余力，骎骎乎将与欧洲并驾矣。快舰、飞车、电邮、火械，昔日西人之所恃以凌我者，我今亦已有之，其他新法亦接踵举行。

陈少白：哦，原来你是跑到翠亨村的家里关起门来做文章去了。

孙中山：少白，你替我修改修改，我要到天津上书李鸿章。

陈少白：什么？你要上书李鸿章？

孙中山："维新之机苟非发之自上，殆无可望"，我要用上书请愿的方式，"冀九重之或一垂听，政府之或一奋起也！"李鸿章出将入相声名日盛，担任直隶总督这一要职长达20余年之久。他还兼理外交、兴办洋务，又和外国人接触颇繁，位尊权大，驰名中外。我觉得他"勋名功业"一时无双，位高望重，所以，我要上书李鸿章，痛陈我的救国方略。

陈少白：好啊，好！看来孙文兄是想通过李鸿章实行改革，以达到富国强兵的目的。我有一个朋友叫王韬，他在李鸿章幕下当文案，我可以让他写封信，介绍孙文兄到天津。

孙中山：太好了，少白，你赶快联系王韬，争取早日拜见李鸿章。

陈少白：好！

旁白：孙中山对此次上书寄予极大的期望，他满怀信心前往天津，然而结果却是事与愿违。

孙中山：岂有此理！真是岂有此理！什么叫做无暇考虑这些和平时期的改革建议，什么等打完仗再见！完全就是借口！看来正常的上书是行不通的，反抗满洲政府只有靠我们自己了。

【女主持】孙中山这次上书李鸿章没有成功，对他来说打击很大，但也是一件好事。上书的失败使孙中山通过自己亲身的实践，破除了过去在实行自上而下的改革方面存在的一些幻想，认清了改良主义的道路是走不通的，更加坚定了革命的意志。从此，孙中山头也不回地作为中国民主革命派的旗帜，开始了他的革命活动。推翻封建帝制，成为孙中山先生一个担当，一个心愿。

【男主持】1894年11月，正值中日甲午战争期间，孙中山在檀香山组织了中国最早的资产阶级革命团体"兴中会"。第二年2月，在香港成立了兴中会总机关，并着手组织武装起义。同月，孙中山、陆皓东、郑士良、杨衢云、陈少白等在香港开会，决定联络广东各地会党和防营，于当年重阳节在广州起义。夺取广州作为根据地，并从这里北伐，以推翻清朝统治。

【女主持】起义的总指挥部就设在香港兴中会总机关，对外称"乾亨行"，以商业作为掩护。不久陆皓东等人又在广州设立了起义的指挥机关，对外称"农学会"。孙中山来往于广州、香港及家乡香山县之间，联络会党和防营，一切准备接近就绪。起义前夕，不幸事情泄露，起义的领导者之一陆皓东被捕牺牲。孙中山等被迫走往日本。

【男主持】虽然这是一次还未发动就毁于萌芽期的起义，但是，却作为孙中山推翻清朝统治的武装斗争事业的发端而载入史册。

【女主持】董必武同志在孙中山先生逝世三十周年纪念大会的讲话中说："孙中山在1894年的中日战争前后，开始他的革命活动。当时，以孙中山为首的革命派在中华民族遭遇到严重危机的时期发动了革命斗争。这个革命的直接目标是推翻那已经成为外国帝国主义走狗的清朝的腐朽统治。这个革命运动，第一次向中国人民提出了民主共和国的理想。"

广州起义失败之后，孙中山流亡日本。1905年8月在日本东京成立了中国有史以来第一个资产阶级政党——中国同盟会。将"驱除鞑虏，恢复中华，建立民国，平均地权"确定为革命政纲。

【男主持】在同盟会的领导下，资产阶级革命党人发动了一次又一次以推翻腐朽的清朝封建统治，建立资产阶级共和国为目的的武装起义，1911年4月爆发的黄花岗起义就是其中的一次。

【纪录片《黄花岗起义》片段】

起义军由黄兴和赵声任指挥，在广州小东营成立了指挥部，准备在4月13日发动起义，但因为部分革命党的秘密机关遭到破坏，起义临时改在4月27日。这一天黄兴率领120多人攻入两广总督衙门，总督张明奇逃跑，黄兴下令焚烧总督衙门，转攻东练功所，经过拼死战斗，起义军终因孤军力薄，激战一夜后失败。

【女主持】这次起义虽然失败了，但在中国近代史上仍然有着重大的意义。资产阶级革命党人用生命和鲜血献身革命的伟大精神震动了全国，也震动了世界，从而促进了全国革命高潮的更快到来。

【男主持】以孙中山为代表的革命党人崇高的革命精神极大地鼓舞了越来越多的仁人志士投身于革命，唤起了当时处于低潮的民主革命，极大地促使这个落后腐朽的封建王朝在武昌起义的枪声中迅速覆亡。

【纪录片《辛亥革命》】

1911年10月10日，这一天成为一个新的历史年代的开端，这一天从新军工程八营发出了第一声枪响，起义的士兵潮水般地涌向楚望台，打开军需库，接着又奔向中和门接应起义的炮兵进城，进攻总督衙门，总督衙门变成一片废墟，清政府官吏如丧家之犬狼狈逃命，起义的十八星旗胜利飘扬。

【女主持】中共中央总书记胡锦涛在纪念孙中山诞辰140周年大会上讲话时，对孙中山先生有这样的评价：

孙中山先生对中华民族做出了伟大贡献，我们永远缅怀他为民族独立、社会进步、人民幸福所建立的历史功勋。抚今追昔，我们可以告慰孙中山先生的是，令他忧虑重重的旧中国积贫积弱的状况已经一去不复返了，令他念兹在兹的中国人民的生活已经发生了翻天覆地的变化，令他魂牵梦萦的中国现代化的理想正在逐步实现，中华民族伟大复兴的光辉前景已经展现在我们面前。

【男主持】推翻封建帝制，建立共和国，是孙中山的两大梦想。早在日本东京成立"中国同盟会"的时候，孙中山就将华兴会机关刊物《二十世纪之支那》改组成为《民报》。他在发刊词首次提出"三民主义"学说，即"民族、民权、民生"，继而编定"同盟会革命方略"，正式宣示进行国民革命，举所誓之四纲，力图创立"中华民国"，并定"军法之治，约法之治、宪法之治"三程序。

【女主持】孙中山对民生问题较为经典的解释是："民生就是人民的生活——社会的生存，国民的生计，群众的生命。""民生就是政治的中心，就是经济的中心和种种历史活动的中心。""民生是社会一切活动的原动力。"

中山市孙中山研究所所长萧润君：

孙中山的民生主义，包含了几个方面：他主张土地国有，耕者有其田；他主张发达国家资本，节制私人资本。孙中山并不反对资本主义的生产方式，用外国的资本主义造就中国的社会主义，这句话是孙中山讲的。

【男主持】三民主义是中国人民的宝贵精神遗产，民生主义更具有非常重要的现实意义。胡锦涛同志在出席十一届全国人大二次会议江苏代表团审议时说："民生连着民心，民心凝聚民力"，"要切实解决好人民最关心最直接最现实的利益问题，全力维护社会和谐稳定"，"赢得民心、集中民智、凝聚民力"，"多办顺民意、解民忧、增民利的实事好事"。

【女主持】2010年是新中国成立61周年，也是改革开放三十年以后的第二年，我们取得的成就翻天覆地，有目共睹。记者在广州采访市民：

【采访录音】

记者：以广州现在的成绩，您觉得从哪方面可以佐证孙中山先生的梦想的实现?

广州市民:说实在的孙中山的梦想在广东早就实现了,而且已经超过了,应该说我们是改革开放的受益者。

【女主持】1919年,对于孙中山来说,是一段充满崎岖和挫折的时光。5月21日,他因广州护法军政府完全被滇桂系军阀把持,愤而出走,途经汕头、台北,取道日本,最终于6月26日回到上海,开始了在法租界1年零5个月的蛰居生活。这段赋闲岁月,孙中山撰写出了《建国方略——物质建设》这部架构中国现代化发展方向的纲领性巨作。

【男主持】在这部洋洋10余万言的实业计划中,孙中山为中国未来的工业发展设想了一个包罗万象的宏伟大纲:10万英里的铁路和100万英里的公路,疏浚现有运河和开挖新的运河,一个规模庞大的治水和水土保持工程,开辟全新的北方、东方、南方三大商用港口,从这些港口出发的铁路将远抵西藏、新疆、蒙古和满洲。

孙中山孙女孙穗芳:

在国家民族垂危之际,国父孙中山先生不但能赤手空拳以其思想唤醒民众起而革命,推翻了几千年的专制政体,并建立起一个具有三民主义的民主共和国,而且为这个民主共和国订立了建国大纲,更进而为建国所必需的心理、社会及物质三大条件分别订立建设计划,称之为《建国方略》。

【男主持】中山市文联主席、孙中山思想研究专家胡波:

有一个建设的观念、发展的观念,实业计划里面,包括后来民国建立以后他提出要修铁路,要搞实业建设,到今天他对我们都有启发意义的。

【女主持】最令孙中山激动不已的,是他关于在中国大地上修建铁路的设想。1911年8月25日,孙中山接受了"全国铁路督办"的头衔,立志要在10年之内,在中国国土上修建20万公里铁路。他日夜筹划，废寝忘食，钻研铁路工程资料，着手建立机构，考察已有的铁路沿线，亲手绘制了一幅宏伟的铁路建设蓝图。

【男主持】孙中山任临时大总统时的政治顾问，后来担任过张学良的政治顾问并在著名的西安事变中充当重要斡旋人的澳大利亚人威廉·端纳，面对孙中山拿出的一张画满铁路线的中国地图惊讶不已。端纳这样描绘道："他用双线标出从上海到广东沿海方向的铁路线，方向一转，铁路线越过崇山峻岭直抵拉萨。然后穿过西部直抵边界，又蜿蜒曲折进入新疆，到达蒙古。他画的另一条铁路线是从上海到达西藏。还有一条经戈壁滩的边缘抵达蒙古。他还画了从南到北，从西到东的许多线，无数细线遍布各省。"

【女主持】京九铁路是孙中山先生提出《建国方略——物质建设》80多年后的1996年9月1日开始通车的，孙中山先生的伟大设想伴随着新中国的成立得以一一实现。

【男主持】1950年6月15日，新中国自行修建的首条铁路挖下第一锹土。时任西南军政委员会政委的邓小平在成渝铁路开工典礼上的致辞至今仍然掷地有声：我们进军西南就下决心要把西南建设好，并从建设人民交通事业开始做起！

【纪录片《成渝铁路》】

1950年1月2日，中共中央批准了邓小平同志代表西南局作出的报告，兴建成渝铁路，建设大西南。同年6月15日，成渝铁路正式开工建设。邓小平、贺龙同志亲临现场鼓励。成渝铁路西起成都，东抵重庆，是新中国自行设计修建的第一条铁路。完全采用国产材料修建，于1952年6月13日竣工，比计划工期提前3个月，是中国铁路史上的创举。1953年7月1日，成渝铁路正式通车交付运营，年运送物资能力达610万吨，对发展生产和繁荣地方经济发挥了重要作用。

【女主持】民国初年，孙中山即提出了宏伟全面的铁路建设计划，设计了连通全国的3条主要干线，总长20万公里。在此后的实业计划中，孙中山又进一步周密化，设计了5条贯通全国的铁路大干线。如今，中国已建设成了密若蛛网的海陆空综合交通网络系统，孙中山的构想不仅一一实现，而且得到极大丰富。

中山市孙中山研究所所长萧润君：

我们现在所做的都吻合孙中山先生民生主义的思维，包括从理论上，从具体的实践的层面，他的作用都是巨大的。

【男主持】2006年7月1日，随着青藏铁路的通车，中国西藏自治区终于有了铁路，而孙中山先生就是青藏铁路的最早倡导者和规划者。青藏铁路——这条世界海拔最高、线路最长的高原铁路，被誉为人类建设史上的奇迹。

【女主持】历史的长河中，节点的意义总是非比寻常。2009年12月20日，港珠澳大桥动工，香港、澳门回归祖国多年之后，广东与港澳紧密合作内容纳入了《珠江三角洲地区改革发展规划纲要》，提升为国家战略。

【记者口播】听众朋友，港珠澳大桥正式动工，中共中央政治局常委、国务院副总理李克强出席开工活动并宣布工程开工。香港特区行政长官曾荫权在开工仪式上表示：港珠澳大桥的动工见证着粤港澳三地在经济合作方面迈出重要一步。

【出录音　曾荫权】大桥的落成使珠江西岸地区到香港、澳门到香港的车程缩短，大幅地节省客运、货运的成本和时间，大桥建成后三地政府将继续合作确保大桥的妥善管理和运作，包括尽量降低收费以增加大桥的使用量，使大桥发挥最大的经济效益。

【男主持】港珠澳大桥全长55公里，设计时速100公里。港珠澳大桥多方面标准在中国都是首屈一指，建成后将成为世界最长的跨海大桥。

【女主持】港珠澳大桥贯通后，由香港开车到珠海或澳门，预计也就需要几十分钟，节省许多时间。珠三角地区梦想着在大桥建成之后，成功打造一个"一小时生活圈"。记者采访了香港和澳门的几位市民。

【采访录音】

记者：港珠澳大桥建成之后会对香港居民或者是你们的生活带来哪些便利？

香港市民：我们用港珠澳大桥来往这三个地方很方便。

记者：港珠澳大桥建成后，澳门人的出行是不是更方便了？

澳门市民：肯定便利啦，去内地就很方便啦，交通方便了对内地也好，对我们这边也好，双赢。

【男主持】毛泽东同志说，我们中国共产党人都是孙中山先生的继承者，完成了孙中山先生没有实现的理想。孙中山先生的建国方略在新中国诞生之后我们逐步地在实现，60年来我们基本上实现了他的理想，他的根本点是要民富国强，现在我们中国国力增强了，我们真正做到了民富了，国也强了。

孙中山孙女孙穗芳：

我很感动，我真正感觉到现在的中国共产党是我祖父理想的真正继承者，尤其是邓公1992年在深圳的讲话以后到现在也不过是十八年，发展得这么快，我好感动、好感动。

【女主持】孙中山先生是中国民主革命的伟大先行者，是中国革命民主派的光辉旗帜。他系统提出了民主革命的纲领——三民主义，并为之奋斗了终生。

【男主持】"革命尚未成功，同志仍需努力。"这是孙中山先生给我们留下的遗言。时间虽然已经过去了80多年，但他的思想还在激励着中国人努力前行。在他去世年前一年，1924年，孙中山告诫国人：

我们是中国人……在今天应该要知道，我们现在这个地步，要赶快想想法子，怎么样来挽救？那么我们中国还可以有救，不然，中国就要面临亡国灭种的威胁，大家要警醒！警醒！

　　【**男主持**】中山先生一生不懈地奋斗，奔走呼号，他唤醒了中国人。他的一生，是不断地寻梦和努力圆梦的一生。对他来说，中国走向共和、独立自主、自由平等、民富国强，就是他的追求和他的梦想。

第十一集　辛亥革命

【辛亥童谣】

国太弱、挨打了，家太穷、挨饿了，大帅们开打了、老百姓们没路了……天下为公，孙中山开炮了，革命党进城了，小皇上退位了，大清朝它灭亡了……

【男主持】这是选自大型音乐舞蹈史诗《复兴之路》的一首辛亥童谣，童谣唱出了孙中山和革命人在痛苦和屈辱中苦苦寻找着救国的真理，探寻着强国的道路。人们在天下为公的呐喊中，仿佛看到了中国天边依稀出现的一缕曙光。

【女主持】甲午战争以后，帝国主义列强掀起了瓜分中国的狂潮，中华民族已面临着亡国灭种的现实威胁。为挽救民族危亡，以孙中山先生为杰出代表的资产阶级革命派登上了历史舞台。

【男主持】1894年11月24日，在孙中山的积极推动下，中国资产阶级民主革命派的第一个团体——兴中会在美国檀香山成立。当时只有侨胞20多人。兴中会的章程是由孙中山起草的，在入会的秘密誓辞中，明确地提出了"驱除鞑虏，恢复中华，创立合众政府"的革命目标。这是中国历史上第一个资产阶级性质的革命纲领。

【女主持】要驱除鞑虏就必须建立自己的武装。1895年1月下旬，孙中山抵达香港，与杨衢云、陈少白、陆皓东、郑士良等积极筹建革命组织。2月21日，建立了香港兴中会——以香港为基地秘密发动起义，吹响了与清王朝彻底决裂的战斗号角。

【电影《十月围城》音响、颁奖背景】

【男主持】这是第二十九届香港电影金像奖获奖颁奖的现场音响。电影《十月围城》获得八个奖项，成了最大的赢家。香港年轻人说，没想到辛亥革命这段历史会跟香港人有关系。

《十月围城》中杨衢云的扮演者张学友：

我觉得《十月围城》它是环绕香港来拍的一部电影。陈可辛导演他跟我说：这部戏是一部真真正正的香港电影。其实有机会参加这部戏感到很开心，好像自己真的成为历史的一部分。对香港的历史，孙中山先生曾经来香港这段故事都不是太清楚。可是，现在对这段历史比较有兴趣去了解，或是去查看。

【女主持】孙中山在17到26岁时，大部分时间都在香港度过。这正是他革命思想的形成时期，所以香港可以算是他革命思想的发源地。正如他本人于1923年2月19日在香港大学演讲时说的："我之思想发源地即为香港。至于如何得之？则三十年前在香港读书，暇时辄闲步市街，见其秩序整齐，建筑精美，工作进步不断，脑海中留有甚深之印象。"孙中山最后总结道："我之革命思想，完全得之于香港。"

【男主持】鸦片战争后，满清政府将港岛割让给英国。由于地理优越、交通四通八达，加上殖民地相对清政府统治下较为宽松的政治环境，香港逐渐成为中西文化交流之所。

【采访录音 香港中文大学丁新豹博士】

丁新豹：香港那个时候是一个很奇怪的地方，首先，清朝的一些司法制度在香港不被遵守，所以说在香港搞什么活动是比较安全的。第二个是有很多新的思想在这个地方传播，比如一些报纸什么的，所以这个地方的思想也比较自由，比较容易接受西方的一些看法。第三是后来他们搞革命的时候这个地方对于资金的来往，比如从南洋汇钱过来很方便，从来没有外汇的管制，非常自由。香港那个时候基本上是一个转口港，香港这个位置很重要，交通非常方便。所以，对于革命人员运送武器也是非常非常的方便。

记者：您觉得香港对辛亥革命的贡献有哪些？

丁新豹：香港对辛亥革命的贡献主要是在早期，一方面培育了孙中山这类的革命家，还有跟他同时期的四大寇。都是他那个时候一些志同道合的朋友，除了孙中山以外还有杨鹤龄、尤列、陈少白。后来，他们还在这个地方搞报纸，比如《中国日报》，他们在香港传播革命思想。后来，策动起义也是一个非常重要的地方。

【男主持】孙中山领导的兴中会已完全不同于反清的旧式会党，而是一个以在中国开展资产阶级民主革命为标志的政治集团。

【女主持】1895年，香港兴中会成立之后，孙中山、陆皓东、郑士良、杨衢云、陈少白等在香港开会，决定联络广东各地会党和防营，于农历九月初九重阳节在广州起义。

【男主持】这次起义的计划实际上是一次准备不充分的军事冒险计划，而且，由于内部步调不一致，丧失了时机，又有叛徒告密，泄露了计划，在起义未发动前就被清政府侦悉破坏了。

但是尽管如此，1895年的广州起义在中国近代史上仍然有着重大的意义。它是中国人民希望用革命的手段来实现资产阶级民主共和国理想的第一次起义。

【女主持】孙中山从他的革命开始时起，就直接地采取了武装斗争的形式。在这以后，到清朝覆亡，他一直没有放弃这个主要斗争形式。在万分困难的条件下，他一次一次地发动、组织武装斗争。广州起义失败了，但起义这个事件迅速传遍国内外，外国报纸也开始宣传"中国革命党孙逸仙"，从此孙中山和兴中会的革命活动就开始为国人所注意,孙中山也开始在人们的心目中成为"革命党"的代表者和旗帜。

【男主持】董必武同志在孙中山先生逝世三十周年纪念大会的讲话中说:"孙中山在一八九四年的中日战争前后,开始他的革命活动。当时,以孙中山为代表的革命派在中华民族遭遇到严重危机的时期发动了革命斗争。这个革命的直接目标是推翻那已经成为外国帝国主义走狗的清朝的腐朽统治。这个革命运动,第一次向中国人民提出了民主共和国的理想。"

【女主持】杨衢云名飞鸿,福建海澄人。早年在香港船学校学机械。1895年2月与孙中山在香港建立兴中会总部并当选兴中会会长。1900年10月6日,兴中会在广东惠州发动了反清武装起义,由于当时革命的时机尚未完全成熟,兴中会的革命力量还过于弱小等原因,起义失败,清政府悬赏3万元要杨衢云头颅。大家都劝杨衢云出洋暂避,杨衢云不想浪费公款,就留在香港以教英文为业。1901年1月10日,杨衢云在香港被清政府所派刺客击伤,翌日去世。

2010年7月,记者采访了杨衢云侄孙杨兴安:

【采访录音】

记者:您觉得杨衢云先生留给我们的精神遗产有哪些?

杨兴安:他的精神是先进的,因为他认识很多人,很容易在香港发财的,他宁可牺牲这个机会,来搞革命,他觉得当时革命是真的需要的。他翻开这个历史,觉得清朝末年,这个社会很悲惨的,中国人很悲哀。要去拼了命的,推翻清朝。

【男主持】广州起义失败之后,孙中山流亡日本。1905年8月在日本东京成立了中国有史以来第一个资产阶级政党——中国同盟会。将"驱除鞑虏,恢复中华,建立民国,平均地权"确定为革命政纲。

【女主持】在同盟会的领导下,资产阶级革命党人发动了一次又一次以推翻腐朽的清朝封建统治,建立资产阶级共和国为目的的武装起义，1911年4月爆发的黄花岗起义就是其中的一次。

【男主持】1910年11月，孙中山与黄兴、赵声等在槟榔屿议定了广州起义的计划。会后由黄兴、赵声在香港组成统筹部，派人到新军、巡防营和会党中去活动，并向海外华侨募集经费、购买军械。在广州设立秘密机关38处，组建了八百人的敢死队，并分别联络苏、浙、皖、桂四省响应。这就是中国近代史上最惨烈的、同盟会组织的规模最大的一次武装起义：广州黄花岗起义。

【女主持】尽管起义制定了十路进攻的作战计划，筹集到了将近十六万元的经费，但从开始实施的那一刻起，就注定了这几乎是一次根本无法取得胜利的起义。

【男主持】首先，同盟会员温生才刺杀广州将军孚琦，以及革命党人从香港向广州运送炸弹时不幸被查获的事件，已经引起清政府的极大警惕，并部署了大量兵力以防不测。其次，因为款项和武器没有按时送到，起义时间一再推迟，从而引起了很大的混乱。

【女主持】1911年4月23日，秘密进入广州的黄兴在越华街小东营5号设立了指挥部。他发现城里的气氛已经非常紧张，主要道路布满了清军，本来应该十分秘密的起义已经尽人皆知。于是，抱着决死念头的黄兴在把十路进攻的作战计划改为四路的同时，也写下了绝笔书。

黄兴嫡孙黄伟民：

在这种情况下如果他自己不写绝笔书，不以这种心态和形式来表达他的决心，那怎么能够带领这些人去冲锋陷阵呢，所以，他是冒着必死的决心去的。

【男主持】1911年4月23日下午5时30分，起义终于爆发了。起义爆发后，高举起义大旗的只有黄兴率领的100多人，其余的三路都没有动静。原计划起义一开始广州新军便立即响应，但是，当黄兴率领的起义军已经对总督府发起攻击的时候，新军方面依旧没有任何响应的迹象。后来才得知，新军准备响应的时候，不但发现没有一发子弹可用，营房四周和广州城墙上，严阵以待的清军已经把枪口和炮口对准了他们。

【女主持】黄兴率领的起义军在总督府扑空后只有向城外冲，企图和驻扎在城外的新军汇合，但是，在通往城外的每一条街道上，都遭到了清军的严密阻击。队伍很快被打散，形成各自和敌人搏斗的局面。100多起义人员，有的战死，有的被俘被杀，逃脱的只占极少数，其中包括负伤的黄兴。

【男主持】战死和被杀的烈士们的遗体，散落在广州街头。四天后，人们在淅沥冷雨中收拾烈士尸骸的时候，那些折腿断臂、血肉模糊的烈士英容已无法细辨。人们把七十二具遗体合葬一处，即今日黄花岗七十二烈士墓。

【女主持】碧血横飞，浩气四塞，草木为之含悲，风云为之变色。广州黄花岗起义，是资产阶级革命党人在胜利前夕最后一次壮烈的失败。虽然由于种种原因起义最后以失败告终，但是孙中山和他领导的资产阶级政党发动的这些起义在不同程度上打击了清朝统治，为后来武昌起义一举成功准备了条件。

广州博物馆馆长程存洁指着博物馆里的狮子说：

当时这对狮子就在广州总督府衙门，你看这还有炮眼呢，可以感受到当时的激烈程度，很多的弹孔，我们数过有二十多个，所以，当时还是很激烈的。这是孙中山的评价：斯役之价值直可惊天地泣鬼神，与武昌起义之役并寿。这场起义了不起的就是它揭开了辛亥革命的序幕。

【男主持】2001年清明节，广州黄花岗烈士陵园，台湾"海峡两岸道教协会"专程来到广州祭奠九十年前在广州起义中殉难的亡灵。此地长眠七十二英烈，来者长跪不起，磕响头七十二下。数十年来，每到清明这样的祭奠络绎不绝。

【女主持】一百年前的中国，帝国主义列强耀武扬威地占领着我们的首都和大片国土，贪婪而蛮横地掠夺着中国的财富；统治中国的是一个封建专制、腐败软弱的满清政府。中国人民承受着帝国主义、封建主义的双重压迫，中华民族处于濒临灭亡的境地。正是在这个时刻，以孙中山为首的爱国者奋起发动辛亥革命，以血的代价推翻了延续几千年的封建君主制度，开启了中国进步的闸门和"振兴中华"的道路。中共中央总书记胡锦涛在纪念孙中山诞辰140周年大会上说：在孙中山先生组织领导和他的革命精神感召下，1911年爆发的辛亥革命推翻了清朝的统治，从而结束了在中国延续几千年的君主专制制度，为中国的进步打开了闸门，谱写了古老中国发展进步的历史新篇章。这是孙中山先生为中国人民和中华民族建立的最具历史意义的伟大功勋。

【男主持】广东历史上是最早对外开放的省份，广东人是最早出洋谋生的一批中国人，全世界几千万华侨百分之七八十都是广东籍。

【女主持】孙中山在革命的过程中也十分注重广东，广东人民同样给了孙中山巨大的支持。孙中山说："吾人既负救国之责，而整治乡帮，亦宜引为己任，夙夜孳孳，而致力于所谓培养民力，增进民智，扶持风俗，发展自治，采人之所长，去我之所短，以发扬吾粤之光荣，永为全国之仪型，以驰誉于世界，如是而我父老昆弟爱国之心乃可云尽，救国之责乃可完满而无憾。"

【男主持】从1840年鸦片战争开始到1927年北伐战争成功，广东都是反抗西方列强侵略的前线、新事物传入的窗口、近现代维新革命的策源地。

广东社科院研究员沙东迅：

主要是由于广东的地理位置靠近海外，而且跟海外的联系很早，外面的思潮容易传进来。加上我觉得广东人还是有这个特点，他比较容易思考一些东西，对社会的现象会进行分析，而且能采取一些行动，所以，作为一个中心、一个根据地的广东是起了很大作用。

【女主持】从19世纪下半叶至20世纪初，珠江流域几乎成为中国人进行各种政治实验和思想交锋的主战场。太平天国运动、辛亥革命、二次革命、护国运动、北伐战争……广东人也以特有的执着和血性，试图改变这个国家的因循和传统。珠江呜咽，既奔流着无尽的屈辱与悲怆，更迫切企盼着民族复兴，国家富强，中华腾飞……到了20世纪70年代末，广东，依旧成为中国改革开放的领头者。

【出录音 邓小平】穷了几千年了，是时候了，如果再不实行改革开放，我们的社会主义事业就会被葬送。

【男主持】1979年5月，中央工作会议期间，邓小平听完习仲勋、杨尚昆的汇报后，深深地吸了一口烟：深圳，这块地方到底叫什么好呢？出口加工区、贸易区、工业区？都不算准确。不一会儿，他把手里的香烟往烟缸里狠狠一按，果断地说："深圳，就叫特区吧。中央没有钱，你们自己去搞，杀出一条血路来！"

【女主持】1979年7月19日，中央下发了"50号文件"，非常明确地规定："出口特区"先在深圳、珠海两市试办，待取得经验后，再考虑在汕头、厦门设置。后人评述历史时，也许会发出赞叹：一个伟大的社会事件就这样诞生了！

【男主持】1980年8月26日，叶剑英委员长亲自主持了五届人大第十五次会议，《广东省经济特区条例》递交全国人大审议。时任国家进出口管理委员会副主任的江泽民受中央委托，宣读了整个条例。在一片掌声中，《特区条例》获准通过。

【男主持】《广东省经济特区条例》的获准通过开创了一条改革开放的新路，而这正是缘于孙中山先生领导的辛亥革命推动了中华民族的思想解放的结果。

中山市孙中山研究所所长萧润君：

孙中山说中国人睡着了，他要我们醒来，他一生不懈地奋斗，奔走呼号，唤醒了中国人。辛亥革命是一个伟大的启蒙运动，没有辛亥革命就没有五四运动，没有五四运动那么中国共产党的诞生就会延后。孙中山奔走呼号要中国人民醒来，才有后来的毛泽东说：中国人民站起来，才有后来的邓小平说：中国人民要富起来，才有我们现在讲要强起来。

【女主持】自鸦片战争以来，立志救祖国于危亡衰弱之中的中华民族的仁人志士们，不断地探索拯救民族的道路。孙中山先生领导的辛亥革命是其中一次最暴烈的革命行动。它的历史意义不仅仅是结束了中国的帝制，重要的是彻底地摧垮了禁锢中华民族的文化和心理的围墙，为彻底打开中国人直面世界的勇气与心智奠定了社会基础，真正开创了思想和政治解放的先河，提升了中国人将自己的命运大势放置在世界潮流中的勇气和自觉，从而成为中国革命家寻求科学的革命真理的一个伟大发端。

中山市文联主席、孙中山思想研究专家胡波：

中山先生的一生，是不断地寻梦和努力圆梦的一生，对他来说，中国的独立自主、自由平等、民富国强、就是他的追求和他的梦想。

【男主持】在辛亥革命精神的催化下，在五四精神的指引下，一个真正能够指导中国人民走向强盛的科学革命理论被引进并和中国社会的具体实践结合了起来，一个真正能够领导中华民族走向富强的革命政党中国共产党诞生了。辛亥革命的志士和整个中华民族的百年强国之梦终于有了实现的可能，"问苍茫大地，谁主沉浮"的诘问才有了答案。

第十二集 红色的起点

【男主持】历史仿佛春耕夏耘、秋收冬藏一般循环往复，亘古不变地延绵下来。太阳底下似乎没有新鲜事，历史似乎一次次顽强地在变革中复活，似乎一切只不过是在重复那昨日的旧事而已。

【女主持】但是对于中国，这种情况在1921年的夏天发生了改变，在1949年的秋天发生了转折。中国共产党的正确指引方向和中国政府以人为本的执政理念使中国人民走出了历史的怪圈，拥有了属于每一个中国人的幸福和尊严。

【女主持】一位八十多岁的老共产党员说：

这首歌《没有共产党就没有新中国》，几十年来人民都很喜欢唱，喜闻乐见。是一曲经典名曲了，百唱不厌。她唱出了人民的心声、唱出了一个颠扑不破的真理：没有共产党就没有新中国，就没有中国的今天。

【男主持】每一名党员都是一面旗帜。80多年前，当最早的一批播种者升起第一面以镰刀、铁锤为标志的鲜红的党旗时，集结在这面庄严旗帜下的共产党员便开始了救国、建国、强国的漫长征程。正是这千千万万的共产党员，在漫长的征途上，前赴后继，用鲜血和生命染红了这面旗帜、保卫了这面旗帜永不褪色，使中国人民看到了民族复兴的灿烂曙光。

【女主持】毛泽东对中国共产党的成立，曾作过如此评价："1917年俄国革命唤醒了中国人，中国人学得了一样新的东西，这就是马克思列宁主义。中国产生了共产党，这是开天辟地的大事变。孙中山也提倡'以俄为师'，主张'联俄联共'。总之是从此以后，中国改换了方向。"

中央党校党史教研部教授陈雪薇：

它（中国共产党）是代表先进理论指导、有组织、有纪律、严密的一个战斗部队。所以中国共产党产生之后，毛泽东说是中国革命"开天辟地的大事（变）。"这就预示着中国反帝反封建斗争会走出一条正确的道路，会达到自己胜利的目标。

【女主持】对于中国漫长的历史而言，1921年7月23日至30日，确实是不平常的一周，这一周使中国改换了方向，是中国现代史上红色的起点。

八十多年间，中国共产党确实从最初的星星之火，发展到今天的燎原之势。这清楚地表明，八十多年前在上海法租界李公馆所召开中国共产党"一大"，虽然只有十几个人参加，却是顺应了时代的潮流。

【男主持】位于上海市望志路106号、108号，这沿街并排着的两幢两层砖木结构建筑，是上海典型的石库门式建筑，这幢房子人称"李公馆"。1921年7月23日，中国共产党第一次全国代表大会就在这里举行。

【女主持】科学家指出，就人的记忆力而论，最弱的是数字记忆。也正是因为人们对于日期的记忆最弱，中国共产党"一大"的召开日期曾成为历史之谜。

【男主持】中国共产党"一大"到底是什么时候召开的？为什么党的生日是7月1日呢？随着中国共产党日益壮大，纪念中国共产党诞辰也就提到日程上来。就此我们找到了揭开这一谜底的人——中国人民解放军后勤指挥学院邵维正将军：

中国共产党成立的标志是全国代表大会的召开，所以，"一大"引起人们的关注是理所当然的事。中国共产党庆祝自己的生日，在建党初期和十年内战时期都没有，它是到1941年，也就是中国共产党成立二十周年的时候，才开始有群众性的纪念活动，那是在延安时期。当时参加"一大"的当事人在延安的只有两位，一位是毛泽东、一位是董必武。他们两个就在回忆，"一大"是在什么时候召开的，具体的时间已经印象不深了。当时在延安没有条件去查找很多资料、档案，去搞清楚这件事。后来，毛泽东首先提出来，把七月份的月首作为建党的纪念日。

【女主持】1941年6月30日，中国共产党中央发出《关于中国共产党诞生二十周年、抗战四周年纪念指示》，第一次以中国共产党中央名义肯定了"七一"为中国共产党诞生日。

中国人民解放军后勤指挥学院邵维正将军说：

"一大"的日期有三个关键点。一个是开幕的那一天是1921年7月23日，这个现在都统一认识了。第二个关键的日期是受到法国巡捕房冲击，这个日期是7月30日的晚上，这个也没有异议。现在就是到南湖，这个日期上有些认识不一样。那么据我采访当事人，包括包惠僧、刘仁静她们都参加了南湖会议，我也采访过王晖伍，当时他还在世，他们都记得当时大家心情很着急，这个会眼看就要结束了，赶快抓紧离开。所以第二天就到南湖，而且南湖的旅程又很短，到了以后就继续开会。

【女主持】1921年7月30日，中共"一大"会议遭到了法租界巡捕房的搜查，被迫中止。

【女主持】最后一天的会议改至浙江嘉兴南湖的一条游船上举行。

【电影录音《开天辟地》】共产党万岁……

【男主持】在这样的口号声中，具有划时代意义的中国共产党"一大"就这样结束了。从此，中国共产党宣告正式成立，并得到了共产国际的承认，作为一支新生的政治力量开始活跃于中国的政治舞台。

那艘在波涛中轻轻摇晃的画舫游船，成为了中国共产党诞生的摇篮。

【女主持】中国共产党在八十多年间，从最初的五十多名党员发展到今天的七千七百多万名党员。中国共产党不仅是中国第一大党，也是世界第一大党。如今，每二十个中国人中就有一位中国共产党党员，就成年人而言，则每十五个中国人中，就有一位中国共产党党员。

东莞唯美集团董事长、党委书记黄建平：

企业要成为一个百年老店，也就是说企业要做强。不仅是要做强做大，更要做长。大家经常说到的，要做到可持续发展，它的内核是什么？就是企业文化内涵建设。没有文化不可能做长，而这个文化不是虚的，最重要的是要建立起一个好的价值体系。那么通过开展党建工作，我们毫不怀疑地知道，中国共产党是先进和优秀的，要是没有这先进和优秀是不可能创造出中国的奇迹。我们如何把共产党优秀的、先进的理念和传统嫁接到我们企业的文化里面，成为我们企业文化建设里面的立足点。我们之所以加强党建工作，甚至现在的党建工作成为推动企业文化建设非常重要的一个平台，那么原动力就在这里。

【男主持】广州的五月已经开始灼热。沿着烟墩路下行再左转，一条幽长的小巷出现在眼前。就在这全长也不过300多米长的寻常巷陌，就是这段看似平常的红色墙基，它的背后埋藏着一段扑朔迷离了近半个世纪的党史之谜。

八十多年前，广州越秀区恤孤院路31号，一栋独立的二层普通民居内，中国共产党第三次全国代表大会就在这里秘密召开。

广州中共"三大"遗址博物馆馆长颜辉：

1923年开会的时候基本是半地下室的，而且是租用的中共广东区委用的民房。到了1938年，广州沦陷前，日军飞机炸毁三大会址，基本上就湮没了。在70年代初就开始着手找会址这方面的工作，到了1972年大概位置是知道的。这个地方当年在广州是很偏僻的，不好找，除了少数的七八个人住在会址里面，多数是住在其他地方。他们找会址确实也很困难，就把1922年美国华侨兴建的这个葵园，当作坐标。所以1972年我们就基本上确定了会址的所在地。到了2006年，发现的这块遗址，证实了当时70年代初我们做的工作是完全准确的。

【女主持】1923年召开的党的"三大"最大的贡献是第一次奠定了国共合作的理论基础及政策。

广州中共三大遗址博物馆馆长颜辉：

"三大"最重要的贡献是，它确定了与国民党合作，建立统一战线。事实证明中国共产党的政治舞台扩大了，开展了国民革命，迎来了大革命的高潮。到了1927年中共"五大"召开的时候，中共党员急剧发展到五万八千多名。在中共"三大"上确立的统一战线的方针、策略，经过新民主主义革命的反复的实践，成为中国共产党后来战胜强敌、夺取革命胜利的三大法宝之首。

【男主持】如今的中国共产党"三大"最真实的会址遗迹，如同北京路遗址保护一样，就只是用玻璃罩保护起来的那数十块红阶砖了。

【女主持】1924年1月，国共两党在这里实现了第一次合作，点燃了大革命的熊熊烈火，谱写了中国共产党领导中国人民进行反帝反封建革命的壮丽篇章。

【男主持】中国共产党"三大"之后，在中国共产党的推动下，孙中山先生对国民党进行了改组,确定了联俄、联共、扶助农工的三大政策,召开了国共合作的国民党第一次全国代表大会,第一次国共合作正式建立,全国掀起了声势浩大、轰轰烈烈的反帝反封建的革命群众运动,胜利地举行了北伐战争,促进了中国革命的高涨。这是年轻的中国共产党开始实践民主革命纲领和统一战线政策的重大胜利,也是孙中山先生推动中国革命的历史功绩,标志着他一生最为重要的转变。

【女主持】在广州乘坐地铁时你会发现有一站是专为农民运动讲习所设立的,站名就叫"农讲所"。当年星星之火开始点燃的地方——广州农民运动讲习所旧址,如今在广州已成为一处专供游览学习的革命圣地。

深深的庭院和当年一样清幽寂静,只有院子里的两株高大的木棉树开得火红而热烈,它一下子就让我们想起了无数为中国革命抛洒热血的先烈。

农讲所纪念馆教育推广部主任梁惠彤:

广州是近代史的发源地,在1924年到1926年期间在广州总共开办了六届农讲所。我们现在所说的"农讲所",它的全称是:毛泽东同志主办农民运动讲习所旧址。那是1953年周恩来同志的题字。它是纪念毛泽东同志主办农讲所的历史功勋的一个博物馆。第六届还专门把毛泽东从湖南请来,因为当时毛泽东对农民运动的研究是非常出色的。农讲所所培养出来的人才真正正正的在中国的革命旅程里面发挥了作用。所以,毛泽东那八个字提得非常好,"星星之火,可以燎原",因为这些革命的种子播种下以后,燃起了中国(革命)的熊熊烈火。我们看到了农讲所发挥了很大的作用。

【女主持】毛泽东当时在农讲所主要讲授一些基础的马克思主义与历史上的农民起义所得的成绩,培养了一批干部与具有抗争精神的农民,为扩大农民在革命中的地位与数量奠定了基础。可以说是毛泽东最早认为当时的无产阶级农民才是中国革命的根本力量源泉。

【男主持】从一九二七年八月一日的南昌起义到井冈山第一个农村革命根据地；从一九三五年的遵义会议确定了毛泽东在中国共产党和红军中的实际领导地位再到一九三六年二万五千里长征的胜利结束，中国共产党发出了影响中国历史进程的声音，培育了当时中国最先进的思想。仿佛一块磁石，吸引着每一个有理想的中国人。

中央文献研究室常务副主任杨胜群：

延安时期，中国共产党的先进性应该说是全面地、充分地表现出来了，从而使中国广大的先进分子，还包括许多的中间分子都纷纷站到它的旗帜下来。中国人民进一步认识到中国共产党是中国走向复兴的坚强的政治力量。

【女主持】109年沧桑巨变，换了人间。北京天安门，曾在1900年见证了西方列强的野蛮；在1919年见证了中国人民的觉醒；1949年的秋天，它终于迎来了一个崭新的共和国。

【历史音响 毛泽东讲话】中华人民共和国、中央人民政府，今天成立了！

【女主持】中国史学会原会长金冲及：

听到说中国人从此站立起来了，那确实是，大概只有当事人才能理解到当时那一刻的心情，盼望了100多年啊！

【朗诵《天亮之前》】

最初的一线曙光

躲躲藏藏地窥了

众生底心沸着

鼓着雄壮的勇气

狂热地跳舞着，起劲地歌唱，催太阳起身

我们的生活苦闷

我们的生活枯涩

你撒给我们爱和光

我们底生命才得复活呀

但还有许多兄弟呢

他们底不幸就是我们底不幸呀

亲爱的父亲呀

升罢升罢

快快地升罢

多多多多地给些光呀!

【男主持】这首题为《天亮之前》的诗，是诗人汪静之所作，收在他1922年出版的诗集《蕙的风》中。这首诗，过去被人们视为爱情诗，没有注意。然而，这却是第一首歌颂中国共产党的诗!

1985年5月4日，汪静之在提到这首《天亮之前》时说："这首诗是写于1921年12月23日，在此之前，我在朋友那听到中国共产党在当年7月成立的消息。我感到参加共产党的这些人很有志气，因此写了这首诗。收录在爱情诗集里，敌人发现不了，但朋友们也将它当成了爱情诗。"

这首诗表明，尽管在当时中国共产党还很小，但是已经产生了广泛的影响，并且注定它就是那颗划破夜幕的红星。

【女主持】有人说，在中华民族伟大复兴的征途上，推翻封建帝制的是孙中山，为中国打开思想进步的闸门；建立起新中国的是毛泽东，让中国人民从此站了起来；而挽救社会主义的是邓小平，为中国找到了一条使国家强盛、人民富裕的道路。

【出录音 邓小平】一个党，一个国家，一个民族，如果一切从本本出发，思想僵化，迷信盛行，那它就不能前进。它的生机就会停止了，就要亡党亡国。如果现在再不实行改革，我们的现代化事业和社会主义事业就会被葬送。

【男主持】中国在变，世界也在变。此时的中国，改革的初步成果催生了人们的信心和希望，一场奋力图新的社会变革如春笋般涌动。走出一条属于中国自己的道路，是几代中国人始终不渝的奋斗目标。

原对外经济贸易合作部部长石广生：

在经济全球化的今天，随着中国国力的增强和复兴，中国现在确实已经成为世界的一员，而且是重要的一员，它的地位和作用越来越重要。这包含着中国的自豪，也包含着中国人民对世界的一种责任。

【男主持】2002年秋天，中国共产党再一次表现出与时俱进的马克思主义理论品质。

【出录音　江泽民】我们党必须始终代表中国先进生产力的发展要求，代表中国先进文化的前进方向，代表中国最广大人民的根本利益。……始终做到"三个代表"，是我们党的立党之本、执政之基、力量之源。

【女主持】2003年秋天，以胡锦涛同志为总书记的党中央提出了一个令世人耳目一新的重大战略思想，这就是：科学发展观。

【出录音　胡锦涛】坚持以人为本、全面协调可持续的发展观，是我们以邓小平理论和"三个代表"重要思想为指导，从新世纪、新阶段党和国家事业发展全局出发，提出的一个重大战略思想。

【男主持】今天，中国的发展已经站在一个新的历史起点上。对于一个有着灿烂文明的民族，今天是如此渴望再创辉煌；也只有历经苦难的民族，才更加懂得重新奋起的意义。历史和人民选择了马克思主义、选择了中国共产党、选择了社会主义道路。没有共产党就没有新中国！

前方路正长，这只是一个红色的起点。

第十三集　铁血黄埔铸军魂

【黄埔军校校歌】

怒潮澎湃，党旗飞舞，

这是革命的黄埔。

主义须贯彻，纪律莫放松，

预备作奋斗的先锋。

打条血路引导被压迫民众，

携着手，向前行，

路不远，莫要惊，

亲爱精诚，继续永守，

发扬吾校精神，发扬吾校精神。

【男主持】这首旋律慷慨激昂、让人热血澎湃的歌，是著名的黄埔军校校歌。上世纪二十年代初，这首歌曾经引领许多爱国青年投奔位于广州的黄埔军校，在这里他们学会了用枪与开炮，学会了主义和革命。在随后半个世纪里，这些莘莘学子成为左右中国历史走向的非凡人物。说起往事，黄埔四期生李远昌很激动：

李大钊说，你们可以到广州黄埔去，现在黄埔军校正在北京招生，你们可以到黄埔去。我们党还需要军事人才，你们学军事可以带兵。我们两个当时都是年轻人，都不到20岁，我只有17岁。

【女主持】投奔黄埔，仿佛是那个时代血性青年的宿命。黄埔二期生张炎元说：

报名去考军校，招生简章规定要有中学毕业的证书。文凭没有，我们去做一个毕业证书，命中注定要当兵，所以我就考进黄埔军校第二期。

【男主持】黄埔军校位于广州长洲岛，面积只有6平方公里。它兀立江心，如同一名哨兵，扼守着广州的门户，是历史上有名的长洲要塞。黄埔军校当年的校舍，在1938年被日寇飞机轰炸而荡然无存。如今人们看到的建筑，是20世纪末在原地基的位置上按原貌重新修建的。虽然是重建，但门前那几个苍劲有力的大字"陆军军官学校"依然唤醒我们对历史的记忆。

【记者播报】各位听众，我是记者蔡璇，我现在黄埔军校。走进军校大门，围墙边两棵古榕的树身仍然残留着斑斑弹痕，仿佛在诉说着战争的创伤。二门右侧墙壁上，挂着蒋介石手书的"亲爱精诚"校训。二门门口还挂着一副对联："杀尽敌人方罢手，完成革命始回头。"对联言简意深，令人油然而生征战沙场的豪情。据说当年校门口还挂了一幅对联："升官发财，行往他处；贪生怕死，勿入斯门。"使人一进军校就强烈地感受到革命激情。

【女主持】1923年2月，当孙中山准备返回广州，重建大元帅府时，一系列的失败使孙中山认识到：在领导革命的斗争中，组建一支忠于革命的军队是何等重要。于是他决心仿效苏俄红军建军经验创办军官学校，作为建立革命军队的基础。1924年6月16日，第一期招募的499位爱国热血青年集合在操场上，肃立聆听民主革命伟大先行者孙中山先生慷慨激昂的演讲：

【出录音　孙中山】从今天起，把革命的事业重新来创造。要用这个学校内的学生做根本，成立革命军。诸位同学，就是将来革命的骨干，有了这种好骨干，成立革命军，我们的革命事业便可以成功，如果没有好革命军，中国的革命还是永远要失败。所以今天在这里开这个军官学校，独一无二的希望，就是创造革命军，来挽救中国的危亡！

【男主持】担任黄埔军校校长是蒋介石一生政治军事生涯的里程碑。在走马楼二楼西向的一个角落里，我们见到了蒋介石的校长办公室。室内清一色满洲窗格，木门木地板，地板上的织花地毯和风琴形办公桌颇具美感。校长办公室的墙上贴着第一期学生名录，"常胜将军"陈赓的评语栏上写着："外形文弱，但性格稳重，能吃苦耐劳，可带兵。"可正是这个校长眼中"外形文弱"的学生，在第二次东征时，背着兵败被围、绝望之余欲"杀身成仁"的蒋介石逃出险境，救了他一命。

【男主持】在陈列室里我们可以看到这样一组数字：从黄埔军校培养出来的师生，国民党方面被授予上将军衔有40人，中将中担任集团军总司令的有50多人。共产党方面，人民解放军10位元帅中，叶剑英、陈毅、徐向前、聂荣臻、林彪出自黄埔，10名大将中有陈赓、罗瑞卿、许光达等，57名上将中有8人出自黄埔。很多人都奇怪，黄埔军校究竟有什么灵丹妙药可以培养出这么多军事上的英才，到底奇迹是怎样发生？黄埔军校旧址纪念馆馆长冯惠：

黄埔军校不同于当时其他军校，因为它设立了政治教育，把政治教育和军事教育看作同等重要地位。黄埔军校师生不仅知道为什么要打仗，而且他们还知道向什么人才可以开枪。（记者问：共产党在黄埔军校创建中所起的作用是什么？）应该说共产党人在军校政治教育方面做了大量工作，特别是我们非常熟悉的周恩来总理曾经任黄埔军校政治部主任，在当时国共合作的大背景下，年仅26岁的周恩来被推荐来当政治部主任。周恩来到了之后，请了很多社会名人，像毛泽东、张静江、鲁迅、茅盾等到黄埔军校演讲，还采取政治问答方式来加强学生对人生观和社会价值观的认同，保证了军队在主义上的统一。

【女主持】先进的办学理念，一流的师资力量，改变了当时中国整体的军事素质和品质。黄埔军校在中共和苏联的帮助下迅速成长壮大，很快成为声名显赫的大革命策源地和聚光点。一批批优秀的热血男儿从五湖四海聚集到这里，秉承孙中山先生"亲爱精诚"的校训，接受正规系统训练后，投身革命战场，在枪林弹雨中成为革命的中流砥柱。

【男主持】在黄埔军校成立后的四个月，广州发生了商团叛乱。学生军一出世就打了个漂亮仗，一举平定了商团叛乱。从这一仗开始，黄埔异军突起，登上了中国历史的舞台。随后两次东征，黄埔军更是军威大振。

【女主持】长洲岛上有东征阵亡烈士墓园及北伐纪念碑。墓园里，516名曾经"闻着相互的汗臭味，相视而笑"的灵魂，在松柏深处相偎长眠。攻打惠州是第二次东征中最惨酷、最激烈的战役。四团团长刘尧宸指挥全团冒着敌人密集的炮火连续冲锋，这个团是清一色的黄埔生，全团12个连长半数是共产党员，战斗力之强为各军之冠。激烈的战斗持续到日暮，刘尧宸亲自扶梯，指挥部队往上冲，不幸牺牲。最后，国民党党员连长陈明仁与共产党员连长陈赓并肩作战，斩将搴旗，带头登上惠州城头。

陈明仁之子、黄埔十九期生陈扬钊后来回忆说：

打惠州有一个河，河上有一条桥，通过那座桥才能靠近城墙，这中间有一段距离，陈炯明军队躲在城墙上架着机关枪，多少人都没办法。死伤很多，他就在半夜组成100多人的敢死队，把梯子搬到靠墙边上，我父亲第一个爬上城楼，把黄埔军校的校旗插上去，把惠州打下来。

【记者口播】各位听众，我是记者蔡璇。我现在位于广东省人民体育场，这里原来叫东较场，1926年7月9日，国民革命政府就在这里举行北伐誓师大会，各界群众5万余人参加。这一天东较场军旗招展，刀光耀日，北伐军队、省港罢工工人和各界代表情绪高涨。全场群众高呼北伐口号，国共两党合作的北伐由此揭开了序幕。

【歌曲《国民革命歌》】打倒列强，打倒列强，除军阀，除军阀，国民革命成功，国民革命成功，齐奋斗，齐奋斗！

【男主持】仪式之后，国民革命军第一、二、三、四、六、七军共计十万将士，唱着豪迈的军歌，义无反顾地向北冲锋！这是一场以一对八的战争，十万的北伐军面对吴佩孚、孙传芳八十万军队。战马嘶吼声、号角声、冲杀声响彻沙场，北伐军以血肉之躯向敌人发起了一次又一次的冲锋。开路先锋——叶挺独立团，以一当十，屡立奇功，同时也付出了巨大的牺牲，仅武昌攻城之役，就阵亡191人。在这场长达几个月的战斗中，叶挺独立团战斗力最强，牺牲最巨，建功最大，武昌人民给予他们"铁军"的称号，并铸就一块"铁军"盾牌。

【女主持】北伐军首先集中兵力在两湖战场打击吴佩孚部。8月底取得两湖战场上的关键一战——汀泗桥、贺胜桥战役胜利。10月，北伐军进抵武汉，先后占领武昌、汉阳、汉口，全歼吴佩孚部主力。11月起，北伐军向南浔路一带发动攻势，消灭孙传芳部主力，占领南昌、九江，随后又攻占福建、浙江。1927年3月下旬先后攻占安庆、南京。3月21日，为配合北伐军进军上海，中国共产党领导上海工人取得第三次武装起义的胜利，占领上海。仅仅一年，出身黄埔的精兵强将就饮马长江，扫荡中原，歼灭吴佩孚、孙传芳数十万大军。黄埔之名，极一时之盛。吴佩孚曾哀叹，自己的军队是"不怕死"，而黄埔军是"不知死"，"胜败之分，就在于此"。

【男主持】1928年蒋介石、冯玉祥、阎锡山、李宗仁四派联合北伐奉系军阀张作霖，北伐军很快占领绥远和大同、张家口、保定、沧州等地。张作霖见大势已去，于6月3日退出北京。6月4日，张作霖在退往沈阳途中，经皇姑屯车站时被日本帝国主义炸死，张学良宣布奉吉黑三省改悬青天白日满地红旗，宣布效忠南京中央政府，即东北易帜。北伐至此宣布成功。

黄埔军校旧址纪念馆馆长冯惠：

黄埔师生在北伐战争中起了很重要的作用，北伐最主要的是打倒了列强，除军阀，建立人民统一的政府，基本上消灭了北洋军阀在中国的统治。

【女主持】在抗日战争狼烟乍起，民族危亡的紧急关头，国共两党再度携手，在民族大义的旗帜下，当年的黄埔同学又重新并肩作战，长城脚下，昆仑关下，滇缅丛林中，遍撒黄埔师生的热血。古北口一战，三名黄埔一期出身的师长黄杰、关麟征和刘戡率部与敌激战两月有余，170多名黄埔生长眠于长城脚下。时任八路军副参谋长的黄埔一期生左权为抗击敌寇，血洒太行山上，成为抗日战争中黄埔人的杰出代表。

【男主持】1942年初，10万中国远征军部队，在黄埔一期生、副司令长官杜聿明将军的率领下，出国作战保卫滇缅公路，随同出征的黄埔生还有郑洞国、黄杰、邱清泉、戴安澜、廖耀湘等。这是自1894年甲午战争以后，中国军队第一次到境外作战。在缅甸战场，中国远征军历经异常气候、病魔、野兽、蚊虫、瘴气和饥荒的种种折磨，左冲右突，东拼西杀，闯过森林区、翻过野人山，历尽艰辛。三万多中国军人的忠骨埋在了异域他乡。在纪录片《中国远征军》里，不少老兵回忆起野人山的惨烈场面，泪流满面。

大树上都是蚂蟥，蚂蟥吸血，还有蚊子，还有不知名的小咬，蚊子、小咬、蚂蚁都吃人。不要说大的动物，大蟒蛇、大老虎那些不说了。到了原始森林里，人吃的东西实在不多，找不到，可吃人的东西就多了。杜聿明的副官生病了，掉队后在树底下睡了一夜，第二天就变成骨头，被蚂蚁吃掉了。

有很多人病了，没有东西吃，也没有医药，所以那时候，不病则已，病了就一定死。

【女主持】黄埔三期生戴安澜将军在缅甸同古守卫战中，面对数倍于己的日军，表示了决一死战的坚定信念，他在致夫人王荷馨的信中写道："余此次奉命固守同古，因上面大计未定，后方联络过远，敌人行动又快，现在孤军奋斗，决心全部牺牲，以报国家养育。为国战死，事极光荣。"他带头立下遗嘱：只要还有一兵一卒，亦需坚守到底。

【男主持】戴安澜率领200师坚守同古12天，歼灭敌军4000多人，重创了不可一世的日军第55师团。战斗结束后，戴安澜在撤退过程中，遭敌袭击，身负重伤。由于缺乏药物医治，伤口化脓溃烂，在缅北距祖国只有100多公里之地的茅邦村，戴安澜壮烈殉国，时年38岁。

【女主持】临终前，将军望了望北方，那是自己祖国的方向，他是多么渴望回到祖国的怀抱啊！当时缅甸边境没有木棺，将军马革裹尸回国。沿途民众无不怆然泪下，隆重奠祭戴将军。中国共产党和国民党的领导人纷纷送上挽诗、挽联和花圈，对戴安澜的以身殉国给予极高的评价。毛泽东在挽诗中写道："外侮须人御，将军赋采薇。师称机械化，勇夺虎罴威。浴血东瓜守，驱倭棠吉归。沙场竟殒命，壮志也无违。"

【男主持】几乎每一场重大战役战斗，都可以看到国共两党的黄埔师生捐弃前嫌，驰骋疆场的英姿。1937年8月，黄埔四期生林彪在山西平型关大胜日军，取得"平型关大捷"；1939年底，黄埔一期生杜聿明在广西昆仑关大败有"钢军"之称的日军板垣征四郎师团，取得"昆仑关大捷"。

【女主持】然而他们还没来得及为共同争取到的胜利举杯相庆，三年内战的狼烟已经点燃。随着新中国建立，本该天下一家，又一次被一道窄窄的海峡隔离。一校同学情谊的反复破裂与缝补，折射出一个动荡时代国家被割裂、同胞被拆散所经历的巨大伤痛。

【男主持】1987年10月14日，蒋经国宣布开放台湾居民到大陆探亲，台湾的黄埔学子纷纷回到大陆探亲访友，重叙同学之情、战友之情、骨肉之情成为黄埔人的心声。广东省黄埔军校同学会秘书长于海涛表示，"天下黄埔是一家"。黄埔军校如同一条特殊的精神纽带，将中国人联系在一起。

【出录音　于海涛】1984年我们重新成立黄埔军校同学会，台湾现在也有黄埔组织，一个叫中央军事院校校友会，另外还有中华黄埔四海同学会、陆军军校校友会，都是由黄埔军校的师生在开展活动。海峡两岸，目前黄埔师生活动比较密切。

【女主持】2010年6月18日，一名82岁老人站在黄埔军校门前深情地说，"终于回家了。"这位老人是原黄埔军校军医部主任李其芳的女儿李若梅，她带着父亲留下的40多件珍贵历史文物回到了黄埔军校，并把这些文物捐赠给广东革命历史博物馆。李若梅老人告诉记者，父亲李其芳早年留学德国，回国后自投名片拜谒孙中山先生，获得赏识，聘为大元帅府医官，为孙中山先生和宋庆龄夫人看诊。同样学医出身的孙中山曾给予李其芳"做官不如行医"的训言。在李若梅女士捐赠的文物中，有黄埔军校军医部主任的委任状、信封和封套、孙中山先生手令等。这些弥足珍贵的文物曾随李其芳及其女儿在海外流转几十年，在广东黄埔同学会的穿针引线下，终于回家了。李若梅如释重负。

【男主持】一句"回家了"，道出了海外黄埔后人拳拳的赤子之情，这是梦里千回百转的黄埔，这是父辈洒满热血的黄埔，长洲岛上留下了一个时代永不磨灭的背影。

【女主持】广州市政府对黄埔军校这一珍贵历史文化资源十分珍惜。1992年，长洲岛被定位为文化旅游风景区；1996年，广州市投入近3000万元修复了黄埔军校校本部等遗址；最近广州市政府还专门编制《长洲岛文化旅游风景区总体规划》，把黄埔军校打造成为广州的一张名片，让千秋万代的中华儿女前来吸收浩然的阳刚之气，感受凛冽的正义之风。让黄埔精神得以开枝散叶，世代传颂。现在黄埔军校旧址已经成为广州著名旅游景点，每年都会接待大批参观、军训的学生和公司职员。尤其是每年夏天，一批又一批"黄埔军人"来往穿梭于校本部的教室、宿舍、操场。他们穿当年的旧军服，吃当年的杂粮饭，睡一人宽的木板床，在当年的训练场上操练，队列整齐，口号嘹亮，神情激昂……

【出录音】

游客一：我对中国历史和军事很感兴趣，来广州的话一定要来这里看看。这里，有太多的历史沉淀，可以说，当年每个在这里成长的人都是一本鲜活的历史教科书。

游客二：黄埔精神就是革命的精神！

游客三：我是一个军人，我觉得黄埔军魂、黄埔精神是永远存在的，黄埔军校校歌我也会唱。黄埔军校是世界四大著名军事院校之一，属于中华民族的骄傲，有了黄埔师生才有北伐、抗战的胜利。黄埔精神万岁！

【男主持】远处军歌嘹亮，历史的云烟已经散去，时代的召唤正在叫响。黄埔军校虽然结束了其历史使命，但以革命、爱国为核心的黄埔精神并没有随着军校使命结束而消逝。它反而激励着中华儿女为民族的伟大复兴而前赴后继，为祖国的统一和繁荣富强而不断奋斗。

第十四集　岭南文化

【男主持】2010年6月3日下午，在华南理工大学北校区一座融合中西建筑风格的平房内，记者见到了大名鼎鼎而又平易近人的中国工程院院士、上海世博会中国馆设计者、工程设计大师何镜堂。他指着上海世博会中国馆的模型对记者说，中国馆有岭南的元素。

【出录音　何镜堂】这个建筑体现了很多岭南文化的东西。这个建筑本身就是架空升起，地下非常凉快，整个都是穿堂风，还有就是像一个斗一样，上大下小，这样冬天的阳光就可以射到里面去，夏天的阳光进不去，冬暖夏凉，体现了岭南的特色。通风、遮阳、防潮、隔热的处理还有公共场所的提供，以及园林的处理都吸收了岭南文化的特色。

【女主持】的确，岭南文化有相当一部分完整地保留着来自中原的古文化，但岭南文化又不完全等同于中原文化。

【男主持】"岭南"一词，始于唐太宗贞观年间，当时全国分为十个道，广东、广西同属岭南道。岭南是指五岭（大庾岭、越城岭、骑田岭、都庞岭、萌渚岭）之南。"岭南文化"是指"岭南的文化"，即岭南地域内所包括的文化。岭南的范围大致包括广东省、海南省、广西壮族自治区的大部分、福建省西部以及香港、澳门特别行政区。

【女主持】据《尚书》《山海经》等典籍记载，在开创华夏文化的"三皇五帝"中，尧帝、舜帝到过南方。舜帝正式将当时称为交趾的岭南地区纳入中国版图，舜帝每年都到南方"巡狩"，将中原文化传入岭南。

【男主持】岭南文化珠江来。珠江是中国的第三大河流，以珠江文化为依托的岭南文化具有多元性和兼容性，由土著的百越文化与来自五岭以北的华夏文化、荆楚文化、巴蜀文化、吴越文化，以及来自海外的印度文化、波斯文化、阿拉伯文化、西洋文化的先后结合融汇而成。

【广播剧】

旁白：时光倒流到公元前111年，汉武帝将目光投向南方，继秦始皇之后再次出兵平定岭南。

汉武帝：张骞爱卿，岭南面积太大，应设交趾部管理百越。你看交趾部首府应设在哪里？

张骞：有个地域正好处于西江和桂江及贺江的交汇处，是一个得天独厚的风水宝地。陛下可曾记得？

汉武帝：哦，朕差点忘记，真有个域枕三江水，山连百越青的好地方！初开粤地，宜广布恩信，那就取"广"和"信"赐地名"广信"吧！

张骞：陛下英明！臣斗胆建议……

汉武帝：有话请直说。

张骞：经西域通西方的陆上丝绸之路虽然已打通，但陆路艰险时有阻滞，建议由汉水入长江，然后由长江支流经灵渠而入西江到广信，再由广信经高凉到雷州半岛出海，此乃"海上丝绸之路"也。

汉武帝：爱卿，你想得真周到！那就派你去开辟"海上丝绸之路"吧。

张骞：臣不习水性，难以胜任，还是让臣继续往西域完成陆上丝绸之路。黄门译长体质好、能力强且熟习水性，此光荣任务非他莫属。

汉武帝：传黄门译长！

众卫士：传黄门译长！

黄门译长：陛下，臣在。

汉武帝：限你今年之内从雷州半岛的徐闻出发，经北部湾的合浦、交趾到天竺等西方，打通"海上丝绸之路"！

黄门译长：喏！

【女主持】历史上，汉武帝开辟了经广信而进入岭南的南北交通要道，使中原的经济、文化由广信而进入岭南，由此而使此地区得风气之先，取得先一步的经济文化繁荣。

【男主持】因此，中原文化的儒学、海外文化的佛学最早在此传入，在汉代广信地区涌现出了影响全国的、以陈钦、陈元父子为代表的古文学派；以士燮兄弟为代表的经学世家；以中国首部佛学著作《理惑论》的作者牟子为代表的岭南最早的佛学家。从今天的眼光来看，珠江水系对联系岭南各地之间的文化和经济尤为重要。

广东省珠江文化研究会会长黄伟宗：

泛珠三角其实就是珠江水系，也是一种海洋文化。现在国务院颁布了《珠三角发展规划纲要》，里面提出了以珠三角为辐射中心让周边发展。也就是泛珠三角珠江水系海洋文化发展的继续。所以我们广东的文化，改革开放以后，就是很好地利用了海洋文化特性形成了一个繁荣的局面。

【女主持】让我们再次将目光投向广信。广信是汉武帝于公元前111年平定岭南时所设交趾部的首府所在地。由于这是岭南首府所在，是中原文化南下与土著百越文化的交汇点，两者相撞交融，便逐步形成了广信文化，进而发展为广府文化、岭南文化。

广东省珠江文化研究会会长黄伟宗：

现在我们说的广州话，为什么叫做广府话？为什么叫做广府民系呢？就是广信首府的意思。广信首府就叫广府。

【男主持】广东是我国汉族民系分布情况非常复杂的一个省份，省内居住着广府系的大部、客家系和福佬系的部分。三大民系的形成，是中原汉族与岭南土著民族长期融合的结果。这种融合早已有之，而较大规模的融合则始于秦征岭南，经过两晋、两宋、明末三次移民高潮逐渐形成广东的三大民系。

【女主持】广东三大民系长期保持各自的生活习俗、文化意识和性格特征，共同构成了广东文化丰富多彩、千姿百态的风情魅力，并以其各自的优势，促进了岭南文化的发展。时至今日，三大民系仍保留着相当多的区域文化特质和风格，并培养出不同的民性。例如：广府人重商、善开拓，以商业文化著称；客家人耕山、刻苦、重教，以山地文化闻名；潮汕人亲海、团结、冒险，以海洋文化为其特色等。

【男主持】岭南文化的迅速崛起却是在鸦片战争爆开国门之后，这场战争打破了中国人的"天朝梦"，造就了康有为、梁启超、孙中山等一批"睁眼看世界"的有识之士。正因为如此，广东成为首迎海风的窗口，外来文化尤其是西方文化首先从这一窗口源源不绝地吹进广东，使岭南文化在"海风"与"北风"的夹隙中迅速形成自己的格局。

【女主持】那时，广东的人物中涌现出许多"第一个"，第一个留美学生容闳，第一个大工程师詹天佑，第一个机器纺织业创办者陈启沅，第一个飞行家冯如，第一个倡导"新派诗"的黄遵宪，第一个获得音乐博士学位并创办第一所音乐专科学校的音乐家萧友梅，第一个到欧洲研习油画并以卓越的艺术蜚声海外的画师李铁夫等，就连在全国独树一帜的岭南画派和广东音乐也产生于那个时代。

【女主持】谈岭南文化离不开岭南方言，因为语言是文化的载体，富有特色的岭南文化正是通过岭南各地的方言承载下来的。在汉语"七大方言"中，广东就拥有其中三种：粤方言、闽方言和客家方言。

【男主持】粤语的产生在学术界存在两种观点，一种观点认为秦汉时期大批汉人南下带来古代中原汉语即雅语，另一种观点则认为，粤语是古楚语和古岭南地区的土著民族语言古越语相互融合后形成的一种方言。无论是哪一种观点都一致认为，粤语的形成始于秦汉、长成于唐宋，并保留了大量的古汉语特点。因为广州话一共有9个声调并保留了古代的四声，所以用粤语朗诵唐诗、宋词特别有韵味。

【女主持】且看杜甫的一首五言律诗：国破山河在，城春草木深。感时花溅泪，恨别鸟惊心。烽火连三月，家书抵万金。白头搔更短，浑欲不胜簪。朗读此诗，广州话比普通话更押韵。因为，深、心、金、簪这四个字粤语音同韵，而普通话现代语音中却不同韵。

【男主持】从汉代开始的不同时期，海上丝绸之路的始发地均在广东沿海，因此，广泛的对外贸易和对外交往使粤语在发展过程中，不断吸收外来词汇。

广东省珠江文化研究会副会长、方言学家罗康宁：

粤语对岭南文化的影响是很大的，一个是保存了很多在中原已经消失的古代汉文化的因素，另外粤语是最开放的语言体系，大量吸收了外来词汇，从佛教传入开始就大量地吸收了印度的语汇。后来随着海上丝绸之路的不断发展，吸收了大量的英语和其他外来语的词汇，现在粤语的外来词汇是众多方言中最多的，是传统性和开放性的有机结合。

【女主持】粤方言的特点很明显地影响着以粤方言为载体的音乐、戏剧等艺术的发展。粤剧，原称大戏或者广东大戏，流行于广东、广西、香港和澳门等粤语地区及海外粤语人士聚居之处，流行地遍及亚、欧、非、大洋洲、美洲，被誉为世界上流行最广、剧目最多的大型戏曲剧种之一。

【男主持】粤剧自公元1522—1566年（明朝嘉靖年间）开始在广东、广西出现，是揉合唱做念打、乐师配乐、戏台服饰、抽象形体等等的表演艺术。粤剧每一个行当都有各自独特的服饰打扮。最初演出的语言是中原音韵，又称为戏棚官话。到了清朝末期，知识分子为了方便宣扬革命而把演唱语言改为粤语广州话，使广东人更容易明白。2009年9月30日，粤剧获联合国教科文组织肯定，列入人类非物质文化遗产名录。

广州粤剧院院长倪惠英：

这个剧种已经有三百多年的历史了，在中国戏剧中是最具有地方特色的多声腔的一个剧种，也是我们中国皮黄声腔中唯一完美使用方言演唱的一个剧种，它吸纳了多元的音乐、戏剧元素，将梆子、二黄声腔与粤方言的音韵给予最完美的结合，而且是创造性地拓展了中国戏剧的艺术表现，成为我们中国南北戏曲艺术的一个集大成者。

我们粤剧文化一直是以一种积极、开放的姿态，迎接西方戏曲、电影等文化的挑战，大胆地改革，不断地创新，从而打破了自身固有的封闭性和保守性，面貌一新地汇入了二十世纪世界戏曲的新潮流。

【女主持】粤剧在发展的同时也推动了广东音乐的产生和发展。广东音乐是产生于广州方言区的器乐品种，本世纪初发源于广州及珠江三角洲一带，风行国内外而享有盛誉和众多的听众，它是以广东民间曲调和某些粤剧音乐、牌子曲为基础，吸收了中国古代特别是江南地区民间音乐养料完善和发展起来的地方民间音乐。

【男主持】本世纪初，吕文成等民间艺术家吸收西洋乐器的优点，改良了乐器和乐队的组成进一步推动了广东音乐的发展。

【女主持】广东音乐是一种标题音乐，结构上以简驭繁。它以器乐的丰富和宽广的音域，以及表现手法的丰富多变，写景、抒情、状物，因而地方色彩浓郁，有特殊的艺术魅力。

星海音乐学院教授黄日进：

广东音乐是有内涵有章法，并与广州方言法则有密切关系的声音组合。它跟广州方言有着密切的关系，它的旋律音程、音高、节奏、语调等跟广州话诸多语言因素相吻合。因此，广东音乐可以填上广州话来唱，并且唱得非常通顺流畅，字正腔圆。假如换过另一种方言来唱，怎么也唱不出这样的旋律和风格。

【男主持】和粤剧、广东音乐被称为"岭南三秀"的是岭南画派，也是鸦片战争后在岭南地区形成的艺术形式，是中国传统国画中的革命派，始于晚清时期，创始人为高剑父、高奇峰、陈树人，简称"二高一陈"。这一画派是在西方艺术思潮的冲击下，近代中国艺术革新运动中逐步形成的。

中国美术家协会副主席、广东画院院长许钦松：

岭南画派，主张创新，主张写实，在绘画技术上，一反勾勒法而用"没骨法"，用"撞水撞粉"法，以求其真。

【女主持】"岭南画派"的产生和发展，体现了一种新的文化精神。"岭南三杰"、高剑父、高奇峰"二高"是参加过辛亥革命的，陈树人也是深受辛亥革命精神所影响的，因此，岭南画派从产生的第一天开始就具有革命精神、时代精神、兼容精神和创新精神。第二代的杰出画家关山月、黎雄才、赵少昂等虽然风格各异，但传承了岭南画派的这种优良传统。

中国美术家协会副主席、广东画院院长许钦松：

如果我们要把岭南画派这面旗帜再度举起，让它高高飘扬，最根本的任务就是，在我们的队伍当中，继续地发扬光大这种岭南画派的革新精神，着力打造我们广东特有的岭南文化的那种最根本的特质。

【男主持】岭南的艺术家们一直没有停止用岭南特有的方式去创作富有时代特色的作品。2010年6月3日，"百年风云——广东近当代重大历史题材美术作品创作工程"委托书颁发仪式在广州举行，共有117幅美术作品入围此项工程。广东画院院长许钦松则表示，这是广东美术史上规模最大、规格最高的历史画创作活动。这个活动将推动岭南画派的进一步发展。

【女主持】粤方言区的民俗也就是广府民俗保留了古代南越文化的一些特点，但也大量吸收了来自中原的文化，是汉文化与古越文化融合变异的结果。

【男主持】岭南地区远离中原，山川灵秀，海外风情熏染，使得广府文化表现出一种大胆追求的精神和宽松自由的风格，民俗风貌亦偏于自然清新。

【女主持】广府主要民俗有行花街、波罗诞、龙母诞、醒狮、出色等。广府建筑有西关大屋、骑楼、碉楼等。

【男主持】骑楼建筑是20世纪初广州和岭南地区的临街商业楼房的一种建筑形式。它最早盛行于南欧、地中海一带。本世纪初，广州开辟马路时，将西方古典建筑中的券廊等形式与广州传统的形式相结合，演变成广州特有的"骑楼"建筑。

【女主持】1840年鸦片战争之后，广州近代建筑的发展经历了西洋建筑的移入、传统建筑的复兴以及现代主义建筑的传入等若干阶段。1996年被国务院公布为全国重点文物保护单位的沙面建筑群以及2007年申请世界文化遗产项目且通过的"开平碉楼与古村落"都是这一时期建筑的代表作品。

上海世博会中国馆设计者、中国工程院院士、华南理工大学建筑学院院长何镜堂：

我觉得岭南的建筑在全国的建筑体系里面，最大的特点就是反映出岭南文化的交融特色，中原和西方的交融，兼容性很强，因为海内外结合太多了。这种文化结合我们的气候，所以所有建筑都比较隔热，通风，防潮，遮阳，这就形成我们的体系了。

【女主持】岭南文化既古老又年轻，经过两千多年甚至更悠久的历史沉淀，不断吸纳四海文化之精华，直到今日仍然焕发青春的光彩。

【男主持】近年来，广东先后提出建设文化大省、文化强省的目标，并为提升文化软实力出台了实施意见，制定了5～10年广东文化发展的总体目标。

【女主持】专家学者们也在关注岭南文化，对岭南文化乃至珠江文化的研究不断升温，有关部门成立了广东省珠江文化研究会、岭南文化研究中心，还出版了珠江文化丛书和《岭南学》期刊，试图为岭南地区的经济进一步发展寻找历史文化的支撑点，甚至从历史文化的演变过程中寻找到应对新危机的方法和规律。

【男主持】有人说，用三句古诗词就可以概括中国三条大江的地域文化。黄河文化是河水与黄土交融的文化，即李白诗所描写："黄河之水天上来，奔流到海不复回"的神韵，具有神圣、庄严、永恒的特质；长江文化则是大江与沙石激荡的文化，正如苏轼词所写："大江东去，浪淘尽，千古风流人物"，具有慷慨、彻底、风流的特质；而珠江文化则是江水与大海融为一体的文化。

广东省珠江文化研究会会长黄伟宗：

我们珠江文化的风格特点是什么？就是张九龄，我们岭南第一诗人说的"海上生明月，天涯共此时"。海上生起的就是海洋文化；"生明月"就是透明度；这个"天涯"就是我们的包容，我们的多元；"共此时"就是共时性，跟时代、潮流共走。这就是我们珠江文化的特点。

【女主持】岭南文化，以其包容并蓄的风范，独特的魄力，成为中华文化中的一朵奇葩。

第十五集　烽火南方

【歌曲《大刀进行曲》】

大刀，向鬼子们的头上砍去，全国武装总动员，抗战的一天来到了，前面有东北的义勇军，后边有全国的老百姓，咱们中国军队勇敢拼，看准那敌人，把他消灭，把他消灭，冲啊，大刀向鬼子们的头上砍去，杀……

【男主持】唱这首歌的老人是当年东江纵队飞鹰手枪队的队长冼麟。老人今年已经81岁了，但唱这首歌的时候依然精神昂扬。

【女主持】广东人民抗日游击队东江纵队是中国共产党领导的一支人民抗日武装，是广东人民的子弟兵。抗日战争时期，东江纵队在远离党中央，远离八路军和新四军主力，孤悬敌后，处于敌伪与顽军夹击的艰苦环境中，遵照中共中央的正确指示，紧密依靠群众，坚持独立自主的游击战争方针，转战东江两岸，深入港九敌后，开辟粤北山区，挺进韩江平原，积极配合华南抗日战场和盟军对日作战，成为华南敌后抗战的中流砥柱，被中共中央军委誉为"广东人民解放的旗帜"，谱写了中国人民抗日战争的壮丽篇章！

【男主持】老人的歌声仿佛又把我们带回了那战火纷飞、全民团结抗日的年代……

【女主持】原东江纵队模范壮丁队政训员袁鉴文，今年已经92

岁，提起当年日本部队登陆大亚湾，老人的脸上还是流露出了难以抑制的激动和愤怒：

日本部队在大亚湾登陆那天，当天我们东莞中心县委，就开了紧急会议，东莞中心县委书记姚宇光、组织部长王作尧，指导员是我袁鉴文，决定组织一个由我们党直接领导的抗日部队。

【男主持】提起当年日本部队登陆大亚湾，今年78岁的原东江纵队粤北指挥部警卫连指导员何祥说：

他们开了那么多的船，开得那么快，一下子来了几十艘，他们到了海湾了，就跳下来，而且他们一登陆，一冲上来到村子里，就把村子包围起来，实行三光政策，尤其是抓到小孩子，举得老高把小孩子摔下来……

【女主持】今年78岁的何基老人，当年是东江纵队小梅沙税站站长，提起当年中华民族的危难时刻，老人似乎有很多话想说，但又不知从何说起，只是发自肺腑地对我们说了这样的一句：

现在大家都会唱国歌，"中华民族到了最危险的时候"，但到最危险时候是什么样子，现在的很多人恐怕想都想不出来……

【男主持】当年东江纵队的一个重要抗日根据地便是东莞大岭山，东江纵队当年的司令部旧址，罗浮山冲虚古观的旁边，现在已经伫立起了一座华南地区最大规模的抗战纪念馆——东江纵队纪念馆。为了让我们更好地回忆那段历史，我们的记者将带领我们走进东江纵队纪念馆。纪念馆工作人员介绍说：

我们开馆以后，就立刻挖掘东纵革命历史，在如何发扬"东江纵队精神"个大的范围内，也做了大量的探索。我们的夏令营活动，就是组织青少年来我们这参加"东纵小战士"的活动，进一步地延伸到让家长也参与。这样的话，从不同的社会面上，让"东江纵队精神"深入人心。另外，我们还加强粤港澳的交流，因为过去东纵有一支部队，叫港九大队，就是活跃在港九地区。那么今天，我们也是为了增加粤港澳文化交流，跟香港的相关文化团体组织了"港九小英雄"活动，在港澳地区也很受欢迎。市委市政府对我们弘扬东江纵队精神并且赋予新的历史内涵也是相当重视，让更多的人了解东纵，让更多的人体会到过去革命老同志艰苦卓绝的工作精神，同时赋予新的内涵。新的内涵是什么呢？东江纵队精神在过去体现为不怕牺牲，为民族解放事业艰苦奋斗。那么到了今天，恐怕不是简单的不怕牺牲的问题，是为了我们东莞的文化、经济建设、城市双转型赋予新的时代精神，献出自己的一份力量。

【男主持】当年的抗日根据地大岭山镇现在是大岭山工业区，是亚太地区最大的家具生产出口基地之一。抗日精神在这里化作发展经济的强大动力，代代相传。

【女主持】当时，珠三角的绝大多数青年对参军抗击日寇、保家卫国的爱国热情很高，但由于几千年封建剥削思想的影响，也有些青年群众残存着"好铁不打钉，好仔不当兵"的错误思想。针对这些青年群众的思想，我党的青运干部和各青年团体通过青年群众座谈会，进行抗日救国的爱国主义教育，指明抗战的伟大意义和"国家兴亡，匹夫有责"是每个中国人的神圣职责，逐步在民众中形成"一子参军、全家光荣"的风气，许多青年特别是共产党员和青年学生投笔从戎参军入伍。

【男主持】在东江纵队里，还有很重要的一部分成员——香港爱国青年。先后参加东江纵队的香港同胞近千人，出现了不少"母亲教儿打东洋，妻子送郎上战场"的感人场面。同时，得到广大香港同胞的掩护和支援，是东江纵队在游击战期间能够活跃在崇山峻岭、出没于丛林郊野的主要原因。

在东江纵队纪念馆，一位工作人员也向我们讲起了一位英雄母亲：

李书环被称为革命母亲，她先后送了六个子女参加东江纵队抗日游击队。她在香港先是送大儿子去了延安，参加抗日，后来又送了六个子女参加东江纵队抗日游击队，先后送了7个子女回内地参加抗日。她自己又在大岭山被伪军抓住，不幸牺牲。

【女主持】1938年6月，广东抗日第一仗——南澳之战，就是军民合作御敌的范例，揭开了广东抗日救亡运动的序幕。南澳之战在广东抗日救亡运动中有它的特殊意义。广东省社会科学院历史所的沙东迅：

南澳之战是在广惠之战之前最大的一次战役，是在1938年6月份进行的。广州是1938年10月沦陷的。可以这样讲，它是广东抗战第一仗，南澳之战是军民合作，抵御日寇侵略的一个范例，也揭开了广东抗日救亡的序幕。

【男主持】战斗中，南澳军民英勇抗击了数倍之敌，充分表现了中华民族不屈不挠的精神，打击了侵略者的狂妄气焰。据不完全统计，到1939年5月，全省抗日先锋队队员发展1万多人、青年抗日组织发展2万多人，抗日救亡团体60多个，有组织的民众约6万人。在民族意识觉醒基础上激发出来的民族凝聚力，在促成广东抗日救亡运动的过程中起到了积极作用，在爱国、进步的主旋律中，将一切有民族精神的人们聚合到抗日救亡的旗帜下。民族凝聚力使不同政见，不同利益，矛盾对立的人们，有了可以在一起共同对敌的立足点。因此，民族凝聚力是促成抗日救亡运动形成的主要因素，而抗日救亡运动进一步促进了民族意识的觉醒。

【女主持】说起南澳之战，广东省社会科学院历史所的沙东迅给我们讲起了那些让他感动无比的人和事：

李鉴在南澳岛打日本鬼子，子弹把他打穿了，从左边打到右边，他就晕过去了。到半夜醒过来，他才知道受了重伤。他把身上的衣服撕下一块，把伤口捆起来，半走路半爬到黄花山，参加抗战，表现得很英勇，最后有一艘渔船把他给救了起来。另外，义勇军奋不顾身的例子也还是有很多的，比如有一个李卫生员，当时他在岛上的时候，日军包围了他，他也没有投降，他很英勇地用手榴弹和敌人同归于尽。老百姓也是很怀念他，还给他专门建了一个墓，写着"李卫生员之墓"来纪念他。

【男主持】60多年过去了，如今，南澳岛已成了中国国家级海岛森林公园。昔日硝烟弥漫的黄花山成了森林公园的入口。公园里矗立着三名义勇军战士的雕像和南澳抗日牺牲将士的纪念碑，还建了南澳抗日纪念馆。

【男主持】在珠三角的抗日过程中，还有一场意义特殊的战役，那就是百花洞之战。百花洞之战可谓是一场痛击日寇的荣誉之战！东江纵队纪念馆工作人员向记者讲述了百花洞之战：

百花洞战斗就是在1941年6月10日的晚上，日军出动400多人，向大岭山根据地发动进攻。我们的游击队得到情报，就在当天晚上占据了有利的制高点。到天亮的时候，日军来了，我们的游击队也部署好了，和当地的民兵、老百姓，把日军围在百花洞里面。当时我们的游击队员是四五百人，民兵、老百姓有几千人。当时采用的战术是围而不攻，因为要是硬打的话，我们的武器方面也是打不过他们，所以就把他们围起来，他们也逃不了。当时的百花洞战役打了三天两夜。到了第二天，日军发现他们也攻不出去了，就放了一只军鸽，想去报信，结果军鸽也被我们发现，被我们打掉了。他们的大队长，叫长濑，一到百花洞，就被我们的战士打死了。当时曾生、吴强带领游击队员埋伏好，日军一出现，就把他们歼灭了。所以这场战斗对日军影响很大，他们认为是入侵华南以来最丢脸的一仗。

【女主持】这一仗，歼灭日军72人，日军大队长长濑在突围中被击毙。两天一夜的激战中，各村的妇女会、儿童团都为抗日游击队和民兵送茶送饭，救护伤员。今年77岁的李干鸿老人当年才14岁，是儿童团中的一员。回忆起那段历史，李干鸿老人说：

当时我们看着游击队把机枪对准鬼子啊，哒哒哒哒打下去，日本鬼子的头头，那个大队长，他从马上掉下来就死了。

【男主持】黄继光在上甘岭战役中飞身堵枪眼的壮举，在全国可以说是妇孺皆知。但你也许不知道，在东莞也有这么一位战斗英雄，他同样用身体扑向正在喷火的重型号机枪，而且奇迹般地生擒了正在操作这挺机枪的3名机枪手。他叫张锦标，当时只有18岁，他做出这一举动的时候比黄继光还早8年多。张锦标后来被战友们称为"东莞黄继光"！

说起那段经历，今年84岁的张锦标说：

我15岁加入部队，整整打了十多年仗，当时也没想那么多，就一个目的，我要抗日救中国……都靠中央指导得好，东江纵队从只有两个连到一万多人。如果没有党的正确领导，没有广大人民群众的帮助，是不会有那样的成绩的。尤其在解放后，我们中国正是在党的正确领导下才能取得今天的成绩……

【女主持】从1937年7月7日到1941年12月8日，日本开始进攻香港之前，香港暂时免遭战火，一时成为一个战争"避风港"，先后有两批文化人士由内地疏散到香港。他们在这里掀起了抗日文化热潮，使"在富丽物质生活掩盖着贫瘠精神生活"的香港，变成抗日救亡运动的特殊文化据点，香港的抗日文化运动是香港抗日救亡运动的重要内容。

【男主持】在香港抗日救亡文化运动热潮之外，香港同胞还以其他形式组织和参与救亡运动。他们为祖国抗战募捐，就连儿童亦纷起响应，在长洲岛，儿童们曾举行别开生面的舞狮筹款活动。为了更好地支持祖国的抗战，香港同胞建立了自己的组织，如"中国南方抗日救国总会"、"九龙救灾会"等，它们同东南亚各埠的爱国华侨联系援助祖国抗日救灾，积极为抗日活动筹措经费，寄给国内慰劳抗日部队。香港同胞还收容从内地来港的难民，抵制日货，更有不少热血青年回到内地直接参加祖国的抗战。

【女主持】1938年6月，宋庆龄为首在香港组织的"保卫中国同盟"，通过在世界范围内建立的联系，争取各国进步人士支持中国人民的民族战争。以宋庆龄为名誉主席建立的"华侨抗敌动员总会"和"广东妇女团体抗敌工作协会"，也为抗日救亡运动做出了重要贡献。

【男主持】曾经有一部电影《纵队手枪队》，反映的就是东江纵队一支少年驳壳枪队1941年12月7日在中共中央南方局、周恩来、廖承志的领导下，冲破日军的严密封锁，冒着生命危险积极营救何香凝、柳亚子、茅盾、邹韬奋等大批文化界知名人士和爱国民主人士共八百余人安全脱险的"秘密大营救"的感人故事，以纪念抗战胜利六十周年。

【女主持】在这次最伟大的营救中，这些文化界的知名人士和爱国人士又有哪些不为人所知道的故事呢？我们来听听来自1942年，一位16岁小战士在他的日记中留下的故事吧。

【广播剧】

小战士：1942年1月15日，今天是我的生日。也正是今天，我结束了在香港读高中的日子，来到了广东，加入广东人民抗日游击总队第五大队，被派到宝安的文化人接待站当生活干事。和我们一起工作的还有很多像我一样的学生，听说我们马上就能见到那些大名鼎鼎的文化名人，都特别的高兴！

（翻日记本的音效转折）

小战士：1942年1月18日，这几天，我们接待了好多名人，他们还给我们战士们上课呢。胡风先生为我们十几个小战士讲"中国革命与五四运动"。沈志远先生讲政治经济学，而丁聪、特伟当然是讲绘画，还为我们修改习作。他们这些人真好……

（情景再现）

张英：小战士，跟你商量个事情好吗？

小战士：张英老师，您说。

张英：我看你们几个轮着晚上站岗也实在是太辛苦了，今天晚上安排我来站岗好不好？

小战士：这怎么行呢，这些日子你们已经够辛苦了，你们什么时候住过茅草屋，睡过稻草啊，一定都没有休息好。而且，这天天吃咸菜萝卜，我还怕你们身体跟不上呢，怎么能让你来站岗呢。

张英：嗨！你们小小年纪都可以站岗，老师为什么就不可以呢？放心吧，不过老师有个小小的要求，老师站岗一定还要给安排个好时间。

小战士：那你要什么时间？

张英：让我想想，最好是望到月光的班次啊，就这么定了吧！哦对了，我这有块糖，送你吧，很好吃的。

小战士：呵呵，这是什么糖啊。

张英：嗯，我也不知道，不过一定很好吃，我们叫它"本地巧克力"怎么样？

小战士：谢谢张英老师。

（翻日记本的音效转折）

小战士：1942年1月20日，盛家伦先生是著名音乐家，唱过《夜半歌声》主题曲。我在读小学时就看过这部电影，因此对他的歌声向往已久。今天我们在转移中，天下着雨，他走得腿痛了，他说要休息一下。

（下雨的音效、众人进行的音效）

盛家伦：战士们，我给你们唱首歌吧，咱们也正好休息一下。

众人：好，欢迎老师给我们唱歌。

【男主持】说起当年的大营救，东江纵队84岁的老战士张锦标说：

那个时候的文化人、文化精英都聚集香港，大约有几百个，都是我们东江纵队派港九队一个一个把他们营救出来。抢救文化人是东江纵队最大的一个功劳！

【女主持】东江纵队纪念馆负责人：

抗日战争爆发以后，很多文化人就到了香港，在香港继续开展抗日活动。香港在1941年11月被占领以后，我们的文化人士处境比较危险，中共中央就决定，要求我们东江纵队组织一次大营救，把滞留在香港的文化名人，还有其他的爱国民主人士营救出来。从1942年的年初开始经历了半年的时间，一共营救了800多人。茅盾就说，这是抗战以来最伟大的抢救工作。

【出录音　歌曲《东江纵队之歌》】

【男主持】这首歌叫做《东江纵队之歌》，这首歌在今天听来依然让人充满力量。

【女主持】没错，东江纵队的革命精神一直到今天也在影响着我们，鼓励着我们。在我们记者采访的过程中，还遇到了一位东江纵队的后代，他叫张世光。他告诉我们，他们这些东江纵队的后代们为了更好地传承老一辈的革命精神，让这种精神引领我们开创未来，还成立了很多东江纵队后代联谊会，定期地在一起聚聚，听老同志讲传统，更好地领会和发扬东纵精神。张世光说：

一个国家、一个民族，首先要承认自己的历史，而且要继承和发扬历史上优秀的东西。东江纵队是上进的、创新的、是不屈外辱的。如果有人欺负你，你还不起来反抗，那叫什么民族啊？所以说（东江纵队）的这些精神是一定要保留的，而且还要保留好。奋斗的精神、革命的精神、创新的精神、团结一致的精神一定要保留。

【男主持】落后就要挨打，贫穷就要受辱，从1840到2010，百年来，中国人从来都没有服输过。抗日战争的这段历史，再次证明了中国人是团结的，打不倒的！

  【女主持】重温了这段历史，让我们既感叹于今天美好生活来之不易，更是从心底里感动于老一辈革命人的这种忘我的、伟大的革命精神。我们要用这种精神继续去指引我们向前进，去更好地建设我们的国家，只有国富才能民强，而只有国富民强了，我们才不会挨打，才能骄傲地屹立于世界的东方！

第十六集　爱国心　故乡情

【记者口播】各位听众，我是记者杜炜，我现在在珠海航空产业园，中航通飞总装厂房基础工程已经全部完工，生产的第一架飞机将正式亮相2010年第八届珠海航展。目前，珠海的制造业已形成"上天入海"的态势，航空产业园引领高端制造业也成为珠海转变发展方式的重要途径。

通用飞机珠海基地工程监理部副总经理廖渝：

我们看到的是飞机205总装厂房，我们在珠海航展前制造的第一架飞机就要从这里出去。

【女主持】珠海正在成长为中国的重要的航空产业生产基地之一。中国历史上的第一架飞机的制造者正是从珠江三角洲这片土地上走出去的。

【男主持】提起飞机的发明者和制造者，许多人都知道美国的莱特兄弟。殊不知，一位与莱特兄弟生活在同一个时代的中国留学生，在美利坚的大地上，完全依靠自己的聪明才智，设计、制造并驾驶了中国历史上的第一架飞机，他就是冯如。他的成功仅比莱特兄弟晚了5年。

【记者口播】各位听众，我现在是在我国著名的侨乡，江门市恩平牛江渡区杏圃村，这里有一座五层楼的建筑，上面写着"冯如纪念馆"。中国航空之父冯如，就是从这里走向世界的。

【女主持】守护在这里的是冯如直系孙媳妇郑琼。每天清晨老人都会把楼中所有的照片擦试一遍以后，迎接来访的游客。

【出录音　郑琼】冯如出生在一个贫穷的农民家庭，到5岁了还没有书读。

【男主持】冯如9岁的时候，他的舅舅从国外打工归来。

【广播剧】

冯如：舅舅，舅舅。

舅舅：如儿，几年不见又长高了啊？

冯如：是啊！舅舅，您到哪去了啊？

舅舅：我去美国了！

冯如：美国？美国在哪啊？

舅舅：在海的那边，很远很远！

冯如：您为什么去那啊？

舅舅：赚钱啊！你看咱们村里这么多碉楼都是从外国回来的乡亲赚钱盖的！

冯如：舅舅，美国好吗？

舅舅：当然了！那里有很多很多的高楼大厦，还有电灯，就连车都不用马拉，自己就可以走了，比我们大清要先进多了！

冯如：是吗？

舅舅：当然了！你看我在那儿一天赚的钱就相当于我在家半年赚的了！

冯如：舅舅，那您还去美国吗？

舅舅：去啊！现在很多人都去美国淘金、赚钱，如儿，你想不想也跟着舅舅去美国去开开眼界、去淘金啊？

冯如：想啊！我想去那里学习。

【男主持】十九世纪末，美国旧金山出现淘金热以后，不少恩平人飘洋过海去谋生。幼年的冯如时常从来往的华侨那里，听到他们谈论国外科学进步、实业发达的情况，由此萌生了出国增长见识的念头。广东省恩平市航空联谊会会长梁水长：

他9岁去了美国，在美国这一段时间，他一方面求学，一方面打工，学英语、学技术、拜师傅，白天做工，晚上上夜校，求学的精神很突出。

【女主持】1894，在美国的西部城市旧金山，冯如在一家船厂开始了他第一份工作。在那里他对机械制造非常热爱。看到新的机器，总凑过去看一下、调试一下，就连下班后都执着地站在师傅旁边学习检修机器。广东省恩平市航空联谊会会长梁水长：

师傅们见到这个孩子这么好学，就告诉他，你可以一边做事，一边到教会的学校里面去读书。你白天打工，晚上去上学也可以。

【男主持】少年冯如就这样白天做工晚上学习，逐渐开始掌握了机械制造技术。冯如在纽约学习期间，出现了震动冯如的两件大事。1903年美国莱特兄弟首创动力载人飞机成功。1905年，日俄战争爆发，在中国东三省厮杀。这两件事不仅进一步激发了冯如的爱国热忱，而且也使他更加明确奋斗方向。他发誓要用毕生的精力为自己的祖国研制成飞机。

中国航空博物馆研究员张维：

这是一个崭新的领域。我们都知道英国人是靠军舰敲开的中国的大门。军舰是从海上来的，水是一种介质。现在冯如看到飞机出现了之后，似乎空气也变成了一种介质。那么这种新兴的、当时很多人认为是玩意的这么一种东西，会不会在未来起巨大的作用？当时谁都搞不清楚。冯如呢，我觉得他这个人，是比较有远见的。他看到很多东西之后，觉得似乎是可以在这个领域有所发展，因此他才考虑，怎么样造出中国人自己的飞机来。我觉得是这样，莱特兄弟的成功，给了他很大的启发。

【女主持】尽管面对着诸多困难，但年仅25岁的冯如怀着"固吾圉，慑强邻，壮国体，挽利权"的雄心壮志，带领他的3位志同道合的助手，开创中国人前所未有的伟业，制造飞机。中国航空博物馆研究员张维：

冯如既是设计者，又是制造者，就是既是设计师又是工人。而那几个人，也都是找来一些资料，看是不是能把一些东西结合一下，也就是这么一个众人拾柴火焰高的过程。

【男主持】经过3年的努力，参考了很多飞机的样式、特点，也不知道经过多少次失败，经历了常人难以想象的困难，冯如终于在1909年9月中旬，也就是在世界第一架飞机问世5年多的时间内，完成了中国人自己设计、自己制造的第一架可以载人飞行的动力飞机。从而跻身于早期世界航空之林。飞机取名为"冯如一号"。

【女主持】1909年9月21日的傍晚，一架简陋的飞机，静静地停在美国奥克兰市派德蒙山脉旁边的一片空地上，冯如坐在驾驶室内，双眼注视着前方，眼前是蓝天、农场和崎岖的山野。闻讯而来的有熟识的朋友和不相识的华侨，大家簇拥在飞机两旁。冯如驾驶飞机，做了一次椭圆形航线的绕空飞行，高度保持在10到15英尺之间，航程约半英里，最后缓缓地安全着落。请让我们记住一百年前的这个傍晚，在大西洋的彼岸，一个年轻的中国人，开启了中国的航空时代。这一刻，冯如的心里想到了远在大洋彼岸的祖国。

【男主持】"冯如一号"正式试飞取得了巨大的成功，无论从飞行时间、高度和距离上，都远远超过莱特兄弟制造的飞机。美国多家英文日报以《在航空领域中国人把白人抛在后面》《中国人驾驶自制的飞机在空中飞行》为题，报导了冯如制造飞机及试飞成功的经过。美国人的报纸说，中国人在飞行方面，把欧洲人给甩到后面了。

广东省恩平市航空联谊会会长梁水长：

结果造出来的飞机试飞成功了，惊动了整个美国、整个世界。美国洛杉矶当时的报纸赞扬冯如说，他为中国龙插上了翅膀，是奥尔良最伟大最天才的发明家。对他的赞美是非常高的，所以冯如也从此影响到世界了。

【女主持】冯如接连试飞成功的消息，很快传到了大洋彼岸，当时的清政府两广总督张鸣岐想通过冯如的技术建立航空部队，并许诺破格录用。而当时航空是最尖端的科学技术，在美国经营航空事业可以赚取大量金钱。而此时一些颇有远见的外国制造厂商也同时找到冯如邀请他加盟。

【男主持】此时的中国，却是另外一番景象，晚清政府在内忧外患中，愈加风雨飘摇，一个古老民族，正在从农耕文明向工业文明艰难迈进。"落后必将挨打"，成为了仁人志士的共鸣，远在美国的冯如，在他的心中只有一个心愿，那就是回到祖国。

广州航空协会副会长陈乐祖：

他为什么回来呢？他对民族对国家的感情很深。比如说他创立那个广东飞行器公司的时候，他就讲到成立公司的宗旨是为了壮国体、挽利权。

【女主持】1911年2月22日，在断然拒绝了多家国外公司的邀请后，冯如率助手朱竹泉、司徒璧如和朱兆槐，携带两架飞机返回祖国。

广东省恩平市航空联谊会会长梁水长：

让他感悟最深的就是发展科学技术、掌握科学技术的国家是最伟大的，掌握科学技术的人是最有创造性的。结果他的努力没有白费。他认识到了世界文化的潮流必须掌握科学技术，必须将科学文化掌握好，才能成为一个引领时代的人。他那进步的思想，一种祖国给予的希望召唤着他，一种使命感鼓动着他。

【男主持】这就是冯如心中的强国梦，他希望自己祖国未来有朝一日能成为飞机制造的大国强国。要知道，中国航空在今天能够在世界航空发展史中占有重要的角色和地位，离不开冯如早期对中国航空事业的贡献。而冯如的探索、挑战的精神意志和强烈的民族精神，在未来会继续成为中国建设强大的空中力量和民族航空工业的动力。

广东省恩平市航空联谊会会长梁水长：

冯如不但是中国的航空之父，而且还是第一个飞机制造家，第一个飞机飞行家，第一个用民营企业去拓展航空事业的企业家。冯如作为中国的航空之父，他引领了我们一代又一代的英雄儿女完成我们民族几千年的飞天梦想，我觉得这种精神非常值得我们骄傲。

【男主持】广东省自古就是中国海上贸易和移民出洋最早、最多的省份，随着时间的流逝，眼下这里逐渐发展成为我国著名的侨乡。海外侨胞众多、归侨侨眷众多、侨捐项目众多、华侨文化和侨乡文化积淀深厚是广东突出的省情和独特优势。

【女主持】司徒美堂，著名旅美侨领，中国致公党创始人。1882年3月为了生计只身前往美国，加入"洪门致公堂"。1904年，孙中山赴美活动，两人建立了深厚的友谊。其后，司徒美堂多次发动筹款，支持国内的革命。为支持抗日，司徒美堂发起成立"纽约华侨抗日救国筹饷总会"。1948年，司徒美堂公开声明拥护中国共产党及召开新政治协商会议、组建人民民主政府的主张。

【记者口播】各位听众，我现在广东省江门市开平城市南广场上，在这里有一座雕像，一位西装革履的老人坐在沙发上，银髯如戟、表情坚毅，满含深情地注视着他眼前的这片土地。这位老人就是著名侨领司徒美堂先生。

【男主持】在江门开平的百姓眼里，司徒美堂被认为是为国为民，侠之大者。说到司徒美堂，就不得不提新中国成立之前的一场义正辞严的发言。1949年9月21日,第一届全国政协会议在北平开幕,司徒美堂代表国外华侨民主人士致词。5天之后的9月26日,他出席了在东交民巷六国饭店举行的有二三十人参加的午宴。请柬写得很清楚,这不是一般的应酬,而是要"商谈重要问题"的。这个重要问题就是国号的称谓。致公党中央原秘书长邱国义说:

关于中华人民共和国国号的决定,曾经有一场争论。在1949年9月21日,政协会议已经开幕了,9月25日,很多老人,特别是经历过辛亥革命的老人,都接到周恩来、林伯渠两人署名的第二天26日午宴的请柬。这次午宴相当于一次工作宴会,既是午宴,又要讨论一些重要问题,主要讨论国号问题。他听了以后急切地要求站起来发言,他有这么一段话:"我没有什么学问,我是参加辛亥革命的人,我尊敬孙中山先生,但对中华民国四个字绝无好感,理由是,是中华官国,不是民国,与民无涉。22年来更是给蒋介石和CC派弄得天怨人怨,真是疾首痛心。我们试问,共产党领导的这次革命是不是跟辛亥革命不同,如果大家认为不同,那么我们的国号就应该是中华人民共和国。名不正则言不顺,言不顺则令不行,仍然叫中华民国何以昭告天下百姓。我坚决主张用中华人民共和国的全称。"

【女主持】司徒美堂的发言一出,博得听者的热烈掌声。最后,经过一番讨论和主席团的决定,新中国取消了中华民国的简称,而使用中华人民共和国的全称。

【男主持】司徒美堂被洪门中人尊称为"叔父",因其行五,人称"五叔",是美洲华侨社会无人不知、无人不晓的传奇人物。1868年,司徒美堂出生在广东省开平县一个贫困农民之家,6岁时丧父。

司徒美堂的孙媳妇李连馥:

小的时候就听老华侨跟他说,有太阳升起的地方就有我们华侨。他说我们有智慧的头,有勤劳的手,什么也不怕,他就觉得我都

12岁了,我还怕什么啊?我什么都不怕,他就去了,自己去闯天下。

【女主持】1880年,12岁的他不堪乡生活困苦,借钱买了一张船票飘洋过海来到美国。曾任司徒美堂秘书的司徒丙鹤回忆说:

一上来码头人家不是欢迎你,是仇视你,看不起你,侮辱你,用马粪、臭鸡蛋、西红柿、马铃薯来对待我们中国的渔民。

【男主持】1904年,36岁的司徒美堂已经是美国波士顿致公堂和安良堂的两堂领袖,他所创办的安良堂已经遍布美国30多个城市。就在那年夏季的一天,他办公室里突然到访了一位号称是檀香山致公堂洪门大哥的来客。

【出录音 李连馥】有一天有个华侨告诉他说,我们洪门在檀香山来了一个孙文大哥,我们要招待他。

【女主持】原来孙中山受到清政府迫害,落难来到了美国,受到致公堂的保护,他为宣传民主革命来到波士顿。致公党中央原秘书长邱国义说:

孙中山先生1904年到了美洲,到美国进行革命活动,司徒美堂是在波士顿见到孙中山,并且担任了他的保卫员和厨师,一起相处了5个月。(记者:这段时间孙中山先生的言行举止对他有何影响呢?)对他影响很大,孙中山对司徒有了进一步的了解,他们在一起相处了5个月,对司徒美堂的组织能力很赞许。他在这5个月里对司徒美堂影响很多,就对他宣传辛亥革命的道理,影响他走向革命。

【男主持】与孙中山的这次会见,对司徒美堂产生很大影响。孙中山言行的耳濡目染使从前并不关心世界局势的他在政治上茅塞顿开,开始懂得民主革命的道理,此后他所领导的洪门组织也开始带有革命的色彩。

【女主持】1931年"九一八"事变爆发,日军大举进攻占领了中国东北三省。63岁的司徒美堂在美国听闻这个消息十分震惊和气愤，他立即开始组织和领导美国华侨开展抗日救亡运动。1937年，全面抗战爆发，年近古稀的司徒美堂亲自发动美东地区侨社成立"纽约全体华侨抗日救国筹饷总会"，为祖国筹措战款。

【男主持】在抗日战争年代像司徒美堂这样心系祖国的海外华侨还有很多很多，中国社会科学院近代史研究所马勇：

当时抗战时期在中国境外的华人华侨的总数不到一千万人，相对于中国几亿人口并不是一个绝对的多数。但是他们面对着一个问题，就是怎么来帮助自己的国家、去支援自己的国家。看到当时这种情景后，有五百万人捐款。这个是很不得了的，有一半人向自己的祖国捐款。我看到的是这个捐款的数字有十三亿，十三亿换算成当时的中国货币是一个很庞大的数字，这是对自己国家的一个实质性援助，就是抗日。更重要的是他们仍然向自己国内的亲属大量侨汇，这个是很不得了的。侨汇就是他把钱寄给他的亲戚，他的亲戚拿这个钱在国内花，这些都是直接或者间接帮助自己的国家进行这场民族战争。

【女主持】1949年9月21日，司徒美堂以华侨领袖的身份出席了中国人民政治协商会议第一次全体会议。在这次会议上，司徒美堂代表海外华侨，希望祖国能发展富强，因为在所有海外华侨的心里，这里才是他们真正的家，有谁不希望自己的家能越来越好呢？致公党中央原秘书长邱国义说：

他在会上说，协助政府建设好祖国是华侨义不容辞的责任，相信侨胞在新政府切实保障华侨正当权益的号召下一定会踊跃投资，返回到祖国来。

【男主持人】情系祖国，为祖国富强甘愿付出一切，这就是司徒美堂先生一生的追求，也是很多海外华人华侨的共同心愿。冯如、司徒美堂，只是我国众多优秀海外华侨的一小部分，这些海外游子用自己的行动彰显着海外华侨情系祖国的博大胸怀。近现代中国的历史上，无论是抗日战争还是新中国的建设都离不开华侨的贡献和努力。中国社会科学院近代史研究所马勇：

1949年新中国成立，像毛泽东说的一样，中国人站起来了，自立于世界民族之林了。海外华人华侨，特别是青年知识分子，他觉得这是一个可以给自己的祖国做贡献的时候了。五十年代回国的华侨华人给后来的影响确实非常大，如果没有他们，我们后来的工业基础、科技基础是不存在的。

【女主持】根据一项统计，截止2010年6月，中国海外侨胞超过4500万，绝对数量稳居世界第一。在海外华侨的心中，那份强国梦今天已经在神州大地上初现端倪。就像胡锦涛主席2009年10月7日在颐和园与华侨交流时所说，我们都希望国家富强、人民富裕，让我们一起继续来打拼，这其中有你，有我，更有海外华侨的心血和努力。

第十七集　开拓创新的珠三角

【出录音　毛泽东】同胞们,中华人民共和国中央人民政府今天成立了!

【出录音　旁白】1949年10月1日新中国成立了。解放军势如破竹,迅速向南推进。

【男主持】1949年10月14日人民解放军经过一天的急行军,进入广州城。

【女主持】10月15日清晨,广州群众自发组成庆祝解放游行队伍进行游行。广州最高的建筑爱群大厦,挂出了毛主席的巨型画像。

【男主持】新中国成立后,经历了全国性的土地改革运动、全国农业合作化、工商业的社会主义改造等阶段。计划经济在历史时期起到重要作用,但也渐渐显现出它的不足。

【女主持】"忽如一夜春风来,千树万树梨花开",1978年12月18日,隆冬的北京传来了喜讯,具有划时代意义的党的十一届三中全会召开。

刚刚复出的邓小平同志在会议上提出:

首先是解放思想。只有思想解放了,我们才能正确地以马列主义、毛泽东思想为指导,解决过去遗留的问题,解决新出现的一系列问题,正确地改革同生产力迅速发展不相适应的生产关系和上层建筑,把全党工作的重心放到实现四个现代化上来。

【男主持】1979年7月,中共中央、国务院以〔1979〕50号文正式批准广东对外经济活动中实行特殊政策和灵活措施。改革开放这一深刻改变中国当代历史进程的壮丽画卷,自此在南粤这片充满生机的热土上铺展开来。

【女主持】从以珠江口岸9个城市为组成的珠三角经济合作,到以粤港澳为核心的大珠三角经济一体化,再到9省区及港澳特区组成的泛珠三角经济融合发展,珠三角经济的创新模式令世界惊叹。

【男主持】1979年到1991年,中国政府在改革和发展道路上向前迈进了一大步,那就是划定珠三角为经济发展开放区,给予优惠的区域发展政策。珠三角与香港原有的地域、亲缘、乡缘等文化渊源和民间联系,长期累积起来的巨大能量迅速迸发出来。

【女主持】1978年7月30日,一位叫张子弥的香港商人带着几个手袋和一些碎片,乘车穿越连绵的稻田,来到虎门。当时,他绝对想不到自己后来成为影响东莞,乃至珠三角、中国的一个人物。

原太平手袋厂副厂长唐志平:

他们老板就拿了一个黑色的欧洲流行的手袋,跟一些彩片,就问我们有没有兴趣,能不能仿造出来,那个时候我们组织了三个人,就当天晚上通宵把他仿造出来,第二天送到商人手上。他就马上拍板,把这个项目定在虎门。

【男主持】一个半月后,中国第一家"三来一补"企业——太平手袋厂,在虎门诞生了。那一天是1978年9月15日——一个值得广东人永远铭记的历史性日子。正是从那一天开始,广东成为改革开放的"桥头堡",翻了了崭新的一页。

【女主持】太平手袋厂这种"三来一补"、"两头在外"的企业模式,无异于在改革开放的入口处撞开了一扇厚重的大门。

【男主持】在张子弥、张细等人成功的示范作用下，港商来东莞投资的热情高涨起来。粤港澳三地逐步形成了"前店后厂"的经济关系。很多有胆识的村民也投身到经济社会发展的洪流中，利用乡村各种祠堂、饭堂、会堂设厂办企业。一时间，"村村点火，处处冒烟"成了那时东莞最真实的写照。

【记者口播】各位听众，我是记者陈菲，我现在东莞毛织厂的办公室里面，华嘉集团总经理庄成鑫谈起了他初来广东创业的那段经历。1979年3月，他带着一笔资金来到了东莞。借助当时的政策扶持，他获得了国家工商总局发放的"三来一补"企业的牌照，开办了毛织厂。

【出录音 庄成鑫】广东靠近港澳地区，得天独厚，引进手工业、轻工业比较容易。来料加工是最方便了！

【女主持】改革开放之初，包括东莞、广州、深圳、佛山等在内的珠三角经济区，凭借地理优势和较低的劳动力成本繁荣起来的加工业，使其很快成为中国内地最具活力的地区。"珠三角模式"的典型代表东莞市一举成为"世界加工厂"，民间有戏言称："东莞堵车，全球缺货。"

【男主持】20世纪90年代，广东省加工装配企业发展到了3万多家。广东外贸从1986年开始，一直稳居全国首位。广东迅速成为中国经济国际化和外向化程度最高的地区之一。到了90年代，庄成鑫的工厂扩展到了广东省经济欠发达的河源市。

【女主持】仅仅用了不足20年的时间，珠三角就完成了西方发达国家用了100多年、亚洲"四小龙"用了40年才完成的工业化进程，堪称"世界奇迹"。

【男主持】当时的广东省政府大胆决策，解放思想，抓住机遇，不避风险，勇闯新路，成为奇迹的催化剂。由于改革开放最早，在缺乏国家大型投资的情况下，珠三角务实的领导者及民间的自发积极性培育了脱离计划经济的思想，快速适应市场的变化。

【女主持】从通过香港这个桥头堡小心翼翼地接触世界开始，珠三角已经开始具备自己的国际市场份额与销售网络，形成了充分的产业优势与市场优势。而香港先进的服务业，这个时候也开始进入了珠三角生根发芽。

【男主持】80年代初，白天鹅宾馆、中国大酒店，在繁华的广州拔地而起，香港先进的营销、公关的服务理念也随之传入内地。

白天鹅酒店集团副总经理彭树挺对宾馆建成初期的状况仍然记忆犹新：

广州每年有两个交易会，一开放，交易会来宾涌进来，外宾没地方住。为了解决这个问题，就要引进外资。白天鹅之所以能成功，成为全国标杆式企业，有一样东西很重要，就是我们把世界上最先进的经营管理理念，结合了我们的国情，真真正正地摸索出一条符合中国国情的酒店管理之路。

【女主持】1983年的大年初二，坐落在广州的全国第一家中外合作五星级酒店白天鹅宾馆向国人敞开了大门。这种"中外合资合作"的形式，解决了国内资金缺乏与外资资本进入的双重难题。

【男主持】刚刚开业的时候，一日就涌入了上千位广州市民。现代化的装修、银制的餐具、西式的自助餐……这一切让市民感到新奇不已。

白天鹅酒店集团副总经理彭树挺：

霍英东真是厉害！他要四门大开。他说：我做这样一家这么好的酒店，就是希望让老百姓知道，改革开放能给大家带来好日子，世界以后会变得更好！

【女主持】在霍英东之后，香港资本开始大举进入广州的酒店业，在随后的1984年、1985年，中国大酒店和花园酒店相继开业。在上世纪80年代，这三家五星级酒店每年的营业收入就达到十五六个亿，在其后近20年间都是广州酒店业傲视全国的资本，也成为广州经济发展的一个生动注解。

【男主持】"个体户"这个几乎与改革开放同时出现的词汇，颇具时代色彩与中国特色。"个体户"这种经济形态的产生和兴盛，造就了改革开放后民营经济的起步与发展。

【女主持】在改革开放以前，私人经济被定性为资本主义性质。1980年8月，中央宣布："鼓励和扶持个体经济适当发展，一切守法的个体劳动者应当受到社会的尊重。"应和时代的呼唤，第一批正式的个体户在街头诞生。

【男主持】广州人最爱吃新鲜的鱼虾蟹，但在20世纪80年代之前，要买一斤几两的塘鱼，往往要骑自行车跑到几十公里外的南海县农贸市场去买。改革开放后，广州在全国率先放开了水产品市场，吸引了四乡以至海内外的河鲜海鲜涌进来交易。短短的3年间，广州便首先在全国大城市中解决"吃鱼难"的问题。

【女主持】1984年11月，广州率先实施蔬菜购销体系改革，解决了380万城市人口吃菜的问题，奠定了广州作为全国市场经济改革领跑者和风向标的地位。一年后，广州价格放开的成功经验陆续在全国其他城市推广，"广州模式"享誉全国。

【男主持】《"雅马哈"鱼档》讲述的是上个世纪80年代，几个广州的待业青年自谋职业开办个体鱼档的故事。当时媒体评价它是："撕开了计划经济的一角，呼唤着市场经济的到来！"

【女主持】1984年3月，下海、经商成为这一年民间的年度词汇，这一年春天广州市召开第一次个体户代表大会。当时广州各类从事小吃店、修理店、服装店的个体户有14万户，60多万人。

【男主持】容志仁，广州市个体劳动者协会第一届会长，广州桦浚广告有限公司董事长。当年，年轻的容志仁以100元起家做餐饮，创办"容光"饮食店，领取了最早的个体营业执照，以一毛钱"学生餐"起家，成为中国第一代个体户。他敢为人先的创业精神，先后受到邓小平和胡锦涛等党和国家领导人的赞扬和肯定，成为改革开放的先行者和市场经济的拓荒人。

【出录音 容志仁】因为我是第一代的个体户。1979年的3月也就是十一届三中全会之后的几个月，我就从事个体劳动了。

【女主持】20世纪80年代，"广货"款式新颖，质优价廉，吸引全国各地商家前来广东采购进货。曾经一度有"吃广东粮、喝珠江水、饮广东茶、穿岭南衣、用粤家电、着广式鞋、抹广式化妆品"的说法。以珠三角为代表的广东人开拓创新的精神，令"广货"凭借质优价廉的优势，逐步占领国内大部分市场。

广州桦浚广告有限公司董事长容志仁：

我们开了一个头，而后来者，例如长隆实业、香江、海印、绿茵阁等这些知名的民营企业，他们后来创造的辉煌使这三十年来了一个飞跃，就是个体经济进化到民营经济。

【男主持】东方风来满眼春。1992年，邓小平同志再度来到南粤这片热土，拨开姓"资"还是姓"社"的迷雾。同年召开的中共十四大，进一步明确建立社会主义市场经济体制的改革目标。广东紧紧把握新一轮发展机遇乘势而上，更加坚定地扩大对外开放，大力发展外向型经济。江泽民同志说：

我国经济体制改革的目标，是建设社会主义市场经济，以利于进一步地解放和发展生产力。

【女主持】90年代开始，由粤港澳组成的大珠三角逐渐成为中国经济能力最强的大都市圈之一。三地间的经济接触和合作更为紧密，逐渐形成相互依赖和相互支持的关系。

【男主持】90年代末期，随着国家放宽非公有制经济外贸经营权的限制，全省民营企业参与对外贸易的积极性空前提高，进出口额迅速增长，成为促进广东对外贸易持续快速增长的重要力量。

【女主持】目前，珠三角聚集着大量的民营中小企业。在东莞虎门镇，各个超大型服装批发城之间挤挨着一排甚至有些寒酸的小门面。这些小门面玻璃窗上的口气却不含糊："国际快运——纽约、东京、孟加拉……"从街上的摩托车上随便拎下来一个人都有可能是千万富翁。

【男主持】"十五"期间，外向型民营企业努力摆脱"三来一补"，贴牌生产的局面，向技术型产业方面发展。目前，广东民营企业以超过3060亿元注册资本的规模在全国保持首屈一指的地位。涌现了一批像华为、中兴通讯、比亚迪、金蝶等全国知名高新技术企业，以及广汽集团、东风日产等合资企业。

【女主持】珠江三角洲正形成一个令人惊叹的城市群与产业群。珠三角产业链正逐步配套完善，区域分工呈现出明显趋势。随着交通基础设施的完善，珠三角的各大城市已经基本连成3小时经济圈。大珠三角合作正在向纵深发展。

【男主持】2000年以来，珠三角经济发展出现一些新特征，体现为经济发展的国际化水平不断提高，产业结构更新和升级加快。但同时也存在问题，表现为经济发展整体粗放，资源耗费大，创新和知识含量不足，核心技术、关键技术和自我品牌缺乏，抗击国内外市场风险的能力差。

【女主持】2003年，胡锦涛总书记视察南粤寄语殷殷，"加快发展、率先发展、协调发展"的科学发展思想一经传遍岭南大地，在9100万广东人中就产生了巨大推动力。

【男主持】2005年3月，广东省政府出台了《关于我省山区及东西两翼与珠江三角洲联手推进产业转移的意见》，提出设立"产业转移园区"等一系列制度创新。2008年，广东省委、省政府果断推出了产业与劳动力"双转移"战略，决定未来五年，用500亿元左右的资金推动产业和劳动力双转移。

【女主持】2005年，广东全省GDP突破2万亿元大关，已超过亚洲"四小龙"中的新加坡和香港特区。2007年，全省GDP又跨上3万亿元的台阶，经济总量进一步超过台湾地区。全省外贸出口总值3692.4亿美元，超过新加坡以及台湾和香港地区，接近韩国。2008年，广东省的经济总量已超过沙特阿拉伯、阿根廷和南非，在G20各国中可排到第16位。

【男主持】广东省多项指标一直位居全国前列，成为中国经济第一大省。然而，在全面转入科学发展轨道的关键时期，广东面临着一系列的发展难题。制造业发展面临能源和原材料的双重压力，产业结构调整与升级势在必行。

广东省社会科学院丁力：

我们的生态环境、我们的能源消耗、我们的土地资源，特别是珠三角，我们已经碰到了瓶颈制约了。

【记者口播】各位听众，我是记者陈菲，广东豪美铝业有限公司2005年开始从珠三角中心地带佛山市南海区向粤北的清远市进行产业与劳动力双转移，目前企业规模比原来扩大了三倍，厂区面积达500亩，2009年实现工业总产值超过20亿元。

【出录音　蔡青顺】企业现在的经营收入是在南海时的三倍；建设了现代企业管理制度，引进了懂得现代企业管理的一些职业经理人，管理和运营走上了良性的循环，符合现代企业运营的客观规律。

【女主持】近年来，广东编制实施装备、汽车、钢铁、船舶、电子信息等12个重点产业调整和振兴规划，推动以装备制造业为主体的先进制造业快速发展。南沙的30万吨油轮成功下水；全国首台百万千瓦的核电压力容器在广州诞生；和谐号大功率的动车组基地也正式落户广州花都……

【男主持】至此，以广汽为首的汽车工业，以美的、格兰仕、创维为代表的电器工业，以万科、富力等为代表的地产业在珠三角崛起，资产的"雪球"迅速越滚越大，以及各种中小集团的不断整合，珠三角的经济正以集团的方式向前发展。

【女主持】然而，正当经济巨轮在珠三角地区快速转动之时，2008年底的一场全球金融风暴带来了巨大挑战。外部需求萎缩，企业订单减少，经济增长明显放缓，企业效益下滑，财政增收困难加大……在对外依存度高达200%的"世界工厂"东莞，30年来首次出现了利用外资负增长。这一切，无疑对广东推进实施产业转移形成严峻的困难和挑战。

【男主持】金融危机敦促珠三角人对经济发展路向作重新思考和探索。广东省省长黄华华在今年两会期间对记者表示，广东经济长期过度依赖国际市场，粗放型外延扩张的增长模式将难以为继。

【出录音　黄华华】这次国际金融危机的冲击，表面上是对我们广东经济增长的冲击，实际上主要是对我们经济发展方式的冲击。我们经济发展方式是传统的、粗放型的。通过这一次金融危机，我们就深深感觉到转变经济发展方式的重要。

【女主持】为了给出口企业搭建内销平台，2009年6月18日首届广东外商投资企业产品（内销）博览会在东莞举行。今年刚刚结束的第二届外博会，总成交额已达539.3亿元人民币。通过外博会，广东将促成1000家来料加工企业转型成三资企业。

广东省外经贸厅副厅长吴军：

我们是专门为外商投资生产型企业来量身订造的。广东外商投资企业将近7万家，要帮助这些企业度过金融危机，必须寻求新的渠道，使他们的生产能力发挥出来。

【男主持】在扛住了巨大的压力之后，广东经济增长划出了一道"V"形曲线，2009年前11个月，广东的经济增速刷新到了9.2%，完成了年初确定的8.5%的预期目标，交出了一份科学发展渡过危机的漂亮成绩单。

广东省省长黄华华：

去年全国企业利润增长7%，广东企业利润增长27.7%，我省属企业增长84%。而我们整个高新技术产业产值26000亿，增长15%，总量全国第一。我们的竞争力强了，这就是转变经济增长方式的结果。

【女主持】随着珠三角经济一体化进程的加快，《泛珠三角区域合作框架协议》的签署落实，广东开始实现小珠三角—大珠三角—泛珠三角的飞跃。

【男主持】2010年，广佛肇、深莞惠、珠中江三大经济圈一体化进程加快。广州南沙新区、深圳前后海地区、珠海横琴新区等合作区域的规划建设已经启动。到2012年，珠三角城际轨道交通将达到约580公里，基本形成以广州为中心，连通区内所有9个地级市以及延伸至清远市区的城际轨道交通网络构架。

【女主持】改革开放30年来，珠江三角洲地区充分发挥改革"试验田"的作用，率先在全国推行以市场为取向的改革，较早地建立起社会主义市场经济体制框架，成为全国市场化程度最高、市场体系最完备的地区；依托毗邻港澳的区位优势，抓住国际产业转移和要素重组的历史机遇，率先建立开放型经济体系，成为我国外向度最高的经济区域和对外开放的重要窗口；带动广东省由落后的农业大省转变为我国位列第一的经济大省，成为推动我国经济社会发展的强大引擎。

第十八集　春风里的旗帜

【现场音响】首先欢迎各位游客来到宝安区劳务工博物馆，请往这边走。好，现在我们看到的是一份非常珍贵的协议书，它的签订标志着我们有了第一家三来一补企业，上屋电业厂。

【记者口播】听众朋友，我是记者黄倩，我现在是跟随着十几位游客来到了位于深圳宝安区石岩街道的"深圳劳务工博物馆"，刚刚导览员介绍的那份协议书就摆放在我面前的玻璃橱窗里。甲方落款是宝安县石岩公社上屋大队，乙方是香港怡高实业公司。没有多少人知道，三十多年前，这家企业仅仅是一家小小的上屋发热线圈厂，但就是这个小厂，却成为中国改革开放史上的第一家"三来一补"企业，在这里上马了港资企业在内地开设的第一条生产线，也诞生了中国改革开放史上的第一批劳务工。

【出录音　赵带容】我们25个人一条线，前面打线，然后就分机，分机然后就拿十字架给我们做，缠线，缠了后面来这里包装。以前我们四毛钱织一个单，每天晚上在家里都要加班，后来来了厂里，我们每个月有100多块钱，好高兴的。那时候我们才十八九岁，现在就老了，三十年了！

【男主持】这个一直感慨时光如梭的人名叫赵带容，是中国改革开放史上第一批劳务工中的一员。当年她工作过的工厂已经变身为劳务工博物馆,这里留下的是她和同伴们当年青春的美好记忆,也留存了外商在中国大陆签订的第一份办厂协议书,落款日期是1978年12月18日。这一天,正巧是党的十一届三中全会召开的日子。

【女主持】1978年是中国人走出国门、了解世界,向外国学习的一年,也是酝酿制定对外开放国策的一年。这一年,党中央和国务院派出四路考察团以借鉴国外经验,加速社会主义现代化建设。其中,以谷牧为团长的西欧五国考察团最受关注。

【出录音 谷牧】我走之前,小平同志找我谈过话,鼓励我详细地做一些调查研究,好的也看,坏的也看,看看人家的现代工业发展到什么水平了,也看看他们的经济工作是怎么管的。资本主义的先进经验,好的经验我们应当把它学过来。

【男主持】在这队考察团成员中,广东省委原副书记王全国也是其中一员,一番考察下来使他眼界大开,感到广东是非变不可了:

因为资本主义二次大战以后,也借鉴了社会主义的好东西,所以从五十年代的后期到七十年代,资本主义来了个大发展。到外边一看,思想豁然开朗。

【女主持】王全国眼中的广东非变不可是有道理的。事实上,就在中国的南方,一个对外开放的窗口早已经悄然推开。毗邻香港的深圳,这个当年的小渔村,那个时候正涌动着一股逃港潮。当年的宝安,逃港人数就有十万之多。

【男主持】深圳河两岸,曾同是宝安县的土地。但从20世纪60年代开始,河对岸的香港抓住了国际产业调整的有利时机,充分发挥自由港的作用,一跃成为腾空而起的小龙!那时的深圳河两岸,一边是高楼大厦,车水马龙;一边却是贫瘠的村庄,饥饿的百姓。生存的本能驱使着深圳的人们逃向河对岸。

【女主持】欧阳东，湖南人，18岁时作为知青从广州来到深圳，在蛇口后海村养殖场养蚝，1979年时也曾因迫切想改善一家人的物质生活而卷入了逃港洪流，泅水偷渡到香港，如今已回深圳定居多年。

【出录音　欧阳东】由于粮食紧张，那些人回来的时候带了很多面包、粮食、花生油、布匹，我们这边全都要证，有钱也买不到这些东西。（记者：看到逃港那些人回来带的这些东西是不是让人挺羡慕的？）当时是很羡慕，因为我们没有这个条件，就是看不到前途，周围的条件、环境，都是太艰苦、太落后了。

【男主持】一河之隔的深圳与香港，为何有着如此大的差别？这个问题不仅拷问着普通的老百姓，更让再次复出的邓小平思量。

【女主持】1978年12月18日，党的十一届三中全会召开，把中国推向了改革开放的时代，也使经济特区的筹建有了良好的开端。中国改革开放总设计师邓小平：

【出录音　邓小平】如果现在再不实行改革，我们的现代化事业和社会主义事业就会被葬送。我们要学会用经济方法管理经济。自己不懂就要向懂行的人学习，向外国的先进管理方法学习。不仅新引进的企业要按人家的先进方法去办，原有企业的改造也要采用先进的方法。在全国的统一方案没有拿出来以前，可以先从局部做起，从一个地区、一个行业做起，逐步推开。

【男主持】就这样，中国的对外开放决策得以确定。然而具体如何实施？从哪里起步？选择一个什么样的突破口？……却并非易事。那时，刚刚结束了"十年浩劫"的中国正百业待兴，怎样才能让群众尽快富裕起来？怎样才能尽快跟上世界发展的步伐？时任交通部香港招商局副董事长的袁庚萌生了一个大胆的想法：

广东宝安县蛇口公社要办一个工业区，建立一些工厂，引进一些外资，这样就可以把香港的优势和国内的优势结合起来，国内什么优势呢？就是土地非常便宜，劳动力非常廉价、充裕，而香港有资金、有技术，有发展工业的一套管理的办法。1979年1月6日我们打报告，要了2.14平方公里的土地。

【女主持】走过严冬的人们才更懂得春天的美好，在当时的中国，许多人的人生春天正是从1979年开始的。深圳蛇口海上世界原总经理王潮梁至今还记得当年袁庚去北京要政策的情形：

中央就研究定了，叫袁庚直接到北京去汇报。袁庚随手拿了一张普通的地图，向李先念汇报了。"我不要你中央一分钱，你给我一块地，给我一点权，让我们参照国外的经济运作模式来试验。"李先念说："那好吧，给你一块地。"就用红铅笔在那个地图上画了那么一道线。

【男主持】这张当年的地图原件，至今存留在招商局档案馆，地图上那条红线也依稀可见，红线内就是日后的蛇口工业区，而这条小小的红线也最终勾勒出未来经济特区发展的蓝图。

【女主持】1979年4月下旬，时任广东省委第一书记的习仲勋和广东省委副书记王全国在参加中央经济建设工作会议时提出，希望中央下放若干权力，让广东在对外经济活动中有较多的自主权和机动余地；允许在毗邻港澳的深圳和珠海以及属于重要侨乡的汕头举办出口加工区。这个想法得到了邓小平的赞同。

【电影《邓小平》】陕甘宁边区就是特区嘛，中央没有钱，但可以给一些政策，你们自己去搞，杀出一条血路来。

【男主持】根据邓小平的提议，经过认真分析和深入研究，中央决定把突破口选在靠近香港、澳门、台湾地区的广东和福建两省，实地考察后很快下发了中发[1979]50号文件，对广东、福建两省对外经济活动实行特殊政策和灵活措施，文件同意在深圳、珠海两市试办"出口特区"。次年五月，中发[1980]41号文件《关于

"广东、福建两省会议纪要"的批示》出台,中央对两省的对外开放活动予以肯定,同意将"出口特区"改为具有丰富内涵的"经济特区"。

【记者口播】听众朋友,我是记者门门,我现在是在深圳博物馆"改革开放史"展览厅,我面前的橱窗里摆放的就是1979年的50号文件,虽然距今已经有三十多年的时间,可就是这份已经微微泛黄的文件却见证了中国经济特区的建立。1979年8月,广东省起草《特区条例》的时候,虽然全文只有2000字,却十三易其稿,耗费一年的时间。当时,关于它的立法权归属一直都是人们讨论的焦点。

【男主持】广东省委原书记吴南生至今还记得当年的情形:

这是社会主义以前没有的东西,没有立法我们不敢办,大家的意见要在全国人大通过才好,有些同志不大同意,说全国人大常委会从来没有讨论过地方的法规,那么广东省特区条例是广东省的,怎么能拿到全国人大来讨论呢?我就说特区是中国的特区,只是在广东办,所以叫广东特区,但是立法一定要全国人大立法,因为它是中国的特区。

【女主持】1980年8月26日,五届全国人大常委会第十五次会议正式批准国务院提出的在深圳、珠海、厦门、汕头四市设立经济特区的建议,同时批准《广东省经济特区条例》,完成了设立经济特区的立法程序,这一天也成为了中国经济特区成立的诞生日。

【男主持】这是1979年7月20日,深圳蛇口的开山第一炮,它吹响了中国改革开放的号角,拉开了经济特区建设的序幕。"时间就是金钱,效率就是生命"的口号从这里迅速传遍神州大地,也让改革的春风吹拂过这片土地。

【记者口播】听众朋友,我是记者张子亚,我现在的位置是深圳蛇口南海路与工业六路的交界处,在我身旁就竖立着写有"时间就是金钱,效率就是生命"的标语牌。30年前,当这句口号被首次提出时，"快"几乎就成了深圳的代名词，它以"三天一层楼"的"深圳速度"叫响了全国，也以经济的高速发展成为我国首个人均GDP突破10000美元的城市。

【女主持】"时间就是金钱，效率就是生命"，这句源自于1980年蛇口顺岸码头"四分钱奖金风波"的口号改变了人们的时间观和价值观，其影响一直延续到今天。而这次"风波"也让我们看到了当年在尝试分配制度改革时所引发的干劲儿与热情，蛇口工业区原副主任王金贵：

那么实施奖金以后，工人这个积极性、干劲就非常大，你还没有敲钟，他车都已经开到工地上了，车开得也是很快的，他是能开多快开多快了，所以到下班时间了，他说我再拉两车。

【女主持】蛇口工业区原总工程师孙绍先回忆说：

提前完成了，我为国家省了100多万，但我真正只花了2万多块钱，就是说发的那个几分钱的奖金嘛。你想才两万多块钱，几十万方土，所以花去的少，回来的多。时间就是金钱，争取了时间，实际上是争取了钱。

【男主持】如果没有经济特区这个"钻头"，整个中国的改革开放在历史空间中的掘进，就不会达到今天的深度和广度。如果说中国的改革开放事业是"摸着石头过河"，那么，经济特区所承载的就是改革"试验田"和对外开放"窗口"的特殊作用，在中国改革开放史上书写了浓墨重彩的一笔，并在新时期继续演绎着有声有色的剧目。然而，当我们去探究飞速发展过往的时候会发现，改革初期，还有不少人不敢想象也不能相信中国会走上这样的发展道路。时任蛇口工业区总指挥的袁庚对此颇为感慨：

另外还有人讲这个东西，是不是新的洋务运动啊？把李鸿章一百多年前的洋务运动和今天的改革联系，好像开放改革也是新的洋务运动，含沙射影。所以对"时间就是金钱，效率就是生命"这样的口号，人家认为你又要钱又要命。这个是不是资本主义的口号啊？我曾经问过很多同志，很多人都是不敢回答这个问题，或者顾左右而言他。

【女主持】尽管当时没人敢回答袁庚这个问题，可在深圳这块土地上，奋勇大干的场景却随处可见。然而，万事开头难，三十多年前，这里是一片荒芜。1982年秋，中国人民解放军基建工程兵两万多人奉命从天津、唐山、荆门、鞍山等地陆续开入深圳，他们的到来一度让深圳河对面的香港颇为紧张，而对于当时的基建兵王树碧、岳从光等来说他们却清楚地知道自己的使命。

【出录音　王树碧】从唐山走的时候都是穿的军装走的，到了韶关就换掉了，部队发的一个便服。

【出录音　岳从光】跟海军那个衣服差不多。1982年12月26日还是27日到的，下午3点多钟4点钟到的平湖，晚上8点多钟才向深圳靠近了，分批的人进来，都不能带帽徽领章，当时我们部队那个番号全部涂掉。中央做出这个决定让我们部队来深圳都是很谨慎的。香港对这个当时也是很敏感的，我们知道并不是这样，部队走的时候就告诉我们了，要来建设深圳。

【男主持】这批乘坐闷罐车军列而来的基建工程兵几乎参与了深圳所有的早期地标建设，市政府办公大楼、电子大厦、国商大厦、国贸大厦……先后在基建工程兵的汗水中竣工，直到现在，它们依然是深圳市区的醒目标志。来自唐山的基建兵王树碧和来自贵州的汪力群对那段日子记忆深刻：

【出录音　王树碧】最开始的时候，部队没有干过这样的高层，因为它还要挖空钻，部队没干过这样的。没有机械设备，没有商品混凝土，所有的混凝土都是我们自己搅拌；没有吊车，都是我们搭起的过道，全是用手推车，就是一个人一个班，都是这样推出来的，二十四小时不停。

【出录音 汪力群】工程兵接到工程以后，就是铆住劲儿地干，所有的工程要做到最好的工程，创造了深圳的速度，三天一层楼，所以这支部队是很有战斗力的部队。

【女主持】在社会主义中国，经济特区对全国的发展不可质疑地起了巨大的促进作用，而其中，深圳对内地发展的示范、辐射和带动作用更是不可低估。深圳特区最早"出租土地"，最早"预售商品房"，第一个推出工程"招标投标"方案，还有建国以来人们早已陌生的"金融市场""人才市场""期货市场""房地产市场"等等相继在这里建立，其发展速度之快让人震惊，也因此曾有人把深圳叫做"一夜之城"。深圳市发展经济研究会理事长曲建：

深圳的发展始终成为一个谜，用国外的经济学家的话来讲，在欧洲需要约一百五十年的时间，在美国需要约一百年的时间，在东亚需要约七十年的时间，而在中国深圳这个地方，只用了约三十年的时间建成了。所以大家都感觉到很奇怪，到底什么因素促成了它这么快速的一个发展？

【男主持】作为中国改革开放的窗口和试验场，经济特区处在我国对外开放战略格局中的前哨阵地，其中深圳经济特区发展最快，最引人瞩目。深圳市市长许勤：

特区的高速发展得益于我们极有优势的地理位置，我们紧邻香港，应该说，在初期发展当中，引入的境外资金主要都是来自香港。所以在这一点，目前发展的经济基础本身就是深港合作的一个成果。

【女主持】叶福松，原宝安石岩上屋大队民兵营长、团支部书记，作为上屋大队的干部，他亲历了是否让第一家港资"三来一补"企业落户深圳时的激烈思想交锋，也见证了"三来一补"企业在深圳的萌芽与发展。

【出录音 叶福松】到了1978年6月份，宝安轻工就跟我们说，有没有兴趣外面引荐老板到你这里搞一个来料加工。我们当初就想了一下，如果是把香港一个资本家引过我们这里来搞来料加工，会不会让人家说我们是帮资本家剥削我们的工人。所以当初我们一下子不敢答应。后来我们又经过讨论，当时老书记很民主的，后来大家当众表决，我记得好像是四票对三票。

【男主持】时间一转眼过去了三十年，在这三十年里，人们渐渐发现深圳河越来越窄，河两岸的人民却来往得愈加频密。2010年的今天，每天都会有五十来万全国各地及港澳台和外国旅客走过深圳的各个口岸。深圳市市长许勤：

我查了一下这个统计数据，2009年我们深圳口岸出入境数量是一亿八千万，主要是和香港的进出境，也就是说我们每天是有五十万人在这两座城市之间移动。所以我认为，这个从发展趋势上，应该说两地的合作，一定会规模更大，合作层次会更深。面对新的发展环境和发展需求，深港两地合作未来会更加紧密，而且在多方面是有共识的。

【女主持】如今，早已回到深圳定居的欧阳东再去香港的时候，乘车从西部通道穿过深圳湾只需要五分钟，而1979年他游过这片海湾时用了五个小时。

【男主持】如今，已成为深圳蛇口交警大队一中队队长的汪力群会在执勤时看到来往深港两地的车辆中，挂两地车牌的深圳车辆越来越多。

【女主持】如今，仍工作在建筑工程岗位上的王树碧等人，会骄傲地向人介绍，深圳的高楼大厦中有自己的一份辛劳。

【男主持】如今，当年的香港怡高实业公司已经更名为全能电业科技有限公司，香港的生产基地全部转到了深圳，400平方米的厂房已经扩建到8500平方米，员工也从25名增加到1800多名，最高年产值达到过五亿元。

【女主持】经验证明，中国要发展，创办经济特区的路子是对的，它开启了对外开放的窗口，为赶上当代世界经济和科技的发展，为进入世界市场提供了成功的经验。

2008年3月初，国务院总理温家宝在参加十一届全国人大一次会议广东代表团审议时指出："深圳特区还要办下去。特区要办下去，主要不在于给予特区多少特殊的政策，而在于深圳特区是全国的一面旗帜。"

【男主持】深圳率先为特区注入了"特别能改革、特别能开放、特别能创新"的新内涵，在中国"三来一补"发源地的深圳宝安区，淘汰了高污染、高能耗企业，用腾出的空间发展高新技术产业、发展循环经济；在曾经定位能源及基础工业项目的珠海淇澳岛，今天却是"珠三角"最大的红树林保护区；厦门利用外资修建机场、成立合资银行、积极拓展对台经贸合作与交流；汕头改干部委任制为聘任制……

【女主持】中国的改革开放没有完成，中国特区的历史使命没有完成，中国的经济特区已经把"创新、和谐"写在自己的旗帜上，继续在中国特色社会主义道路上阔步前行！

第十九集　春天的脚步

【男主持】1992年1月23日，一艘代号为"902"的海上缉私艇从深圳出发，乘风破浪驶向珠海。休息舱里，一位精神矍铄的老人，正和围坐在身旁的人们娓娓攀谈。他就是改革开放的总设计师，一代伟人邓小平。

88岁高龄的小平同志刚刚结束了对深圳的考察，此行前往另一个经济特区——珠海。他要看看那里的发展和变化。而在此前，他的足迹留在了武昌、深圳，发表了许多意义深远的重要讲话。

【女主持】吴兵，拱北海关调研员，在那次特殊的海上航行中，他作为拱北海关宣传科科长负责随行摄影，许多记录小平南巡的珍贵照片便出自他手，成为他一生的珍藏。

【出录音　吴兵】小平同志上船以后，坐下来也是不停地讲话，记忆力是超非凡的好，什么事情都记得清清楚楚，谈话的兴致特别高。他不停地跟当时的中共中央政治局委员兼广东省委书记谢飞，还有当时的深圳市委书记李灏讲了好多："你们要快呀！你们要抓住机遇，加大改革开放的力度，加速经济发展。"小平同志强调："你们要争取时间，抓住机遇，大胆地试、大胆地闯。"

【男主持】在中国的改革开放史上，有两次重大历史事件，在全国人民心中留下了深刻的烙印。那就是邓小平同志曾先后于

1984年和1992年两次到南方视察，发表讲话，史称"南方谈话"。

【女主持】深圳、珠海、汕头及厦门特区创立于1980年。起初，特区并非一帆风顺。才办了两年，就有人质疑说：特区只剩下红旗是红的了，有人甚至称特区是新的"租界"。有关特区"姓资还是姓社"的争论几乎10年纠缠不休。90年代初期，"左"的思潮抬头，有人放言："和平演变主要危险来自经济领域"，经济特区再次被推上风口浪尖。

【男主持】中国的改革开放进程中遇到的急流险滩，在小平同志的胸中掀起阵阵波澜，他要亲自到改革开放的前沿阵地去走一走、看一看，他要亲自为改革把脉，排除压在人们心头的种种疑团。

【女主持】1984年1月和1992年1月，小平同志两次视察南方时，发表了许多重要讲话，在中国南海掀起了改革开放的阵阵春潮。

【男主持】陈开枝，广州市政协原主席，1992年他全程陪同小平同志视察广东。

【出录音　陈开枝】九点钟下车，安置好后不到十点。后来他就说："我要出去"，我说："这次的计划方案您都看过了，今天上午到了要休息，下午才安排出去的。"结果他说："你不知道啊，我坐不住啊！"

下来没半个小时就出去了，看市容和皇岗口岸回来，坐在国贸的旋转餐厅看香港，他就谈到："谁反对基本路线，谁就没有好下场。资本主义有计划，社会主义也有市场，这都不是目的，只是手段。"他一直在说："我们这个国家已经错过好几次发展机遇了，把这次历史机遇再错过，那我们国家真的要被动了。"所以，他在珠海仿真厂的时候就大声说："我们中国穷了几千年了，再不能穷下去了。"最后又大声说："发展就是硬道理！"

【女主持】1992年1月19日上午9点整，邓小平同志乘坐的专列火车抵达深圳火车站，小平同志神采奕奕走下车厢，同前来迎接的广东省和深圳市的领导亲切握手。深圳市委书记李灏迎上前去说：全市人民盼您来，盼了八年了！

【男主持】李灏书记的话发自肺腑，也代表了深圳人对小平同志的一份真挚情感。人们不会忘记，正是他老人家1984年第一次南巡，让深圳人摆脱了要不要办特区的争论和纠缠。当深圳人历经十年辉煌创业，再次遭遇磨难时，他老人家再次来到深圳。在那个乍暖还寒的时节，仿佛一股暖流注入深圳人的心田。

【出录音 邓小平】中国这个时候只有搞社会主义。不搞改革开放，不发展经济，任何一条路都是死路一条。

【女主持】在深圳的5天时间，小平同志无论是视察工作还是参观游览，一路上所谈的话题都离不开改革开放，涉及面很广。他明确指出：特区姓"社"不姓"资"，计划经济不等于社会主义，市场经济不等于资本主义，批评了把经济领域的改革与和平演变混为一谈的错误观点，在理论上澄清了是非。

【男主持】1992年1月22日，小平同志到深圳的第四天，在省委负责人的陪同下，他来到仙湖植物园参观。

【女主持】此前来深圳视察工作的杨尚昆主席先一步到达仙湖，两位在一起工作和战斗了六十年的老战友在此相逢，小平同志万分高兴。小平同志和杨尚昆主席在湖边大草坪上各栽了一棵长青树——高山榕。如今，这两棵树长得枝繁叶茂、挺拔伫立，与深圳人民始终相伴。

【男主持】回首八年前，小平同志第一次南巡时，也是杨尚昆同志陪同。当时，小平同志饶有兴趣地视察了最早得益于改革开放的深圳渔民村。当一排排两层高的小洋楼矗立村庄，干净的街道和四处的花草映入眼帘时，小平同志流露出欣喜的神色。他感慨道："全国农村要达到渔民村这个水平，至少要到本世纪末，还要再奋斗五十年时间。"后来，小平同志提出，让一部分人先富起来，并一针见血指出：贫穷不是社会主义。

【女主持】如果说，渔民村是改革开放的受益者，那么，当时的蛇口工业区则是改革开放的实践者。

【男主持】三十年前，作为新中国第一个对外开放的经济开发区，蛇口工业区创下了多项全国第一。蛇口的管理方式及其带来的新概念、新办法、新作风被称为"蛇口模式"，一时闻名全国。

【女主持】小平同志南巡视察蛇口时，一个崭新的港区展现在他眼前，映入眼帘的还有那块写着"时间就是金钱，效率就是生命"的标语牌，小平同志心中有数了。

【男主持】就在小平同志结束深圳、珠海视察，回到广州后，他提笔写下了这样一段话："深圳的发展和经验证明，我们建立经济特区的政策是正确的。"

【女主持】李天增，现珠海市政协专职常委，二十六年前，作为广东省委接待处接待科副科长，负责小平同志一行考察广东的随行服务。他回忆说，小平同志在珠海视察后，1月29日题写了"珠海经济特区好"。第二天见报以后，确确实实地刺激了深圳人，深圳的整个领导班子坐不住了：老人家在深圳走了也看了，但就是没有表态，深圳特区好不好？大家心中没底。30日下午，深圳接待处副处长张荣为深圳题字一事急忙坐火车赶到广州。李天增清晰记得小平同志为深圳题字的情景：

小平同志散步回来后，坐下来休息。这时我就拿着深圳张荣同志拿来的一张纸，上面写着：大鹏展翅、深圳特区报社、深圳青年报社这么几行字，给小平同志看，他看后随手就把纸丢在了地上，站起来就走，走到台子那抓起笔，抹了抹就开始写。胸有成竹，早已思考成熟，稿就在他心目当中。我事先就把毛笔蘸好墨放在那的，经过这么几分钟之后，笔有点粘了，拉不开。第一张写道：深圳的发展和经验，写到"验"字的时候，有点拉不动，写得不好了。然后就另起一行重新写下面一张纸，一挥而就，一气呵成。就是："深圳的发展和经验证明，我们的政策是正确的。"写完字以后他就问：日期怎么写？毛毛当时就说：我们是26日离开深圳的，日期就写26日吧？小平同志就写上了1月26日的日期，这个题字就等于是在深圳题的。

【女主持】小平同志给深圳的题词，是他老人家对经济特区的高度评价。至此，围绕着要不要办特区，办特区是对是错的争论有了旗帜鲜明的结论，这一论断也为全国的进一步改革开放奠定了时代的最强音。

【女主持】公元1839年9月2日，作为钦差大臣的林则徐通过珠海的莲花路来到澳门巡察禁烟。在这条莲花路上，留下了许许多多历史名人的足迹，容闳、康有为、梁启超、郑观应、唐绍仪以及伟大的民主革命先驱孙中山，都和这条路有着不解之缘，这条贯穿古今，连纵中西的路，被人们形容为是一条"中国近代之路"。

【男主持】1992年1月23日，莲花路再次感受到历史的召唤。这一天，在莲花路上的粤海酒店里，中国改革开放的总设计师邓小平同志发表了具有划时代意义的南巡讲话片段，为整个中国的发展指明了方向。

【女主持】这一天，古老的莲花路再度展现了青春的激情。她记录了这位老人匆忙但坚定的脚步。早在1984年，邓小平就曾经长久地伫立在位于莲花路的清代海关遗址，强调"落后就要挨打"，而此番南巡，小平依旧行色匆匆……

在随后的日子里，莲花路和中国整个古老的国度一起，融入到改革开放、锐意进取的春风中。

【男主持】1992年3月9日，珠海市政府召开"珠海市1991年度科技进步突出贡献奖励大会"，在全国首开重奖有突出贡献科技人员的先河，对为特区经济建设做出突出贡献的科技人员给予汽车、住房、巨额奖金的奖励。部分科技人员凭科技劳动一夜之间成为百万富翁，这是中国科技奖励史上空前的一次。新闻媒体对此进行了大量报道，并就有关重奖科技人员进行了热烈讨论，进而在国内外引起了强烈反响，产生了"一石激起千层浪"的轰动效应。

时任珠海市委书记的梁广大同志，回忆起当时和小平同志的一段交谈，激动的心情久久不能平复。

【出录音 梁广大】1992年小平南巡的时候，我曾经跟他汇报，我说："小平同志，我们为了发展经济特区，实现您提出办特区这个方针，就引进了先进技术、引进了先进设备、引进了先进管理，这样的方针下我们不能不重奖科技人才。"我说："重奖，我要奖小车、奖房子、甚至奖一百几十万的。"当时一百几十万是个很大的数字。我这个话刚讲完，小平同志就举起了右手的大拇指，他说："我赞成！"我感觉他跟我们想的完全一样，就这样他离开珠海不到两个月，我们就实行了重奖科技人员。

【女主持】南国春来早。1992年1月19日，一个春意荡漾的日子，邓小平同志再次南巡深圳，这是小平同志第二次南巡深圳。以小平同志这次南方谈话为起点，新一轮的改革大潮在中国大地风起潮涌、席卷全国。人们也称之为"第二次思想解放"。

被史学家称为"历史关头"的一篇雄文《东方风来满眼春——邓小平同志在深圳纪实》真实记录了1992年小平南巡的细节和重要思想。

文章作者、深圳特区报原副主编陈锡添谈起那次特殊的采访时，思绪万千：

在这段时间里我发现小平同志一直就是聊天。但是谈的话都是非常重要的，我觉得如果真是不报道的话就太遗憾了。这么重要的讲话如果传达给全国人民，意义就非常重大，所以我心里还是不放弃采访。跟随在他后面，认真地做记录。当时他谈的最多的是姓"社"姓"资"的问题，虽然他讲话慢，但是态度非常坚定。他说：不搞改革开放，不发展经济，不提高人民生活，走任何一条路都是死路！

【男主持】回首往事，陈锡添心潮澎湃。写《东方风来满眼春》是他自认为"一生的荣幸"，然而，也有一丝遗憾久久萦绕在他心头至今无法释怀。

【出录音 陈锡添】当时由于各种原因，小平的个别重要讲话未能写进文章。比如：小平同志说的"不要搞政治运动，不搞形式主义，领导头脑要清醒，不影响工作"，以及"年纪大了，要自觉下来，全心全意扶持年轻人上去"。

【男主持】时光飞逝。深圳经过30年的快速发展，凭借改革开放的先行优势和创新优势，国民经济获得了持续快速增长。据统计，1980年到2008年二十八年间，GDP年平均增长26.4%。

歌曲《春天的故事》和《走进新时代》的作者蒋开儒是深圳改革开放大潮的见证者，他称自己的作品是来自"心灵的体验"和"情感的碰撞"。

【出录音 蒋开儒】我来了之后，首先改变的是我的观念，给我影响最大的是小平理论。"资本主义也有计划，社会主义也有市场，计划和市场是两种经济手段。"有了这个理论后，要实践的话，就要有一定的范围，他就画了一个圈儿，这个圈是327.5平方公里。就在这个圈里把计划和市场融合起来了，赢了！当这个感觉一来的时候，我就写出来第一句话："一九七九年，那是一个春天，有一位老人在中国的南海边画了一个圈。"这句话写出来之后，我轻松得不得了，行云流水。之后大家说：这就是灵感。

【女主持】《走进新时代》是《春天的故事》的姊妹篇，蒋开儒想歌颂共产党，他想创作一首不仅党员唱，非党员群众也可以唱的歌,甚至不光国内唱,海外的同胞也可以唱的歌。

【出录音 蒋开儒】我就是这样来设想的,但是因为标准比较高,始终写不出来。5月29日那天,听到了江泽民同志在中央党校的讲话,题目就是——高举邓小平理论的伟大旗帜。呀!这下我就放心了。我就觉得中国人真是幸运啊!好日子都让我们赶上了。"我们唱着东方红,当家做主站起来,我们讲着春天的故事,改革开放富起来。继往开来的领路人,带领我们走进新时代。"开始我是写在我的日记上的,后来又写进了歌,就写成了《中国有幸》。后来这首歌在北京制作时,不断地加工,最后就改成了《走进新时代》。

【女主持】当我们沿着小平南巡的足迹,追寻他老人家春天的脚步时,仿佛听到历史的旋律在耳边回响。

小平同志的两次南巡对中国的影响是不可估量的。1984年小平同志第一次南巡的两个月后,在小平同志建议下,党中央、国务院批准开放了十四个沿海城市,接着又相继成立了长江三角洲、珠江三角洲、闽南三角洲等沿海经济开放区,形成了由特区到沿海,由沿海到内地的多层次开放经济的新格局。

在那一时刻,中国经济突飞猛进,1989年到1991年,中国GDP每年以5%的增幅高速发展,1992年猛增到12.8%。

【女主持】从1992年起,中国经济催生出大跨越、大繁荣的壮丽图景。直至今天,中国一直保持了"世界上经济增长最快的国家"这一称号。其间的2000年,国内生产总值达到8.94万亿人民币,约合1.08万亿美元,实现了"翻两番"的战略目标。

抚今追昔,人们对小平同志两次南巡的历史意义有了更深刻的理解。陈开枝回忆起小平同志第一次南巡时,有一段鲜为人知的故事耐人寻味。

【出录音 陈开枝】1984年第一次南巡的时候住在中山温泉,温泉边有一个小山,清晨起来他都要爬那个小山。如果走三五十分钟当然就已经很远了，老人家年纪那么大了。有一次陪同人员就好心地说："还是走回去吧？因为走那边太远了。"而老人家就说："我从不走回头路。"这个话是当时上山散步时对工作人员说的一句话，而实质是他当年针对现实景象表达的自己的境界：就是要坚持把我们党的基本路线坚持到底，永远走下去，绝不回头！

【男主持】不走回头路，就是要看准方向，科学发展。2007年，在党的十七大报告中，胡锦涛总书记对科学发展观作了精辟论述，体现了党的第四代领导人继往开来、矢志创新的远见卓识。

【出录音 胡锦涛】科学发展观，第一要义是发展，核心是以人为本，基本要求是全面、协调、可持续，根本方法是统筹兼顾。

【女主持】在十七大精神指导下，广东掀起新一轮思想解放运动。2009年1月，国务院出台了《珠江三角洲地区改革发展规划纲要》将珠三角的改革发展上升为国家战略。而作为改革开放一面旗帜的深圳，则确定了在未来打造"一区四市"的战略，即综合配套改革试验区、全国经济中心城市、国家创新型城市、中国特色社会主义示范城市和国际化城市。

【男主持】位于深圳市中心的莲花山山顶广场坐落着"世纪伟人邓小平"的青铜塑像，在精巧的构思和设计下，我们仿佛看到小平同志正迈着矫健的步伐，带领深圳人民，带领全国人民奔向改革开放的光辉之路。

第二十集　荣归

中央人民广播电台，中央人民广播电台，香港回归之夜。（压混）

This the BBC，HongKong。（淡出）

这里是凤凰卫视中文台。（淡出）

各位观众，今天驻港部队越过管理线这一步，却是中华民族的一大步。（压混）

【男主持】

历史在这一刻沸腾了，

它的沸点聚焦在北纬21.23度，东经115.12度，

香港，

1997年6月30日。

【女主持】这杯中是芬芳甘醇的美酒。

【男主持】这杯中是150年的乡愁。

【女主持】此刻，世界的目光聚集在东方，

【男主持】此刻，那个离别了150多年的孩子将重新回到母亲的怀抱，

【女主持】此刻，一个伟大构想将在这里开启新的纪元，

【男主持】此刻，强国不再只是国人的梦想。

【记者口播】听众朋友，我现在站在深圳皇岗口岸，当年分隔香港和祖国的那条管理线就在我身边，我现在站在深圳，十三年前……

【男主持】这是十三年后我们的记者在当年的管理线所做的现场报道。十三年前，这里是区分深圳和香港的界限，也是分隔香港和祖国的一道鸿沟。可十三年后的今天，这里却发生了巨大的变化。

【女主持】有这样一组数据，香港回归后，目前每天往返于深港各大口岸的人数已经接近50万人次，是回归前的四倍。2009年，广东与香港之间的贸易额超过3576亿美元，是1996年的十倍。而随着港珠澳大桥、广深港高速铁路等重点项目动工在即，大珠三角地区实现"一小时生活圈"已经不再是梦想。

【男主持】对很多香港人来说，现在的周末是这样度过的：早上过罗湖口岸到深圳喝早茶，然后去粤曲社唱戏，晚上去夜场唱歌、宵夜，第二天再去购物，最后心满意足、大包小包地回家。

【女主持】在香港生活了三十多年的谭小姐，现在随丈夫移居深圳，面对今天香港和深圳之间的这种变化，作为普通的市民，她说是无法想象的，但她却清晰地记得香港回归那一刻香港人的彷徨心情：

回归那天，我看到旁边有一些人装行李要出国，不想看那天的回归。但是也有很大一部分，就像我们，住在一个小区里面的居民，在电视前看香港回归的报道。当天是下很大雨，我们觉得回归了以后我们这些香港的居民的生活会怎么样……

【男主持】1997年6月30日，从黄昏开始香港暴雨，这场暴雨是香港有天文记录以来的一场大雨，在这场大雨中发生了很多事：国家主席江泽民宣布香港特别行政区成立；董建华宣誓就任香港特区首任行政长官；英国王子查尔斯宣布香港回归中国；最后一任港督彭定康黯然离去，英国国旗降下，中国国旗冉冉升起……

【女主持】参加过当年直播香港回归的凤凰卫视主持人吴小莉至今还记忆犹新：

我即使到今天还会记得那个历史镜头，英国国旗降，中国国旗升，准点准时准秒，你就看到这个土地的主权换啦，人物换啦，到现在还会印象很深刻的。

【女主持】在这难忘的一刻，有很多人会想起一位老人，它是中国改革开放的总设计师，他是香港回归的决策人——邓小平。

邓小平女儿邓林：

在家里他就跟我们说过，非常希望能够到香港去转一转。1997年的时候呢，哪怕坐着轮椅也要去。但是因为他的身体状况不允许，1997年年初他就去世了，很遗憾、非常遗憾。

【男主持】归去来兮，小平同志的遗憾化作人们的无限崇敬。他和他的同事为了这一刻所做的努力是常人无法想象的。时任新华社香港分社社长、中英"香港回归"谈判中国政府代表团团长的周南先生，在接受我们采访时，回忆起了小平同志和时任英国首相撒切尔夫人之间的一次较量：

她当时的驻华大使陪她回钓鱼台宾馆，撒切尔跟他说了一句"哎呀！这个邓小平真是毫无情义啊。"她以为我们还可以跟她周旋一阵子。当时邓小平说如果愿意的话，下午我就可以解决好问题，派部队进去嘛，她没办法招架的。所以她的回忆录讲，她说我们是跟一个实力远远超过我们，而且不肯做重大让步的国家谈判，因此我们不可能是胜利者。

【女主持】历史有的时候是一面镜子，当你今天回头看的时候，你会觉得镜子里的人和事既陌生又熟悉，你会佩服当时的人们怎么会有勇气和智慧去面对这样一个个的难题。小平同志的女儿邓林清楚地记得父亲对香港和澳门回归的态度：

"不用怕,只要你做得好大家就会回来,要让咱们中国人不能再受外国人欺负了。"因为我父亲他当时经常说这句话,我们都听到了,他就说,现在世界给中国的机会特别少,这一次给了我们一个机会,如果不抓住我们对不起我们的子孙。

【男主持】一国两制,港人治港。回归后的香港没有让老人失望,老人期待的香港是一个比英国人统治时期更繁荣的香港,是一个充满民族自豪感的香港。

【记者口播】各位听众,我是记者孙洋,我现在在香港各界庆祝香港回归祖国12周年纪念大会上向您做现场报道:香港回归12年来,经济、社会发生了巨大变化……

【女主持】时至今日,香港已成为世界第11大贸易实体。以吞吐量计算,香港的集装箱港口是全球最繁忙的货柜港口之一。以乘客量和国际货物处理量计算,香港国际机场是世界最繁忙的机场之一。以对外银行交易量计算,香港是世界第15大银行中心。以成交额计算,香港是世界第6大外汇交易市场。以市值计算,香港股票市场是亚洲第2大市场。2009年香港人均GDP 41614美元,在全球国家和地区中排在第6位。

【男主持】香港的回归和"一国两制"的成功实施直接影响着两年之后澳门的顺利归来,回归前澳门全部家当是葡澳政府剩余的24亿澳门元。由于经济的负增长,澳门的治安也到了失控的地步。经过十多年的实践和发展,"一国两制"得到了历史的检验。在澳门回归10周年纪念大会上,新任澳门特区行政长官崔世安说:

10年前,澳门区旗便随着五星红旗庄严升起,一国两制的伟大构思赋予澳门新的生机……

【女主持】10年间,澳门人口从43万增加到54万;土地面积从21平方公里增加到29平方公里;GDP从497亿澳门元增加到1700

多亿澳门元，年均增长14.5%；人均GDP从14000多美元增加到39000多美元，增长2.7倍。

【男主持】回归只是两个字，但它是中华民族期盼了150多年的两个字，回归只是那一刻，但它是凝聚了中华儿女的血泪和精神的那一刻。没有经历过屈辱历史的人们永远都无法理解，一个中国人当他能够站起来大声说话的时候，那样的民族自尊心和自豪感。面对所有的质疑，中国人坚定地说：中国人有能力治理好香港，有能力治理好澳门，中国人能够面对一切困难。

【女主持】而此时的困难来得太突然，太猛烈。正当所有国人的喜泪还没有擦干的时候，第二天1997年7月2日，由泰国放弃联系汇率所导致的亚洲金融风暴席卷香港和澳门，恒生指数4天之间就从16000多点狂泻至6000点，香港的上市公司市值在1997年10月23日一天就损失了4335亿港元。股市濒临"崩盘"，金融、地产、贸易、旅游四大支柱产业悉数"挂彩"。整体经济甚至出现了多年未有的负增长！从美国留学回来的王威当时是一家金融机构的操盘手：

它这个贬值从1997年7月5日开始，一直到1998年1月23日，连贬了7个月，当天股市收盘之前的15分钟，是整个全天战斗最激烈的15分钟，成交额82亿，那天港府推出了1亿港元的买单，9分钟就被市场消化掉了

【男主持】当香港市民人心不稳之际，受亚洲金融风暴影响，回归前的澳门也变得风雨飘摇，经济一片萧条的同时，引发了极为严重的社会治安问题。全国人大代表、澳门街坊会联合总会理事长姚鸿明：

回归前，澳门的经济往下滑，是负增长，老百姓的生活也是越来越差，失业率越来越高。这种情况下，大家对社会治安的期望是能够有大的根本的改变。

【女主持】由于经济的负增长,澳门的治安也到了失控的地步。纵火、绑架、杀人、黑社会火并接连不断。治安不良严重影响了澳门市民正常的生活,吓走了外国投资者,更败坏了澳门的国际形象。家住老城区望厦街的巴士司机、澳门市民王华方还清晰地记得当时的情景:

1999年没有回归前,澳门的治安比较复杂,出门得小心点。大三巴七点就没人走了,七八点铺位就关门了。

【女主持】1997年底的金融风暴不仅侵袭着香港和澳门,在泰铢波动的影响下,菲律宾比索、印度尼西亚盾、马来西亚林吉特相继成为国际炒家的攻击对象。8月,马来西亚放弃保卫林吉特的努力。11月中旬,韩国爆发金融风暴,日本银行和证券公司相继破产,东南亚金融风暴演变为亚洲金融危机。

【男主持】在这关键时刻,刚刚成立的香港特区政府力挽狂澜,重申不会改变现行汇率制度,在中央政府的坚定支持下,动用1100多亿港元的外汇基金,入市收购部分本地股票,捍卫香港股市,捍卫联系汇率制度。同时采取加大公共工程投资,拉动经济增长等一系列果敢措施,牢牢地遏制住了经济下滑。时任香港特别行政区立法会主席的范徐丽泰说:

中央的领导人一个一个地都站出来,甚至说是不惜一切代价,要支持港币的稳定。其实你要是了解情况的话,这句话是很重的,换句话说,用全国的国力财力来支持港币。

【女主持】时任荷兰银行董事的徐卓松从事金融行业几十年,1997年的香港股市让他见到了香港政府和金融炒家之间的激烈博弈:

历史上从没看到过这样的一种场面:快速地买进,快速地估出,就看到交易量呼呼呼呼地上升,可是股价就没怎么跌。

【女主持】在香港最困难的日子里,中央政府的援助之手一直没有放开过。人民币汇率保持稳定，成为香港战胜金融风暴的有力后盾。旅游业的放开，让其成为香港最早从金融风暴中"醒来"的支柱产业。现任香港特别行政区财经事务及库务局局长陈家强介绍说：

> 当时我们的那个决定是给香港的银行多些支持，推出贷款保障计划。另外一方面，政府方面的工程我们推快一点，增加香港的作业。同时当然是中国大陆的经济表现很好，很多旅客到香港消费，带给了香港很大动力，也是对香港的经济稳定提供很大的支持。

【男主持】如果说回归当天是欢腾的烟火，激动的心情，第二天开始的这一场没有硝烟的战争则让人们真切地感受到了，当香港、澳门出现困难的时候，祖国将是坚强的后盾，而且一直贯彻始终。香港的命运已经和祖国紧密联系在了一起，一国两制在实践中不断证明着它的伟大和正确。在这一刻很多人可能才会想起在回归仪式上香港第一任行政长官董建华所说的那句话的深刻含义：

> 我们都知道香港好、国家好、国家越好、香港更加好，其实我们的国家和香港的长远的利益全部是一致的。

【女主持】大三巴牌坊是澳门的标志，每一个澳门人都非常熟悉这里。在葡萄牙统治的四百余年间，澳门经济以博彩业为主。但由于特殊的地理位置，在这四百年间，东西方文化一直在此地相互交融，从而使得澳门成为一个拥有独特文化色彩的旅游城市。然而在2003年非典期间澳门旅游人数出现锐减，严重影响了澳门的经济和民生，中央政府为帮助香港、澳门尽快战胜非典、恢复经济、改善民生，先后出台了CEPA等一系列支持港澳经济的政策和措施。导游周小姐在CEPA正式实施的2004年来到澳门嘉辉旅行社：

> 现在的游客越来越多了，大概70%～80%是内地的，一个月大概有20个团左右，回归之后，陆陆续续增多了。澳门的景点主要是大三

巴牌坊、妈祖庙、金莲花广场、咀香园、巨记这些了……

【女主持】从大三巴牌坊一直走下去，你会看到大三巴这条街道上有很多澳门特色的小吃，巨记手信店在这条百年老街上也已经经营了十几年，巨记手信店的店员说：

变化很大，自从回归后，治安很平静。2003年游客最多，特别来大三巴的，内地人很多东西要买的，花生糖、竹干、杏仁饼……

【男主持】与香港一水之隔的澳门只有不到30平方公里的陆地面积，生活着50多万人口，这也使得澳门成为全球人口最密集的地区。小小的城市里生活的大多是原著民，安逸、舒适的气氛遍布整个城市的上空。澳门面积狭小，水源相对短缺，而每年10月到第二年的3月，澳门总会因为枯水期的到来遭遇一次咸潮的侵袭。澳门港务局局长黄穗文介绍说：

2003年、2004年开始，咸潮对自来水的咸度影响特别明显，我们喝的水越来越咸，然后大家都到超市去抢购瓶装水。抢购瓶装水慢一两天的话，超市里瓶装水都没有。然后大家到处"扑水"，广东话"扑水"就是去找瓶装水这种现象。

【男主持】2005年冬、2006年春枯水期的咸潮形势是近年来最严峻的一次，调水工作也是历年来最艰难的一次。在中央人民政府的高度重视下，珠江水利委员会精密调度，成功实施了历年来最多的10次水量调度，成功保障澳门、珠海两地居民的饮用水安全。澳门港务局局长黄穗文介绍说：

2005、2006年头两次是紧急的水量调度，国内其实很多措施去配合咸潮期间的用水。中央没向澳门多要一块钱，澳门居民也觉得国内居民为澳门牺牲很多。

【女主持】2009年，澳门回归10周年之际。澳门一国两制研究中心开始了澳门10年发展进步大型民意调查，民意内容包括：政治、经济、文化等各方面，范围涉及5000多个家庭及澳门的各行各业，这是澳门历史上最大规模的一次民调。调查显示，81%的澳门市民认为一国两制取得"成功"或"基本成功"，在"什么是澳门居民的核心价值"方面，有"民主法制"、"人权保障"、"爱国爱澳"等十几个选项，调查结果"爱国爱澳"名列第一。主持这项调查的澳门理工学院杨允中教授表示：

从国家公权力的行使，从民权的保障，澳门进入一个历史性新时期；从经济上，从民生上，澳门也进入一个最好的发展阶段，澳门的形象受到国内外的高度认同，所以澳门特别行政区应该说是一个有效验证一国两制的合格样板。

【女主持】作为媒体人的吴小莉，从1994年就来到了香港，她不仅见证了回归，更亲身经历了香港这十余年来的发展和变化：

过去十多年来，香港回归过程当中，我觉得主权的回归慢慢进入人心的回归，2008年火炬传递的一次，因为我有幸作为火炬手，参与全程的接力跑，看到了民众热烈欢迎的程度。不是欢迎我们，是欢迎着我们代表的奥运精神。然后那时候也有人问：香港是这么自由的地方，会得到热烈欢迎吗？这个答案在我们当天火炬手眼中看到了，那是一个全城沸腾的景象，一片红海。在那一刻我突然觉得，香港回归十多年以后，心理的回归，在奥运火炬传递的那一次看到了。

【女主持】2009年9月30日，新中国成立60周年，清晨六点多，很多共和国的同龄人从全国各地汇集到深圳，由深圳乘坐大巴前往香港和香港同胞一起用升旗的方式庆祝祖国60华诞和自己60岁生日。

【女主持】2009年10月1日早上10点，白发苍苍的团友们都准时来到了香港金紫荆广场，他们将和早早赶来的几千名香港市民一起迎接祖国的60华诞。来自荃湾的王先生早上5点就被儿子叫醒：

这是我们国家60年很大的日子，儿子叫我们一起来的，他们是主动的。

【男主持】我们在拥挤的人群中还发现了一位摇着轮椅的年轻人，他告诉我们：

可能以前我们香港帮多点祖国，现在祖国很照顾我们香港的，就好像父亲一样。我希望我们祖国更加繁荣稳定，我祝她生日快乐！

【男主持】一脉相承的文化，血浓于水的深情，

【女主持】无论他漂泊多久，

【男主持】任凭他风云变换，

【女主持】永远不变的是那颗强国富民的中国心。

共赢之路

第一集　抉择

【男主持】中国的历史虽然漫长，但像十一届三中全会这样的重要节点，并不多见。

【女主持】1978年，北京。中美两国即将建交，两国之间的通航问题摆上议事日程，谈判日久，卡壳的竟是航空食品。而在当年，我们却生产不出符合国际要求的航空食品。此时，一份港商申请在内地开办航空食品的合资企业报告，恰逢其时递到。它在许多部门作了长途旅行之后，最终摆放在了谷牧副总理的桌上。虽然只是一个投资只有几百万元的企业，但在当时，它是引进外资的第一单，有着不同寻常的意义，它关系着中国走什么样的道路。身居副总理高位的谷牧思忖许久，不敢拍板。

历史每一次光明的走向都是尊重了人民的选择。

回望跌宕起伏的过去，香港经济学者冷夏感慨万千：

回顾改革开放前30年，香港在协助中国内地产品出口赚取外汇等方面发挥了很大的作用，内地也从多个方面支持香港的发展和繁荣，真正是共济双赢。

【男主持】放眼更为广阔的现实，国务院总理温家宝掷地有声地宣告：

这次"十二五"规划纲要把港澳单独列为一章，表明了中央政府对香港和澳门保持长期繁荣稳定的坚定支持。这样做不仅是两个特别行政区政府和各界人士的要求，对港澳的长期发展也是有利的。

【女主持】"共赢"、"互利"，这些让人热血沸腾的字眼，无不清楚地释放出同一个信息，港澳与内地如今已经结合成"命运的共同体"。

【男主持】览阅港澳与内地六十余载的风雨画卷，它们曾经共享财富与光荣，它们也曾共担危难与重负。无论顺与逆、立与废，它们同舟共济、互不相弃。

【女主持】历史对每一个亲历者而言，决不仅仅只是故纸堆中一张张枯黄且薄脆的纸片。它是波澜壮阔的舞台上豪气干云的热血与激情，是风云万千的复杂环境中一个个冷静智慧的抉择，是每一个普通人平凡的坚守和付出，它是个人、民族的，也是社会的、时代的命运兴衰与起伏。

【男主持】1949年10月17日，此时四野邓华率领的15兵团已经在香港北部边界进驻多日。这一天，他们等来的并不是"长驱直入、收复香港"的一声令下，而是"按兵不动、留为我用"的最高指示。解放军方面传话给英国人，说他们的任务是维持和平并准备重开广州至九龙的铁路，恢复贸易。这无疑是向英国方面发出了"维持香港现状"的暗示。

【女主持】后来，周恩来曾说："不收回香港，在长期的全球战略上讲，不是软弱，不是妥协，而是一种更积极主动的进攻和斗争。"

【男主持】"进退存亡，需识变通之道。"中央对港澳政策的真正伟大之处，不仅在于他们的预见，更在于他们的实践。

【女主持】1950年朝鲜战争爆发，1951年5月18日，联合国通过了对中国和朝鲜实行禁运和经济封锁的决议。此后，香港成为了为中国供应石油、化学品、橡胶、汽车和机械储备的秘密基地。

国务院港澳办原副主任鲁平：

有一些敏感的物资，都是对我们禁运的，所以好多东西我们拿不到的，一些尖端的东西拿不到，但香港可以拿得到。

【女主持】《霍英东全传》作者冷夏：

香港的一些爱国商人，包玉刚、霍英东、何贤等人采取各种方式突破港运当局的封锁，与在香港的中资企业进行合作，托运大量的战略物资到中国内地去，支援抗美援朝战争和新中国的经济建设。

【男主持】五十年代后期，疾风暴雨式的社会改造已经完成，天下大定，但新中国仍站在百废待兴的起跑线上。此时，中国领导人对港澳问题的方针政策也更为成熟。

一九五八年，中共在湖北武汉召开了"武昌会议"。会议期间，周恩来系统明确地提出了中国政府对港澳地区采取"长期打算，充分利用"的八字方针。

国务院港澳办原副主任李后：

什么叫长期打算，就是准备长期保留在英国的统治之下，不改变这种状况。充分利用，就是从经济上、政治上各方面我们利用香港。因为我们那个时候外汇来源很少，跟这些西方国家没有什么贸易关系，那个时候香港是我们赚取外汇最主要的途径。

【女主持】《霍英东全传》作者冷夏：

1949年之后的30年间，港澳商人不能直接到内地投资，但是仍然有不少爱国商人积极响应祖国的号召，以各种方式支持新中国的发展和建设，其中一个不广为人知的方式，就是购买内地华侨投资公司的股票。霍英东亲口跟我说，他当时入股广东华侨公司主要是为了支持国家建设，并不在乎分红获利多少，所以也从来没有拿过红利和利息。

【女主持】此后的30年，香港作为新中国与国际社会联系的桥梁与纽带，一直被形象地称为我们的"瞭望台和桥头堡"。

【男主持】就在港澳支持祖国的同时，祖国也在时刻关心和关注着香港。上世纪60年代初期，国家经济处于最困难时期，猪肉、鸡蛋、粮油等主副食品，国内供应紧张，香港市场更是告急。当时，周总理亲自过问，决定由外贸部和铁道部联合开辟供应港澳市场的鲜活商品快运货物列车，满足港澳同胞的生活需求。

【女主持】1962年3月20日，由湖北江岸直达深圳北的751次列车鸣响第一声汽笛。同年12月，增开了由上海新龙华站和郑州北站始发的753次和755次列车，"三趟快车"自此得名。

【男主持】此后，不管是在最艰难的三年自然灾害时期还是在动荡的"文革"十年，不管是桥梁断裂、隧道塌方还是洪涝灾害，不管是雨雪冰冻还是春运高峰，三趟快车风雨无阻，从未停驶，时任外经贸部部长吴仪称之为"一项创举和奇迹"。

原外经贸部供应港澳三趟快车办公室主任金旭：

唐山大地震之后整个铁路都瘫痪了，后来弄好了之后，三趟快车第一个弄出去。

【女主持】如今，"三趟快车"被称为香港的生命线，它对保证香港市场活禽、活畜等日常物资的供应发挥着举足轻重的作用。没有人能够估量出，在畅行自如的三趟快车上，曾经洒下了工作人员们的多少汗水。

【男主持】供港物资就这样几十年如一日源源不断地准时送到，而事实上改革开放之前，内地却正面临着物资奇缺，经济状况十分堪忧的窘境。1974年，中国政府曾骄傲地向外宣布：我国既无外债也无内债。那一年我国的外汇储备值是零元。"自力更生"、"反对崇洋媚外"这些在当时气冲云霄的响亮口号，折射的其实却是经济落后、建设滞缓的社会之痛。

【女主持】1974年4月，联合国召开第六届特别会议。我国派出邓小平率领代表团去纽约。临行前，将全国所有银行的美元收罗起来，结果只找出来三万八千元美金，这就是当时中国全部的外汇储备。邓小平带着中国国库中美元储备的全部家当到了纽约。扣除房租、吃饭等日常生活的必要开销，却出现了堂堂中国代表团给不起服务员小费的尴尬事情。后来邓小平团长把他的全部个人经费作为小费给了酒店的服务员，他带回家给孙女的礼物只是一块巧克力。

【男主持】这仅仅只是辛酸往事中的一页。1955年，中国国民生产总值占世界的4.7%，到1980年变成2.5%，降了将近一半。1978年，中国的人均国民生产总值排在世界倒数第20位，属于世界上最贫穷落后的国家。连华国锋在1978年2月26日的第五届全国人大政府工作报告中也不得不指出："整个国民经济几乎到了崩溃的边缘。"

【女主持】回顾历史，重大的危机往往预示着一个新时代的开启，此时在风雨中飘摇的新中国像一只鼓胀的风帆，也似一片吹脱的落叶，面对着这场史无前例的严峻挑战，谁也无法知晓将何去何从。

【男主持】在宝安，有一首客家山歌这样唱道："宝安只有三件宝，苍蝇蚊子沙井蚝，十屋九空逃香港，家里只剩老和小。"上世纪50年代到70年代之间，老宝安曾出现过三次大的"偷渡潮"，目的地直指香港。

【女主持】1978年秋，已经担任了5年宝安县委书记的方苞，始终没有忘记上任前，地委书记对他的厚望，"你要把生产搞上去，把偷渡降下来"。这两句话曾在他的胸中鼓荡起万千的激情，却也将他置身于艰难的境地。

时任宝安县委书记方苞：

1979年这个偷渡潮比1957年、1962年还厉害，近一年就有5万人偷渡。宝安县的人口是30万农民，从新中国到1979年、1980年这一段有过偷渡行动的一共有16万人次。我们就是很纳闷,社会主义有优越性,老百姓为什么还往香港走,那香港究竟有什么东西比我们好的。一调查我们就知道了,香港那边的农民,每年收入增长88%,我们这边四年公社分配每年增长2%,两地的收入和分配,两地农民的收入相差30倍。那十年我们的闭关锁国就造成了我们经济落后,结果到了非要解决不可的时候了。

【男主持】这股自下而上渴望改变的呐喊,如奔腾前行的滔滔河流锐不可挡。而此时另一股自上而下渴望突围的呼声,如暗潮涌动的深沉大海低吟咆哮,它们都在酝酿、在等待,等待江河入海,激起惊涛巨浪。

【女主持】1978年7月,原国家计委副主任李艳君为方苞带来了李先念同志一份批示,方苞回忆起当时的情景说:

他(李先念)说"如果不把宝安深圳建设好,我死了也不瞑目"。我们听了很高兴,但是当时有这个决心还不够的,体制不改变不行的。

【男主持】历史再一次定格在这一年的7月,习仲勋在宝安县视察了近一个星期后十分忧虑,方苞说:

他(习仲勋)就说偷渡问题是政策问题,是体制问题。

【女主持】体制之痛,如同一根锋利的芒刺深深地扎入惶恐和错乱的神州大地,让原本迷茫麻木的心灵日渐觉醒。在某种意义上来讲,这三次逃港潮,为特区的最终确立,为中国选择了改革开放的道路,提供了一个深刻而令人辛酸的铺排。

历史来到了十字路口。

在中国现代化的进程中,1978年被称为中国命运的转折点。这一年的春天来得格外早。刚到立春节气,从北到南的一路暖阳已让这块土地上的人们感受到某种异样的气息。中央党校党史研究室主任陈述:

小平在1978年1月份的时候，也到广东去了，他强调对外开放这个意识之外，还强调了调整政策，他认为国内政策有一点僵化。他说了这样的话，现在听起来有一点笑话了。他说，听说养三只鸭子就是社会主义，养五只鸭子就是资本主义，这个政策太僵化了，应该进行改革。而且要进行整体性的改革、改变和调整。

【男主持】这一年，有12位副总理和副委员长以上的国家领导人，先后20次访问了51个国家，目睹并领略了外面的世界，感受到了世界经济的脉动。

据陈述介绍，时任国务院副总理的谷牧后来回忆说：

向中央汇报他们考察情况的时候，国务院开会连续开了八个多小时，包括中央的领导人，都感觉到是一个比较大的震撼，甚至像聂荣臻当时应该也是一个老革命家了，都说现在我们不能光议论了，我们应该拍板了，应该行动了。

【女主持】拍板、行动，当邓小平试图用巨额资本密集投入的方式来迅速地拯救中国经济时，外汇严重储备不足的现实很快就把这个浪漫的蓝图否决了。如何筹措搞建设的钱？十一届三中全会之后，邓小平提出了他的新思想。胡厥文的秘书陈训淦至今想起，1979年1月17日，邓小平和胡厥文、胡子昂、荣毅仁等工商界领导人的谈话：

搞建设，他说门路要多一些，就是要吸收外资，就是外国人可以到这里来办工厂，华侨、华裔都可以来办工厂。

【男主持】这是邓小平第一次在公开场合正式提出利用华侨和外资来华办厂的观点。当邓小平在北京向全世界宣布中国即将开放的宏伟设想时，在广州兴宁县，一个署名叫"旅港校友"的客家人给他当年读书的兴宁县坭陂中学写了一封信：

我们虽然旅居外地，不能直接参加祖国的四化建设，但我对祖国、对家乡，特别是培育我成长的母校有浓厚的感情，我愿为母校的改建献出片瓦之力，在母校新建三层科学大楼……

【女主持】这位自称旅港校友的人就是刘宇新。那次，刘宇新捐出了100万元，当年，这无疑是一笔巨款。在当时晦暗不明的政治环境下，既无先例，又无有关规定，新宁县"革委会"只能把刘宇新申请捐款的信一直递到省里。经再三研究，省里发出指示：可以接受那笔捐款。这个研究的过程持续了整整一年。

【女主持】都说时势造英雄，需知时势亦需英雄造，历史应该记住这几位开路先锋。1979年9月19日，北京，香港企业家美心集团总经理伍沾德先生和伍淑清小姐，与时任中国民航总局的沈图局长的手第一次紧紧地握在了一起。

时任民航北京管理局局长徐柏林：

沈图邀请伍先生帮助中国民航北京管理局改进飞机上的航空餐饮问题，伍先生愉快地答应了。

【男主持】美心集团董事长伍淑清：

当时香港地区很少和内地合作，很多人听说后都很惊奇，说怎么和内地民航总局谈生意，怎么说是合资企业，怎么做事情，大家都摸不着头，所以我们看看用什么方法来合作。

【出录音 徐柏林】议论肯定是有的，包括伍沾德先生的投资，内部的看法也不完全一样。有些人讲，中国的烹饪餐食在世界上都有名的，为什么要找香港人来合作，合作以后，不是等于把钱送给香港老板吗？

【男主持】尽管顾虑重重，可是伍氏父女的家国情怀，以及在困顿中徘徊许久的内地企业对外来资金和管理理念的强烈渴求，让两个原本陌生的团队最终达成了共识。

美心集团董事长伍淑清：

我跟我爸爸觉得邓小平先生他们说改革开放，欢迎港商到内地来帮助搞上国际市场，我们觉得很有信心。国家从1949年以后，没有对外开始发展经济合作，现在可能是从零开始，我们从零开始大家可以互相配合。

【女主持】时任民航北京管理局局长徐柏林：

我们要通过这样一个合作，开创我们新的局面，解决我们资金不足，管理模式比较陈旧的问题。通过这样一个新鲜事物的引进，可以推动我们的发展。

【男主持】量变堆积历史，质变分割历史。但每一次历史的转折都如同十月怀胎，经历了漫长的孕育、一朝分娩依然何其艰难。此时，在实现引进外资这一质变发生的过程中，尽管已经积聚了许多铺垫和准备，却仍需要一股巨大的推动力。

【女主持】邓小平，带着对历史敏锐的预见和坚定的意志来到了这个转折点，成为了最大的推动力。

美心集团董事长伍淑清：

我们将意向书、合同章程都按照香港的惯例给他们，但是他们因为从来没有做过合资企业也比较慎重，后来他们搞了个引进外资企业管理委员会，大家开很多次会，研究论证很多用词怎么保护国家的利益。

我们从1979年9月签合同章程，在这期间我们开了很多次会都谈不下来，直到1980年，当时民航总局局长很急了，3月8日他跑到中南海找邓小平先生，说我们这个合资企业还没批下来。邓小平问他你在跟谁合作？他说跟香港伍先生合作。然后邓小平先生就问香港的伍先生懂不懂得做面包？他懂不懂得做食品这个行业？他说懂得，他们这个方面有经验，所以邓小平先生说快点将这个企业批下来吧。

【男主持】历史就是这样被改写的。也许伍氏父女也不曾料想到，是一枚小小的面包帮助他们撬动了引进外资的大门。他们更无从料想，这枚小小的面包，曾是邓小平和整个中国民航局内部的一个心病。

时任民航北京管理局局长徐柏林：

当时的国际航线北京管理局，我们的配餐都是自己手工的做法，主要以中餐为主，西餐也做，但是外国人吃的就不是那个味道，因此飞机上外国旅客的投诉比较多。我一次执行邓小平的专机任务，小平同志拿起我们做的面包，一边吃一边就对我们说，你的面包不好，老掉渣子，你能不能派个厨师到我家去学学。回到北京，我就给民航总局当时的局长叫沈图作了汇报，我为这个事情也多次到我们的配餐间跟我们的厨师商量，怎么来改进面包掉渣的问题，尽管他们也做了不少工作，但根本的问题解决不了，这个问题一直变成我的心病了。

【女主持】长长的岁月里，一次次彷徨、苦闷、试验和修正后，渴望破茧重生的中国终于为自己的命运做出了最智慧的抉择。

【男主持】1980年5月1日，改革开放后的第一家合资企业——北京航空食品有限公司正式挂牌，实现了中国合资企业"零的突破"。它在国家工商行政管理局的档案记录上摘取了001的注册编号，人们风趣地称之为"天字第一号"。

【女主持】从此美心集团成为了中国民航业腾飞的助推器，而邓小平钦点的航空食品，无疑给当时心灵和肌体都颇感饥饿的中国人民上了一道精美而适时的点心。

【男主持】这如同一只拂动春风的手指，指向阳光。

第二集　问路

【男主持】1978年，无论是在中国的当代史上，还是在民间记忆当中，都是一个非同寻常的历史转折点。这一年被称为中国改革开放元年。刚刚经历了十年动荡的中国大地，修复了自己的创伤。浴火洗礼，涅槃重生之后，必有一番惊天动地之举。

【女主持】此刻，经济改革的冲动正在坚冰冻土之下缓缓涌动，似乎在等待一个机会，就要破茧而出。扎破这个茧的是一根叫做"贫穷落后"的刺，它刺透了中国人民刚刚复活的肌体，让人感觉疼痛。疼痛是要改变的，这个改变是从中国国门的一点一点打开，是从港澳资金进入内地，是从"三来一补"企业的出现开始的。在实现现代化的路上，中国人民迈出了第一步。

【男主持】1978年7月15日，国务院颁布了《开展对外加工装配业务试行办法》，鼓励开展"三来一补"的业务。这是中国内地在改革开放初期尝试性创立的一种企业贸易形式。

【女主持】既是尝试，必然要历经一番艰难困苦，甚至有可能会难产，乃至胎死腹中。当时，在深圳市的前身——宝安县有关部门的协调下，香港怡高实业有限公司打算在上屋大队投资30万港币开办一个加工厂，招收当地人来工厂做工，为香港的工厂加工生产吹风机里的发热线圈。但是，这样的动议在上屋大队足足讨论了半年的时间，时任上屋大队民兵连长的叶福松说，这是一个艰难的决定：

到了1978年6月份，宝安县就跟我们说，有没有信心从外面引进一个老板到你这里来搞来料加工。当时我们就想了，如果是把香港一个资本家引进这里来搞来料加工，会不会让人说成我们是帮助资本家来剥削我们的工人？所以我们一开始不敢答应，后来我们又经过讨论，大家民主一点，当时老书记很民主的，大家表决吧，同意的就举手，不同意的就不要举手了。后来大家表决，我记得是4票对3票。

【男主持】上屋大队最终以微弱优势通过了引资办厂的决定。1978年12月18日，上屋电业（深圳）有限公司在上屋大队落户，这是深圳第一份来料加工协议，它不仅开启了深圳乃至全国"三来一补"工业的大门，也像一块基石奠定了深圳经济特区的历史。

【女主持】历史有惊人的巧合之处。就在深圳第一家"三来一补"企业成立的这一天，中国当代史上最重要的会议之一——中共十一届三中全会正在北京开幕，会议决定：把全党工作重点转移到社会主义现代化建设上来，一心一意搞现代化，发展生产力。

【男主持】当时，中国实行的改革开放政策让世界震惊。在国际舆论看来，"能让一个人口众多的国家在极短时间内来个180度大转弯，就如同让航空母舰在硬币上转圈，难以置信"。

是转还是守，是进还是退，是成还是败？！

【女主持】一个封闭太久的国家，一个从来认定自己是中央大国的民族，要让它打开国门，走向世界，是需要经过无数灾难和耻辱才能领悟到的。这既是一种痛苦的选择，也是一种明智的选择。这种选择，归根究底，乃是一种历史的命运。如今看来，我们也惊讶于这一转。而在当时，在一片漆黑当中寻路、问路，需要的是何种勇气与力量，同时又有着何等深刻的自我剖析。这种清醒很大程度上来自于比较。香港城市大学校长郭位在大洋彼岸的美国工作多年，当他来到内地之后，更能体会到当时的中国和美国不仅在地理上，同时在经济建设上遥远的差距：

当时内地还用外汇券，晚上都很黑，包括北京出去都没什么路灯。在清华大学的校园里走路，到处都是黑的，只有一些宿舍有一点点灯。

【男主持】要听、要看、要了解，要比较，要改变。在物理学上，一个物体开始移动时所需要的动能是最大的。中国这艘航空母舰开始转动时不仅需要内因的驱动，也需要外力的配合。香港和澳门成为助推改革开放的第一股力量。

【女主持】1978年，港澳同胞揭开大规模投资内地的序幕，从此与全国人民一道，积极参与国家的改革开放，为国家的繁荣富强做出了历史性的贡献，也分享了改革开放带来的累累果实。这时的历史显得有些含情脉脉，一切都刚刚好。1978年，中央正式同意宝安县拿出5%的土地来建外贸基地，当时担任宝安县委书记的方苞说，这会对三个方面有利：

一个就是对国家有利，因为当时国家外汇很缺，需要大量的外汇进口成套的设备。我们这里离香港最近，产品出口香港挣外汇多，所以就对国家有利。第二个对我们当地的农民有利，因为粮食的统购统销，一亩地一年产生800斤粮食，100斤粮食才8块钱。800斤粮食才64块钱，有一半是成本。我种蔬菜就不一样了，所以农民可以收入多。另外对香港也有利，因为我们这里离香港那么近，蔬菜早上采，早上运到香港去，很新鲜，很便宜。我们的蔬菜、鸡，从顺德从佛山运来，长途运，路也不好走，运到这里一个半天了，半天运到香港去已经天黑了，那第二天卖的蔬菜也不新鲜。另外运输途中损耗大、运费高，所以钱也高，卖价也高。所以在这里搞外贸基地，到香港的食品很新鲜，对香港人有利。我们说如果在宝安搞外贸基地，绝对是互利双赢的局面，双边也很同意。

【男主持】合作共赢，见微知著。1978年开始的改革开放可谓是占尽了天时地利人和。当我们与历史对话时，历史并未蒙住它的心跳，也擦亮了我们的眼睛：

【记者口播】听众朋友们，大家好，我是记者俊楠。我现在在深圳深南大道上。这条路从一开始就与深圳的发展联系在了一起，1979年深圳市成立后，为不让飞扬的尘埃把刚跨过罗湖桥的港商"呛回去"，深圳市政府决定对深圳通往广州的107国道进行改造，于是，在蔡屋围到上步路2.1公里的碎石路面上铺上沥青，由此就诞生了"深南路"，也成就了深圳特区的"奠基礼"。

【女主持】一条路之于一个城市不止于交通，还具有象征意义；一个城市之于一个国家不止于区划，更有着示范之用。港澳企业家为内地的改革开放贡献了第一桶金。港澳成熟的制造业、酒店业以及出租车服务最先在广东地区发展起来，第一家"三来一补"企业，第一家五星级酒店，第一条高速铁路……以"第一"作为定语的事物纷纷出现。这里面有巨大的荣耀，也为此彪炳史册；同时也有着巨大的艰辛，问路之初，无迹可寻。这个时刻，最需要的是什么呢？澳门创世集团董事长刘艺良说，需要"三心两意"：

我总结了一下到内地去投资，需要"三心两意"，首先要有信心，有了信心之后你才肯下决心，下了决心进去之后，碰到问题才有解决问题的耐心。你没有耐心，没有恒心的话可能就半途而废了。我们到内地去投资，你不能总是指望人家、要求人家，你自己要有诚意，但是不能大意，当时很多人碰到问题就打退堂鼓了，可能是没有耐心和恒心，而且有很多担心。

【男主持】"三"在中国是个有着特殊含义的数字：一生二，二生三，三生万物。有此三心，会有不可限量的未来，只是在初始那一刻，并不容易。1982年10月，内地第一家五星级酒店——白天鹅宾馆在广东沙面开始试营业。沙面是一个充满了历史回忆的地方，第二次鸦片战争之后这里成为英法租界，至今让中国人痛苦的那句"华人与狗不得入内"就出现在这里。

【女主持】落后就要挨打，就会被人看不起——这样的规律曾经在中国人的心上留下了伤疤，每次揭开都是鲜血淋漓，但是，不发展，不摆脱落后的局面就仍有可能落入到规律的惩罚当中。

出身贫寒的霍英东早已切身体会了"租界"和"落后"的含义，这个酒店大亨渴望通过一个他有能力控制的企业，来推动国家的改革。这个重任就落在了白天鹅宾馆的身上。白天鹅开业那天，成了广州城集体的狂欢，霍英东长子霍震霆至今仍记得那天的盛况：

开幕那天，差不多整个广州的人都进来。父亲就说："震霆，这不只是一个酒店，二十多年来，这是对我一个很大的满足。"当时内地人坚持外面人不能进来，但是我爸爸很强调的是，这是在中国人的地方，每一个人都可以进来的。他们就说如果很脏怎么办啊？我说，很简单的，如果有破坏，就全部放到我的帐里来。开幕那天，他们向我们董事局汇报，说有人把厕纸拿走，怎么办？他说拿走就拿走了，你不能说他。所以有很多笑话啦。地毯很脏，小孩在水池里尿尿，鞋子都收了一箱又一箱。父亲说，震霆，这不只是一个酒店，这也说明内地还有很大的差距。

【男主持】霍英东常说："人家看你是不是改革开放、有没有和国际接轨，首先看你的宾馆，过去，全世界社会主义的宾馆和资本主义的宾馆连味道都不一样。"白天鹅宾馆不仅硬件设施完备，更重要的是从一开业就打破当时的惯例，对所有普通百姓开放，其服务意识、管理模式，都令当地政府官员和市民大开眼界，引发观念的更新，对广东服务业的兴起和发展产生了极大推动作用。白天鹅等港资酒店也被人们称为培养广东服务业人才的"黄埔军校"。

【女主持】封闭了三十年的中国人见识到了五星级宾馆，其实，我们可以住的更好。这个带着满身伤痕刚刚从动乱中爬起来的国家，这个还带着几千年传统包袱的民族，在改革中将要解决的难题，比前苏联和东欧各国当年面对的情况都要复杂得多，艰难得多。三十年前，当我们终于打开封闭的篱墙重新回到世界上来的时候，在贫困和文化专制的寂寞中生活了很久的中国内地人，是多么惊讶地发现：隔壁的香港和澳门同胞已经过上了完全不一样的生活。

【男主持】港澳带给内地的不仅是资金，还有观念的改变。改革开放的先行者袁庚回忆说："1978年10月，他到香港为招商局办理一栋大楼的购买手续，和香港老板约在周五下午2点在一个律师楼交付买楼的2000万港币定金，招商局的人带着支票到了律师楼，卖楼方也来了，楼下有几辆汽车停在那里，汽车的发动机都没有熄，一上楼，大家马上办手续，交钱、签字，对方拿着支票就走了。原来他们为了赶在周五下午3点之前把支票存进银行，2000万元的支票按当时浮动利息14厘计算，3天就是几万元的利息收入。否则拖到下周一再存进银行，就会损失几万元。"袁庚说："时间就是金钱，这是我在香港上的第一课！"而这个观念的形成却并非易事，袁庚说，很多人在听到这个提法之后第一反应是顾左右而言他：

时间就是金钱，效率就是生命，你这又要钱又要命，是不是资本主义的口号啊？我曾经问过很多同志，很多人都不敢回答这个问题，顾左右而言他。还有人讲这个东西是不是新的洋务运动，用李鸿章100多年前的洋务运动与改革开放比较，来含沙射影。

【女主持】很多时候，困住我们的就是自己的观念。无独有偶，在采访当中，刘艺良先生给记者讲了个很有趣的小故事，他当时跟内地的朋友讲"大厦的物业管理处"，内地的朋友很惊讶地问："处长相当于什么级别？"

【男主持】观念的改变，有时难于登天。就像以李鸿章为代表的晚清洋务派们打着"师夷长技以制夷"的口号组建的梦幻般的北洋水师一样,这支近代化的海军部队没能驶出封建社会的大染缸,那支在大臣们脑海中依然船坚炮利的舰队,早已透过钢筋铁骨的船体,散发出腐烂的气味,最终沉没在"固步自封"的海洋深处,再也无法充当幻想派的"救世军"了。

【女主持】历史并不如烟,亲历者也不忍历史成追忆。1978年7月29日,距离国务院颁布《开展对外加工装配业务试行办法》仅14天,香港信孚手袋制品公司的老板张子弥,带着几个手袋和一些碎布料,来到了东莞虎门。历史的魅力就在于许多不经意的举动经过历史的点拨就有可能成为滚滚大潮的起点,当上海籍香港商人张子弥决定在东莞虎门投资的时候,他也没有想到会成为开创内地"三来一补"工业模式的第一位香港人:

内地那个时候的经济是比较差一些。我们在外头,那些西方的老外啊,别说是欺负了,总是看我们低一等。想法就是能不能给中国有一点帮助。另外就是当时台湾和韩国比我们的价格便宜。大的生意都被他们拉走了。所以我们要找个成本比较低的地方,就选中了内地来搞厂,就是这么一个心态进来。

【男主持】1978年9月,太平手袋厂在东莞虎门正式投产,获得了国家工商总局发放的"三来一补"企业的第一个牌照——粤字001号,成为广东同时也是内地第一家来料加工厂,而此时距中共十一届三中全会召开还有3个月。太平手袋厂率先开始实行按件计酬,极大地激发了工人的积极性,多劳多得成为分配原则,大锅饭在这里被打破。珠三角地区第一代劳务工赵带荣说,当时根本就不知道累:

【采访录音】

赵带容:我们25个人一条线,最后就是你包装,前面就打线,然后就分级,然后打十字架,我们就拿到后面来包装。

记者：辛不辛苦？

赵带荣：不辛苦。以前我们4毛钱一个鲜草袋，每天晚上在家里都要加班。后来来到厂里，我们每个月都有100多块钱，好高兴的啦！

【男主持】生产力被极大地解放了，效率大幅度提升，收入也在大幅度提升。中国人一夕之间，发现了自己的需求，也发现了自己的能量，没有什么是不可能的。太平手袋厂拉开了东莞引进外资的序幕，也因为它的出现，珠三角大地开始了梦幻一般的工业化进程。

【记者口播】听众朋友，我现在正在东莞。这里大大小小的工厂星罗棋布。而这其中已经不见了当年太平手袋厂的踪迹。但是，它奠定了中国"三来一补"模式的基础。太平手袋厂的成功，让越来越多的人将目光投向东莞。似乎就在一夜之间，东莞就成为了全国最大的加工制造业基地。至1987年底，东莞"三来一补"企业达2500多家，遍布80%的乡村；至1991年，东莞引入外资高达17亿美元。太平手袋厂在东莞的改革开放历程中，写下了重要的一笔。自此以后，港澳投资源源不断涌入，到2007年底，港澳在广东直接投资项目超过10万个，实际投入1200多亿美元，占广东实际吸收外来资金的三分之二，其中绝大部分投资来自香港。

【女主持】你们还记得秦始皇修建的古长城吗？如今它还沉睡在沙漠之中。茫茫流沙从北方蚕食过来，狂风雕塑着它，仿佛它是一个千年的流放者，躺在这荒漠之中，凝固成一个没有答案的沉思。与秦长城的被遗忘相反，向后退缩了一千华里的明长城却受到了无比的崇仰。人们甚至硬要用它来象征中国的强盛。然而，假使长城会说话，它一定会老老实实告诉华夏子孙们，它是由历史的命运所铸造的一座巨大的悲剧纪念碑。它无法代表强大、进取和荣光，它只代表着封闭，保守，无能的防御和怯弱的不出击。

【男主持】但在此刻，如果再不出击，长城也都会默然。中国人在义无反顾地拔着刺痛了自己那么多年的那根叫做"贫穷落后"的刺。这股蓬勃的力量势头强劲,所及之处,足可摧枯拉朽。改革开放,是中国在1978年开始发展的逻辑,也是问路求索的结果。亲身经历了改革开放伟大历程的深圳前市委书记李灏说明了改革开放之间的辩证关系:

我认为中国的开放带动了改革。我们现在是改革开放,从我们沿海地区来讲,第一步是开放,开放以后带了很多改革的新理念,因为下一步来讲不改变也不能开放。制度下不允许吸收外资,怎么开放?对外交流?对外做贸易也没有。所以这两个是相辅相成的,开放推动了改革,改革来保证和促进了开放。

【女主持】邓小平1992年南巡时,在告别深圳前往珠海的那一刻,在蛇口港码头,他下车后向码头走了几步,突然又转回来,向深圳市委书记李灏认真地说:"你们要搞快一点。"中国这艘航空母舰在硬币上成功地转弯,到了90年代初,《时代》杂志说"航空母舰"已经转了第二圈。改革开放、合作共赢在经历了初期的问路之后,也正在走向后面的腾飞。在盘踞、酝酿、积蓄了五年之后,1984,历史又有了一个美妙的转弯。

【男主持】1984年,是一个充满着暗示的年份。这一年,北京大学的学生们在国庆三十五周年的庆典上打出了"小平您好"的横幅。

【女主持】由于与香港和澳门毗邻,广东一直充当了排头兵的角色。香港和澳门给予广东的改变有目共睹,人们至此深信,这场变革将会让整个中国焕然一新。从1978年肇始的改革开放,一路北上。

第三集　起飞

【男主持】历史的画卷翻到1985年，中国改革开放的总设计师邓小平在1985年3月4日从政治角度和经济角度分析，得出了"和平和发展是当代世界的两大问题"的科学结论；同年3月28日，他又得出了"改革是中国的第二次革命"的科学结论，有了理论的指导，中国的经济开始了起飞发展阶段！

【女主持】"起飞"，汉语里这个普普通通的动词，华夏儿女从远古时代，绵延至今，运用了两千多年，中华民族这条世界东方的巨龙，无时无刻不在高空遨游着。

【男主持】中国这条潜藏已久的巨龙，何时能飞龙在天呢？中国怎样才能走上现代化建设的通衢大道呢？邓小平揭示了一条真理：

实事求是是无产阶级世界观的基础，是马克思主义的思想基础，过去我们搞革命所取得的一切胜利，是靠实事求是，现在我们要实现四个现代化，同样要靠实事求是。

【女主持】依靠"实事求是"这条光辉的指导思想，中国再次踏上了经济起飞的征程！原中顾委副主任薄一波评价说：

如何找到社会主义发展的道路？小平同志按解放思想、实事求是，按照马克思列宁主义、毛泽东思想，这一条道路找到了，叫做改革，叫做开放。

【男主持】有了先进理论作为指导，再找到正确的政策作为行动依靠，中国的经济发展开始了再次起飞发展阶段！理论和政策，成为中国内地和港澳经济起飞的首要原因及动力。

1985年，中国改革开放的号角已经吹响了七个年头，中国的经济特区已经建设了五个年头。

1985到1990年间，中国经济再次进入了起飞的历史阶段，而与以往的起飞所不同的是，港澳投资成为此次起飞的助推器。港澳投资内地的进程来势之凶猛、范围之广大、理念之先进，都是当时的内地前所未闻的。

【女主持】1985年4月2日，国务院颁布《中华人民共和国经济特区外资银行、中外合资银行管理条例》。

【男主持】南洋商业银行是港澳金融机构第一家在内地开设分行的银行，改革开放的春风也吹进了南洋商业银行人的心田，他们看好了当时还未被很多人看好的紧邻香港的刚刚摆脱了小渔村身份的深圳。当时深圳的特区还没有什么物业，老百姓还不知道什么叫信用卡，但南洋商业银行的领导者当机立断说"就在深圳开设分行"，然而，当时的香港金融界根本不知道如何到这样一个小小的城市开展业务，更对开一家银行不报希望。

南洋商业银行执行董事兼副总经理袁伟强回忆当时的情景说：

南洋商业银行是港澳地区第一家与新中国建立金融来往的当地银行，我们发展的每一个阶段都是与国家紧紧相扣的，配合国家不同时间发展。国家改革开放的时候，南商是首家进入深圳特区开设分行的银行。我们在深圳开分行，香港的业界都无法想象如何到深圳去投资，何况开一家银行，如果南商去深圳开得成银行，这是震惊中外的，是一个奇闻，所以业界都是用观望的态度，而且是不看好。

在1982年1月9日，深圳分行就已经正式开业了，这一家分行就成为新中国成立后，第一家在内地开设的外资银行分行，然后我们陆陆续续在海口、广州、大连、北京都开了分行。

【女主持】金融业发展的规律使深圳的证券市场建立的契机逐渐成熟，股份制公司的成立在客观上要求深圳要成立证券市场，改革开放的新理念，也为国人做好了成立证券公司的心理准备，对于改革和开放的关系，深圳市委原书记李灏有着辩证的看法：

这两个是相辅相成的，开放推动了改革，改革促进了开放。因为深圳靠近香港，我们这里有很多便利条件，所以慢慢地我们就萌芽了一个思想，就是国有企业怎么能具有活力？国有企业的机制有问题了，它没有个经营班子，没有个董事会，所以我们就觉得要在不影响所有制本质的情况下，构建一个互相持股的结构。

【男主持】当深圳的企业发展成一定规模的时候，对于资金的需求越来越多，这时，社会上的资金链条需要更广泛快速地建立起来，如果能拥有一家深圳自己的扶持企业发展的银行就会大大解决这个问题，在这样的需求下，深圳发展银行诞生了。随后，在中国大地上，福建有兴业银行，上海有浦东发展银行，一批批以"发展"为字眼的银行如雨后春笋般成长起来！

【女主持】依靠内力，各地发展银行的成立使中国的经济蓬勃发展，然而港澳企业的帮助，却是一股促进中国经济一飞冲天的外力，使上世纪八九十年代的发展如虎添翼。

【男主持】"共赢"就是共同发展，赢得未来。此时的港澳与内地企业，就像邻居间的串门一样往来频繁，不仅港澳企业要来内地串门，内地企业也迈开了脚步，走进了港澳的大门。中国银行为了促进港澳与内地在金融方面的交流与合作，纷纷在港澳开设了分支机构，中国银行澳门分行副总经理吴建峰为我们介绍了他们参与内地金融合作的一些成绩：

　　随着整个澳门跟内地交往的加强，我们中国银行在1988年年底的时候，协助我们澳门经管局推动实现了澳门元在内地主要城市挂牌地兑换，在促进两地的交往上发挥了重要作用。同时在1995年澳门政府与中国银行签订了一个发钞的合同，澳门分行开始发行澳门元钞票，这也是为澳门金融的发展做出了巨大的贡献。同时在这个过程中，我们也积极参与了一些内地大型项目的建设，比如说1992年我们参与了由港澳、新加坡等十多个金融机构组成的，为广州的百环高速公路安排银团贷款，澳门分行担任了这项银团贷款的安排行和首席的经营银行。

　　【女主持】起飞，不仅要摆脱肢体的束缚，更要解开思想的枷锁。

　　【男主持】当时的内地人民还在享受着单位房、福利房，很少有人问津商品住宅，在理念中似乎就没有土地商品化的概念。而随着1985年6月堪称广州乃至全国最早的商品住宅小区的竣工，"一夜惊醒梦中人"，很多人大发感慨，原来我们的房子可以这样盖！

　　【女主持】东湖新村，位于广州城区中部偏东、东山湖公园西侧，东湖路和东湖西路内。是港资探索投资内地房地产的"投石"项目，国内著名房地产专家赵卓文为我们介绍了这个项目的意义：

　　东湖新村这个商品房项目揭开了中国内地商品房的序幕。第一个是我们的法律法规当时还没有明确，土地使用权是可以出让转让的。第二个就是改革开放之初，房地产开发缺乏资金，所以当时是非常有必要去引入港资。现在看来是非常小的一个项目，每套的面积非常小，所以它七万多平方米就住了一千多户。但是这个项目有一个划时代的意义就是，它是引进外资建设的。它采取的模式在后来整个八十年代为广州还有珠三角甚至内地的项目做了一个模式和典范。大家是带着一种非常新奇，带着一种就好像在看资本主义世界的东西来看这个东西的。

【男主持】虽然是上世纪八十年代竣工的商品房小区，但是作为港资进入内地的开山之作，即使在现在看来，东湖新村的整体设计以及布局也并未落后。记者子健二十多年后来到了这里，他想看看这里的房子与周围的新建筑有哪些区别：

【记者口播】我现在所在的位置就是广州的东湖新村，这里也是内地的第一个商品房小区，在进来之后也是发现总的面积虽然不是很大，但是楼房的密度还是挺高的。楼面基本上是以橘红色和淡黄色作为主色调，在所有的楼房的中间有一个中心花园，就这么来看确实有点像香港上世纪公屋的设计。一些警务室、商店，都会在这个小区里面有配套，所以就算是在现在的眼光来看，整个设计也并不落后。

【女主持】1987年12月1日，深圳让世人看到了一个惊天之举，深圳市按国际惯例公开拍卖第一块土地使用权，这是我国内地首次公开进行土地使用权拍卖，后来被人形容为"中国第一拍"。深圳市委原书记李灏回忆起这段"中国第一拍"的前前后后时说，当时因为中国的土地政策步子迈得还不是很大，很多人都不敢奢想土地可以进行拍卖，但当时从广东到中央却有一些人支持这样做：

在这个问题上，广东省人大比较开放。关于这个问题不知道做了多少调查研究，中央土地不是我这里一个人说了算的。我们每一项改革都参考学习了历史的状况、外国的状况，搞了很多研讨会。比如说当时国土局主管的局长叫王先进他就非常支持，但是跟宪法有些矛盾，但他就非常赞同的。我们在没有拍卖"第一槌"时，广东省人大在立法上支持我们这个做法。当时不叫拍卖，但是土地使用权已经可以转让了，不是说哪一个单纯个人的问题。

【男主持】1991年，几乎还是荒芜一片的广州天河北首个港资高档住宅项目——怡园的推出就让人眼前一亮。该项目是由和记黄埔与广州城建总公司合作而建，其创新之举不仅是在天河推出了豪宅产品，更关键的是该楼盘在国内首次设立了美国学校，这在当时具有开放时代的意义。

【女主持】可以说在整个八十年代中后期一直到九十年代，尤其在1988年我国进行宪法修改之后，港资的房地产项目犹如春笋般地在广州蓬勃发展。国内著名房地产专家赵卓文回顾那段历史时说：

其实1988年进行宪法修改，也就是土地使用权可以出让转让的时候，咱们把土地使用权的这个关系清晰化以后，就等于给香港吃了定心丸，他们是喜欢讲法规的。那么香港资金进来广州就出现了一个爆发期，比较典型的像香港新世界，在广州就连续地投资了很多大型项目。李嘉诚先生的和记黄埔，我们看到自从1988年以后也新建、参股了中国大酒店这类五星级酒店的建设，也储备了一些地块，比如说像山湖湾畔，黄沙的老城区旧城改造项目，其实他们早期就一直在动作了。

【男主持】正是因为有了港资和澳资企业的先进理念和吸引力，有开拓眼光的内地人开始将脚步迈向了港澳，他们准备先去那里取取经，邱秋雄就是其中的一位：

1979年的时候，改革开放刚刚开始，我们是在珠海、澳门的隔壁，我们就经常听到澳门那边的经济还有经营模式比较好，也比我们内地先进。这个时候刚刚改革开放，可以批准内地的人到澳门去，我们就申请过去了。因为虽然是打工，但是待遇各方面都比内地要好很多。1987年的这个时候，也是积累了一点，当时也就几万块吧。拱北这边的生意也是学到澳门一些做生意的手法，也算是红火起来。1987年就决定回来珠海拱北莲花路投资一点小生意。我做过很多行了，餐饮、卡拉OK几方面都做过。

【女主持】说到八十年代港商、澳商在内地投资，除了为了盈利以外，也带有浓浓的家乡情结，这就不得不提到佛山市的顺德区了。顺德是著名的侨乡，也是许多港商、澳商的家乡。在改革开放的初期，借助着政策优势以及对家乡的感情，大量的资金在当时进入了顺德，并且涉及到城市建设的多个方面。佛山市顺德区民政宗教和外事侨务局副局长黄燕霞在谈顺德与港澳的关系时说：

我们顺德是一个传统的侨乡，在海外的港澳乡亲很多。我们家乡改革开放初期，各方面建设都还不是很好，他们都很主动，主要体现在几个方面。第一就是在捐赠方面。捐赠体现在几个方面，一就是为我们家乡解决亟需要解决的基础建设，道路建设，桥梁那些的捐款建设；二就是生产的工具，比如我们种田、养鱼的储水机、集流机器的支持；三就是福利慈善事业，最主要体现在教育，当时因为教育条件还不是很好，所以他们捐了很大笔款项来建学校，还有医院、敬老院等等的福利慈善事业，这是捐款的方面。第二方面的资金用在投资方面。可能是因为历史传统的原因，顺德人很多都很懂做生意，在港澳很多出名的生意人都是顺德籍的，比如说恒基的李兆基博士，还有新世界的郑裕彤博士等等都是顺德的乡亲，所以当时他们看到家乡这个环境，觉得投资回家乡是一个改变家乡面貌，促进家乡发展的一个很具体，很直接的一个方法，所以很早他们的资金就已经进来了。

【男主持】金融业、房地产业和生产制造业的发展，是我国1985年到90年代初期经济"起飞"发展因素的"三驾马车"，然而，一切新事物的发展之路都不是平坦的，这其中也遇到过很多令当时的人百思不得其解的事情，有些甚至还成为阻碍经济发展的拦路虎。

【女主持】1986年8月3日，一件当时令多数中国人不太理解的事情发生了，沈阳市工商局宣布：连续亏损10年，负债额超过全部资产三分之二的沈阳防爆器械厂在"破产警戒通告"一年期限内，经过整顿和拯救无效，宣告破产倒闭。这是新中国成立之后第一家正式宣告破产的企业，社会主义企业不存在倒闭问题的传统认识与做法到此划上了句号。

【男主持】这条消息震惊了国内外。美国《时代》周刊就此撰文评论："一个在西方并不罕见的现象，成千上万的工人被警告说他们的公司陷入了困境，他们的工作也将保不住。这种现象不是在底特律或里昂或曼彻斯特，而是在中国东北的沈阳。"评论惊呼："中国的'铁饭碗'真的要被打碎了！"

【女主持】1985年到1991年间，香港因其制造业在中国改革开放的条件下迅速北移，以对外贸易为龙头的服务业迅速发展，使香港从一个轻型产品的加工制造中心，演变为亚太地区举足轻重的商贸服务中心，经济结构发生重大转型。

【男主持】澳门在经济结构上也进行了进一步调整，开始向旅游博彩业和服务业主导型经济转变。尽管这一时期港澳经济转型的过程中蕴藏着危机，也蕴藏着漏洞，但从内地与港澳经济的大发展背景下来看，都是双方共赢的结局。

【女主持】对于我国所提出的"改革开放"政策，以及"让一部分人先富起来"的理念，很多外国人也表示了惊讶。1986年9月2日，美国哥伦比亚广播公司记者迈克·华莱士问邓小平："现在中国领导人提出致富光荣的口号，这样的口号使很多资本主义国家的人感到很惊讶。这个口号和共产主义有什么关系？"邓小平回答说：

致富不是罪过，但是我们讲的致富不是你们讲的致富，社会主义的财富属于人民，社会主义致富是全民的共同致富，社会主义的原则第一是发展生产力，第二是共同致富，我们的政策是一部分人先好起来，一部分地区先好起来，目的是更快地实现共同致富。

【男主持】深圳在发展过程中，很多人因为对新的经济体制理解得不到位，也存在着诸多问题，这些问题使情况显得更加复杂，深圳市委原书记李灏对此有深刻的认识，他认为思想的解放还有待加强：

当时不理解我们中国特色社会主义要经过这么一个阶段，加上我们有些东西做得确实有些缺点。再一个就是因为这个过渡阶段。中国特色社会主义是有一个过渡期的，现在还是初级阶段，还是中国特色社会主义，还允许多种经济成分并存，多种分配方式并存，这个同我们过去讲的社会主义是有很大的区别的。现在我们在某种意义上讲还在工业化、城镇化的阶段，所以在某种意义上讲还有点新民主主义阶段的过渡，这是必经阶段。马克思讲过这个话，一个社会是由社会生产力发展水平决定的，当这个生产关系、生产方式还能容纳这个生产力发展的时候，你超越这个阶段就是错误的。

【女主持】1987年4月30日，邓小平会见了西班牙政府副首相格拉一行，格拉称赞中国发生了明显变化。在同格拉的会晤中，邓小平第一次比较完整地描绘了从新中国成立到21世纪中叶100年间中华民族的复兴蓝图。他说，这是我们的雄心壮志，中国再次迈向经济起飞的航程：

我对一些外宾说过，这只是小变化。翻两番，达到"小康"水平，可以说是中变化。到下个世纪中叶，能够接近世界发达国家水平那才是大变化。到那时，社会主义中国的份量和作用就不同了，我们就可以对人类有较大的贡献。

第四集　交融

【男主持】20世纪最后的10年，世界格局风云变幻。

1990年4月4日，第七届全国人民代表大会第三次全体会议通过了《中华人民共和国香港特别行政区基本法》。"一国两制"灵光初现，港澳与内地的合作交流也进入到快车道。

【女主持】而就在此时，国际形势却接连发生重大变化。东欧剧变，苏联解体，社会主义在世界出现低潮。世界的目光再次聚焦东方，聚焦中国。在此历史重大关头，港澳同胞不免犹豫、彷徨，不约而同把眼睛盯住了北京。

香港刚毅集团有限公司主席王敏刚：

1990年初的时候，当时我们面临一个很大的问题是，留还是不留？当时在香港很多人开始移民，而且外国也抵制中国，我最后的决定就是中国的发展不能回头。哪一个当家都要搞经济，所以1990年我们在内地重新探索新的商机。

【男主持】中国究竟将何去何从？1992年的春天，一趟南巡的列车引起了世人的关注。中国前行的方向在此刻逐渐成形。

【女主持】邓小平来到广东考察，面对纷杂形势，谈笑自若。他说："不要惊慌失措，不要认为马克思主义就消失了，没用了，失败了。哪有这回事！"他指出："改革开放胆子要大一些，敢于试验，不能像小脚女人一样。看准了的，就大胆地试，大胆地闯。"

【出录音 邓小平】中国这时候只要不搞社会主义，不搞改革开放，发展经济，不逐步改善人民生活，任何一条路都是死路。动摇不得。

【男主持】国务院港澳办港澳研究所副所长陈多：

南巡讲话是一个里程碑，对于改革开放，原来说早期是"摸着石头过河"，小平同志南巡讲话之后讲得很清楚了，我觉得这个为我们的社会主义和市场经济相结合奠定了比较坚定的理论基础。我们自己首先搞清楚了，这一段时间提出的"四个现代化"的目标已经很明确了。

【女主持】一夜之间，春风席卷了整个中国，世界再次将目光聚焦在东方，彷徨的港澳企业家齐刷刷地回过头来，他们看到了国家的未来与希望。

国务院港澳办港澳研究所副所长陈多：

这个对港澳投资者来说，应该说是给他们吃了一个定心丸。有一个统计，从1979年到1982年，港澳在内地投资，尽管它项目有好几百、上千个，但是总共加起来合同金额也才35亿美元。到了南巡讲话前后，这个时候就已经比较多了，当时在1991年的时候港澳投资内地的金额是75亿美元，占的全国总额的比重已经到了63%，1992年一下子到了415亿美元，占71.5%，到1993年又一下子增加到768亿美元。对于港澳地区的投资者来说，提升了他们的信心和对内地的认识，看到了内地蕴藏的巨大的商机，这些给了投资者很强的信心。

【男主持】中国向世界开放的胸怀从来没有像今天这样恢宏，中国走向世界的脚步从来没有像今天这么坚定。香港宝德集团有限公司董事长刘宇新：

邓小平吹响了号角，14个城市沿海开放，大家都很高兴，鼓舞了信心，中国希望很大，我们香港人都感觉到中国的希望，提高了对国家的认同。

【女主持】当内地迅速掀起加快改革和发展的新一轮热潮时，港澳同胞也进一步拓展了在内地的发展，共同唱响了一曲《春天的故事》。

【男主持】港澳企业是中国经济发展的重要参与者，也是受益者，中国经济现代化的征途中很多弥足珍贵的第一，都深深打上了港资企业的烙印，它们为中国迅速崛起成为世界工厂立下了汗马功劳。

【女主持】小平南巡讲话之后，港澳企业来内地发展的集结号迅速转变为百米冲刺，合作领域更广，范围不断扩大，在这一时期众多港澳投资者充当了改革开放拓荒者和示范者的角色。

国务院港澳办港澳研究所副所长陈多：

原来是集中在他们最熟悉的珠江三角洲地带，那个时候和他们选择的行业有关系，最初主要是搞出口加工业，是"三来一补"的，原料要从香港进来，产品要从香港出去，这个时候它不可能选择离香港很远的地方。那么1992年之后，一方面珠江三角洲这方面外资企业也面临到要升级的问题，另一方面内地改革开放，随着不断的深入，东北、西北，整个的中西部地区对他们来说等于又发现了一片新的大陆，也看到了新的商机。

【男主持】1992年春天，第七届全国人民代表大会第五次会议在北京举行，香港刚毅集团有限公司主席王敏刚第一次作为来自香港的全国人大代表走进人民大会堂。受时任国务院总理李鹏同志在《政府工作报告》中关于国家经济建设将向中西部倾斜的内容启发，他开始更多地关注祖国的中西部地区。内地与港澳的合作走向全方位交融。

【出录音 王敏刚】当时十多年的发展，沿海已经饱和了，所以更高的回报是那些完全没有开发的地区，在西北、东北以及西南，研究它的经济状况。结果在西北看到，资源丰富，我们看到更精彩的就是它文化的资源。

【女主持】作为商人，王敏刚敏锐地看到了商机，他先后15次沿丝绸之路进行考察，潜心研究中国西部的历史。考察中，他深深折服于丝绸之路丰富的历史文化资源。

【男主持】90年代初的敦煌，是一片戈壁中的绿洲，基础设施差是王敏刚没有预料到的，第一次走进敦煌的感受，他至今都记忆犹新：

当时我们自己去开辟的时候，我自己住在酒店的床上，你都不敢碰他们的被窝，还得自己带睡袋。因为冬天结了冰，发了水，床都是湿的，睡觉睡不了，所以要带个睡袋。当年西部地区还是比较落后的。

【女主持】环境的恶劣没有影响到王敏刚对西部的热爱。通过思考，他给出的结论是：西部拥有丰富的自然资源和旅游资源待开发，商机无限。1993年，王敏刚决定投资1.5亿元人民币在敦煌建酒店，这是甘肃省第一家四星级现代化酒店，王敏刚也成为了第一个投巨资到西部地区的香港企业家。

【出录音　王敏刚】那是当年甘肃最大投资，1.5亿，敦煌山庄。选地点，他们都给我在市区找，我觉得不好。我就选鸣沙山，我说在绿洲边缘，面对大沙漠，那个景就体现丝绸之路，所以我就选了那里。

【男主持】敢于第一个吃螃蟹的人，担负的风险是可想而知的。1993年夏天，酒店奠基仪式，一切准备好了，可是突然刮起了风，风特别大，把台子都刮倒了。在场很多人都受不了，劝他不要在此地投资。他坚持做下去，说："这可能是上天对我的考验。"

【女主持】正是这份执着与坚持，让王敏刚品尝到了收获的喜悦。直到今天，敦煌山庄依然是当地最具特色、软硬件设施最好的酒店。王敏刚的成功也让更多的人看到了在内地投资的无限潜力与丰厚回报。

【男主持】敢为天下先的香港人在内地直接投资的成功，成为外资在中国的成功的样板和范例，以至于后来其它国家和地区的境外投资者进入中国的时候，往往会把香港作为他们与内地交流的桥梁。

【女主持】这座桥由窄变宽，香港所具有的"桥梁"和"窗口"的作用，让这条即将腾飞的东方巨龙有了坚实的左膀右臂，让更多的人看到了中国内地的希望与未来。

【男主持】东方广场雄踞于北京市中心，是目前亚洲最大的商业建筑群之一，是真正的北京"城中之城"。1993年4月2日，东方海外与香港富豪李嘉诚的旗舰长江实业合作成立了汇贤投资有限公司，与北京市东方文化经济发展公司签订一项合作协议，在北京市中心最繁华的王府井建造东方广场。

【女主持】李嘉诚说："以外国人的管理方式加上中国人的管理哲学，保存员工的干劲及热忱，无往而不胜。"北京东方广场有限公司总经理蒋领峰：

从中国改革开放以后到90年代初，商业模式是比较单一的，在娱乐、休闲、购物方面的话，当时可能主要就是百货公司，你要再看场电影可能就要专门跑到电影院去看，单栋的写字楼比较多，整体下来的这种模式没有。我们觉得在北京是可以往这个方向去发展，所以当时我们就把这个综合体的概念带到北京来。

【男主持】对于这种全新的商业模式第一次入驻内地，很多人质疑有必要吗？这可以吗？北京东方广场有限公司总经理蒋领峰：

一开始的时候，也没有说马上被接受了。譬如说像商场，以前它是百货公司的形式，现在就是主机店，我们一个品牌一个店。我们不断推广、不断推动这种经营模式、购物方式、这种生活方式的时候，是被社会慢慢地接受的，也不是一下子的。

　　【女主持】90年代初期内地经济的快速发展离不开港澳企业在内地的投资，而香港和澳门的经济也从中受益。从1992年到1994年，香港经济年均增速高达6%，而澳门的生产总值增加了100多亿澳门元，这其中很大一部分是两地合作共融的成果。

　　【男主持】根据资料统计，香港与内地贸易额占香港进出口贸易总额的比重由1980年的13.4%提升为1996年的35.8%，其中香港从内地进口占香港进口贸易总额的比重由1980年的19.7%提升为1996年的37.1%，香港对内地出口占香港出口贸易总额的比重由1980年的2.4%提升为1996年的29%，香港对内地的转口占香港转口贸易总额的比重由1980年的15.2%提升至1996年的35.2%，内地商品经香港的转口占香港贸易总额的比重由1980年的27.9%提升到1996年的59%，内地已然成为香港最大的贸易伙伴。

　　【女主持】应该说，香港很幸运，它回归前正值中国迈向更开放，更辉煌的起飞时刻，国运兴旺，为香港提供梦想不到的机会。

　　【男主持】而此时，内地的企业也变得更加自信。它们开始昂首阔步，一起走进香港，这座通往国际舞台的大都市。

　　【记者口播】各位听众，我是记者钧洋，我现在是在香港交易所交易大厅为您做现场报道。据了解，现在，随着两地合作领域的不断拓展，经济依存度的不断增加，每周都会有多家内地企业在香港上市融资。截止到2011年6月底，内地公司在香港交易所上市已经达到610家，总市值占香港股市的45%。

　　【男主持】上世纪90年代初，内地企业经过15年的改革发展，虽已初具规模，但在资金、技术和管理等环节上，纷纷遭遇"瓶颈"，急需要钱。这是大家的共识。青岛啤酒董事会秘书张瑞祥：

　　在上市之前，大家知道我们的青岛啤酒品牌知名度非常高，我们的产品可以说是严重的供不应求，作为企业来讲要发展，没有资金的支持，肯定发展不起来，所以上市给我们创造了一个很好的机会。

【女主持】而此时的香港金融市场也出现了缺乏资金流动性的瓶颈，为了扩大港资的投资渠道，同时加强香港国际金融中心的地位，港人也看上了内地的众多企业。香港交易所内地业务发展部主管杨秋梅：

当初我们的主席叫李业广，跟当时的副总理朱镕基就讲，这些企业来上市，我们可以提供两套规则，一套就是和内地接近的、低级的上市，或者就是说很宽松的、并不是很严谨的、和国际标准离的比较远的一套上市规则。还有一套就是说，完全和国际规则靠近的，但是比较严。朱镕基说，你就给我这个严的。所以实际上内地企业来香港上市，所遵循的完全是国际的规则。

【男主持】这次香港交易所在内地寻求"破冰"的实质性之举，得到内地的积极回应。

【女主持】就在这一个月的月末，4月29日，香港联交所主席李业广到访。在和朱镕基面谈时，李业广又提出内地企业到香港上市的问题。朱镕基当即表示：选择9家国有企业到香港上市。香港交易所内地业务发展部主管杨秋梅：

来香港上市的话，是整个国家的大事，一定要选一个好企业，而且是国外投资者认可的。在那个时候，青岛啤酒就是外国投资者最认可的。

【男主持】为了能让初出茅庐的内地企业在国际金融领域尽早适应，香港交易所拿出了足够的耐心和诚意，帮助内地企业实现上市融资，迈向国际化的进程。经过两地的共同努力，1993年6月29日第一家H股上市公司青岛啤酒在香港正式招股上市。青岛啤酒董事会秘书张瑞祥：

联交所在我们上市的过程当中对我们很多事情采取特殊照顾。我们的股票代码，香港联交所给我们预留了一个非常吉祥非常好的代码168。这个168按照香港广东话来讲，叫"一路发"，要是按照一般的上市流程，应该是按照代码一个一个的排下去，我们这个还没上市，联交所就把"168"这个代码预留下来了。这个代码就是指定给我们来使用，通过这个代码也寄予了香港同胞对于首家进入国际资本市场的我们青岛啤酒殷切的期望。除了这个代码之外，在香港挂牌的股票，一般在挂牌仪式上都有举行一个开香槟的仪式，但是在我们的挂牌仪式上，联交所把杯子改了，在仪式上，包括香港证监会主席、中国证监会主席、香港联交所的总裁……这些嘉宾手里举着的是一杯泡沫四溢的青岛啤酒。我们有一张照片，可能大家能看到，嘉宾手里面举的都是泡沫四溢的青岛啤酒。

【女主持】香港交易所内地业务发展部主管杨秋梅：

当时的香港居民认购的数量是超额配售110倍，所以可见他们的热情，中国概念从那个时候开始深入人心。

【男主持】没有犹豫，香港市民在回归前把信任的一票投给了第一次走进香港的内地企业。这似乎是冥冥之中注定的。

【女主持】中国共产党的生日与香港回归日恰为同一天，这是历史的巧合，也是时代的垂青。随着回归日的临近，那份香港人表现出的患得患失已经逐渐消失，事实就在眼前，一个强大的中国让更多的香港人自豪、欣喜。

【男主持】这既是一种历史的巧合，也是一种历史的必然。但是历史总会在人们对未来满心欢喜的时候发生让人意想不到的突发事件。

【女主持】1992年7月9日，第28任港督彭定康到达香港就职，成为英国派驻香港的最后一任总督。他的上任为香港的顺利回归制造了不小的麻烦。

【男主持】1992年10月，当港督彭定康抛出"三违反"的施政报告时，引起了很多香港人士的反对。时任国务院港澳办主任的鲁平回忆到：

　　他根本不考虑香港的利益，所以我说，彭定康先生将成为历史的罪人。

　　【女主持】历史前进的车轮此时已无法倒转，香港众多爱国人士纷纷在报刊上慷慨陈词予以抨击，香港普通市民也给予积极响应，痛斥当时港英政府破坏香港稳定局面，刘宇新就是其中一位：

　　听完施政报告后，我睡不着觉。你什么也不懂，什么也不了解，乱讲话。加快民主，主要想搞乱香港，当时我写了封信在文汇报登上，彭定康实际上是糖衣毒药，包藏祸心。

　　【男主持】面对回归祖国的原则问题，香港市民始终与中央政府站在一起，共克时艰。他们用饱满的热情参与到香港回归过渡期的选举活动中，选出香港人自己的政府。香港宝德集团有限公司董事长刘宇新：

　　我一向关心国家的经济发展，每一个变化我都关心。当收回香港主权，真的非常高兴！我参加推选委员会，参加选举。

　　【女主持】就在香港、澳门进入回归祖国最后的过渡期里，很多从与内地合作发展中获得收益的企业家纷纷慷慨解囊加入到内地的慈善事业，希望通过自己的努力来帮助更多的同胞兄弟。

　　【男主持】澳门珠城海鲜野味酒家副董事长兼总经理吴桂英在90年代中期向自己的家乡珠海捐赠了一批技术先进的救护车等设备，而对此她却非常淡定：

　　我做这么多事情不讲原因，因为我是中国人，我爱国爱乡，这是我家乡，我能做到这一点的。所以从我们这里做了以后，一路带动，带动到海外去做，不停地做这个事业，所以到今天我们珠海市发展得真的不错。

　　【男主持】国务院港澳办港澳研究所副所长陈多：

　　咱们国家这么多年来取得的明显进步，提升了国际地位，我接触到的香港朋友，他们都是由衷的从心底感到一种自豪和骄傲。

【男主持】1996年9月1日，连通首都北京与香港的京九铁路正式通车，这项新中国仅次于三峡工程的第二大工程，加强了内地与香港之间的交流，把北京与香港连在了一起。原中国中铁京九铁路建设指挥部办公室主任张喜学：

香港当时很期盼铁路尽快修通，修通后，就使得香港和北京直接连通起来，所以这条线当时是作为香港回归的一个献礼。香港对这条线也很关注，毕竟是京九铁路，到九龙，香港与内地经贸、出行方便多了。这条线把香港和内地更紧密地联系起来，人流、物流互通是最近的捷径，辐射许多横交线，解决香港和内地的很大问题，在经济方面、旅游方面起了不可估量的作用，是双赢。

【女主持】1997年6月30日，从黄昏开始，香港暴雨，这场暴雨是香港有天文记录以来的一场豪雨。在很多人眼里，这场雨洗刷了回归前人们心中的种种不安、揣测。

【男主持】对于很多香港人来说，雨过天晴，未来的路似乎并不太平。香港回归祖国，这座中西合璧的大都市该如何看待自己扮演的角色？该如何定位内地与香港之间的关系？香港，开始了犹如春蚕破茧般的迷茫和探索。

第五集　风暴

【男主持】金融危机带来的恐慌，对人们来说并不陌生。随着全球化进程的加深，不仅仅是劳动力和生产资料资源在全球范围内重新配置，资本市场也在全球范围内开疆拓土，融资行为早已跨越了国界。

【女主持】1997年亚洲金融危机和2008年世界范围内的金融危机，是全球金融领域发生在上个世纪末和本世纪初的重大事件。前者直接引发了1998年香港金融保卫战，后者在更大的范围内产生了更深远的影响。在中国经济高速发展、香港与内地经贸往来、经济合作不断深化拓展的今天，这两场金融危机带给我们怎样的警示？香港与内地，应该怎样在发展与合作中规避金融风险？是需要不断思考的问题。

【男主持】香港，中环。香港联合证券交易所所在地。1998年的香港金融保卫战就发生在这里。

【女主持】早在1997年，以索罗斯为首的国际金融炒家横扫了东南亚，泰国、菲律宾、马来西亚等纷纷败下阵来，东南亚的金融舞台，上演了一场"富可敌国"的个人与集团主导的货币战争。索罗斯们在大获全胜之后，迅速把目光投向香港，双方长达一年的缠斗就此展开。

中山大学岭南学院经济学教授林江,长年研究港澳经济:

用个形象的比喻,就是把香港当作是一个提款机,当他需要钱的时候,他就这边先买高现货,再沽空期货,在这两个市场上面如鱼得水,当股市真的下跌的时候,他又大手买进,买进之后又把股市扯上去,扯的差不多的时候,他又造点消息出来,或者说借一个什么国际金融事件,他就出货。所以这两边他就可以赚巨额的差价。这个差价就形成了国际大鳄对冲基金的一个典型。

【男主持】索罗斯的如意算盘是,利用极少的资金,做空恒生指数,调动大量资金,买入沽空的恒指期货。金融炒家用买高现货、沽空期货的方式,赚取两市的巨额差价。索罗斯们的想法,从宏观上来说,一是长期看空回归后的香港经济,二是对自己操控市场的自信。索罗斯们搅得香港金融市场一片愁云惨雾,恒生指数跌破6000点整数关口,再向下探。而炒家们却在购买了50—60%的沽空恒指后,将平本指数锁定在7500左右,且全部是8月到期的合约。

【女主持】从金融危机爆发的那一刻起,中央政府就向香港特区政府和全体香港人民伸出了援助之手。

【男主持】1997年10月,国际炒家首次冲击香港股市,恒生指数开始下跌。在中央政府的要求下,香港的全部中资机构立即全力以赴投入到支持香港政府护盘的行动中来。中央政府还一再强调,必要时,中国银行将会与香港金融管理局合作,联手打击国际游资的投机活动。

【女主持】1998年3月,刚刚出任国务院总理的朱镕基同志在就任后的第一次记者招待会上做出了"不惜一切代价维护香港的繁荣稳定"的庄严承诺,中央政府做出了明确表示,如果香港有需要,中央政府将不惜一切代价,保卫香港。

【出录音 朱镕基】中国政府高度评价香港政府所采取的政策,

我们不认为香港在今后会遇到不可克服的困难，但是，如果在特定的情况下，万一香港政府需要中央人民政府帮助的时候，只要香港特区行政政府向中国中央政府提出要求，中央政府将不惜一切代价维护香港的繁荣稳定，保护它的利息汇率制度。

【男主持】当时，中国南方广大地区正遭受严重洪涝灾害，亚洲金融危机也使内地外贸出口增长率下降，国内需求不振，内地同样面临巨大的经济压力。即便是面对如此困难的局面，中央政府仍多次重申"坚持人民币不贬值"。人民币汇率保持稳定成了香港抵御金融风暴袭击的坚强后盾。

【女主持】香港政府果断出手。双方的较量在1998年8月达到白热化。这当中最大的亮点也是最具争议之处，是香港政府一改过去对金融市场"积极不干预"的政策，调动了近800亿港元的外汇储备，奋起救市。

8月13日，港府组织港资与内地资金入市，主战场从股市转移到股指期货市场，针对8月股指期货合约的争夺战就此打响。也就是在这一天，港府宣布，已运用外汇基金干预股市与期市。激烈的交锋一直持续到8月24日，这一天香港政府再次投入50亿港元入市。

【男主持】当时指挥并执行这场保卫战的核心人员，最广为人知的，是特区"财经三剑侠"——曾荫权、任志刚和财经事务局原局长许仕仁。其实，还有两个少为人知的重要人物，一个是金管局副总裁陈德霖，他是参谋长、军师；另一个就是时任金管局副总裁的叶约德女士，她是当时的操盘手，被人们称作披甲上阵的急先锋。

【出录音 叶约德】最困难的是，对手是市场高手，每天都有新招，我们就要每天把他们的策略总结出来，第二天早上开会，商量应对的招数。

【男主持】决战终于来临。1998年8月28日是香港恒生指数期货8月合约的结算日。国际炒家手里的期货合约到期必须出手，双方围绕7500点的炒家平本指数展开激烈争夺。上午10点开市后仅5分钟，股市的成交额就超过了39亿港元。半小时后，成交金额就突破了100亿港元，到上午收盘时，成交额已经达到400亿港元之巨，接近了1997年8月29日创下的460亿港元日成交量历史最高纪录。巨大的成交量背后，是不断的抛盘接盘的轮番恶斗。

【女主持】下午开市后，抛售有增无减，港府照单全收，成交量继续攀升，而恒指和期指始终维持在7800点以上。随着下午4点整的钟声响起，显示屏上不断跳动的恒指、期指、成交金额最终分别锁定在7829点、7851点和790亿三个数字上。

【男主持】当时的香港特区财政司司长曾荫权随即宣布：在打击国际炒家、保卫香港股市和港币的战斗中，香港政府已经获胜。

【女主持】我们今天回顾这被写进教科书里的经典战例，不仅仅重温了当时的惊心动魄，更看到香港政府表现出的智慧。五位核心成员，十天的激烈搏杀，不是盲目的拼资金数量，更要看战场谋略。港府在决定入市干预之后，入市时机就成了最重要的战略选择。香港政府是在国际炒家资金投入完毕、后续资金不足，甚至需要融资来支撑其后续操作时入场的，所谓"旧力已过，新力未发"之时。

中山大学岭南学院经济学教授林江：

香港政府入市的时候，应该说也是有一种背水一战的气派。香港本身的金融管理的技术、能力比较强，比如说香港金融管理局有一帮专家。像任志刚先生，他当时担任香港金融管理局的总裁，无论是金融管理的技巧和能力，还是应对国际大鳄的经验都比较丰富。第二个判断来自于中央政府对他的支持，因为1997年回归以后，中央高度关注亚洲金融危机对香港的冲击，我们看当时的一些中央领导人的讲话，也是要全力以赴来确保香港的繁荣稳定，支持特区政府采取任何能够有助于香港繁荣稳定的一系列的政策措施，就是说中央政府准备支持香港特别政府来这样做。

【男主持】提高短期贷款利率——提高炒家成本、提高保证金比例——再次提高投机资本的融资成本、将所有吸纳的港元存入香港银行体系，从而起到了稳定银行同业拆借利息的作用，进而稳住股市。时机恰当、战术得当，最终让索罗斯们带着十亿美元的损失离场！

【女主持】香港政府的入市干预，事后引起了许多西方保守经济学家或自由经济学家的批判。但这样的观点本身也招致了强烈的反对：被投机者操控的经济已经不是自由经济，港府入市干预完全正确，因为只有这样才能与炒家抗衡，将金融秩序纳入正轨；当货币和金融市场受投机者冲击时，采取必要的措施保障两个市场的稳定和公平，确保市场人士可以在公平环境下进行活动，并确保市场有效运作——这恰是对自由经济的负责任的保护。

【男主持】香港政府在这场保卫战中不仅成了赢家，还赚了钱。香港理工大学教授刘佩琼认为，后来政府的作为进一步捍卫了香港自由经济的形象：

所以我们的特区政府很快就把他买回来的那个蓝筹股放在公司里头，然后发行了我们的盈富基金把它卖给香港人。所以今天还是很大的一个盈富基金在那里，就变成政府完全脱离了盈富基金的关系，这时候我们又恢复了市场的运作。当时我们的经管局也出了所谓七招，主要是限制了他们用我们港币的额度，这就变成了我们在制度上创造了一个条件来减少我们的金融风险。

【男主持】制度设计的缺陷导致了金钱游戏和货币战争的出现，而制度的完善往往有滞后效应，在基于某种经验和教训完善的制度下，规避同类风险有一定效果，对于新问题的出现，总让人有始料未及之感。

【女主持】十年之后，危机再次来临。这场发端于美国的次级债危机，让货币与美元挂钩的香港，让经济外向依赖的香港，直接受到了影响。尤其是香港人，在股市、楼市等投资理财领域参与程度、广度都很高，他们的金融意识、商业文化和金融素养由来已久，这次危机，直接深入地影响到了香港人的生活。

香港理工大学教授刘佩琼：

香港也有人买这种次级债，那个迷你债券。到2008年9月雷曼出现问题以后，老实说香港在我们非常健全的金融体制之下并不是真的受到很大冲击。最糟糕的是当时那几年我们银行，大量地向消费者，就是普通的投资者、储蓄户、香港居民销售了雷曼的所谓迷你债券。

【男主持】长年研究金融业的珠海博众证券总经理李炯，因为业务的关系经常去香港与同行见面。他说，2008年金融危机爆发时，市面一片恐慌，人们的消费意愿也降到了最低点。

【出录音 李炯】2008年金融危机产生之后，我们会看到香港的报纸上有很多酒店或者大的好的酒楼在做它的推广的时候，会做一些非常特价的产品。比如说当时有推一块钱一盅的官燕，还有就是非常便宜的鲍鱼套餐。随着股票市值的蒸发，对于香港人来说他们的个人财富也在蒸发，所以说对市场的影响非常大，从我们所关注到的来说，饮食业影响很大。

【女主持】喝早茶，是广东人、港澳市民的一种生活方式，人际交往和信息沟通也通常在茶餐厅里完成。作为基础服务业的餐饮行业，率先嗅到了金融海啸的气息。

【男主持】东莞这个城市的发展史，以及它与港、澳、台企业紧密的关联，早已成为这个城市的名片，来这里做生意的外地人也越来越多。当时，有不少港澳资企业的代工工厂因为金融危机的影响，出现了难以为继的现象，许多企业选择了倒闭。

理文手袋厂厂长赵顺景：

当时我们集团在其他地方的造纸厂出现了困难，我们老板从其他厂调集了许多资金去支援。我们这里还好，就是订单少了很多，但没有那么严重。其他有面临很严重困难的厂，倒闭的也有不少。

【女主持】但也有例外。德国波菲利斯塑胶科技有限公司的克劳泽先生，20世纪80年代投资香港，后又经香港的公司投资内地，2002年将工厂建在了珠海的保税区内，主要生产塑料挤出型材，占据着欧洲百分之九十的同类产品市场。

【出录音　克劳泽】我们没有受到太大的影响。这是高科技产品，技术、生产都是我们自己来。而且，我的目标市场非常分散，包括好多国家——美国、巴西、澳大利亚等等，市场做得广泛才稳定。

【男主持】也许，克劳泽先生和他的企业能给我们如下的启示：拥有自主知识产权和核心技术，产品科技含量高，市场培育广泛是企业抗风险能力强的重要因素。

【女主持】同样是在东莞，我们看到了这个在中国的改革开放中以制度创新闻名的城市，未雨绸缪地推出了企业升级转型、经济结构和产业结构调整的新政。他们自己称之为"腾笼换鸟"。

东莞市企业转型办现场办公点，克劳泽：

就是这张表，领了这张表，手续都齐全的话，七个工作日就可以了……

【男主持】这里是设在东莞市对外贸易经济局三楼的"来料加工企业不停产转三资企业"现场办公点。企业主按照流程提交所需材料，就可实现企业的升级换代，拥有更灵活多样的经营方式，开设独立外汇账户，具有进出口经营资格，集工、贸于一身，便于向境内金融机构融资等便利。市政府还拿出了十亿元扶持资金，帮扶困难企业渡过难关。东莞市外经贸局综合科科长叶琨洪：

市委市政府也看到，要保持整个经济持续的发展，就必须要推动现有企业转型，当然也是2008年发生金融危机加速了我们转型升级，加速扶持政策的进一步落地吧。

【女主持】这十亿元加工贸易转型专项基金，主要的帮扶对象就是东莞市从事加工贸易的企业。转型，不仅改变了企业的性质，最重要的是丰富了企业发展的内涵。

【男主持】2009年第11期的《经济师》杂志，刊登了一篇《两次金融危机在香港传导原因与分析》的文章。文中提到，从触发因素来看，对于香港而言，其坚守联系汇率制，港元与美元相挂钩，因此香港汇率稳定依赖美元稳定，而当美国经济发生波动时，香港经济自然会产生同步的影响。

【女主持】香港作为国际金融中心，汇集着世界各大金融机构的分支，与世界金融联系极为密切，香港的债务市场在那时就已是亚太区内其中一个流通量最高的市场，同时，香港还是活跃的衍生金融工具交易中心。当美国金融出现剧烈震荡，各个金融机构就像多米诺骨牌一样在香港被逐个推倒。

另一方面，香港持续多年的高通胀率也是促发经济危机的重要内在因素。

【男主持】珠海博众证券总经理李炯同时担任北京理工大学珠海校区的客座教授，在讲授投资学的同时，对宏观经济也有深入的思考：

他不断地通过把这些所谓的评级比较差的人的贷款打包成新的金融产品卖给别人，别人又卖给别人，所以说一旦爆发就会产生这么大的影响。

【女主持】本想转嫁风险的金融衍生品设计，在多米诺骨牌效应之下，大家都成了一根绳上的蚂蚱。全球化已是不可逆转的潮流，一个国家或者一个地区，作为一个经济体，该如何自处呢？珠海博众证券总经理李炯：

所以说每一个新兴国家和新兴经济体在经过低端的加工业制造业之后，需要向高端转移，需要向这种需求拉动转移。中国目前来说其实也是处于这个阶段。所以说我们需要改变原有的投资和出口来促进经济增长。这种模式是希望通过内部的需求的创造来带动经济的增长。

【男主持】2008年的国际金融危机，不像1998年的金融风暴那样来势凶猛，对于香港经济来说，更像是"温水煮青蛙"，它逐渐蚕食的隐性破坏力，循着港币贬值——影响进口——产生通胀——资产贬值这样的线索次第延伸，并发散影响到香港的房地产、银行业、金融业，另外，随着危机的加深，欧美市场对中国的产品需求下降，进而影响到了香港的另一大产业——转口贸易。

中山大学岭南学院经济学教授林江：

所以香港政府采取的行动是什么呢？他就提出来，要不断地实现产业多元化。比如说发展六大产业，就是稳住香港的金融体系。比如说最近这几年我们看到香港的交易所，为了完善股票市场的交易，延长交易时段吸引更多的内地的上市公司、内地企业到香港上市。还有一个就是使得香港更多的资金能够在香港的股市里面进行交易，延长交易时段，完善交易机制。

【女主持】金融业的出现与发展，是实体经济发展到一定阶段的产物，本身绝不是空中楼阁，但过分的预支消费、过度的金融创新和过长的衍生证券链所导致的结构性问题和道德风险，就像是把资金的大厦建立在虚拟经济的沙滩上。

【男主持】在经历了三十年的改革开放之后，中国内地已经基本建立了自身的市场经济体系。在实体经济、金融市场方面与香港的联系已深化到融合渗透的程度，以一个强大经济体的身姿站在香港身后，并与香港一起在产业升级和产业多元方面良性互动，联手向前。中山大学岭南学院经济学教授林江：

中央政府主要还是在支持香港发展六大产业方面做了一些努力，还有在规划上面的一个支持。2008年的金融危机之后，国家就更加明确了，就是把香港纳入国家的规划。是希望让更多的市场人士更清楚国家对香港是这样定位的，让香港的产业配合国家产业的发展，充分利用国家的相关产业，比如说战略性新兴产业的发展机会来配合，让香港的产业发展得更好一点。

【女主持】蓬勃发展的祖国内地，积累了大量的民间财富，这成为香港实体经济市场的重要购买力。

【男主持】香港与内地，在市场经验与市场要素、产业结构与发展条件等方面的互补优势，让香港成为内地经济发展的天然受益者。

【女主持】港商陈先生每天来往于深圳和香港之间，两次金融风暴虽然没有给他造成太大的损失，但却着实让他受惊不小。他说：

我们香港过去自以为很强大，其实如果没有中央的支持，以香港的力量对付国际金融危机是很吃力的。看看澳门就可以知道了，获得了中央的支持，澳门现在都已经走到我们前头去了。对中央伸出的温暖的手，如果政府是为百姓着想的，我们没有理由不紧紧地握住。

【女主持】香港是一个岛，也像是一艘船。祖国内地像是个巨大的港湾，有了港湾的依托，风暴无碍，海啸无碍，而船可以行驶很远很远……

第六集 拓航

【女主持】凌晨，香港最繁荣的消费娱乐地铜锣湾依旧城开不夜，避风塘的水面上泊进几条游艇。这片水域一直是香港沿海那些驾着帆船、舢板的渔民在台风季节躲避风浪的安全港。

【男主持】1997年7月1日，香港这条离开港口百年的小船也泊船靠岸，重回祖国的避风港。

【女主持】可让人预料不到的是，就在香港回归祖国的第二天，一场席卷亚洲的可怕风暴开始从泰国蔓延。

【男主持】本来，香港回归，四处皆路，而一些香港人却颇为迷茫，找不到航道。亚洲金融风暴之后，他们更是失去了方向。

【女主持】1997年8月，亚洲金融危机从泰国、马来西亚、新加坡蔓延到香港，以索罗斯为代表的国际炒家大量抛售港元，恒生指数一年中狂跌一万点。

时任香港财政司司长曾荫权：

当时香港的市场是不是已经被破坏了，还会不会正常地运作这是最重要的问题。我当时的感觉是，香港以后也许不能做生意了，而香港最后的结果是什么，我也不清楚，可能是很惨的结局。

【男主持】危急时刻，时任国务院总理朱镕基向海内外郑重承诺："中央将不惜一切代价维护香港的繁荣稳定。"承诺人民币不贬值。在与世界顶尖金融杀手对阵十天后，香港获胜。

【女主持】金融风暴过后，香港经济结构转型全面激活。这次转型以创新科技，高增值产业为主要方向。信息科技、生物科技成为香港新经济发展的主导行业。这一转型也为今后助推内地的经济发展做好了准备。

时任香港特区行政长官董建华：

回归以后几天，亚洲金融风暴就开始了，很快冲击了香港。香港经济受到很大损害，经济恢复、香港重新经济定位，成了我重要的任务。我扣住几个重点，一定要做好的重点去努力。

【男主持】2001年11月10日，北京时间的深夜，身穿阿拉伯白袍、时任世界贸易组织多哈部长级会议主席的卡迈尔先生在多哈落槌，敲定中国成为世界贸易组织新成员。中国经济融入世界经济主流，中国将以发展中国家的身份全面参与经济全球化进程。

【女主持】那时很多中国人其实并不是非常明白，耳熟能详的WTO到底是什么东西？到底意味着什么？到底会带来怎样的变化？可对于早已是世贸组织成员，对经济形势相当敏感的香港来说，中国加入世贸到底是商机还是挑战？对香港经济是福还是祸？成了当时香港街头巷尾热议的话题。中山大学港澳珠三角研究中心主任陈广汉向我们道出了这种氛围的原因：

中国加入WTO就标志着中国全方位的开放，就是说现在可以不通过香港直接跟外国人接触，外资也可以不通过香港直接进入内地。这对香港肯定是具有挑战性的，因为香港是一个中介，一个桥梁，那就必须要转换角色。在这个问题上，香港当时有两种看法，一个是商界，商界是比较敏感的，认为中国加入WTO之后，如果对香港没有一些特殊开放措施的话，香港企业就处于不利地位。比如我们对国际开放的门槛很高，香港一些企业达不到这个标准。商界就希望能够和中国内地有一些新的贸易的安排。但是政界有一些人有不同的看法，就是香港不要内地化，希望香港更加国际化。所以当时我们就在讨论，香港怎样依托内地、面向全球。我觉得这两个问题不要对立，这两个问题是可以相辅相成的。

【男主持】福祸相依，中国加入世贸让香港陷入了矛盾之中。怎样让香港的机会如中国入世般不可阻挡，哪些方面才是香港的专长，时任特首董建华预言：若能洞悉商机，降低成本、激增需求、拓宽投资领域，香港在金融、资讯科技、旅游、专业服务方面将大有可为。

【女主持】汇丰集团——世界规模最大的银行及金融服务机构之一，它于1865年分别在上海和香港同时成立香港、上海汇丰银行有限公司。经历一百多年的发展，它不仅变成香港最大的集团公司，也成为香港权力和财富的象征。回归之前，香港最显赫的三个人分别是赛马会主席、港督以及汇丰银行主席。

【男主持】1998年金融风暴，让汇丰银行净利润下降了46%，这在汇丰140年的历史上是跌幅最大的一年，以致当时的汇丰董事会用"艰辛的一年"来形容。更加糟糕的是，从1998年开始至2003年，香港经济持续低迷，GDP连续5年负增长，香港的银行业也受到了严重影响，加之中国入世，内地金融市场被全球金融巨头重视之时，汇丰不得不以更积极的态度来把握这个传统市场中的巨大新机遇。

港澳问题专家、香港调查研究特约研究员冷夏：

汇丰的历史就是一部香港的历史，我认为它错失了很多的机会，首先在于它对中国的信心不足。它原本是一个本土的银行，但是因为1997年的问题，它迁到英国去了。回归以后的十几年恰恰是中国经济和香港经济高速发展的十几年，它错过了这个时机。所以这几年开始它又有意识地回到亚洲来，利用香港的位置，拓展中国的市场。

【男主持】汇丰在外面绕了一圈之后，重新把战略重点放回到大中华地区,回到它的原本。

【女主持】2000年,汇丰把其中国的总部从香港迁至上海浦东,以统筹内地业务发展。

【男主持】2001年,汇丰买下了上海银行8%的股份。

【女主持】2002年,汇丰认购了平安保险10%的股份。

【男主持】2004年,汇丰入股交通银行19.9%股权。

【女主持】2006年年初,汇丰与山西信托合资成立了汇丰晋信基金管理公司。

【男主持】今天,汇丰中国在内地设立了100余个网点,是在华外国银行中拥有最多分支机构的银行之一。

【女主持】在艰难的转型中,汇丰打上了深深的中国印记。在我们回顾汇丰近几年的发展时发现,内地每一次的开放政策,几乎都被其一一把握,而且走在前列。

【男主持】除去金融业,香港本地高科技产业也被迫加速转型升级、逐步壮大,运输、资讯、旅游等行业也有不少企业作出积极反应,部署和调整投资内地的策略。

【女主持】1999年10月,美国迪士尼公司与香港特区政府正式达成合作协议,合伙成立香港国际主题公园有限公司,发展包括香港迪士尼乐园第一期的香港迪士尼乐园度假区。

【男主持】2005年9月12日,时任中国国家副主席曾庆红、香港行政长官曾荫权及迪士尼高层主持开幕仪式,香港迪士尼乐园正式开放。

【男主持】这样热烈的开园仪式背后,香港人其实并不轻松,这样一个被寄予厚望的工程,能否为香港带来转机呢?对此,港澳问题专家、香港调查研究特约研究员冷夏认为,迪士尼的开园并不是一个孤立的样本,相反,它是在2004年CEPA签订的背景之下,一颗重要的棋子。

【采访录音】

冷夏：应该说当时香港政府和社会对于迪士尼是充满厚望的。因为除了海洋公园以外，香港在旅游景点方面没有太大的优势。而且那几年，海洋公园老化，整个香港经济有点岌岌可危。那个时候一度想要开赌，刺激经济的增长。所以能有一个国际级的旅游景点进驻，的确也打开了局面。

记者：其实，就在2005年，香港迪士尼开园与香港失业率降低、房价回升一道，成为当年香港经济的三件大事。这三件事之间是不是有所联系，标志着香港经济的转型？

冷夏：我认为这三点都跟2004年以后，中国对香港实行的政策有关，包括CEPA、自由行等等。大量的内地游客进入香港旅游、购物。那个时候，迪士尼的开张，正好提供了一个新的游乐的地方。有这样一个统计，迪士尼开张以来，大陆的游客基本上占到了三分之一。

【女主持】"岌岌可危"四个字可以映衬出，在21世纪之初，摆在香港面前的巨大困难和问题。富贵险中求，机遇总和挑战并存。冷静分析，慎重对待，是港人在无数经济风浪中历练出的法宝。

【男主持】特区政府在财政年度报告中提醒：内地和香港是两个经济体系，香港不会因为是中国的一个特区而特别受到优待。在中国加入世贸后，港商不仅要与外商竞争，还要与内资竞争，内外交困的格局是对港商的一大考验。

【女主持】幸而，就在香港迪士尼六年间的建设过程中，一个让香港经济巨轮重拾航向，拓步起航的大计划——CEPA，也完成了从酝酿、呼之欲出到发挥作用的一系列动作。

【男主持】2003年6月29日，在国务院总理温家宝的见证下，中央政府与香港政府签署了《内地与香港关于建立更紧密经贸关系的安排》，英文简称CEPA，中文谐音是丝帕。而这个政策也正如

一条"丝帕",将香港、澳门与内地的经济紧紧维系在一起。港澳问题专家、香港调查研究特约研究员冷夏:

> 香港回归以后刚好遭遇金融风暴,所以香港的失业率是居高不下,在2003、2004年到了一个高峰期。二是负资产很多,大家都感觉生活质量大大下降。另外是政治问题,政府的管制出现危机,二十三条立法遭遇失败。中央想帮香港,促进稳定,增加活力。经济搞好了,政府的管制会更加平稳一些。

【女主持】伴随着2004年新年钟声的响起,273种包括钟表、珠宝、服装等在内的原产于香港的商品,以零关税潮水般涌入内地,在货物贸易"零关税"、服务贸易自由化、贸易投资便利化等原则下,CEPA注定触动三地商家的神经。中国内地把加入WTO时承诺的时间表提前向香港和澳门开放。

【男主持】时任香港特首的董建华在宣布喜讯时也不禁说了一句:中国经济快速发展,中国市场实在很大,全世界很多国家和区域经济做梦都希望拥有这样的协议。港澳问题专家、香港调查研究特约研究员冷夏:

> CEPA很重要的一点是内地和香港的交流互动多起来了。CEPA对香港最大的贡献就是香港的旅游市场,从那个时候起,基本上香港的楼价都是一个稳步的上升状态,零售市场非常火爆。因为旅游市场兴旺了以后,它可能贡献GDP不大,但是对就业市场的贡献很大,就业明显改善了。

【女主持】雷良,佛山顺德人,二十多年前移居香港,从事医生行业。2009年3月,他在顺德开办一家私人诊所的愿望终于实现了,其管理下的"雷良耳鼻喉个体诊所"和"邓爱民内科诊所"在顺德吸引了不少前来就诊的病人。而他也成为CEPA签订后,佛山引入的首批港资医疗门诊项目。

【出录音 雷良】我始终是一个内地人。市场大,佛山相对开放也比较好。另外，我在这个地方曾经工作过，有一定的知名度。在传媒上看到一些"看病难、看病贵"的现象，所以我就想回来。回来以后，除了自己学习的东西可以用，也让市民多一个选择。因为我们祖国几十年来，开小诊所是低档的医生，但是在西方世界，"大医生要开小诊所，小诊所要解决大问题"。香港很多人相信私人医生，因为私人医生要是做了出轨的事，一辈子也翻不了身。我虽然没做到香港医生很多优点，但是带进来很多病人都觉得我很和蔼可亲。就像我们的规则说的一样：一切以病人为中心，视病人为亲人。这样病人就很满意。

【采访录音】

记者：当时开这个诊所你就知道了？

患者：是啊，第一天我就知道了。

记者：然后就来看了？

患者：放心啊，他本来就是大医院的医生，有正规的营业执照。

记者：医保什么的都方便么？

患者：他这里没有医保。

记者：那不能报销，不是比别的地方亏么？

患者：但是你到大医院挂那个两块钱的，不一定看得好，主要这里容易好啊。我儿子那时候在大梁那个医院挂了一个星期吊针都没好，想起雷医生这里，带他来开了些药，几天就好了。

【男主持】现在雷良的生活非常忙碌。每星期的周一至周五雷良在香港行医，到了周末他再回佛山问诊，一周无休。他说："如果以后CEPA对门诊政策有了新的进展，诊所可实现医保报销、并和大医院挂钩等，会有越来越多的港人回内地开设个体诊所，会有越来越多的市民前往诊所来解决大问题。"

【女主持】其实，作为一个普通的市民，或许我们并不了解CEPA为何物。但CEPA已经确实地渗透到了我们生活的每个角落。身边越来越多的7-11便利店,逛商场时见到的周大福、莎莎还有路过的汇丰银行,走累了进到的嘉禾影院……"随风潜入夜,润物细无声",不知不觉间,港澳的便利店、港澳的学校、港澳的银行、港澳的医疗诊所等其实早已随着CEPA来到我们的身边。当你端起咖啡沉思感叹的时候,你手中的那杯咖啡也有可能和CEPA有着密不可分的关系。

【男主持】澳门咖啡商人罗盛宗通过研究CEPA带来的货物贸易零关税政策,从中南美洲引入咖啡豆,在澳门加工后再销往内地,进出口两次"零关税"节省了大量成本,实实在在地尝到了CEPA的甜头。

【出录音　罗盛宗】从咖啡农那里买咖啡豆回来澳门,我们不用上税,通过CEPA进入内地我们又不用纳税。但是如果直接从外国进口生咖啡豆到内地的话,就要缴农产品税加上增值税,要给30多个百分点的税。我慢慢感觉到,内地的消费能力加强得很快,发展得很快。还有很多消费者对新的产品接受能力比我们澳门更强。这是吸引我回内地投资的重要原因。金融风暴对澳门的中小企业影响应该是比较大的,但是对于我们做内地市场的来说,影响不太大。反过来,这两三年,人民币的升值带给我们意外的红利。

【女主持】特区如果不靠特别安排也许经济将会更蓬勃,亦如美女倘若不靠美色工作则更加美丽一样。这一片大好形势中,也有声音认为:香港经济的再次腾飞始于港人从WTO的反思到国家CEPA的扶持。可港人搏杀市场的精神以及勇于开拓的热情也在这一次次的扶持中消磨殆尽了。港澳问题专家、香港调查研究特约研究员冷夏:

这个想法也反映出香港与内地在经济方面角色的转变,回归之前港资是中国最大的外资,基本上中国的重要行业都有港资参与,对香港的依赖比较大。但是在1997年金融风暴之后,香港经济确实是低迷不振。但这几年恰好中国经济高速发展，整个角色调过来了，香港对大陆的依赖增加了。香港人确实有一种心态，只要有中央支持，日子肯定好过。中央政府对香港也非常关心，有什么好的政策也都宠着香港。所以确实有一部分人不思上进，只知道伸手要。

【男主持】反思与考验远不止这些。内地经济的迅速发展，长三角、珠三角对香港经济地位的挑战，两地经贸合作日趋紧密，带来人们对港澳内地化甚至是港市A股化的担忧，以及香港自己经济缺陷带来的危机，乃至自由行给港澳旅游和服务业发展带来的阻碍等等一系列问题都在挑战着决策者的智慧。中山大学港澳珠三角研究中心主任陈广汉：

我觉得现在需要有一个很好的总结了，就是在我们开发的过程中，有些很好的政策为什么不能落实，所以这就形成一个"大门开了，小门没开，前门看了，后门没开"。你先要搞清楚这个后门在哪里？小门在哪里？这就需要做总结、做研究，哪些政策是有效的，这些政策落实的时候，需要什么来配套，遇到的症结在哪里，一个一个行业来解决。

【女主持】邓小平所说，"香港的繁荣稳定同中国的发展战略有密切的关联"。国家与香港的关系应看作"共同发展"，而不是"扶持"。国家与香港的核心利益是一致的。在国家改革开放大局下，CEPA的推出是有利于国家和香港的共赢政策。当然，这种共赢还有很长的路要走，在尝试中还有很多的跤要摔。

【男主持】正如温家宝总理在第十一届人大四次会议回答香港记者提问时提到的那样，香港要利用好机遇迎接好各种挑战。

【出录音　温家宝】香港目前不仅有应对区域竞争的风险和能力，也有应对世界竞争和风险的能力。但是，香港也面临着相当复杂的外部局势。因此，也要有忧患意识，利用好机遇，迎接各种挑战。

在十二五规划制定的过程中，在香港有一种舆论，说是香港被规划了。我想在这里再次强调：我们将坚持一国两制的方针，认真执行港人治港，高度自治，严格遵守基本法。中央制定的十二五规划都是支持香港的发展，中央的规划绝对不会代替香港的自身的规划。

第七集　波动

【男主持】美国经济学家钱纳里认为，一个经济体通常从初级产品生产，到工业化阶段后再进入发达经济后工业化阶段。

【女主持】美国波特教授则从国家竞争力角度认为，一个经济体通常从要素驱动到投资驱动，再进入创新驱动。

【男主持】但是20世纪90年代末的香港却没有如两位大师所说进入"创新驱动"实现升级和转型。而是被内地改革开放的春风吸引，毅然决然地扎进了珠三角大地的怀抱，与内地开始了一种叫做"三来一补、前店后厂"的合作模式。

广东香港商会原会长杜源申：

所以当时"三来一补"这个安排是最好的方法了，因为投资不是太大，但是他们可以充分利用中国当时的资源还有他们在海外生产的经验和知识。

【女主持】广东省发改委产业经济研究所所长丁力：

这是在经济全球化趋势下两地合作的一种必然选择。那么这种必然选择基础是什么，就是两地各自的优势互补。

【男主持】在这种颇具特色的合作模式带动下，港澳与内地携手并肩、一路高歌猛进创造着各自辉煌的历史。"前店后厂、三来一补"的合作模式也被看作是那个时代最先进的生产力，它犹如一架崭新的引擎，助推着香港逐渐成为了金融中心、航运中心，也使得珠三角由百废待兴转为提前富裕。在港商的心里，珠三角、广东的确是他们兴业的福地。香港人大代表、港商王敏刚：

我们感觉广东的开放改革是一个很大的扶助香港工业的有利条件。工资比香港远远低，土地政策很灵活，价钱很低廉，给香港提供了一个很好的基地。

【女主持】前苏联领导人戈尔巴乔夫说过，苏联的改革开放没有中国那么成功，就是因为苏联没有一个像香港这样的地方。由此可见，香港对中国的改革开放的确做出了卓越的贡献。

【男主持】其实，对于香港这条船来说，内地又何尝不是行驶在汪洋中可以依靠的坚实的海岸呢。

【女主持】船入大海，总有波动。就在"前店后厂、三来一补"这种互利双赢的合作模式走过了十几个年头的时候，公元2008年，历史似乎走到了转角，时局出现了变化。

【男主持】2008年3月开始，金融风暴席卷全球，并迅速蔓延到中国的珠三角地区。东莞，这座拥有着15000多家出口加工型企业的小城，由于订单减少、资金回收难、用工严重短缺，诸多港企在这场风暴中风雨飘摇。东莞兆年人造植物制造公司厂长蔡荣生：

单子少，每个月都在减少。与去年来比，最起码减少一半。

【女主持】中山大学教授林江：

一方面如果我这个企业不接订单，我就马上关门，马上就死掉。那如果我接了订单，找不到工人或者工人不够，那怎么办？两种情况都会置企业于死地。

【男主持】一时间，这个被誉为"世界工厂"的东莞出现了疯狂的企业倒闭潮。很多中小企业主似乎在一夜之间变得一无所有。人们不禁要问：

难道这台"前店后厂"的经济引擎已经锈蚀老化了？

难道这辆拉动两地经济飞奔的战车正在面临淘汰报废的风险？

难道这条中国式发展之路已经走到了历史的岔道口？

【女主持】事实证明，这场金融危机不仅是一场经济风暴，更是一场头脑风暴。被吹醒的人们开始意识到：劳资矛盾的出现已经在"倒逼"珠三角地区产业升级转型。我们急需由汗水型经济向智慧型经济跨越，产业升级转型不能再等，香港和内地的经济需要涅槃重生。广东省委书记汪洋：

这次国际金融危机给我们上了生动的一课，自主创新能力强，拥有自主知识产权，是企业应对危机的有利武器。而那些长期以简单加工贸易为主、缺乏自主产权和品牌、处于产业链低端的企业和产业，在危机的冲击下，就难以生存和发展。

【男主持】2008年，对于广东省省委书记汪洋来说，是一个难忘的年份。不仅因为这一年的金融危机，更因为他就此做出的那个决定——在产业升级转型中广东依然要敢为天下先，迅速实施"腾笼换鸟"政策。消息一出，一片哗然。有人说，广东离开了加工贸易企业还靠什么拉动经济？有人说，产业升级转型要符合经济规律，不能一蹴而就。还有人说，金融危机已经令人难过，此时赶走港资企业，是否显得不尽人情？而对于这个事件的另一主角——众多港企老板来说，他们对未来的确有点茫然了，广东香港商会原会长杜源申回顾起那个夏天，感慨颇多：

当时从香港商会来说，因为很多会员都在东莞有"三来一补"的公司，所以他们都有问。因为当时都只是一个概念嘛，他们会问一些问题，怎么实行这个东西，对我影响有多大？比如，我的法规、我的税务怎么处理？坦白说，当时我们都不知道的。

【女主持】叶凤仪是东莞外商投资企业协会的副会务经理，

她说"腾笼换鸟"政策刚一推出，她就察觉到了港企老板复杂的情绪：

他以为就是东莞不喜欢我们这些小企业了，很多人一开始就以为升级转型就是来料加工一定要转三资企业，以后来料加工没的做了，有一些人就想做一天算一天，上面合同不批了，他就不做了。

【男主持】一时间，局面显得颇为尴尬。粤港两地面对"转型"这个问题，能否再次携手度过难关，成为很多人担心的问题。但质疑之声并没有动摇广东省期冀产业升级转型的决心，汪洋书记拿出了"壮士断腕"的勇气，力求去除这个"成长中的烦恼"。

【女主持】当然，改革不是空喊口号，要的是寻求新的经济增长点，要的是摆脱困境的方法。2009年，依然是那个拥有众多外商投资企业的东莞，勇敢地站了出来，出台了一系列的帮扶政策。条款清晰，贴心实在。在关键时刻扭转了局面。东莞外经贸局副局长蔡康：

我们先后制定和出台了一系列的鼓励政策和帮扶的措施，为我们的加工贸易转型升级特别是港资企业转型升级提供了强有力的政策支撑。比如，我们出台和完善了东莞来料加工企业，就地不停产转三资企业的操作流程和指引，率先在全省创造性地解决了来料加工企业转型所遇到的停产问题。第二个重要的工作就是搭建了企业内销对接平台。内销是我们推动转型升级非常重要的一个方面，我们通过联手海关部门共同构建了一个内销的快速通道。第三个就是我们提升了企业自主的创新水平。从2011年起，市委市政府加大了对自主创新的扶持力度，将科技东莞工程的资金提高到每年20个亿。那么第四个重要的工作，就是实施了企业转型升级的辅导计划。我们充分借助香港生产力促进局，帮助企业获得提升方面的一些先进的经验，包括怎样提升生产技术、怎样帮助企业进行产品的研发。第五个就是我们专门成立了对企业转型升级方面的扶持资金。为了降低企业转型升级的成本，我们设立了一个十亿元规模的叫做加工贸易转型升级的专项资金，主要是用于支持我们的加工贸易企业设立研发机构和地区的总部。特别值得一提的是在去年的9月份，市政府和香港的投资方共同出资成立了东莞外商信用担保公司，这就有力地帮助中小规模的港资企业缓解融资难的问题。

【男主持】东莞出台的这些政策好像是一场及时雨，洒在了港商焦灼的心田上。有了明晰的目标，有了具体的政策，权衡利弊后，很多港商都主动加入到这场变革中来。广东香港商会原会长杜源申先生也表示，政策出台之后，他的工作也更加好做了。

因为政府都很清楚说我们不是把你赶走、我们不欢迎你。不是这个概念了，是国家要进步了，你们真的要改。以前港企的法律定位都很模糊，"三来一补"是真正的公司还是三资公司，都没有什么人清楚，而且产权不是太明确。所以大家要把这个理顺，规范这个事情了。

【女主持】就这样，广东政府与港商终于在"腾笼换鸟"政策认识上达成了共识。产业升级转型也像一个蹒跚学步的孩子，艰难地迈出了第一步。可问题接踵而来，所谓的"腾笼换鸟"是指珠三角劳动密集型产业向东西两翼、粤北山区转移；改变粗放型的增长方式，腾出空间，培育"吃得少、产蛋多、飞得远"的好"鸟"。但是笼子腾出来，能否招来鸟，是否能招来"好鸟"，一个大大的问号摆在了东莞政府的面前。广东社科院竞争力研究中心主任丁力教授：

怎么腾，怎么换，这是个问题。我最近还看到香港媒体在谈一个问题：笼子腾出来了鸟在哪里？这个问题又是和当前的国际金融危机有关系的。如果没有国际金融危机，如果说我们倒退几十年，那很可能我们一腾出来新鸟就来了，现在问题是全球经济都不景气，所以腾出来你就会发现，大鸟没有想象中来的那么多。这又是一个问题。

【男主持】单纯的转移不能实现转型，更重要的是要通过树立企业自身品牌、增加科技技术含量、提高核心竞争力来使企业实现真正的"升级"。广东社科院竞争力研究中心主任丁力教授：

转移是一种转型，但是转型并不仅仅是转移这一种。从目前来看，空间转移要受经济规律的左右，比如东莞两头在外，原材料在外，成品在外，那么他在这里组装，如果把企业搬到湖南、湖北去，凭空增加了昂贵的物流成本。所以为什么改革开放三十年，那么多的外资企业都聚在沿海地区就是这个道理。他主要针对出口的，所以他不愿意进去。后来大家也明白了这个事实了，所以现在也不是说一定要求这些企业都走。

【女主持】明确了这个道理，东莞的产业升级转型使得"腾笼换鸟"的概念变得更为丰富。实现了由"腾笼换鸟"向"扩笼壮鸟、筑笼引鸟"的演变。东莞外经贸局副局长蔡康：

第一是形态的转变。针对东莞目前还有一些来料加工企业，我们希望这些企业能够尽快转型成为具有法人地位的外商独资企业、民营企业。第二是将推动企业从原来OEM（代工生产）的方式改变为ODM（原始设计制造商），或者是OBM（代工厂经营自有品牌）这种经营模式，从而能够使他们拥有自身品牌，提高企业核心竞争力。第三就是帮助企业引进先进的生产设备，提高自动化水平，从而使生产效率得到提高。

【男主持】何柏林先生是东莞创科实业有限公司（TTI）中国企业事务科总监。在东莞诸多港资企业中，创科实业有限公司是既实现"转移"又完成"升级"的标杆企业。何柏林：

这个研发中心就是把我们目前的园区从7个厂房转到1个，研发从原来东莞市5个不同地点，混到这里来了。这些整合效率就提供这些优点，能够更快投放产品到市场上面去。

【女主持】对于未来，何柏林既有目标，也信心满满：

2007年的时候我们在东莞这个区域的雇员人数一万六千多人，现在我们是一万一千多人，但是我们的产值增加了30%到40%，就是受到腾笼换鸟的启发。我们应该做一些更有价值的工作，所以我们把一般的用工多的密集型的工作外发出去，把重要的工作留在自己这边。

【男主持】转出去，引进来。通过及时地为企业做"瘦身"，公司变得更加充满活力，也有了更多的空间吸纳高新技术人才。

【出录音】

美国老师：非常高兴认识你，先生。

何柏林：欢迎你们，接下来你们学校的同学就可以来我们公司实习了。

美国老师：他们很乐意……

【女主持】这是美国某工业设计学校的老师jacky，创科实业在香港的总公司每年都会安排香港或者国外的相关学校来东莞厂考察学习。以此吸引更多的精英人才为公司效力。

【出录音 jacky】我们是从2005年开始与海外的、香港的学校进行交流，我们设计中心里也有多年前参观工厂觉得设备适合他们的，现在已经在这里工作多年了。

【男主持】除了吸引先进的国内外人才，东莞创科实业有限公司也通过加大投入、引进先进的技术设备来实现升级。

【采访录音】

何柏林：这个机器是德国进口的。它是配合我们的工程师的设计，需要一个什么样的样品，就马上弄出来。

记者：就是说原来可能需要很长时间，现在有了这个快速成型，很快就可以做出来了。

何柏林：这个都是2—3个小时。这个机器是五个组，五个组在一个数据底下完成所有的尺寸。

记者：相当于我们加大了前期的投入，但是最终收到这个效益，投入产出比蛮高的是吧。

何柏林：是，因为我们要加快产品投放市场的速度。

【女主持】高科技的人才、高精端的设备，为企业自主研发、打造自身品牌提供了保障，也成就了创科实业有限公司的成功转型。

【出录音　何柏林】其实我们一直发展都是沿着自己的设计，从1997年我们已经把开发设计的手段，从平面设计转移到立体三维设计，而且充分利用软件，做一些仿真的分析的测试，配合我们的发展。通过这些手段，2005年我们的实验室可以自己进行NQ的要求，获得美国安全实验室UL的认证，加快我们投放产品到市场的时间。而且我们在转型升级到设计方面，设立一个研发中心，把我们在欧洲、美国开发部门差不多80%的工作投放到这里进行。我们的策略是坚持生产研发，汇聚人才引进。

【男主持】经过多年的努力，东莞像创科实业有限公司这样，通过各种方式完成产业升级转型的企业不在少数。东莞在产业升级转型方面取得的阶段性成效已经凸显。东莞外经贸局副局长蔡康：

当前随着我们整个政策体系逐渐地完善，随着企业转型的共识进一步增强，我们全市整个加工贸易企业转型升级的步伐明显加快了，主要表现在以下三方面：第一是企业形态的优化，以来料加工转三资来说，2008年我们的来料加工企业转型为法人企业的，包括外商独资和民营企业的，一共是227家，到2010年就达到了1250家，今年1到6月份上半年有701家，这是一个加速度。已经接近现有来料加工企业的一半了。第二就是技术的结构得到了优化。2010年外企增加研发中心，或者设立研发机构一共150家，同比增长接近80%，今年上半年，我们外资企业设立研发机构达到了126家，比去年增加近50%。第三是市场的结构，企业的经营模式得到了优化，东莞原来很多企业都是以出口为主，比较被动的地方就是国际市场一有风吹草动,对它的影响就会比较大。要同时关注两个市场,既关注国际市场也尝试进入国内市场。因为它关注国内市场就必然会带来品牌、研发等等。无形当中企业水平就会提高了,市场结构看起来也得到了优化。2008年外资企业内销的总额是1600亿人民币,2010年就上升到2000亿人民币,今年上半年就达到1100多亿人民币,已经占到内外销总额的33%左右。

【女主持】而作为"腾笼换鸟"的提出者和倡导者,汪洋书记更称赞东莞的产业升级转型走出了自己的路子:

看了还是很令人鼓舞,传统的产业怎样腾笼换鸟、转型升级,虽然是刚刚见到效果,但可贵的是走出了路子。这样可以使大家坚定腾笼换鸟、转型升级的信心。

【男主持】当然,每一次改革在解决了既有问题时,通常也会出现一些新的难点。比如有专家担心环境污染是否会伴随企业的转移而转移,外来人口的离开是否会令靠租房分红谋生的东莞农民变得无所依靠?还有人则一针见血地指出:产业升级转型能否拉动香港、内地未来的经济发展,关键在于机制体制的创新。香港人大代表、港商王敏刚表示未来两地政府的合作依然任重道远:

要增进特区政府融合在泛珠三角的工作,中央各部门必须要加强工作。两地合作有互补的也有互竞争的。互补的容易谈,互矛盾的就要有一个中间人,要不然就容易拉扯,这个事情就拖了。

【男主持】在时间的长河里必然会有波动,在合作的过程中也必然会有矛盾,而合作就是要把磨擦系数降到最小,把利益最大化。这个最大化的利益之根本目的是让全中国人民得到更多的福祉。广东社科院产业研究所所长丁力教授:

在我们现在搞的这块土地上,我们要做的是什么呢?就是积极探索中国共产党领导下的"港澳制度升级版"。那么现在要寻找的是什么呢?就是能不能形成一种在两地制度基础上的第三种制度,这个是最有意思的事情。因为事实上我们现在也是觉得有一个机制体制改革的问题，但是香港澳门那边实际上它的制度和我们比，有比我们好的，但是也有不如我们的。那么这样就涉及两地的制度怎么样在这个新的平台上，能够真正的把两地的制度优势结合起来，形成一种真正符合中国特色、中国国情的一种社会主义制度，这种制度既能把香港和广东接轨起来，又能够代表中国未来的走向。这个才是粤港合作真正的价值和意义所在。

【女主持】内地与香港，因为彼此拥有而变得与众不同。几十年风雨走过，站在新的历史起点上，只有顺利地实现粤港两地产业升级转型，进一步深化两地的制度优势合作，才能够实现香港与内地经济社会的再次腾飞，才能够探索出未来中国的发展之路！

【男主持】不管历史的长河如何流动，内地——港澳，汇流奔腾，航向总是指向前方。

第八集　希望

【男主持】从地理角度而言，在中国，没有哪两个城市如同香港与深圳一样，是最为接近的双城。而令人无法想象的是，仅仅在三十年前，深圳还只是一个小渔村。

【女主持】任何不持偏见的人都会由衷承认，这是人民共和国最美好的时代，是智慧的年头，是光明的季节，是希望的春天。

【男主持】一辆白色的面包车在夜色中从文锦渡口岸一侧的香港开了过来，昏黄灯光下可以看到车前标有"深港创新圈公务直通巴士A线"的标志。冯伟是这辆车上八九位乘客之一：

我跟他们不一样，每周才去一次香港科技园，他们都是今天早上过去的，晚上回来。

【女主持】冯伟是深圳一家IC设计公司的产品工程师，他们经常要去香港科技园的集成电路设计开发支持中心做测试。冯伟口中的他们，大部分属于香港应用技术研究院的工程师，他们受雇于那家香港科研机构，却居住在深圳，每天早上去上班，晚上坐直通巴士回家，单程40分钟。

【男主持】2006年，深圳提出要建立"深港创新圈"，力图强化香港与深圳的同城合作，而"公务直通巴士"是提出"深港创新圈"概念以后结出的第一颗果子。"公务直通巴士"在2006年4月21

日开通时，甚至让时任国家科技部副部长尚勇、中国科学院副院长施尔畏、香港科技创新署前署长王锡基、深圳市原常务副市长现深圳企业联合会会长刘应力等一干官员纷来捧场。谈到"深港创新圈"出台的背景，深港产学研基地张克科主任说：

实际上从2000年开始，香港金融风暴之后大家感觉到互相交流非常重要。其中，香港人才、资金、渠道、物流、市场都成为两边互动的要求。2007年到2008年期间以及我们做珠三角规划的时候，大家提出来深港两地是一个同城化，粤港澳合作要向共建共赢来发展。比方香港是从原来市场经济体系转变为有一部分政策的推动，深圳这边由政策的引导逐步向市场运作。这个实际上是改革开放之后在体制上一种互融，拟定各种对接的政策，实现国内和国际双赢的一个双向目标。

【女主持】深港合作是新形势下达成的共识。其实，有识之士认为，双方最佳合作的时机已经错过，对"香港+深圳"来说，过去的十年可谓是"失去的十年"。就在十年之前，当香港刚刚回归祖国的时候，香港人还以一个胖孩子的身份自居。它也许从来没有想到母亲的伟大力量。

【男主持】十年时间里，南中国这两个最独特的城市，分别经历了自己的不同路程，却一直"隔花人远天涯近"。

【女主持】一个想离开母亲的孩子不会有永远健康的未来。正是认识到这点，香港对内地开始重新审视。突然有一天它自己感到了身体的不适，特别是看着隔壁邻居澳门，人均收入从从容容地从它的身旁超过，更加感到了从未有过的失落。于是香港人大声疾呼"慎防边缘化"。中山大学岭南学院博士生导师、教授林江说：

香港回归以后，香港是内地一个重要的组成部分，无论是经济、社会的发展，还是在基建投资方面。如果设计一条高速公路，比如广深的高速，不跟香港连接，就到你门口，然后一下转到珠海，甚至澳门那边去了，在你家门口绕一圈，不跟你连接。高速公路不跟你连接，高速铁路也不跟你连接，到那个时候，香港就会发现他们被边缘化了。

【男主持】正是因为有了被边缘化的担心，香港重新审视深圳。深圳也于此际向香港抛出"深港创新圈"绣球，而"深港创新圈"可以让香港看到一个非常有用、相互促进的深圳。

【女主持】和以往香港面对深圳的频繁"示好"态度暧昧迥然不同的是，香港对这次"示好"作出了热情的反应。深港产学研基地张克科主任说：

为了落实"深港创新圈"，公布了一个2009—2011年三年行动计划。三年行动计划中确定了24个重大项目，值得一提的是24个重大项目中有22个项目是看得见实体的。

【女主持】深圳、香港一江之隔，举目相见。如今，又迎来"合作发展、共创未来"的新机遇。

【男主持】固高科技（深圳）有限公司创立于1999年10月，是固高科技（香港）有限公司在深圳创办的首家子公司，也是首批进入深圳高新技术园深港产学研基地的高科技企业。谈到深港合作，固高科技（香港）有限公司常务副总经理周玲很有感触：

它叫深港，它就跨越了两地，两种体制。产学研相结合，首先得益于深圳的转型和发展，得益于政府的支持。我们当初过来的时候也是靠政府支持来做的。举一个简单的例子，当时谁也不知道要到深圳落户。当时，深圳市专门管科研的一位副市长，他专门跑到香港科技大学给教授一个一个敲门去，欢迎你们到产学研基地，到深圳来落户。这十年当中，实事求是地说，深圳市政府跟内地好多别的城市来比非常有进步。所以你可以看到深圳市工业的格局，是高科技公司林立，包括一些国际型的大公司，华为、中兴、还有TCL等等。这个环境就给了我们科技型企业很好的扶持。所以，这是我觉得我们选在深圳非常好的地方。如果圈在香港的一个小圈子里面，我再自己弄，是永远弄不出来。

【女主持】曾经与香港有相同经历的新加坡隔海远望，看到了昔日这个小兄弟如今的发展，新加坡前任总理李光耀不禁担心起新加坡的未来，发出这样的感慨：百年之后，伟大的中国依然存在，新加坡不知何处。

【男主持】一个地方的发展，有如逆水行舟，不进则退。经济的繁荣，增强了粤港两地冲刺更强经济体的欲望。

【女主持】就市场对于中国三大经济区的分割来讲，珠三角不是一个独立的珠三角，是粤港澳的珠三角；长三角是以上海为核心，江浙为带动；而环渤海经济区是以滨海新区为核心，带动整个环渤海湾地区。这样一个区域竞争结构使得粤港澳的布局具有三重重大意义。

【男主持】这样的一个布局使得如何解决两地经济的深层次问题也变得更加迫切。对此，中山大学岭南学院博士生导师、教授林江谈了他的看法：

中央提出来，我们中国内地要转变经济增长方式。转变经济增长方式，不是强调出口创汇，而主要是强调内需拉动。但是香港和澳门如何在内地的内需扩大的过程中扮演角色呢？过去他们扮演的角色是出口，对外的外向型经济，发挥了重要作用。现在我们讲，内源性经济也要发挥作用。

【女主持】大珠三角地区的经济融合涉及到"一国两制"和跨境合作的特殊因素，因而受到各界的高度关注。

【男主持】"一国两制"使大珠三角区域在体制、产业及国际化方面更具多样性，相互之间差异性越大，其互补和依赖就越强，从而更有利于交往与融合。从这个意义上看，"一国两制"又成为大珠三角区域一体化的独特优势和核心竞争力。

【女主持】粤港合作需要有大智慧，事实充分说明，在粤港澳经济一体化的进程中，"一国两制"不仅不会成为香港未来发展的障碍，反而是香港的巨大优势。纵观历史的发展，现在正是粤港特别合作区最好的一个契机。

【女主持】2003年7月1日，国务院总理温家宝在出席庆祝香港回归六周年之际专程到香港科学园视察。对于香港的发展温家宝总理给予了充分的肯定：

六年的实践证明一国两制的方针是完全正确的，证明港人治港是成功的，也证明香港的稳定和繁荣是为举世所公认的。当然，我们眼前还有不少的困难，这些困难有的是因为我们自身经济上有些结构性的问题，有的是因为外部环境带来变化。但是，我想我们只有直面应对，克服困难。只要我们不懈奋斗，我们一定能够保持香港的长期稳定和繁荣。

【出录音 黄华华】政策创新，是横琴开发的一个生命线。

【出录音 崔世安】对澳门特别行政区来说，增加了发展的空间。对广大居民，未来有一个发展的机会在横琴，中小企业家也有机会拓展他们的发展空间。

【男主持】这是在2011年两会的媒体见面会上，时任广东省省长黄华华、澳门特别行政区行政长官崔世安关于横琴问题的录音。

【女主持】2009年6月25日、6月27日，对于沉寂了多年的珠海横琴岛而言，来自北京的两项决策有着非凡的意义：一是国务院通过《横琴总体发展规划》，并将横琴岛纳入珠海经济特区范围；二是全国人大常委会授权澳门管辖横琴岛澳门大学新校区。

【男主持】前者意味着中央为横琴新一轮大开发吹响了号角；后者被认为是粤澳合作开发横琴的标志性事件，是"一国两制"的一项新创举。

【女主持】2009年12月，横琴口岸扩建工程竣工、内地与澳门海关陆路口岸查验结果参考互认全面启动、珠海横琴新区正式挂牌。

【出录音　贺一诚】横琴岛在澳门来讲距离是最近的了，以后它的发展对澳门是一个直接的影响，对改变澳门人的居住环境和出行的环境有影响。因为澳门星期天没地方去，如果多了一百零六平方公里让人们可以开车进去，里面有海洋世界还有好吃的、好玩的增加了澳门人生活的品质。另外，它可以作为澳门人的第二居所的选择。今天我们澳门人很多都在中山珠海有第二居所，那以后横琴作为我们第二居所的一个比较好的地方，那也是很好的一个概念。

【男主持】横琴的开发与深港的合作出奇地相似，这既是一种历史的巧合，也是历史的必然。

【女主持】香港开埠之前，澳门曾经是东方最大的贸易转运地之一，也是欧洲人前往中国及日本经商的必经之地。香港开埠之后，澳门贸易转运地位逐渐下降。地域面积不足横琴岛1/3的澳门，未来发展空间的不足早就显现，多年前就有意向横琴拓展发展空间。甚至在回归前就曾通过民间提出希望横琴划块地给澳门开发。

【男主持】目前，澳门已形成旅游博彩业、以纺织和服装为主的出口加工业、金融保险业和房地产建筑业四大支柱产业。但博彩业在澳门经济的比重中仍显过大，其弊端是经济形态相当脆弱，遇上诸如非典、禽流感等突发事件，难免受到打击，而情况一旦恶化，势必影响澳门的整体经济和社会稳定。

【女主持】萧志伟是澳门发展策略研究中心理事长、《大珠三角规划研究》澳方八名顾问专家之一、连续三届澳门行政长官选举委员会委员。他坦承，澳门赌业做得再大又能怎样，最多是多开几家赌场，这样不会长久，也形成不了多元化的经济格局。

【男主持】中央政府十分理解澳门人的想法，更出于帮助其经济适度多元化的目的，把横琴的未来放在"一国两制"的框架下，特别是在规划横琴开发时，充分考虑了和港澳特别是与澳门的产业如何对接。

【女主持】捷足先登的是澳门大学横琴校区。2009年6月27日，第11届全国人大常委会第9次会议表决通过决定，澳门特别行政区政府以租赁方式，取得横琴岛澳门大学新校区的土地使用权，并授权澳门对澳门大学横琴校区依照澳门特别行政区法律实施管辖，横琴校区与横琴岛其他区域，实行隔离式管理。

【男主持】这一系列决策意味着，澳门大学横琴校区完全参照澳门的制度进行管理，将成为实施"一国两制"的新区域。对于澳大横琴校区的未来，澳门大学校长赵伟说：

澳大横琴新校区将是一个试验田，这是一国两制下的新的突破。就是说在一国两制的制度下，有没有可能像澳门一样，用内地的一块土地来做点对公益、对社会都有好处的事情。从教育角度来讲，我们现在地方很小，我们有高山，但是没有高楼。办大学一般都说大学是要大师，有楼不算。但其实我觉得，楼也算，大师也算，没有好的楼房，大师来了以后工作条件不好，也不行，所以大学要大楼加大师，但光有大楼，怎样把大师招进来，叫他们身心愉快地工作，好好教书，好好做科研工作，也是个学问。所以我想我们澳大横琴新校区，一个很重要的事情是，在有了很好硬件以后，怎么能够做好把高端的人才引进来，怎么能够迅速提升大学在学术上的地位，这个功课将是实验性的。

【女主持】2009年6月27日，澳大迁建横琴岛的消息传开，时任澳门特区行政长官的何厚铧兴奋地说："这是中央送给澳门的一份厚礼。"

【男主持】澳门与横琴校园之间将由一条24小时全天候运作的隧道连接，师生、职员、澳门居民和访客，可通过隧道进出校园，无须办理边检手续。澳门大学横琴校区内完全参照澳门的制度进行管理。对于新校园，澳大的学生们充满了期待。

【出录音】

男：毕竟澳门大学现在太小了，建大楼的话会提高澳门大学的竞争力。

女：如果到了横琴，我们就可以去那边住了，就可以学学独立了。

【女主持】曾担任澳门大学校长高级顾问、现任澳门"一国两制"研究中心主任、澳门基本法委员会委员杨允中说："此事落实后，横琴便成为'一岛两制'，这是前所未有的制度创新，有助澳门特区人才开发和经济适度多元化，有助推动澳珠、澳粤合作进入新阶段。"

【男主持】特殊的地理位置决定了横琴岛不是一个普通的经济开发区。由珠海市及广东省，再到中央，横琴岛开发慎之又慎，只因横琴不仅仅是珠海的横琴、广东的横琴，更是中国乃至全世界的横琴。澳门经济学会会长刘本立认为，横琴澳大校区的特殊政策体现了中央对澳门长远发展的关心和支持：

要培养澳门未来的各种各样的人才，这样才能够更好地去实现澳门更高发展的目标，推动适度多元，这个是蛮重要的。

【女主持】澳门学者杨道匡属于冷静派，他说："横琴就在澳门身边，澳门机会很多。但横琴优先港澳，也面向世界。澳门要获得优先必须先做好功课，否则所有的合作都是空的。"

【男主持】他认为，澳门55万居民中，技术人才、专业人才、管理人才都欠缺，与横琴在哪些产业上合作需要考虑。澳门4万多家企业，大部分是只有10—20人的微型企业、家族企业，缺乏经验和管理能力，没有实力到横琴投资。澳门经济多元的三大要素都不具备，而博彩业占经济的绝对比例已成定局。澳门如何通过与横琴的合作实现产业适度多元？值得进一步研究。

【女主持】有差异就有机会——北京大学经济学院教授胡坚建议，澳门应该发挥背靠祖国的优势，积极参与珠粤港澳经济圈的建设，在一个更大的范围内参与国际国内分工，使得本地产业结构有更大的作为空间。在"一国两制"下保持自己经济特色的同时，使澳门的产业结构实现动态的升级和多元化。对于横琴的未来，中山大学港澳珠三角研究中心副主任袁持平教授说：

横琴是梦想与期望并存的地方，我觉得它有两方面的意义，第一就是整个粤港澳成为世界经济增长极，成为我们国家改革开放对外经济进一步开放的实验区。还有一个，我们实行市场机制，体制要深化改革，之前肯定要试验，横琴这里是可以作为的，由于它有区位条件和区位优势。

【男主持】2011年8月，再次传来喜讯，国家层面已批复同意珠海横琴实行比经济特区更加特殊的优惠政策，并要求加快横琴开发，构建粤港澳紧密合作新载体，重塑珠海发展新优势，这对促进澳门经济适度多元发展和维护港澳地区长期繁荣稳定具有重要的意义。

【女主持】事实充分说明，肩负着粤港澳紧密合作示范区使命的横琴新区，有望依托中央给予的系列优惠政策，为以珠海为核心的珠江西岸地区的崛起插上翅膀。

【男主持】一个拳头的力量远远大于五个分开的手指，以粤港澳为核心的珠三角、以上海为核心的长三角、以滨海新区为核心的环渤海经济区，这样的区域竞争结构使得中国这个东方巨龙又一次显示出强大的竞争力。全世界的目光也聚焦在中国，那里有希望的曙光。

【女主持】2008年，一个叫马克·里拉的英国新生代国际战略分析家出了一本书，书名叫做《中国人在想什么、中国人怎么想》。他说，每个人的一生都有可能发生很多事情，但是，等你死了以后绝大多数事情都不重要。我相信，我死了以后"9·11"这种事情今天看起来很大但以后不会很大，只有一件事情是重大的，那就是中国的崛起。

第九集　突破

【男主持】2010年，中国在国人的期待中，登上了经济世界第二的位置。而我们不太熟知的是，广东一个省的国民生产总值，如果放在20国集团中，也可以相当于排十六位。

【女主持】中国在低迷的世界经济形势中独领风骚，一骑绝尘。面对这样的局面，香港如何进一步取得发展，香港特别行政区行政长官曾荫权看得很清楚，那就是发扬优势，深度合作：

如果香港需要更上一层楼，除了要提升自己独特的优势，更加要加强在内地的融合，尤其是要和广东省一起，将珠三角打造成为亚太区里面最强、最有力量、最有竞争力的区域。

【女主持】2011年3月6日，《粤澳合作框架协议》签署。

【男主持】澳门特别行政区行政长官崔世安表示：

澳门特区政府有信心有决心，积极地配合《十二五规划》的实施，全面确保框架协议的落实。

【女主持】那么，港澳的独特优势在哪里呢？内地的局限正是对方的优势。经过改革开放30年来的高速发展，目前广东特别是珠三角地区正处于调整转型、重装上路的历史阶段。在金融海啸扫过后，2008年的珠三角，创造了辉煌与奇迹的"珠三角模式"也开始暴露出种种弊病：产业层次总体偏低、产品附加值不高、环境资源约束趋紧……一系列问题，迫使广东急需引进港澳先进的服务业，调整产业结构，提升产业发展水平，从过去的外向型经济转变为内外需并重、全面融合发展的开放型经济。而这些正是内地与港澳合作共赢的突破之处。

【男主持】在广东省港澳事务办公室副主任、粤港澳合作促进会副会长金萍眼中，《珠江三角洲地区改革发展规划纲要（2008—2020年）》的出台就意味着，广东将在粤港澳合作中担任最主要的角色。

【出录音 金萍】这是一个非常有标志意义的文件！通过一种制度性的安排，把我们未来合作的方向、未来合作的定位、合作的原则、合作的领域都明确下来。标志着粤港和粤澳的合作进入了一个崭新的历史阶段。这对广东来讲是一个更新更重的任务，是国家赋予我们的。

【女主持】香港万治医疗检验中心医生纪宽乐是著名心脏科医生，他用自己的行动为港澳的优势做了一个很好的诠释。

【男主持】《内地与香港关于建立更紧密经贸关系的安排》（CEPA）补充协议提出，港澳居民可以在广东开设独资门诊。而随着香港人独资医疗门诊的进入，广州的市民可以就近享受到高层次的"港式"医疗服务。

【女主持】近年来，越来越多的内地人到香港求医。考虑到这个日渐增长的市场需求，纪宽乐从2008年下半年开始，不断到广东各地考察，参观医疗机构，搜集资料。

【出录音 纪宽乐】我们听到CEPA进一步开放，其他各样政策都方便了，就开始四处咨询。广东省卫生厅给了我很多资料。当中得到很多政府部门的支持，例如香港特区政府，这要感谢很多人。

【男主持】2010年11月，香港万治医疗检验中心在广州天河区中信广场正式开张。

【女主持】如今，风尘仆仆、行色匆匆往来于粤港两地已经成为纪宽乐生活中不可或缺的一部分。纪宽乐说：

在香港如果有病人，我们就在当日早上7点去巡房，然后搭8点20分的火车到广州火车东站，10点20分到诊所，在这里为病人看病，然后开会，开完会就回香港。

【男主持】在纪宽乐医生和他伙伴们的努力下，诊所在内地很快成长起来。目前，诊所有三分之一的病人来自于内地。而诊所也一直与内地的医院保持交流，在病人转院到香港等方面提供协助，为促进两地医疗技术发展作出贡献。

【女主持】目前，已有6家港澳独资门诊部获准在广东开诊，其中港资5家、澳资1家，分别开设在广州、深圳、中山、顺德等地。对此，纪宽乐认为，将来大珠三角人民的生活质量会大幅度提高。

【出录音 纪宽乐】到时候粤港澳区域内的人口有1亿人左右，等同于一个欧洲国家，我相信最保守估计都可以令这个城市群的生活质素、医疗质素达到欧美的水平。若大家能一起努力，政府多多支持，甚至可以超英赶美！

【男主持】发展现代服务业和先进制造业，被作为粤港、粤澳框架协议的核心内容之一，目的是充分发挥港澳服务业和广东制造业优势，促进港澳服务业向高端化发展并发展其他优势产业，实现广东服务业和制造业"双轮驱动"。同时，通过开启以"自主创新"为核心的制造业合作新模式，加快港资加工贸易企业转型升级，粤港澳三地逐步构建一个具有核心竞争力的世界先进制造业基地。

【女主持】"喜羊羊与灰太狼"是家喻户晓的卡通明星，但提起这部动画片的导演，你可能未必熟悉，他正是成功创作和导演600集电视动画片《喜羊羊与灰太狼》的"喜羊羊之父"——黄伟明。

【男主持】广东明星创意动画有限公司创作总监黄伟明是广州人。从小看着香港动画片长大的他，一直有着一个动漫的梦想。

【出录音　黄伟明】90年代初，已经有很多香港的合资公司来到内地尝试去做一些影视制作。广东和港澳语言上都是以广东话为主要语言，所以沟通起来比较亲切。此外广东这边可以看到香港的电视节目，由此我们收到最新的海外资讯。

【女主持】2005年6月，黄伟明与卢永强等人一拍即合，共同创作了《喜羊羊与灰太狼》。卢永强是香港资深影视制作人、著名编剧，他为《喜羊羊与灰太狼》注入了更多港澳制作动漫作品的先进理念。很快，这只小羊在全国刮起"羊卷风"，更成功打入香港市场。2009年，由香港电视广播有限公司（TVB）众多知名艺人配音的电影《喜羊羊与灰太狼》粤语版在香港上映，受到广大港人的热烈欢迎。

【男主持】如今，黄伟明已经走上了自己的原创道路。他自建了制作团队，创作了动漫作品《开心宝贝》。今年通过跟香港一个出版社合作，系列图书与内地同步出版，更借助香港的代理公司积极开拓海外市场。

【出录音　黄伟明】我们现在的《开心宝贝》，其实就是借助香港的代理公司开发海外市场。我们尝试跟北美、东南亚、欧洲谈，在东南亚已经铺开发行，在二三十个国家的kettle network平台播出，内容是全英文版的。

【女主持】如今，黄伟明的团队已经转战广东东莞松山湖，在新战场上，实现了漫画创意与产业制造的完美对接。

【出录音　黄伟明】东莞是改革开放以来港商最早设厂的地方，世界上的很多玩具、动漫衍生产品的制作都在东莞。这是一个类似动漫衍生产品的集中地，能在那里进行衍生品的生产研发，很配套，所以在这里设厂会吸引港澳两地很多的动漫公司。

【男主持】曾以加工贸易见长的东莞市，正转型为创意制造业之都。统计显示，当前全球每卖出的三个芭比娃娃中，就有一个为"东莞出品"。2010年，"中国国际影视动漫版权保护和贸易博览会"落户东莞。广东首个"粤港澳文化创意产业园区"也将于2011年在松山湖高新区挂牌成立。

【女主持】粤港澳文化创意产业的深度合作，为广东动漫产业提升竞争力和推动产品服务走出去提供了重要平台。2010年，广东动漫核心产业产值达到32.2亿元，动漫总产值达106.26亿元，约占全国动漫产业产值的35.32%，一个文化的广东已经开始崛起。

【女主持】金融是现代服务业的代表性行业。加强金融创新与合作，对粤港、粤澳双方提升经济发展层次都具有十分重要的意义。

【男主持】根据《粤港合作框架协议》，到21世纪20年代，基本形成先进制造业与现代服务业融合的现代产业体系、要素便捷流动的现代流通经济圈、生活工作便利的优质生活圈、国家对外开放的重要国际门户，香港国际金融中心地位得到进一步巩固和提升，建成世界级城市群和新经济区域。

【女主持】在CEPA补充协议六里面，我们看到金融业合作有个新名词："同城分行"，这降低了外资银行进入内地市场的资本金，对港资银行进入内地，具有至关重要的作用。

【男主持】汇丰中国作为国内最大的外资银行，早在1996年，就率先在广州设立分行，在CEPA补充协议六的框架下，汇丰开始在广东省内设立分支银行，取得重大发展。汇丰银行广州分行行长梁泽锵：

除了深圳、广州、东莞之外，其他地方也建立了分支银行，包括在佛山、中山、珠海、惠州。这是粤港澳融合的一个体现。因为这些服务中心的设立降低了我们在香港的服务成本，也增加了我们的竞争优势。

【女主持】目前，汇丰中国在内地共有108个网点，分行网络在内地外资银行中首屈一指。其中广东25个网点，就业人数超过10000人。不少内地企业通过汇丰成功在香港上市。谈到未来汇丰在内地的发展，梁泽锵踌躇满志：

我们就要靠在全球的产品线或者是我们的全球实力去服务好企业或者个人。尤其是现在，政府鼓励企业"走出去"。我们需要利用好这个平台把和企业的联系做好。我们会把全球的汇丰都拉进广东。

【男主持】目前，香港的东亚银行、恒生银行，还有永亨银行、永隆银行、大兴银行在内地设立分行。另一方面，截止2011年3月份，内地上市公司已占香港上市公司总数的42%，市值占香港联合交易所总市值的57%。

【女主持】《粤港合作框架协议》提出，要把珠江三角洲建设成为具有更大空间和更强竞争力的金融合作区域。广东省省长黄华华表示：

要以香港金融体系为龙头，珠三角、广东、内地的金融服务为支撑，建立一个金融合作体系。要巩固提升香港的国际金融中心的地位。

【女主持】摩根大通亚洲区投资银行副主席方方：

粤港金融的合作从来都不是单向的，对于广东有利，对于香港也非常有利。我觉得我们要在资金上、在信息上、在人才上充分地实现双向互动。

【男主持】暨南大学特区港澳经济研究所所长陈恩认为，粤港金融合作可以更加深入：

深圳是香港金融中心的后台基地，南沙是香港金融中心的后台基地，香港是前台，香港就是高端。这样香港就能成为全球的金融城市。

【女主持】粤港和粤澳所签署的框架协议立足三地金融业发展现实，突出在部分金融业务领域的探索创新和先行先试。提出"探索推进粤港、粤澳资本项目交易使用人民币结算"，支持"粤港、粤澳金融机构跨境互设分支机构"，支持探索双方企业跨境抵押申请贷款方式等政策。"相互开放、互设机构"是粤港澳金融合作的明显特点，这也是三方积极适应现代服务业发展要求的有力尝试。

【记者口播】听众朋友，我是记者泽宇，我现在南沙港区二期码头，工作人员介绍，这个码头岸线有2100米，有6个泊位，都是10万吨级。这里曾经顺利靠泊过全世界最大的一条船亚洲号，长达366米。到7月份，南沙港区有27条外贸海线，3条内贸海线。面对香港和深圳都是2000万的大港，南沙港走的是一种错位发展战略！

【女主持】2011年，广州南沙与深圳前海、珠海横琴一道，都写进国家"十二五"规划实施纲要中，可以说这三颗棋子是粤港澳合作的重点区域，是广东转型升级的三个重要平台。内地与港澳的优势在这里杂交，中国改革和制度创新在这里开拓了一片试验田。

【男主持】根据广东发改委的介绍，前海的定位是深港现代服务业合作区，主要是发展现代服务业；南沙的定位是CEPA先行先试综合示范区；而横琴新区则是突出粤港澳更紧密合作这一主题，主要是发展现代服务业、旅游业和高技术产业。广州港生产部部长宋小明认为，这有利于拓宽香港发展的空间，增强香港国际金融、贸易和航运中心优势和辐射能力，提升香港国际竞争力：

南沙的发展，在某种意义上是香港发展的延伸。香港是珠三角的龙头。我们跟香港之间也有航线的合作。我们认为南沙港的发展跟深圳港、跟香港的发展是一种错位的竞争，是一种互相补位的关系，是共同地促进珠三角地区整个外向型经济的发展，共同降低了我们整个珠三角的物流成本。

415

【女主持】最近，广州市与澳门、香港特区先后签署《穗澳加强旅游合作备忘录》及《穗港合作推进南沙新区发展意向书》等一系列文件，初步确定南沙CEPA综合示范区启动区规划面积约128平方公里，重点在科技创新与研发设计、专业服务、教育培训，休闲旅游与健康服务，文化创意与影视制作等领域，深化与港澳合作。香港政制及内地事务局常任秘书长罗智光，在2011年6月举行的大珠三角发展论坛上表示，特区政府会致力于深圳前海、广州南沙及珠海横琴的合作，为香港业界打开新的窗口。

【出录音 罗智光】未来五年，未来内地经济快速发展将会为粤港两地带来无限新机遇。内地服务业将会是一个26万亿人民币的庞大市场。广东省已经历了成熟的制造业和具规模的服务业，有条件成为推动内地经济结构转变的主要引擎之一。通过粤港合作，两地政府也已经做好了准备，鼓励港商参与广东省的发展，为广东经济转型做出贡献。

【男主持】近日，全国的目光都聚集在珠海横琴，这个面积86平方公里的岛屿，是澳门现有面积的3倍。国务院日前正式批复，同意横琴实行比经济特区更加特殊的优惠政策，即"分线管理"，在政策上相当于一个"自由贸易区"。

【女主持】一头连接的是社会主义，一头连接的是资本主义。正如广东省发改委对横琴的表述——"'一国两制'的交会点和'内外辐射'的接合部"。由此，横琴新区的建设将成为构建粤港澳紧密合作新载体，促进澳门经济适度多元发展和维护港澳地区长期繁荣稳定。

【男主持】全国人大常委、澳门特区经济委员会委员贺一诚认为，共同开发横琴岛，将是粤澳合作发展的一大机遇。

【出录音 贺一诚】因为从人文地理来讲我们都是一体的，但是要看怎么利用双方不同的制度，这就是两方面的优越性要怎么互补。澳门经济实力充裕，怎样利用好这个优势，和内地一起发展。比如横琴，现在我们可以看见横琴五年后、十年后、三十年后的样子，这是必然的道路。横琴是我们以后一个发展和融洽的重点。

【女主持】目前，横琴大桥与莲花大桥一起成为澳门通向珠海及内地的第二个重要陆路通道。长隆国际海洋度假区项目进展迅速，已成横琴一景。作为粤澳合作产业园区的启动项目，中医药科技产业园的前期工作已经准备就绪，双方将适时奠基开工。

【男主持】在《粤澳合作框架协议》下，粤澳将共同建设世界著名旅游休闲目的地。澳门为龙头、珠海为节点、广东全省为依托，发展综合性旅游服务。这是两地资源整合、优化配置的重要举措和生动阐释。

【女主持】"一国两制"的生命力在于实践与创新。粤港澳合作既遵循全球区域合作的普遍规律，也在不断探索、突破之中，形成自身鲜明特色。三地共同开启了"一国两制"的新模式，为丰富发展"一国两制"的内涵，打开了无限想象的空间。

【男主持】在日前举办的"2011年大珠三角发展论坛"上，广东省副省长招玉芳给出一系列的有力数据：

2011年1至5月，粤港贸易进出口值达750.5亿美元，同比2010年增长43.5%，香港继续保持着广东省最大贸易伙伴的地位。

【女主持】香港贸发局经济分析师邱丽萍认为，在"十二五"时期，香港将能更好地发挥内地与国际的"衔接中心"的作用。

我们要发挥我们的作用，把中国跟亚洲区域，或者是欧美、全球联系起来的，我们就发挥一个枢纽的作用。

【男主持】广东省社科院港澳研究中心副主任梁育民认为，从国家发展战略来看，"大珠三角"是一个强大的引擎，将强而有力地带动"泛珠江三角洲"的区域发展，并在中国与东盟自贸区框架下寻求合作共赢的更大商机：

正因为合作是多方共赢的，为整个区域乃至整个中国的经济社会发展作出更大的贡献，而且提高整个大珠三角都市圈的综合实力，因此在国际竞争中能取得更好的竞争优势。

【女主持】对于港澳的发展，中山大学港澳珠江三角洲研究中心副主任林江用八个字来形容：

应该是"背靠祖国，放眼世界"！在国际化的前提下依托内地。香港澳门有国际化的视野、国际化的能量，这是内地很多城市所不具备的。

【男主持】目前，粤港澳三地经济总量接近1万亿美元，在亚洲地区为第四大经济体。有研究报告预测：到2020年，大珠三角的GDP将逾2.6万亿美元，经济规模超过纽约、东京、伦敦三大国际都会区，达到伦敦都会区的两倍。

【女主持】未来十年，在"一国两制"方针指导下，粤港澳以"世界眼光"谋划三地合作，携手建设亚太地区最具活力和国际竞争力的珠三角城市群，共同打造世界级新经济区域。

金利来集团副主席曾智明：

作为香港人，通过经济和各方面发展你会明白，国家的强大对于香港的发展的作用。因为香港是个得天独厚的地方。它背靠祖国，背靠珠三角，我相信在经济发展的前提下，大家合作一定是共赢的！

第十集　登高

【女主持】打开中国的版图，香港和澳门像是两只千斤顶。在中国内地和世界交流不畅通的年代，港澳两地以同为中华子孙的力量，支撑起了中国内地与世界的贸易往来。这种力量，也给中国掀开历史崭新的一页以巨大的支持。

【男主持】1997年7月1日，香港结束了百年的殖民统治，回到祖国的怀抱。两年后，澳门成为另一个归来的游子。至此，港澳同胞和祖国母亲一道，圆了期盼已久的回归梦想。

【女主持】现在，中国内地的高铁已经以世界速度向前奔驰，而香港和澳门又如同两只车轮，与内地这辆动力十足的高铁一起呼啸前行。

【男主持】2008年9月25日，神州七号飞船顺利升空，实现了中华民族升腾的伟大壮举……

【女主持】回归之后的香港和澳门，在祖国强大力量的助推下，经济发展迅猛，继续保持着高度繁荣的景象，而港澳与内地的合作也在不断升温，犹如高台起舞、太空漫步，自信而从容，使共赢之路越走越远。香港特别行政区行政长官曾荫权：

现在已经到成熟期了，我们热恋已经过去了，现在是夫妇关系。我们两地做的事情已经把两地的民生、老百姓的生活拉得很近。这个是全国内地唯一一个地方、唯一一个城市，真真正正和香港联系起来的有潜力的都市。

【男主持】曾荫权的这番话，形象地概括了香港与深圳两地的合作关系，也从中折射出港澳与内地之间的联系日益紧密。

【女主持】深圳和香港仅"一水之隔"，无论是在深圳还是香港工作、居住，频繁穿梭于两地的居民，正让深港之间变得几乎没有距离。香港人跨过罗湖桥到莲花山祭拜邓小平，深圳人跨过罗湖桥到香江赏维港、看烟花，早已成为彼此生活中的常态。"同城一体化"的概念不仅被广泛地接纳，同时还不知不觉地渗透到了两地的各个角落。

【采访录音】

陈先生：我们都常常到内地去的，亲戚和朋友有很多都在内地有房子。

卓小姐：以前，交通还是没有那么方便，随着港铁龙华线开通了，不同的关口也将服务水平提高了。现在过关从香港过来深圳，或者是深圳去香港也非常的方便。一些关口是24小时通关的，环境、舒适度都非常的好。

胡先生：我来深圳有七八年了，最近几年我在这里讨了老婆，我大概每天上班来回，单程一个小时之内就搞定，福田过关，回到公司，不到二十块港币就搞定了。

【男主持】在港澳"自由行"业务开办之前，赴港之难如同出国一般。当时有句话非常流行："不到中英街等于没来深圳！"于是，一张小小的"中英街特别通行证"就成为内地旅客来深必办的证件，为的就是到深港边界的中英街采购"港货"。而随着内地市场的日益繁荣，中英街上几乎所有的商品都可以在内地买到，这里也从昔日的人声鼎沸开始走向沉寂。

【女主持】如今，随着通关的便利和两地居民的频繁往来，这一切更成为了历史。据统计，截至目前，深圳户籍"一签多行"旅客通过深圳口岸出入境已超过1200万人次。过去是"无香港不成深圳"，如今则是谁也离不开谁。中英街的港深握手，已经演变成"深港都市圈"的大格局一体化。香港人北上深圳消费，深圳人南下香港扫货，"换城消费"已成为深港两地间一道靓丽的风景。深圳大学产业经济研究中心主任魏达志：

深港两地在消费方面的沟通越来越多，这正好实现了两地在消费上的互补，而且说明两地的往来越来越密切。在这个过程当中，我们推出的香港自由行也好，非户籍居民的赴港游也好，这些措施都在加大深港两地的人流，特别是对拉动香港的消费，起到了很大的作用。所以说香港和深圳以及珠三角的经济合作关系也越来越密切，这是一种发展趋势。

【男主持】三十一年前，深圳只不过是香港这个大都会身旁的无名小镇，三十一年后，深圳迅速崛起为中国乃至世界最年轻的工商业大都市。在"换城消费"的背后，今天的深港关系可谓是水乳交融。两地间在人才、资金、信息、技术、理念等方面都有了全方位的融合与发展。这两座城市也共同成为亚太地区夺目的"双子星座"。深圳大学中国政治研究中心副主任袁易鸣：

一体化以后，对两地来说，就形成一个可以充分利用两地的比较优势。香港的比较优势就是它的观念很新，国际化程度很高，资金很充裕，运作经验很丰富，市场经济体制很发达、很完备。而深圳这边，我们有很好的高科技产业，我们有很充足的人才，我们有广阔的腹地。这样一来深圳的制造、深圳的工业、深圳的高技术产业发展得非常快。两地之间能够形成非常好的错位的定位，它是市场竞争的结果，是一体化的结果。

【女主持】深港"经济一体化"可谓是催生了中国整体经济的共同繁荣。没有"内地因素"，香港成不了国际金融中心、贸易中心和航运中心。透过深圳与香港、珠海与澳门的合作,折射出的是粤港澳地区、泛珠江三角洲,乃至内地与港澳地区在经济、文化方面从共融走向共赢的发展局面。

【男主持】中国的经济发展有如飞驰的列车,以高速的增长率领跑世界,而搭上这趟列车的港澳经济也随同祖国一道,融入世界经济发展的潮流。尤其是CEPA及其补充协议的签署和实施,打破了过去妨碍内地与港澳间生产要素流动的制度坚冰,加速了相互间资本、货物、人员等的自由流动。就其实质而言,它是"一国两制"在新形势下的创新和发展,是一个国家的不同关税区之间的经济整合,它很好地处理了"一国两制"原则下两地经济交流的"不变"与"变"的关系,更使内地与港澳的经贸合作进入了一个新阶段。

北京大学社会人文学院副院长于长江认为:

"一国两制"实际是我们国家立国的一个重要原则。允许国内可以有两种不同的制度。而实际上每个制度的内部它都会有调整。变的是什么?不变的是什么?我觉得原则是绝对不会变的,而且也不能变。这是中国制度中一个非常大的亮点,它也体现了中国式的多元的存在理念。

【女主持】然而,任何事物都不会单纯地发展,矛盾和争论也在所难免。正当绝大数港澳同胞为"一国两制"拍手叫好之时,另一种担忧却悄然而生。部分港澳人士为"一国两制"能否长期保持不变产生疑虑,他们担心,未来的香港和澳门会不会有"内地化"的趋势?港澳地区相比内地的优势能否继续?

【男主持】世道畅旺之下,港澳人的消费信心指数持续增加,过去那种愁云惨雾的心情也一扫而光。他们更多看到的是"一国两制"给香港和澳门带来的权利和自由,是荣耀,是骄傲。香港各界妇女联合协进会理事区艳龙:

　　以前我对内地一点都不了解，我喜欢讲英文，我觉得普通话很难听。可是我进了中资机构以后，一步一步我慢慢改变了。我记得我以前的董事长跟我说过你不用害怕，我们不会策反你，要策反的话是你自己策反自己。她说的没错，因为我到了这个机构之后，我看到国家怎么对香港，怎么对我们，我确实感动了。现在我能站起来说我是中国人，到哪个地方我都觉得很骄傲，很自豪，确实很自豪。我看将来的祖国发展肯定非常好。

　　【女主持】对于一贯迈着忙碌脚步的香港市民而言，回归后的十五年，除了听不到来自遥远英伦的碧眼高鼻港督每年的施政演说，看不到政府建筑前的米字旗和"英皇御准"的招牌等之外，自己的生活方式一切都没变。舞照跳，马照跑，股照炒；法官和大律师的年会仍然戴着那夸张的假头套；议会中依然火花四溅……

　　【男主持】十五年，虽然在历史长河中仅仅只是弹指一挥的瞬间，却依然让我们看到一种变化，这种变化是发展中的变化，是不断迈向繁荣的变化。香港市民卓嘉利：

　　其实从香港回归以来，我们香港人生活确实是发生了不同的变化，跟祖国的关系更密切。记得08年（奥运）火炬在香港传递的时候，我们感受到自己作为一个中国人很荣幸、很开心也很激动，让我们更爱我们的祖国。

　　【女主持】在香港和澳门，很多人都经历了这样的一个情感历程，过去，他们"背靠海外，面向内地"，现在，他们"背靠祖国、面向世界"。十几年间，港澳与祖国同发展、共进步。《澳门日报》资深记者樊越欣：

　　澳门回归祖国开启了这个城市历史的新篇章。在这一新篇章中，我们见证了许多新的发展，同时澳门500多年来与西方交流所产生的独特历史和文化传统也得以持续。如果你们当中有谁在10年前去过澳门而现在再去的话，我肯定你们会惊讶于这个城市的变化的。这些变化将澳门打造成了世界级的旅游中心，但是那种独特、丰富的东西方文化仍然贯穿整个城市之中。

【男主持】随着港澳回归后与内地交流合作的日益深入，中央更加重视港澳在国家发展全局中的重要地位和作用。2006年，"十一五"规划纲要首次将香港特区纳入国家总体发展框架；2009年1月，国务院公布《珠江三角洲地区改革发展规划纲要》，首次提出扩大粤港澳自主磋商范围，要求珠三角在改革开放的重要领域和关键环节先行先试，把粤港澳合作提升到新境界。

【女主持】2011年3月，随着振奋人心的《"十二五"规划纲要》出台，人们惊喜地发现，有关港澳地区的发展首次以专章的篇幅纳入其中。《纲要》明确提出，支持香港发展培育新的增长点，发展成为离岸人民币业务中心和国际资产管理中心，发展高价值货物存货管理及区域分销中心，巩固和提升香港国际金融贸易航运中心地位，支持澳门建设世界旅游休闲中心，加快建设中国与葡语国家商贸合作服务平台。

【男主持】在欧美经济疲弱的今天，中国经济的强劲发展可以说刺激着世界的神经。《"十二五"规划纲要》一出台就立刻成为全球关注的热点，各方人士都试图从中探寻出中国成功的秘诀。同时，这项关乎港澳地区命运的举措所产生的反响也前所未有。香港特别行政区行政长官曾荫权：

背靠祖国、"一国两制"，国家强势发展，是今天香港的独特发展优势。我们更感兴奋的是，有关港澳的专章详述了香港特区在国家发展战略中的功能定位，也点出了在"十二五"时期，内地与香港的合作方向。这些方向都非常切合香港现在的实际情况和未来发展的需要。

【女主持】澳门全国人大代表、澳门创世集团企业公司董事长刘艺良：

"十二五"规划把港澳列入，也是我们国家五年规划用书面列入的第一次，这个也显示了国家、中央政府对港澳的重视。特别是又强调了澳门的经济多元，对澳门各界来说增加了对国家的向心力、归属感，对澳门发展前景的信心。

【男主持】可以说，将港澳地区发展以专章方式纳入《"十二五"规划纲要》是国家审视世界经济新变化后作出的战略调整，是站在历史高点的创举。但尽管如此，从2010年10月18日中共十七届中央委员会第五次全体会议通过《"十二五"规划的建议（纲要）》到2011年全国"两会"闭幕前，就有香港人士尖锐地提出："这不等于香港'被规划'了吗？"

【女主持】在大会闭幕后举行的中外记者会上，对于香港是否"被规划"的问题，国务院总理温家宝说：

我想在这里再一次强调，我们将坚持"一国两制"的方针，认真执行"港人治港，高度自治"，严格遵守基本法。中央制定的"十二五"规划都是支持香港的发展，中央的规划绝不会代替香港自身的规划。

【男主持】历史见证未来。过去，香港一直为国家现代化发展提供资金、技术、经验和人才，香港是内地企业的重要融资平台。截至2011年6月底，内地累计实际利用港资约4927亿美元，占整体累计境外投资的44%。香港也是内地企业"走出去"的大门。内地的对外直接投资，超过一半投放在香港，或经过香港投放世界各地。

【女主持】而香港作为国际金融、贸易和航运中心，充分发挥背靠祖国的优势。截至2011年7月底，在港上市的内地企业有616家，占上市公司总数42%，市值占总数55%，支撑着半壁江山。

【男主持】贸易方面，香港是内地重要的国际贸易窗口，而内地更一直是香港最大的贸易伙伴。2010年内地与香港进出口贸易额超过2300亿美元，而今天亚洲国家的最大贸易伙伴都是中国。

　　【女主持】中国内地与港澳的发展之根本源于中国人的"和谐中道"的理念，中国人这种特有的心力合一的协作精神和注重整体的恢宏气度，为双方的合作共赢、进步共同提供了无限的可能。与此同时，"十二五"规划更为香港提供了更多更大的发展机遇。国家发改委副主任彭森表示：

　　《纲要》提出未来五年内，内地年均生产总值7%的增长目标，按此计算，到2015年，内地生产总值将达到55.8万亿人民币，与之相伴的是城乡居民的快速增长，内地需求的持续扩大，这必将为香港贸易、航运、旅游、零售等产业的发展带来无限的商机。

　　【男主持】"十二五"规划的战略构想，不仅指明了国家经济未来五年发展的方向，也引领着区域经济前进的航程。尤其是深圳前海开发的纳入，更成为内地与港澳地区合作的新亮点。

　　【女主持】2010年8月26日，深圳经济特区成立30年当天，国务院正式批复《前海深港现代化服务业合作区总体发展规划》，要求国家有关部门、香港特别行政区、广东省和深圳市以前海为载体，推进粤港、深港紧密合作和融合发展，建设全国现代服务业的重要基地和具有强大辐射能力的生产性服务业中心，引领推动我国现代服务业的发展升级。深圳大学产业经济研究中心主任魏达志：

　　深圳打造前海的意义在什么地方呢，就在于深港两地来共同规划，共同开发，共同管理，共同营运。主人和客人的关系得到了改变，这里同时都成为主人，因此它的意义和以前的开发是不一样的。那么在打造的过程当中，深港共同的作用在这里发挥得更加明显，所以它在改革开放史上是一个跨越。它将成为深港两城融合，或者说同城，或者说共建深港国际大都会当中的一个战略抓手，也意味着香港和珠三角城市的进一步融合。这是中央赋予深圳的一个历史性的责任，而这个使命又历史性的落到了前海身上。

【男主持】今天，建设中的前海工地，尘土飞扬，机器轰鸣，人车齐动，气势如虹。在已经和前海达成合作意向的45家企业中，香港企业就达21家。深圳市前海深港现代服务业合作区管理局局长郑宏杰：

当初在开发前海的时候，香港有朋友问我，前海这种形势下去，会不会掏空香港？我当时回答他们，作为广东自由贸易试验区的深圳前海，会对香港现代服务业的提升有更大的好处。香港现代的服务业已经达到93%，它通过前海来辐射到整个广东地区，那么是它的溢出部分，并不影响它本身的发展。过来之后，它的管理理念，技术水准和服务手段都是比较好的，我们有很多可以借鉴和学习的地方，那么也帮助我们内地的现代服务业的企业来提升自己。

【女主持】单就面积而言，前海并不大，仅仅15平方公里，但它所承载的使命和责任却很重。它所要建立的是具有改革探索意义的试验区；它所要进行的试验是带有全局性、方向性的试验，它在一定程度上关系到经济体制改革如何向纵深发展，更关系到未来发展模式的走向。

【男主持】今天的前海承载厚望、蓄势待发，明日的前海，将扬帆起航、前程似海。这证明，香港的未来同国家的未来是紧紧连在一起的。2011年8月17日，李克强副总理在香港举行的国家"十二五"规划与两地经贸金融合作发展论坛上演讲时强调：

按照国家"十二五"规划要求，中央政府立足当前、着眼长远，制定了支持香港进一步发展、深化内地与香港金融、经贸等方面合作若干新的政策措施。第一，大幅提升内地对香港服务贸易开放水平。第二，巩固和提升香港国际金融中心地位。第三，支持香港发展成为离岸人民币业务中心。第四，支持香港参与国际和区域经济合作。第五，推动内地与香港企业联合"走出去"。第六，发挥香港在粤港澳合作中的重要作用。

【女主持】中国在飞速向前。2010年，美国总统奥巴马在2010年国情咨文中相当不安地说："China is building faster trains and newer airports. Meanwhile, when our own engineers graded our nation's infrastructure, they gave us a "D". We have to do better. Within 25 years, our goal is to give 80% of Americans access to high-speed rail."（中国正在发展更快的火车和更新的机场，而美国自己的工程师则在评价本土基础设施时仅给出'D'的评分，我们必须迎头赶上，在未来25年内，让高铁覆盖全美80%的领土。）

【男主持】更多的客观公允的人士则认为，中国将把世界带出经济危机的泥潭。只有去中国，才能看到未来。当代最负盛名的历史学家汤因比曾被问及："如果再生为人，你愿意生在哪个国家？"汤因比思考一下，然后回答："我愿意生在中国。因为我觉得，中国今后对于全人类的未来将起到非常重要的作用。要是生为中国人，我想自己可以做某种有价值的工作。"

【女主持】中国内地和香港、澳门是希望的家园，他们的合作，将为自己，为整个世界都带来共赢和共同的进步。世界各地的有识之士不约而同地认为，中国将登高向上。

第十一集　汇流

【男主持】"摸着石头过河"是我们在改革开放初期，克服困难、勇敢开拓的标识性语言。时光之水已经流过了三十年，现在河早已不是阻挡在我们前进路上的羁绊了，相反，它汇聚在一起，如通衢大道，承载着中国这艘发展之船，流向前方。

【女主持】时间，从来都不会因为我们的疏忽或者留意而停止自己的脚步——倏忽之间，时光荏苒。当历史的指针接近2012年7月1日，我们发觉：香港回归祖国已有十五年的光阴。这十五年，香港续写着自己的传奇，始终保持了在专业人才领域及国际金融中的优势地位；但是，她又动笔写下了新的香港故事，在中央政府的支持下斩获新生，与内地经济一起汇流入海，奔涌向前！

【男主持】本世纪内，地球气温将持续升高。一些太平洋岛国已经开始在澳大利亚等国购买土地，以延续它们的国家在这个地球上的存在。作为沿海城市的香港并没有一丝被淹没的担心。

"没关系的啦，香港地势高啦。"（香港普通话）这个地势高，不仅是香港的海拔高度，也是它回归祖国后的生态位高度。

【记者口播】听众朋友，我现在是在香港中环，这也是内地人到香港必经的一站，被称为购物的天堂。

【女主持】夏日里，林立的摩天大厦反射着太阳刺眼的光芒，抬头仰望，总觉得有点头晕目眩。这里，从来都是香港的政治和商业中心，聚集着众多的银行、跨国金融机构及外国领事馆。香港的政府总部、立法会大楼、终审法院，以及前港督府也都位于中环。从外表看起来，这里和十五年前香港回归时并没有太大的变化，但是，对于在这里工作的某些人来说，已是"闲云潭影日悠悠，物换星移几度秋"了。

【男主持】黄英豪，香港资源控股及金至尊集团主席，他的办公室就在中环。黄英豪出生于香港名门，祖父是有名的民族实业家黄笏南，父亲黄乾亨是香港著名律师，在法律界成绩卓著。而黄英豪本人则是横跨律师和实业两个领域。

【女主持】黄英豪有个习惯，走路很快，许多人都跟不上他的步伐。他做事情也是如此，往往是快人一步，获得先机。早在上世纪90年代初期，黄英豪就预见到，随着中国改革开放的不断发展以及境外投资者的大量进入，内地各种涉外法律服务的需求将会大大增加。因此，1992年，经国家司法部的批准，他在上海设立了律师事务所代表处，成为内地第一家境外律师事务所，执业牌照是001号：

20年前，当时我也是一个比较年轻的律师。我们律师事务所决定去内地设立代表处是所有合伙人的决定，包括我父亲。其实当时我们是有点舍易取难的，因为当时香港离华南广东地区比较近，但是我觉得上海当时已经是国家经济综合实力第一大的城市。而且我当时对内地的改革开放非常有信心。现在回想起来这个是对的决定。如果我们选广东，用今天的角度来看，还有不到两年高铁开通，广州就是半个小时的车程，那么我们律师事务所其实完全可以支援广东省的一些法律事务，上海华东地区必须设立代表处，这个也是我们有点超前看内地发展。

【男主持】一年后，年仅30岁的黄英豪成为中国司法部委托的第一批境外公证人之一。人各有眼光。有的人看的是身边的事情，有的人望的是长远的发展。黄英豪属于后者。上个世纪90年代初，第一批H股准备到香港上市时，一家四川省的企业请黄英豪担任法律顾问。不久他发现，连续几批在港上市的H股公司中都有四川的企业，这让他对四川这个神奇的地方产生了浓厚的兴趣。就这样，原本帮助企业出川的他，反过来以投资者的身份入川了。二十年里，他经历了内地的改革开放，香港回归祖国，CEPA协议的签署……借助内地与香港在经济上合作程度越来越深，他的事业也越做越大。去年，李克强副总理访问香港，提出了"惠港36条"，其中推进内地企业在香港上市的内容引发了黄英豪的思考：

其实我的律师事务所在1993年就是当初的第一批H股9家的其中一家，来香港上市，到目前20年了，也有很好的企业上了H股，也有部分在内地上了A股或者B股。我觉得下一步可能是香港深圳的交易所和香港的证券交易所之间的合作的协调，因为目前香港上市的公司同时在内地挂牌的有一批但不多。但是倒过来内地A股公司到香港挂牌，在两个市场都可以买卖相对很少。所以两个交易所应该创造新的投资工具，让香港的投资者可以买卖内地的股票或者股权，那么相对而言内地的投资人也可以通过一些工具买卖香港的股票或者债券。

【女主持】2011年8月17日，中共中央政治局常委、国务院副总理李克强在香港出席国家"十二五"规划与两地经贸金融合作发展论坛，发表题为《协力求发展　合作促繁荣》的主题演讲，

【出录音　李克强】第一，大幅提升内地对香港服务贸易开放水平。第二，巩固和提升香港国际金融中心地位，金融业是香港的核心竞争力所在，提升香港在全球及亚洲金融中心地位，对香港发展至关重要，我们将在内地推港股组合，也就是ETF，所谓交易所，交易基金。继承支持内地企业赴港上市，允许内地港资法人银行参与共

同基金销售业务。

【男主持】李克强副总理的主旨讲话，阐述中央政府关于支持香港进一步发展，深化内地与香港经贸金融等方面合作若干新的政策措施，被大家誉为"惠港36条"。

香港特首曾荫权一语道破了其中的重大意义：

李克强副总理带来的三十六条，为香港的发展带来了新面貌，又是香港发展新的里程碑。

【女主持】对于特首曾荫权所谈到的里程碑的意义，中银香港高级经济研究员、香港特区政府中央政策组高级顾问王春新认为有以下三个方面：一个是开拓了两地高端服务业这么一个合作的资源；另一个是建立人民币离岸市场，有助于把香港发展成为一个世界金融中心；第三个方面是对中产阶层，特别是技术人员开放了技术的服务，有利于他们发挥自己的优势。

【男主持】内地与香港正抓紧磋商，将于今年年内签署CEPA补充协议八，进一步深化服务贸易开放，充实贸易投资便利化的合作内容，继续推动在广东等省（市）先行先试。

【女主持】香港建筑师协会主席、香港利安建筑师事务所董事长林光祺比黄英豪更早的和内地有了接触。20世纪80年代，他就把目光投向了内地。

【出录音 林光祺】当时我是比较年轻的一个建筑师，我自己觉得国家改革开放，很多的工程要做。在香港做一个工程和跟在内地做一个工程都是做一个工作。我是从那个时候就开始争取的，有机会我自己喜欢去跑，就是到那个地方去，工作的环境或者条件不具备的话我也是很乐意去。我还记得有一次跑海南省，专程去海南，从海口到三亚不好走，但是从上海到福州的路也不好走，我们也是尽量去吸收这个经验。当时我自己也是从那时候起，不管是哪个地方有机会我都尽量去跟当地的设计院合作，大家互相学习，或者是认识很多朋友，我对这个情况也算有点了解，就是多看多听多做，有一点了解。

【男主持】香港建筑师过去要到内地执业，除先考取内地一级注册建筑师资格，也需受聘于广东省的设计学院单位。这对于香港的建筑师是很大的限制。林光祺说，他们一直希望能到内地自行开设事务所。

【出录音　林光祺】也是前几年开始谈，谈的时候有很多点也是没办法落实，去年年中副总理到香港以后可能这方面的进度是会比较有保证，大家也抓紧一点，我看现在工作进行得比较快。

【女主持】从2011年5月1日起，已考取内地一级注册的香港建筑师，可自行回广东省开设建筑事务所，无须再受聘于内地具资质的设计单位。林光祺说，他们有一些建筑师还以为等不到了。

【出录音　林光祺】我们有400多位拿到一级建筑师资格的建筑师等了七八年，有的开始说他可能已经做不了了，已经到退休了没办法做了。我个人希望在今年年底前可能五家、十家可以开始启动。

【男主持】对于香港的建筑师来说，他们迎来了新的机会；对于整个香港来说，这也许只是"小荷才露尖尖角"。很多人把"惠港36条"比喻为香港发展的新机遇。2011年中国经济在低迷的世界经济中一枝独秀，温和回落的经济增速，初步抑制的物价涨幅，回应着外界硬着陆的担忧。

【女主持】2011年也是中国"十二五"开局之年，在这个广受瞩目的五年规划中，涉及香港澳门的内容第一次被独立成章。2011年8月16日到18日，国务院副总理李克强到访香港，带来"惠港36条"，更被看作是中央力挺香港的一份大礼包。中央人民政府驻香港特别行政区联络办公室主任彭清华：

所谓送大礼嘛，是一个形象的说法，这也反映了香港各界对这三十六条的认可的和高度的赞赏。这也不是单方面的送大礼，因为，保持香港的繁荣稳定，是既有利于香港，也有利于国家。用李克强副总理的话说，这个是香港的需要，也是国家的需要。

【男主持】国家商务部副部长蒋耀平用数字介绍了CEPA的实际效果，他说，CEPA签署和实施9年来，进展顺利。截至2012年3月，在货物贸易领域，内地累计进口香港CEPA项下受惠香港货物49.6亿美元，关税优惠额28.4亿人民币。CEPA采取了鼓励内地企业赴港上市的支持措施。截至2012年4月，在香港上市的内地企业有695家，占香港上市公司的46%，总市值约12万亿港元，占香港股票市场的总市值的59%。

2012年是香港回归祖国十五周年，十五年的光荣岁月，见证了"一国两制"、"港人治港"、高度自治方针的伟大落实，向世人证明了中国制度的优越性。然而，香港的回归，当初并不被西方国家所看好。中央人民政府驻香港特别行政区联络办公室主任彭清华告诉我们，曾经有不少西方国家这样看待香港的回归：

比较有代表性的就是美国的《财富》杂志，它当时的封面故事就预言"香港已死"，这是1995年的时候。然后到香港回归十周年的时候，2007年6月28日，同样是《财富》杂志，他登了一篇文章，就说，"哎呀，香港死不了。"然后第一句话就是："我们错了。"

【女主持】香港回归祖国十五年的发展历程证明，香港不仅没有死，而且在与内地的抉择、问路、起飞、交融、拓航中，香港和内地的经济已经到了"你中有我，我中有你"的地步。中央惠港的政策、内地人民对香港的大力支持，使得香港更加壮大。香港特首曾荫权说，内地与香港的共赢得益于两地人民的优势互补与密切交流，特别是通过深圳这个窗口，使得两地的发展有了十足的动力。

【出录音　曾荫权】我们的融合，是从深圳开始的，每天深圳人来香港、香港人去深圳。

【男主持】内地和香港现代服务业领域的合作，深圳前海被视作未来典范，2010年8月26日，在深圳经济特区三十周岁生日的同一天，国务院批复了《前海深港现代服务业合作区总体发展规划》，规划目标就是逐步把前海建设成为粤港现代服务业创新合作示范区，进而引领带动全中国服务业发展升级。

【女主持】过去很多香港人觉得骄傲，因为香港对于国际化的认知和掌控能力，或者说香港对于国际市场的认知和掌控能力强于其他国家和地区。但是近几年，香港同胞也会觉得在内地全面开放之后，香港的特殊地位遇到了挑战，有人开始怀疑香港的区位优势正在丧失。对此，中央人民政府驻香港特别行政区联络办公室主任彭清华有自己的观点和理解：

我也听到这样一些说法，我不是这么看。李克强副总理到香港访问，他在演讲的时候讲到要发挥香港三个作用。一个是发挥香港通达国际市场的窗口和平台的作用，一个是发挥香港在发展内地服务业方面的带领和辐射的作用，还有一个就是发挥香港在连接两岸四地的桥梁和纽带的作用。我觉得这三个作用，就把香港未来对国家的作用表述得非常清楚了。

【男主持】当一种支持的表达极为明畅的时候，信心的增长就不会毫无来由。如果说彭清华从理论上阐明了惠港36条的意义，那么一直在为内地企业在港上市做咨询工作的香港商人施德志则说到了实际操作：

其实李副总理这么说的话是给香港一个很好的方向，一个平台。例如说他说过，很快内地就会推出的一个港股类组合ETF。我觉得会很好地支持香港的股票市场。因为以前只有QDII，通过这样的渠道才有一部分的资金可以从国内投资到香港，而且资金是有限的。所以如果以后港股组合ETF真的可以进入内地市场，变成更多内地投资者可以投资在香港的股票市场。第一，不但会令香港股票市场在数量、金额方面的成交提升，另外，我相信会有更多内地人，来利用香港这个股票市场。

【女主持】大幅提升内地对香港服务贸易开放水平，内地的居民也可以在建筑、医疗、律师、旅游等方面获得更好的服务。北京大学法学院王磊教授：

曾经搞过零关税的措施，大家在北京就可以买到在香港同样的商品，比方说我们内地到香港去旅游越来越方便，手续越来越简化，普通老百姓可能没朝这方面想，但实际上老百姓的自由行审批手续简单化了，当然这也是逐渐在放开的，现在也不是每个城市都可以去办自由行。另外现在我们内地的律师可以去香港的律师事务所去工作，然后香港律师事务所可以在北京设分支机构，法律方面的服务业，这个方面的沟通会越来越多。

【男主持】2012年香港即将迎来回归十五周年，香港特别行政区第四任行政长官梁振英将于2012年7月1日就职。就在2011年10月12日，曾荫权特首发表了他任期内最后一份报告。他回顾了香港回归十几年来的成就，并且坦承回归以来香港人有忧虑，恐怕核心价值不保，但事实证明，我们的核心价值未有任何的削弱。这份报告名为《继往开来》，并且特意选用浅黄色为封面的颜色，寓意是充满生机，带出朝气活力和希望。

全国政协委员、香港中华总商会会长蔡冠深：

我感觉，香港作为国际城市，很多内地的企业可以先到香港来，做一个运营的总部，或者企业的总部也是可以。因为香港是国际城市，通过香港就可以直接地走出去。或者是和香港的企业做合资公司、合作公司等等，或者是利用香港这些专业人士的经验，让他们为内地的企业更好地服务，一起走出去。因为香港这个地方，比如金融方面，投行的业务，包括在收购合并、国际法律等等方面，都是强项。所以我感觉在这些领域可以加强合作。

【女主持】"彼岸桃花花正熟，请君携手同相渡。"内地与香港，风雨同舟十五年，携手向前。2006年，香港的新股集资额超越纽约，位居全球第二位。2011年，香港人均生产总值达到创纪录的268213港元。这是最丰厚的回馈！

中央人民政府驻香港特别行政区联络办公室主任彭清华：

2012年，香港回归十五周年，十五年的历程很不容易，也是令人感慨万千。回顾这十五年的历程，我想最重要的就是胡锦涛主席所讲的四句话，就是"集中精力发展经济，切实有效改善民生，循序渐进推进民主，包容共计促进和谐"。这既是十五年经验的总结，同时也是保持香港长期繁荣稳定必须遵循的。

第十二集　远航

【女主持】美国财长萨默斯说：二战结束之后，世界上只发生了两件事，其中之一是中国的崛起。

【男主持】在这之前，西方国家一直不看好中国的发展前景，在它们眼里，中国的政治体制和经济模式都是异类。但是没有想到的是，这个在它们看来不伦不类的模式到现在为止是成功的。保守一点说，至少到目前为止，中国已经打破了世界上只有一种成功的模式。更让人关注的是，中国崛起是一个过程，它远不是结局，它将航行得更远。

【女主持】中国崛起的影响所及，不只是改变了世界的现状，而且更改变了历史的面貌。它改变了1498年达伽马探险以来欧洲文明在世界独领风骚的历史。在时间上接上了源自古老东方丝绸之路走出去的那个原点。

【男主持】中国是丝绸之国的起源地，无论是海上，还是陆地，走出去，一直是目光放达，脚步坚定的中国人的追求。在春风吹拂华夏大地的1979年，"请进来，走出去"战略在改革开放的国策里孕育生根。中国改革开放的总设计师邓小平说：

如果现在再不实行改革，我们的现代化事业和社会主义事业就会被葬送。

【女主持】当中国阔步走进新时代的时候,"请进来"依旧显示着中国这个泱泱大国的气度,而"走出去"成为新时期的发展战略,为中国的发展开启新的跑道。江泽民说:

经济全球化的趋势在曲折中发展,我国改革开放和现代化建设的进程波澜壮阔,打开了我国经济发展的崭新局面。

【男主持】如今,"走出去"与"引进来"的国家战略如同鸟之两翼,船之双桨,引领中国的改革开放事业起锚前行、破浪远航。胡锦涛说:

中国的发展离不开世界,世界的发展也需要中国。全面把握当今世界发展变化带来的机遇和挑战,既坚持独立自主又勇敢地参与经济全球化。

【女主持】香港回归十五年来,香港紫荆花、澳门莲花,在回归祖国母亲的怀抱后,正以傲人的姿态越开越艳,她们以蓬勃生机和繁荣稳定昭示世人"一国两制"政策的伟大,中华民族的智慧和坚韧。十五年,春去秋来,花开年年。

【男主持】2008年金融危机之后的这一次走出去,中国内地的方位与以往有很大的不同,台湾现在力求通过与大陆的经贸合作来扭转经济下滑的颓势,韩国也主要是靠中国经济的带动才走出危机。中国内地,不仅要自己走出去,还要与港澳企业一同走出去。

【女主持】回首以往的历程,困难与成绩并存,每一步都显现出中华民族无穷的智慧和不尽的探索。在茫茫的海上走出去,任何一步都有可能意味着挫折与失败,但失败并不能阻隔我们向着远方的航程。

【男主持】曾经,陌生的大海对初次启航的水手显示了它无比的凶猛与威力。远征之旅惊涛骇浪、暗礁丛生。对于初试水温的中国企业,国际化的"诱惑"变为了"困惑",本以为是吃到嘴里的"馅饼"，却不曾想成为了一脚踏入的"陷阱"。TCL董事长李东生：

我们确实经历了一个很艰难的时期。这个代价是超出我们的预期。我觉得主要是两个方面因素的影响，一个是我们自身的国际化管理的能力、建立和培养的速度，比我们预期的快，使我们在经营当中付出的代价就大；第二个是，产业在过去这四年，发生了很大的转型，这个转型其实对我们的经营影响是很大的。

【女主持】作为中国最雄心勃勃的消费电子产品制造商TCL的董事长，不惑之年的李东生在2003年11月做成了一笔价值5.6亿美元的超级交易，并购法国巨头汤姆逊公司的电视制造业务。该交易成了中国公司控制西方企业的最大交易。而这之后，TCL似乎已经迷恋起通过并购走向国际化的运作手段，在并购汤姆逊电子后，仅3个月，TCL就对阿尔卡特手机动手了。然而接踵而来的并不漂亮的股价、"比预期还要糟糕"的业绩致使2006年TCL的净亏损高达18.4亿元，股票戴上"ST"的帽子，面临退市危机。2007年，李东生不得不关闭TCL的欧洲工厂，宣布把目光移回中国市场。李东生说：

当时我们大家都意识到其实这个事情是有很大的风险和挑战的，但是从国家经济战略来讲，这一步是一定要有人先走的。

【男主持】曾任中国入世首席谈判代表、原国家外经贸部副部长的龙永图在谈到TCL的海外战略时，也不禁留下壮士断臂般的感叹：

走出去可能会是很困难的一条道路，但这样一条困难的道路只要肯坚持，还是会挺过去的。所以这些经验教训，对于我们中国其他企业都是非常宝贵的财富。

【女主持】全国政协委员、香港中国商会主席陈经纬：

外面的困难很多，现在我们的企业，特别是民营企业走出去最大的困难就是融资的问题。

【男主持】走出家门看风景，飘洋过海闯世界。"国际化"是每个中国企业的梦想，一艘艘航船驶离温暖的港湾，开始在浩瀚大海中，向着远方的彼岸，摸索、颠簸……

【女主持】历史就像大海，为智勇之士开道，给执着者惊喜。刘梦熊，全国政协委员，享有"香港壳王"、"金融红娘"等美称，在收购合并、借壳上市、引进策略性投资者等方面经验丰厚，他曾以香港特区政府中央政策组非全职顾问的身份帮助中国能源企业在海外拓展市场，然而六年前中海油收购美国优尼科的失败经历让刘梦熊陷入深思：

在六年前的时候，美国第八大石油企业优尼科由于资不抵债，经营陷入了困境，就在世界范围内公开招标。我们最后出价比第二高的标雪佛龙高出11亿美金。但是结果由于美国国会里面有一些反华政客，出于政治的一种有色眼镜，说中海油是中国的央企，我们怎么可以容忍中国的央企插足我们美国的战略产业呢？那么就否决了中海油的收购。由于政治干扰经济，干扰投资，这种投资保护主义令我们中海油收购优尼科失败。但是如果由海外的民营企业出面要下来，那么美国的反华政客就无话可说。我们拿到手以后，背后的资金、技术都是由中海油负责的，等于由它来帮忙经营。其实当时是可以畅通无阻的。

【男主持】出其不意，胜其不备，商场如战场。于是刘梦熊一封书信，将自己的"奇兵"之法，送进了中南海：

我在信里头强调我们国家是世界工厂，对能源有巨量的需求。在走出去的过程中，央企、国企是主力，有些地区比较敏感和受到投资保护主义干扰的，我觉得应该发挥我们海外民营企业，尤其是由爱国商人所掌控的这些企业的作用，为国家能源走出去政策做开路先锋，做一个配合。

【女主持】刘梦熊的信函很快有了回复，时任中石油副总经理的王宜林给刘梦熊打来电话表示愿意合作。自此，刘梦熊穿针引线帮助中海油投资50亿元到几内亚油田；2007年刘梦熊的香港东方明珠石油公司收购美国犹他州天然气70%的股权，然后中石化跟进开发这一地区的油气资源。2010年，香港东方明珠石油公司与中石化国勘局签订战略合作协议。

全国政协委员、百家战略智库主席、香港上市公司环球能源投资集团有限公司董事局主席刘梦熊：

我相信沿着"十二五"规划里面所制定的两地的经济合作或者是粤港两地经济的合作架构，继续去前进，一定会走得更远。在我们祖国经济腾飞的过程当中，我们借好这个东风，近水楼台先得月，向阳花木早逢春，焕发我们香港新的青春，开拓进取创新，我觉得要把握好这个机遇。

【男主持】湖北省商务厅对外贸易处处长艾力：

走出去有一个说法叫做抱团出海，比如说香港的公司在商务方面可能有它的优势，我们可能在施工方面有我们的优势，其实抱团走出去大家可以分担风险，发挥各自的优势，这样走出去我觉得对双方应该是双赢。

【女主持】如今，"港企走在前，内地紧随后"的发展模式成为中国企业拓展国际市场的新路。而香港，如同镶嵌在中国巨型机器上的一个调制解调器，通过制式的转换，实现了国内外市场的对接。举世独创的"一国两制"书写了内地与香港共赢发展的新奇迹。

【男主持】作为在香港创业板上市的第一家内地民营企业，金蝶软件2001年即在香港设立分公司，2003年在香港设立亚太区总部。如今的金蝶已经成长为亚洲办公软件的领军者。金蝶的伙伴当中，不乏业界的领袖企业如HP、IBM、Dell、Intel、Microsoft……金蝶国际软件集团有限公司执行董事陈登坤：

香港这些企业，它们的优势、国际化意识，对国际市场、国际客户的理解，以及他们精细化的经营和管理的方式是比较强的；我们的优势是在产品的创新、研发，以及我们的品牌这些方面的优势。正好可以把香港本地的企业，它的市场优势、渠道优势、国际化熟悉的经验、市场的经验和我们的优势结合起来，所以一起走出去，这个是非常好的一种提法。

【女主持】这种做法为内地和港澳企业的合作共赢开辟了一条宽阔的通道。从2001年中国加入世界贸易组织到2011的十年间，赴港上市的内地企业数量翻了5倍。在国际准则的监督下，港股市场在过去十年为内地企业搭建了融资平台，助力中国企业"走向世界"。

香港投资推广署助理署长邓仲敏：

内地企业在拓展海外市场的时候，通过香港这样一个非常国际化的环境，可以给予他们重要的支持，所以我希望通过香港这样一个平台，让企业可以在这样一个高度国际化的城市试水温，也在大举进军海外市场以前，积累了一定的经验。

【男主持】如果说金蝶上演的是内地高新企业走向海外的破茧化蝶之旅，那么有着340多年历史的老字号同仁堂出海远航的经历则为传统行业行走国际市场开创了另一条发展新路。

【女主持】同仁堂作为中医药行业领军企业，1993年在香港开设内地之外的第一家药店，迄今已在16个国家和地区开设了66家零售终端。经过在周边国家和地区的多年发展之后，这家老字号寄望未来几年在欧美、中东、日本等市场取得突破，加快在境外开店的速度。

【男主持】中国北京同仁堂（集团）有限责任公司副总经理、国药（香港）集团公司总经理丁永铃说，接下来将以文化先行的策略，向外介绍优秀的中医药文化：

下一步准备大力发展同仁堂海外事业，到2015年我们也做了一个规划，计划出口创汇翻一翻。这是指在"十一五"末我们出口创汇指标基础翻一翻，要继续保持全国中成药出口第一。我们已经连续十五年保持第一名，我们仍然要蝉联第一。同时我们要加强海外终端网络的建设，尤其是要加快对西方主流市场的拓展，包括日本、中东、欧美等这些主流市场的拓展。除了开办现在同仁堂以医代药的这种模式的药店之外，我们还要大力去开办中医院、养生保健中心、御膳餐饮，包括文化、培训等多种形式的海外网点，这是一个目标。我们力争2015年末要达到至少100家。

【男主持】常年从事内地企业走出去研究的广东海洋大学教授汪树民：

同仁堂海外事业的成功，一个是海外的分店成功率百分之百，它在海外开的分店几乎就是每开一家都是赚钱的，没有赔本的。它这个经验就是让不相信中医的外国人吃中药看中医。尤其是华人与当地人交流比较多的地方，设一两个药店。在买药的时候，店里面就有专门的医生给他配备指导，就是说你有什么病，应该吃什么样的药，或者说我有更好的药向他推荐。这样实际上也培养一种新的经营模式。

【男主持】而作为中国支柱产业的纺织工业，在"纺"遍全球的同时，也正在探索品牌的高端之路，期待借这"一丝一线"，"织"出中华文化进军国际舞台的美丽华服。著名爱国实业家刘国钧之孙，香港三屋置业有限公司董事长刘学进：

我想做什么？我想在中国做最好的丝，做中国创造，不能说中国制造。

【男主持】中华纺织博览园项目负责人叶慧英：

就是国内的企业怎么走出去，国内怎么样打造自己的品牌。所以我们跟纺织协会紧密协作，利用我们博览园的平台来打造中国的自主平台,怎么样走出去。

【女主持】历史不能忘记,32年前,被称为"天字第一号"的中国首家合资企业——北京航空食品有限公司,用一块"小小的面包",奏响了中国改革开放事业"引进来"的序幕。历史还在续写,32年后,这一001号合资企业正搭乘着中国破浪前行的"走出去"事业奋力远航。北京航空食品有限公司董事长伍淑清:

今年已经是第32年了,现在北京航食也提供给一些比较有名的企业,比如星巴克、COSTA COFFE部分的三文治、蛋糕,都是我们供应的。就觉得大家可以接受我们的产品,我们也希望未来培训更多人才,发展这方面的业务;也希望可以跟国际品牌一起合作,不仅仅在北京,也希望在内地各地、香港、海外发展。这是走出去的一个方向,同时也可以提高我们的国际战略眼光。

【女主持】从30年前中国改革开放之初开始的香港企业到内地投资,到30年后内地企业积极到香港投资;从30年前香港协助海外投资者与内地企业对接,到如今香港与内地企业携手开拓海外市场,30年来,香港的功能角色正在实现着一次完美的"华丽转身"。

【女主持】香港投资推广署助理署长邓仲敏:

改革开放以来香港和内地之间的经济联系,已经不断地集中,也带动了香港经济转型,发展成为今天的服务中心的地位。我们认为在不同的领域,香港企业利用它本身在各个领域的优势和经验,连通内地的企业,绝对可以开发海外市场。

【男主持】古老的丛林法则告诉我们:"当太阳升起的时候,无论你是狮子还是羚羊,奔跑是你能做出的唯一选择。"

【女主持】现实的市场竞争法则提醒我们,在国际一体化的经济发展浪潮中,内地与香港,更要做携手奋进的弄潮儿。

【出录音 李克强】下一步内地有关部门和地方将加强与香港有

关方面的衔接，把这些政策措施不折不扣地落实到位，不断推动香港发展，促进内地和香港合作，使两地民众都能够得到实实在在的利益。

【男主持】2011年8月，中央政治局常委、国务院副总理李克强赴港视察期间，明确提出推动内地与香港企业联合"走出去"：

谨对首届中国海外投资年会的举办表示祝贺。加快实施"走出去"战略，是"十二五"规划提出的重大任务，是开创对外开放新局面的要求。内地与香港企业携手联合走出去，更可优势互补，大有可为。

【女主持】2011年11月，为配合国家规划，顺应全球化趋势，第一届中国海外投资年会在香港开幕，主题为"服务国家、繁荣香港、惠及全球"。中国海外投资年会组委会执行主席、香港中国商会主席陈经纬表示，首届中国海外投资年会的举办，对于鼓励和推动中国企业更好地"走出去"，进一步融入世界经济全球化，意义十分重大和深远。

我们要深入推进服务领域各项改革，充分释放服务业的发展潜力和活力。

【男主持】2012年5月，首届中国（北京）国际服务贸易交易会在北京开幕。国务院总理温家宝发表题为《在扩大开放中推动服务贸易发展》的演讲。作为目前服务贸易领域全球唯一的综合型交易会，京交会将成为中国服务业"引进来"和"走出去"的崭新平台。

【女主持】夜幕低垂，海风轻柔，美丽的香江在华灯的映衬下，焕发出更加迷人的风采。香港回归祖国十五年，多少国际资本在这里抛锚登岸，多少内地企业从这里扬帆起锚。

【男主持】1995年，美国时代华纳传媒集团旗下的《财富》杂志刊登题为《香港已死》的封面文章。到了2007年，在无可辩驳的事实面前，同为时代集团的《时代》杂志用25页篇幅肯定香港回归

10年来的发展成就。从西方唱衰香港，到30万香港人返港，香港人经历了太多的坎坷与不平凡。

香港特区行政长官曾荫权：

美国引发的金融海啸席卷全球，世界各国都面对经济衰退。中央及特区政府迅速地推出了有力的措施应对危机，香港得到中央的鼎力支持，配合全国全香港市民的努力，当外围情况回稳的时候，香港相信是最先走出衰退的地方之一。

【女主持】香港特区候任行政长官梁振英：

欢迎内地企业利用香港这个平台走出去，香港过去做的其中一个例子，就是我们的贸易发展局，出去的时候往往是香港的企业跟内地企业组成联合的团队，到外面去打开市场。

【男主持】此时，在地球的另一边，伴随着全球金融资本的极速扩张，华尔街早已不是一个单纯的地理名词。这条500米长的街道成为一种精神归属，它向所有人郑重宣告资本已经进入无眠时代。

国际货币基金组织总裁拉加德多次于公开场合表达了对中国经济继续向好的判断：

It's absolutely pleasure to come back to Beijing. Hengaoxingdaobeijing. Particularly for having us come out of this (golden freezes) on that spring day. It's certainly the sign of hope.（我很高兴再次来到北京，我认为像今早这样的一场春雪，一定预示着世界经济的希望。）

【女主持】越来越多的国际企业在向中国招手，荷兰外商投资局中国事务首席代表纪维德：

我们看到很多中国企业都想到欧洲发展，这个代表他们的产品已经可以跟欧洲的制造商竞争。因为中国的生产成本较低，但是产品的质量也不断地提高，他们的竞争力越来越强。

　　【男主持】磨难与抗争,挫折与奋起,远征之旅增强了内地与港澳共度时艰的凝聚力,也迎来了海平线上的第一缕曙光。2011年,香港人均生产总值达到创纪录的268213港元;高盛公司更是乐观地预测,中国如果保持目前的增长速度,它将在不远的将来超过美国。

　　【女主持】如今,中国已经登上世界经济发展的大舞台,并扮演着举足轻重的角色,世界与中国息息相关,中国与世界和谐共存。中国,这艘承载着中华儿女无数记忆、光荣与梦想的巨轮,正在沿着"一国两制"的新航道,驶向蔚蓝的大海,驶向充满希望的新航程。